Ellen Berg

Alles muss man selber machen

W0221985

atb aufbau taschenbuch

Ellen Berg

Alles muss man selber machen

(K)ein Frauen-Roman

atb aufbau taschenbuch

MIX
Papier | Fördert gute Waldnutzung
FSC® C083411

ISBN 978-3-7466-3949-9

Aufbau Taschenbuch ist eine Marke
der Aufbau Verlage GmbH & Co. KG

1. Auflage 2023
© Aufbau Verlage GmbH & Co. KG, Berlin 2023
www.aufbau-verlage.de
10969 Berlin, Prinzenstraße 85
Der Verlag behält sich das Text- und Data-Mining nach § 44b UrhG vor,
was hiermit Dritten ohne Zustimmung des Verlages untersagt ist.
Satz LVD GmbH, Berlin
Druck und Binden CPI books GmbH, Leck, Germany

Printed in Germany

Prolog

Himmel, nein! So war das nicht geplant!

Am ganzen Körper zitternd quetsche ich mich in eine enge Nische zwischen zwei Computertürmen und lausche den Schritten, die sich nähern. Noch wirft die Flurbeleuchtung nur einen schmalen Lichtstreifen in den Raum. Noch. Wenn jemand die Deckenlampe anschaltet, war's das allerdings mit der Tarnung. Schon beim bloßen Gedanken daran bilden sich tausend kleine Schweißtröpfchen auf meiner Stirn.

Glückwunsch, Nele, du hast ja echt ein Wahnsinnstalent, dich in Teufels Küche zu bringen.

Eine männliche Gestalt taucht im Türrahmen auf, groß, breitschultrig, kurzes Haar. Selbst im schummrigen Dämmerlicht erkenne ich, wer da hereinschaut, und mein Herzschlag setzt aus. Großer Gott, das ist Nick! Ausgerechnet *mein* Nick!

Na ja, bislang hatten wir nur ein paar Dates, äußerst vielversprechende Dates, wie ich hinzufügen sollte, doch damit wird es schlagartig vorbei sein, falls er mich entdeckt. Ein Polizist und eine Einbrecherin, das passt in etwa so gut zusammen wie Harry Styles und Helene Fischer. Was um alles in der Welt tut Nick überhaupt hier?

»Hallo?« Aufmerksam sieht er sich um. »Ist da jemand?«

Normalerweise überlaufen wohlige Schauer meinen Rücken, wenn ich seine Stimme höre. Kein Wunder. In Nicks Timbre schwingt etwas Fürsorgliches, Verlässliches mit, etwas, was ich von meinen bisherigen Lovern absolut nicht behaupten könnte. Selbst Fruchtfliegen haben eine längere Lebensdauer als meine üblichen Instantbeziehungen. Ich bin halt ein Naturtalent in der zweifelhaften Disziplin, immer nur die Bad Boys aus dem großen Männerpool zu fischen. Nick hingegen ist das, was Mütter »Heiratsmaterial« nennen. Der Sechser im Liebeslotto. Der krönende Schlusspunkt einer endlosen Serie großer Hoffnungen und krachender Enttäuschungen.

Momentan löst seine Stimme jedoch nur eines in mir aus: pures Entsetzen. Prompt mache ich mich noch etwas kleiner in meinem Versteck.

Lieber Gott, bitte lass es nicht enden, bevor es richtig angefangen hat. Gib mir noch eine Chance.

»Ist da jemand?«, wiederholt Nick argwöhnisch.

Nicht nur jemand. Wir sind zu dritt. Mit angehaltenem Atem spähe ich zum Schreibtisch gegenüber, unter dem meine Freundin Hermine kauert, eigentümlich verdreht, den Kopf zwischen die Knie und einen Laptop an ihren Körper gepresst. Daneben drückt sich Fiona an die Wand, leidlich verborgen hinter einem Garderobenständer mit unseren drei Mänteln.

Lange kann das nicht gut gehen. Hermine bevorzugt ein penetrant süßliches Parfum, das Nick womöglich schon erschnuppert hat. Fiona wiederum leidet unter einer Hausstauballergie, weshalb es nur eine Frage der Zeit ist, bis sie in dieser vermüllten Bude von Serverraum einen Niesanfall der Sorte Vulkaneruption kriegt.

Gut verplant ist halb gescheitert …

Was soll denn auch dabei rauskommen, wenn drei Amateurinnen wie wir so etwas Verrücktes wie einen Einbruch wagen? Drei bis zur Ehrpusseligkeit korrekte Frauen, die sich noch nie irgendetwas haben zuschulden kommen lassen?

Angstvoll beobachte ich wieder den Mann meines Herzens. Er steht jetzt mitten im Raum, sichtlich angespannt, so als wittere er förmlich, dass hier etwas nicht stimmt. Was soll ich ihm sagen, wenn er mich zur Rede stellt? Geld verdirbt den Charakter, Geldnöte machen einen aber auch nicht automatisch zum besseren Menschen? Das klingt doch nur nach einer schlappen Ausrede.

Wahrscheinlich würde ich sowieso stumm wie ein Fisch vor ihm stehen, weil verbale Inkontinenz nachweislich nicht zu meinen Problemen zählt. Da gibt es wahrlich andere. Zum Beispiel, dass ich immer ganz gut mit meinem Geld klargekommen bin – bis die Miete erhöht wurde, die Stromrechnung explodierte, Benzin unerschwinglich wurde und ein normaler Wochenendeinkauf so viel kostete, als würde ich meinen Kindern Kaviar mit Blattgoldflöckchen zum Frühstück servieren.

Hermine und Fiona geht es ähnlich. Wir lebten in soliden Verhältnissen, wie man so sagt, nun reicht es hinten und vorn nicht mehr. Doch damit nicht genug. Uns allen dreien wurde übel mitgespielt, so richtig übel. Dann steht man plötzlich mit dem Rücken an der Wand. Oder hockt wie ich in einer viel zu engen Nische zwischen zwei Computertürmen und schickt ein

Stoßgebet nach dem anderen zum Himmel, bloß nicht erwischt zu werden.

Warum wir es nicht legal versucht haben? Haben wir doch! Immer und immer wieder! Alle drei strampeln wir uns nach Leibeskräften ab, um uns und unsere Lieben über Wasser zu halten. Trotzdem kommt es vor, dass man ganz unten landet, und dann muss man halt weiterkämpfen, legal, illegal, komplett egal. Genau deshalb sind wir hier, im digitalen Allerheiligsten der Firma Millennium Invest International: um uns zu holen, was uns zusteht. Jedenfalls war das die Idee, als wir kurz vor Mitternacht von zu Hause aufgebrochen – und hier eingebrochen sind.

Warum zum Teufel musste Nick hier reinplatzen? Warum?

Mittlerweile klopft mein Herz so laut, dass ich jede Rippe einzeln spüre. Mach dich nicht verrückt, versuche ich mich zu beruhigen, wir schaffen das schon. Zusammen mit Fiona und Hermine hast du doch immer alles geschafft. Also vertrau deinem Karma, bei dem du so einiges guthast, und lass dein höheres Selbst übernehmen. Kann doch nicht sein, dass du wieder und wieder mit Vollgas vor die Wand fährst, obwohl du dein Leben lang nur geackert und niemandem etwas zuleide getan hast.

Erneut schaue ich zu Hermine, die mit fragend erhobenen Händen zu mir herüberlinst, als wollte sie sagen: Was machen wir denn jetzt? Als ob ich das wüsste. Am liebsten würde ich aufspringen, mich in Nicks Arme werfen und ihm alles beichten. Wirklich alles. Meine Ängste, meine Verzweiflung, meinen Frust. Aber was würde das bringen, außer dass ich den letzten Trumpf verspiele, der mir noch bleibt?

Es gibt Züge, die fahren nur einmal im Leben, heißt es. Nick ist dieser Zug. Ich weiß es, ich fühle es, und es gibt nichts, was ich mehr ersehne, als endlich einzusteigen und die Reise zum großen Glück anzutreten.

Er darf uns nicht finden. Auf keinen Fall!

In diesem Augenblick erschüttert ein explosionsartiges Niesgeräusch die Luft. Zeitgleich fällt der Garderobenständer mitsamt den drei Mänteln um und landet direkt vor Nicks Füßen.

Kapitel 1

Sechs Wochen zuvor

»Verzicht«, haucht die sehr blonde, sehr sorgfältig geschminkte Dame im beigefarbenen Kaschmirkleid und betrachtet den dicken Brillantring an ihrem linken Mittelfinger. »Verzicht ist der Schlüssel zum Glück.«

Verdutzt schaue ich sie an. Habe ich mich vielleicht verhört? Seit einer halben Stunde maniküre ich die Hände meiner Stammkundin Elisabeth Steinhövel, gerade bin ich beim Nägel lackieren angelangt. Da muss man sich konzentrieren. Nicht auszudenken, wenn etwas von dem leuchtend roten Nagellack auf die weißen Designersessel oder den cremefarbenen Teppich tropft.

»Entschuldigung, was sagten Sie gerade?«

»Weniger ist mehr.« Mit einem verträumten Lächeln lässt Frau Steinhövel den Blick durch ihr riesiges topgestyltes Wohnzimmer mit den voluminösen weißen Couchen und den kostbaren Gemälden wandern, bis er an einem großen Strauß weißer Lilien hängenbleibt. »Mein Therapeut sagt immer: Alles, was du besitzt, besitzt irgendwann dich. Deshalb ist Verzicht so wichtig. Man gewinnt ungeheuer viel, wenn man alles weglässt, was man nicht unbedingt braucht.«

Stumm tauche ich den winzigen Pinsel in das Nagellackfläschchen. Also wirklich, deine Sorgen möchte ich haben. Ich *muss* nämlich verzichten, und zwar auf so ziemlich alles, was ich richtig dringend bräuchte. Zum Beispiel anständige Schuhe für Ben, meinen Jüngsten, eine neue wetterfeste Regenjacke für Alisa, die jeden Tag gefühlt drei Zentimeter wächst, oder eine funktionierende Lichtmaschine für meine Uraltgurke von Auto. Und das ist nur die Spitze des Eisbergs.

Jeder hat halt sein Päckchen zu tragen. Wenn man Elisabeth Steinhövel heißt, ist man mehrfach reich geschieden, residiert in einer schicken Altbauetage mit erlesenen Designermöbeln und führt seine Luxusprobleme Gassi. Heißt man Nele Tremper, ist man einfach arm getrennt, haust mit zwei Kindern in einer winzigen Wohnung, fährt mit einem klapprigen alten Mitsubishi durch die Gegend und verdient sich seinen Lebensunterhalt mit Hausbesuchen.

Es ist eine Art Zwischenlösung. Seit Jahren spare ich auf meinen eigenen Kosmetiksalon, ein ehrgeiziges Projekt, zugegeben. Mir schwebt eine echte Wohlfühloase in hübschen Pastellfarben vor, ausgestattet mit Zen-Zimmerspringbrunnen und zartlila Orchideen, wo ich meine Kundinnen nach Strich und Faden verwöhnen kann. Immerhin habe ich einiges zu bieten. Durch diverse Fortbildungen bin ich für Fruchtsäurepeelings und Kryo-Treatments qualifiziert, nach einem mehrwöchigen Visagistenkurs stehe ich auch für raffinierte Abend-Make-ups zur Verfügung.

Dumm nur, dass finanzielle Fortune nicht gerade mein Fachgebiet ist. So wenig wie Menschenkenntnis.

In letzter Zeit schmelzen meine Rücklagen wie Butter in der Sonne, weil alles so furchtbar teuer geworden ist. Allein die hochwertigen Kosmetikprodukte, mit denen ich arbeite, verschlingen mittlerweile Unsummen, hinzu kommen die rasant gestiegenen Kosten für den täglichen Bedarf. Wäre das vor drei Jahren abzusehen gewesen, niemals hätte ich damals dem Vater meiner Kinder eine hübsche Stange Geld geliehen. Nun ja, sprechen wir lieber von ihrem dauerabwesenden Erzeuger. Donatus – er heißt wirklich so – wollte ein superlukratives Business mit Massagesesseln aufziehen, eine todsichere Sache, klar, die Lizenz zum Gelddrucken und so weiter. Auch ich könnte davon profitieren, so sein vollmundiges Versprechen. Vierfach verstellbare Massagesessel mit sechsfach variierbaren Vibrationen seien der Burner für ein Kosmetikstudio.

Warum ich einem Mann vertraut habe, der seinen Handywecker allabendlich auf Punkt sechs Uhr morgens stellte, beim Zubettgehen aber meist nur noch zwei Prozent Akku hatte, ist mir bis heute ein Rätsel. Nachdem Donatus mein geborgtes Geld eingesackt hatte, trennte er sich von mir, tauchte ab und hat seitdem keine einzige Unterhaltszahlung für Alisa und Ben geleistet. Deshalb dümpelt mein Kontostand im nicht messbaren Bereich, womit mein Wunschtraum vom eigenen Kosmetiksalon in noch weitere Ferne gerückt ist.

Aber hey, Träume haben kein Verfallsdatum, auch wenn die Fakten leise »unbezahlbar« flüstern und mein Realitätssinn »vollkommen unmöglich!« ruft. Man soll ja nie aufgeben.

Einstweilen bringe ich meine Künste mobil an die Frau. *Das Leben ist nicht perfekt, aber Ihre Nägel können es sein,* lautet ein

Werbespruch auf meiner Website *Beauty to go*. Wäre mein Leben nur halb so perfekt wie die Hände meiner Kundinnen, ich könnte einen hüftwackelnden Freudentanz nach dem anderen aufführen.

»Apropos Verzicht.« Mit der freien linken Hand greift Frau Steinhövel zum Proseccoglas, das neben ihr auf einem Beistelltischchen aus weißem Marmor steht. »Nächste Woche fliege ich nach Marbella, in eine exklusive Fastenklinik. Kostet mich drei Tausender pro Woche, aber glauben Sie mir, es ist herrlich, unter ärztlicher Aufsicht zu fasten.«

Jetzt bleibt mir doch tatsächlich die Spucke weg. Wer legt denn bitte mehrere Tausender pro Woche hin, um *nichts* zu essen?

»Interessant«, nuschele ich.

»Und die Gäste erst!« Nachdem Frau Steinhövel einen Schluck Prosecco genommen hat, verdreht sie genussvoll die Augen. »Man soll dort tolle Leute treffen, die oberen Zehntausend sozusagen. Fasten verbindet ungemein, spätere Heirat nicht ausgeschlossen.« Zufrieden kichert sie in sich hinein. »Ich habe sechs Wochen gebucht, damit ich mir in Ruhe einen passenden Kandidaten aussuchen kann.«

In meinen Ohren schrillen die Alarmglocken los. Einmal pro Woche besuche ich einen überschaubaren Kreis von Stammkundinnen und kann auf keine einzige *verzichten*. Jeder Euro ist fest verplant.

»Das heißt, die nächsten sechs Termine fallen aus?«, hake ich mit einem mulmigen Gefühl nach.

»So ist es.« Frau Steinhövel zögert, dann formt sie einen

schuldbewussten Schmollmund. »Da ist übrigens noch etwas, was ich Ihnen mitteilen wollte. In der Innenstadt hat ein neuer Beauty-Tempel eröffnet: das Jamali, sehr eleganter Laden, alles in Weiß und Grau gehalten, mit exzellentem Maniküre-Pediküre-Service, Laser-Gesichtsbehandlungen und Hydro-Facials.«

O nein. Ich spüre, wie sich mein Magen ausbeult und gegen die Herzgegend drückt.

»Aber, aber ... Sie waren doch immer zufrieden mit mir, wollen Sie jetzt etwa ...«

»Nicht, dass Sie mich falsch verstehen«, fällt mir Frau Steinhövel ins Wort. »Ich bin sogar sehr zufrieden mit Ihrer Arbeit, Sie machen das top, wirklich, aber im Jamali herrscht so eine ungemein kultivierte Atmosphäre. Alle meine Freundinnen gehen jetzt dahin, auch Konstanze, Miriam und Gundula. Sie baten mich, Ihnen mitzuteilen, dass sie Ihre Dienste ebenfalls nicht mehr brauchen.«

Nur mit Mühe kann ich verhindern, dass mir der Pinsel ausrutscht und hässliche blutrote Spuren auf dem Brillantring meiner Kundin hinterlässt.

»Verzeihung, Sie wissen aber schon, dass ich auf das Geld angewiesen bin, und ...«

Mit einer ungeduldigen Kopfbewegung bringt mich Frau Steinhövel zum Schweigen.

»Nun machen Sie bitte kein Drama daraus. Sie können sich ja im Jamali bewerben, die benötigen bestimmt noch Servicekräfte. Das Ambiente wird Ihnen gefallen.«

Klar, wem würde so ein edler Schuppen denn nicht gefallen. Aber welcher Chef stellt eine alleinerziehende Mutter ein, die flexible Arbeitszeiten braucht, maximal bis Schulschluss arbeiten kann und ausfällt, wenn Alisa einen ihrer Asthmaanfälle bekommt?

Beklommen trage ich den farblosen Überlack auf, Fingernagel für Fingernagel, während ich im Kopf durchrechne, wie viel Geld mir künftig fehlen wird. Eindeutig zu viel.

Allein die Sache mit dem Wagen wird langsam brenzlig. Manchmal springt er nicht an, dann wieder ruckelt die Kupplung, außerdem ist der TÜV seit Wochen überfällig. Als ich in der Werkstatt nachfragte, ob noch was zu retten sei, hat der Mechaniker nur mit den Schultern gezuckt: »Im Prinzip ja, aber dafür müsste ich Ihnen schon ein neues Auto zwischen die Nummernschilder schrauben.«

Grandiose Aussichten. Ein neuer Wagen ist absolut nicht drin, nur der Umstieg auf mein rostverziertes Fahrrad, was den Arbeitsalltag einer mobilen Kosmetikfachkraft nicht gerade einfacher machen wird. Wo ruft man eigentlich an, wenn das Karma kaputtgegangen ist? In den Nachrichten sprechen sie von explodierenden Preisen. Ich würde von implodierender Lebensqualität sprechen. Große Sprünge konnte ich ohnehin nie machen, aber ab und an ging ich mit den Kindern italienisch essen, und einmal im Jahr gab's einen Campingurlaub an der Ostsee. Vorbei. Seit Donatus auch noch mit meinem Ersparten auf und davon ist, herrscht Ebbe in der Haushaltskasse. Umso härter trifft mich nun dieser Schicksalsschlag. Vier Stammkundinnen weniger sind eine mittlere Katastrophe.

»Tut mir leid, dass Sie es so kurzfristig erfahren mussten«, beteuert Frau Steinhövel überflüssigerweise. Dass sie weitgehend mitgefühlfrei ist, hat sie ja schon unter Beweis gestellt. »Wie geht es eigentlich Ihren Kindern? Hieß Ihre Tochter nicht Elise?«

»Alisa.« Ich schlucke schwer. »Und mein Sohn heißt Benjamin.«

Schon jetzt krampft sich mein Herz bei der Vorstellung zusammen, dass ich den Kleinen erklären muss, was alles gestrichen ist, solange ich keine neuen Kundinnen habe. Der fest versprochene Zoobesuch mit anschließendem Eisessen zum Beispiel, vor allem aber Alisas Geburtstagsparty im Stadtpark, bei der es Würstchen, Salate, Cupcakes und allerlei Wettkämpfe mit Spielzeugpreisen geben sollte. So was kostet. Woher soll ich das Geld nehmen? Ganz zu schweigen von Bens Klassenfahrt, die demnächst ansteht.

»So, fertig«, murmele ich.

»Sehr schön.« Eingehend begutachtet Frau Steinhövel ihre leuchtend roten Nägel in der Farbnuance *Coral Delight.* »Nun machen Sie sich mal keinen Kopf, jeder hat sein Leben selbst in der Hand.«

Schade nur, dass ich meins nicht im Griff habe, du Empathierakete.

»Sagen Sie mir jederzeit, wenn ich etwas für Sie tun kann«, fügt Frau Steinhövel hinzu, als könnte halbherzig geheuchelte Hilfsbereitschaft den faktischen Rausschmiss wiedergutmachen.

Die Stille, die folgt, fühlt sich eisig an. Frustriert packe ich meine Scheren, Feilen, Schwämmchen, Cremes und Nagellackfläschchen in den Profi-Kosmetikkoffer aus leicht abgestoßenem Aluminium und lasse die Verschlüsse zuschnappen. Man hat mich einfach abserviert. Und das nach all den Jahren, in denen ich bei Wind und Wetter, sengender Hitze und klirrender Kälte zuverlässig kreuz und quer durch die Stadt gekurvt bin, um Frau Steinhövel und ihren Freundinnen den Rundum-Kosmetikservice zu bescheren.

»Tja, das war's dann wohl.« Obwohl ich zwischen Heulkrampf und Mordgelüsten schwanke, zwinge ich mich zu einem freundlichen Lächeln. »Ich wünsche Ihnen alles Gute.«

»Dasselbe für Sie«, säuselt Frau Steinhövel mit wedelnden Fingern, um den Trocknungsvorgang des Nagellacks zu beschleunigen.

»Könnte ich vielleicht ...« – verflixt, es fällt mir immer so schwer, über Finanzielles zu reden – »... ähm, mein Honorar bekommen? Für den letzten Monat? Es sind noch hundertsechzig Euro offen.«

Sie sieht mich an, als wollte ich ihr Tafelsilber mitgehen lassen, und jetzt ist mir die Frage so richtig peinlich.

»Momentan habe ich kein Bargeld im Haus«, entgegnet sie sehr von oben herab. »Sie können sich das Honorar ja abholen, wenn ich wieder da bin.«

Das ist ein starkes Stück. Immerhin geht es hier um hundertsechzig Euro. Und darauf soll ich sechs Wochen lang warten? Mein Blick fällt auf die kostbare Kristallbodenvase mit den weißen Lilien. Allein diese verschwenderische Blumenpracht hat vermutlich ein Vielfaches von dem gekostet, was ich für eine einzige Maniküre verlange.

Hausbesuche sind halt zwiespältig, weil man dabei mehr über seine Kundinnen erfährt, als einem lieb sein kann. Und damit meine ich nicht nur Pizzareste auf dem Sofa oder Rallyestreifen in der Toilettenschüssel. Für Frau Steinhövel bedeutet Sparsamkeit, ausnahmsweise Prosecco statt Champagner zu trinken und ausschließlich Taxi zu fahren, damit ihre 600-Euro-Louboutins – ja, die mit der knallroten Sohle – länger halten. Für mich heißt Sparsamkeit, morgens kalt zu duschen, jedem Schnäppchen hinterherzujagen, Teebeutel zweimal zu verwenden und den Begriff Urlaub aus meinem Wortschatz zu streichen.

Nicht, dass ich neidisch gewesen wäre. Ehrlich, ich gönne meinen Kundinnen jeden Luxus. Was ich allerdings nie begreifen werde, ist die Gedankenlosigkeit, mit der solche wohlhabenden Damen eine Frau behandeln, die jeden Cent zehnmal umdrehen muss.

»Wäre es vielleicht möglich, dass Sie mir das Geld überweisen oder per PayPal senden?«, starte ich einen neuen Versuch.

»Warum nicht«, antwortet Frau Steinhövel zerstreut, weil sie nebenbei auf ihr Handy schielt. »Und jetzt muss ich Sie bitten zu gehen, meine Hausangestellte will mit dem Kofferpacken anfangen, sie wartet schon auf meine Instruktionen. Ich nehme an, Sie finden allein hinaus?«

»Hmja.«

Ein letztes Mal nehme ich das weitläufige Wohnzimmer in Augenschein, in dem ich so oft Frau Steinhövels Fingernägel geschnitten, gefeilt und gelackt habe. Ich denke an das aufwendige Make-up, das ich ihr anlässlich der Hochzeit ihrer Tochter geschenkt habe. An die selbst gebackenen Kekse, die ich ihr immer zu Weihnachten mitgebracht habe. An die Illusion, im

Laufe der Zeit sei so etwas wie ein freundschaftliches Verhältnis entstanden, das eine gewisse Loyalität einschließt. Von wegen.

Mit hängenden Schultern schleiche ich durch den mit hellgrauem Teppichboden ausgelegten Flur zur Haustür, völlig fertig und den Tränen nah. Im Vorübergehen schaue ich in den Garderobenspiegel. Was ich sehe, ist eine Mittdreißigerin in Jeans und rosa Sweatshirt, deren hellbraune Locken recht gut mit dem hellen Teint und den vorwitzigen Sommersprossen harmonieren. Doch der Schock steht mir deutlich ins Gesicht geschrieben.

»Alles in Ordnung?«, fragt Frau Steinhövel schneidend. Wie aus dem Nichts steht sie auf einmal im Flur, als wollte sie sichergehen, dass ihre gefeuerte Kosmetikmamsell auch tatsächlich verschwindet. »Oder haben Sie noch etwas auf dem Herzen?«

O ja, jede Menge. Doch wahre Worte sind selten schön, und schöne Worte selten wahr. Aus der Haut fahren ist zwar der ideale Kurzurlaub für Menschen, die sich keine Reisen leisten können, aber was würde es denn nützen, Frau Steinhövel ordentlich die Meinung zu geigen? Du musst dich halt entscheiden, ob du für deine Ehrlichkeit gehasst oder wegen deiner Diplomatie geliebt werden willst, und Diplomatie entspricht ohnehin mehr meinem Naturell. Ich bin ein friedliebender Mensch, keine Krawallnudel.

»Alles bestens«, krächze ich deshalb nur und öffne die Haustür. »Frohes Fasten.«

Knallend fällt die Tür hinter mir ins Schloss. Wie ein Ausrufezeichen hinter dem unausgesprochenen Satz: Du kommst hier nicht mehr rein.

Früher hätte ich mir den Frust bei meinem Lieblingsitaliener weggefuttert. Ein schöner Latte macchiato, dazu ein Tiramisu – oder, wie Ben sagt: Ratte Mackeriato mit Terror-Misu –, und die Welt wäre wieder halbwegs in Ordnung gewesen. Abends dann ein Kinobesuch, um mich mit einem Riesenbecher Popcorn aus der Realität wegzuträumen, ja, das wäre toll.

Leider ist Essengehen genauso wenig drin wie Kino. Stattdessen wird es daheim das Lieblingsessen meiner Kinder geben: Fischstäbchenpizza. Und für mich als abendliche Unterhaltung das Brettspiel für eine Person: bügeln.

Ohne Moos nix los, nennt man das. Aber wenigstens weiß ich jetzt, was die in den Nachrichten mit Kohleausstieg meinen.

Trotz alledem möchte ich mich keineswegs beklagen. Selbstmitleid ist bekanntermaßen unproduktiv und wäre auch völlig fehl am Platz. Ich habe zwei wunderbare Kinder, ein Dach über dem Kopf, genug zu essen, einen Beruf, den ich liebe, wunderbare Freundinnen, die mir zur Seite stehen. Jetzt muss es nur noch bergauf gehen statt bergab.

Na, wird schon klappen. Optimismus kann ich. Hätte ich sonst zwei alte Jeans in Größe vierunddreißig im Schrank, obwohl ich seit acht Jahren eine vierzig trage?

Kapitel 2

Draußen auf der Straße atme ich erst einmal tief durch. Nur die Ruhe, Nele, alles wird sich fügen, spreche ich mir Mut zu. Leider verfliegt mein Optimismus mit jedem Atemzug. Es gibt einfach Augenblicke, in denen man sich fragt: Habe ich irgendwo im Leben die falsche Abzweigung genommen? Bin ich dazu verdammt, ewig auf Umwegen unterwegs zu sein, ohne jemals mein großes Ziel zu erreichen?

Dies ist so ein Augenblick.

All die Jahre war ich fest davon ausgegangen, dass ich schon noch auf einen grünen Zweig komme, wenn ich mich nur genügend anstrenge. Das habe ich wahrlich getan – mit niederschmetternden Resultaten. Eine selbstständige Existenz ist wie eine Trapeznummer ohne Sicherheitsnetz, bin ich oft gewarnt worden, doch inzwischen habe ich festgestellt, dass es nicht mal ein Trapez gibt.

Dabei ist Kosmetikerin mein absoluter Traumberuf. Schon als kleines Mädchen war ich fasziniert von Nagellacken, Lippenstiften und duftenden Cremes. Gleich nach dem Abi habe ich deshalb eine Ausbildung zur staatlich geprüften Kosmetikerin absolviert, zusätzlich Kurse über medizinische Hautpflege und typgerechte Beratung belegt, mich fortlaufend weitergebildet und mir einen festen Kundenstamm erarbeitet.

Mein besonderes Plus ist der Schwerpunkt Naturkosmetik. Von Chemiebomben halte ich gar nichts, so wenig wie von Unterspritzungen oder Liftings. Die Natur ist der beste Beauty-Doc, finde ich. Bevorzugt arbeite ich mit selbst gemachten Produkten. Mein Glanzstück ist eine Nachtpflege mit Sheabutter und Rosenwasser, die ganz ohne schädliche Konservierungsstoffe auskommt, weil ich sie mit Teebaumöl haltbar mache. Riecht etwas streng, ist aber ein wahres Elixier für gestresste Haut.

Fragt mich eine Kundin, warum ich nicht auf teure Hightech-Cremes setze, habe ich eine Standardantwort parat: Solche Cremes wirken nur, wenn man sie ganz dick auf den Spiegel schmiert, dann sind alle Falten weg.

Klar, als Kosmetikerin an den Gesichtern anderer Frauen herumzuhantieren ist nicht jedermanns Sache, doch ich mag meinen Beruf, weil ich Menschen mag. Es ist so ungeheuer befriedigend, wenn eine Kundin ganz begeistert ist, dass ich ihr zu einem besseren Aussehen verhelfen konnte. Ich mag meinen Beruf sogar so sehr, dass ich schon mal ein Auge zudrücke, wenn jemand nicht so zahlungskräftig ist. Wie meine Nachbarin, die alte Frau Minnemann, der ich die Nägel für eine Tasse Kaffee mache. Oder meine Freundin Hermine, die ihre Mutter daheim pflegt und sich keine aufwendigen Kosmetikbehandlungen leisten könnte.

Doch wenn mir eine Elisabeth Steinhövel so wenig Wertschätzung entgegenbringt – wozu dann das alles? Mal ganz abgesehen von der finanziellen Seite.

Langsam schlendere ich los. Eigentlich ist es ein herrlicher Tag. Eine sanfte Frühlingsbrise weht mir ins Gesicht, Vogelgezwitscher erfüllt die Luft, die Chromleisten der geparkten Autos glitzern in der Sonne. Nur ein Wagen fällt aus dem Rahmen: meine mattgrüne Rostlaube, hinter deren Scheibenwischer ein weißer Zettel klemmt. In einem freundlicheren Universum könnte es die Botschaft eines Unbekannten sein, der mir beim Einparken zugeschaut und sich spontan in mich verguckt hat. In der real existierenden Wirklichkeit handelt es sich natürlich um nichts anderes als ein schnödes Strafmandat.

Mist. In der Eile habe ich vergessen, meine Parkscheibe auf das Armaturenbrett zu legen. Zeitdruck ist eben mein zweiter Vorname. Wenn man als alleinerziehende Mutter Kinder, Haushalt und Job unter einen Hut bringen muss, steht man ständig unter einem Stress, den andere Leute nur vom Last-Minute-Shopping am Heiligabend kennen.

Missmutig zupfe ich den weißen Zettel unter dem Scheibenwischer hervor und zerknülle ihn zu einem winzigen Ball. Jeder Tag ist ein Geschenk, heißt es. Aber dieser ist so richtig mies verpackt.

»Hallo, junge Frau?«

Erschrocken fahre ich zusammen. Direkt neben mir hält ein Streifenwagen, aus dessen heruntergelassenem Seitenfenster ein uniformierter Beamter lehnt. Mannomann. Die Polente hat mir gerade noch gefehlt. Unauffällig lasse ich den zerknüllten Strafzettel in meiner Handtasche verschwinden.

»Was kann ich für Sie tun?«

»Wegfahren, aber dalli.« Der Polizist hebt eine Augenbraue.

»Sehen Sie das Feinkostgeschäft? Sie parken hier in einer Ladezone. Und sagen Sie bitte nicht, das ist Ihnen entgangen.«

Jetzt entdecke auch ich das Feinkostgeschäft samt dazugehörigem Halteverbotsschild. Wo kommt das denn plötzlich her?

»Tut mir leid, Herr Oberwachtmeister«, flöte ich, wobei ich der altertümlichen Bezeichnung einen humoristischen Unterton verleihe, um den gestrengen Ordnungshüter etwas milder zu stimmen. »Das Schild habe ich tatsächlich übersehen.«

»Dann nichts wie weg, sonst muss ich Sie abschleppen lassen.«

Eine knallharte Ansage. Noch dazu von einem Mann, den ich unter anderen Umständen durchaus attraktiv gefunden hätte. Es ist kaum zu übersehen, dass der Schöpfer bei diesem Prachtexemplar von Mann keineswegs gepennt hat. In seinem gut geschnittenen Gesicht funkeln zwei meergrüne Augen, neben seinem sinnlichen Mund zeichnen sich zwei Grübchen ab, und die breiten Schultern zeugen sowohl von exzellenten Anlagen als auch von regelmäßigen Ausflügen ins Fitnessstudio.

Letztlich wäre er ein Klischee auf zwei Beinen, die Inkarnation des aalglatten Schönlings, wenn nicht dieses verschmitzte Funkeln in seinen Augen eine ganz andere Geschichte erzählt hätte.

Eine Geschichte, in der ich gern vorkommen würde. Aber ich kann ja wohl schlecht sagen: Grüß Gott, mein Name ist Nele Tremper, ich hätte gern die Hauptrolle in Ihrem Kopfkino.

»Würden Sie dann bitte wegfahren?«, holt er mich auf den Boden der unromantischen Tatsachen zurück.

»Klar, danke für den, ähm, Tipp«, stammele ich hingerissen.

»Immer gern doch, Ihr Freund und Helfer ist für Sie da. Sekunde mal.« Das Prachtexemplar dreht sich zu seiner Kollegin auf dem Beifahrersitz um, einer mittelalten Dame mit eisgrauer Pagenkopffrisur, die ihm ein Tablet unter die Nase hält. Danach wendet er sich wieder an mich. »Kann es sein, dass Ihr Wagen seit fast zwei Monaten keinen TÜV mehr hat?«

Erwischt. Doppelmist. Im digitalen Zeitalter bleibt aber auch gar nichts verborgen.

»Tut mir leid, Werkstatttermine sind momentan echt schwer zu kriegen, deshalb bin ich etwas hintendran«, schwindele ich drauflos. »Nächste Woche wird alles erledigt. Versprochen.«

Der Polizist runzelt die Stirn. Er glaubte mir kein Wort, so viel steht fest. Was bedeutet, dass ich diese Unterhaltung beenden muss, bevor es noch so richtig unangenehm wird, Kopfkino hin oder her. Hastig fische ich meinen Autoschlüssel aus der Handtasche.

»Dürfte ich dann los? Ich muss meine Kinder von der Schule abholen.«

»Nur zu. Gute Fahrt.«

Rasch schließe ich den Wagenschlag auf, steige ein und werfe meinen Kosmetikkoffer auf den Beifahrersitz. Danach stecke ich den Schlüssel ins Zündschloss. Bevor ich ihn nach rechts drehe, flehe ich stumm: Spring an, bitte, mach mir keine Schande.

Mein Auto denkt jedoch gar nicht daran, anzuspringen, sondern gibt nur ein klägliches Gewürge von sich. Wie peinlich. Braucht irgendjemand diesen Tag noch, oder kann der weg? Ich bin für weg.

Interessiert sieht der Polizist zu, wie ich es ein weiteres Mal versuche. Wieder nichts. Nur ein röchelndes Geräusch, das an einen sterbenden Dinosaurier erinnert. Hat sich denn heute alles gegen mich verschworen? Erst verliere ich gleich vier Kundinnen, dann sacke ich ein Strafmandat ein, nun lässt mich auch noch meine altersschwache Karre im Stich?

Mit einem kreisenden Zeigefinger bedeutet mir der Polizist, dass ich die Scheibe meiner Fahrertür herunterkurbeln soll. Was ich auch tue.

»Ja, bitte?«

»Könnte es sein, dass Ihr Wagen gar nicht mehr fahrtüchtig ist?«

»Doch, doch«, entgegne ich eifrig nickend und streiche mir eine Locke aus der Stirn. »Wissen Sie, mein Bobo hat schon einige Jahre auf dem Buckel, da braucht man etwas Geduld.«

»Bobo?« Ein kleines Grinsen malt sich im Gesicht des Polizisten ab. »Sie haben Ihrem Auto einen Namen gegeben?«

»War eine Idee von Alisa, meiner Tochter. Sie fand, dass Bobo passt.«

»Kreatives Kind.«

Sein Grinsen verbreitert sich zu einem amüsierten Lachen, als wollte er allen Ernstes mit mir flirten. Was kommt als Nächstes? *Jede noch so doofe Situation kann der Beginn von etwas ganz Wundervollem sein*? Aber nein, wahrscheinlich macht er sich nur über mich lustig. Schließlich gebe ich ja auch ein reichlich belämmertes Bild ab, wie ich da in meiner maroden Gurke sitze, die partout nicht anspringen will.

In diesem Moment beugt sich die Polizistin auf dem Beifahrersitz vor, augenscheinlich eine eher verspannte Person, die wenig Sinn für ausgefallene Autonamen hat.

»Wird das noch was vor Weihnachten? Oder sollen wir besser gleich den Abschleppwagen rufen?«

»Komm schon, das kriegen wir doch anders hin«, widerspricht ihr Kollege begütigend. »Wenn mich nicht alles täuscht, habe ich ein Starthilfekabel dabei.«

»Bist du irre?« Die Polizistin tippt sich an die Stirn. »Wir sind auf Bereitschaft, da können wir nicht Pannendienst spielen.«

»Wieso, ist doch gerade nichts los.«

»Aha, mal wieder im Star-Trek-Retter-Modus unterwegs, Captain Kirk«, grummelt die Polizistin. »Brauchst du ein Nein auf Klingonisch, oder möchtest du es schriftlich?«

Ohne sich weiter um seine Kollegin zu kümmern, steigt mein Freund und Helfer bereits aus. Nun kann ich ihn in seiner ganzen Pracht und Herrlichkeit bewundern. Die enge dunkelblaue Hose und das hellblaue Hemd, das sich über dem Oberkörper spannt, lassen keinen Zweifel an seinem beeindruckenden Körperbau, und in der hellen Sonne wirkt sein Gesicht noch anziehender: offen, sympathisch, fast zum Verlieben.

»So, junge Frau«, lächelt er, als er das Starthilfekabel aus dem Kofferraum des Streifenwagens geholt hat und wie ein Lasso herumwirbelt. »Wollen wir?«

Ja, denke ich verzückt. Jajaja, alles, was du willst, mein Ritter.

Gleich darauf rufe ich mich zur Ordnung. Geht's noch, Nele?

Die Chance, dass sich so ein Traumtyp im romantischen Sinne für dich interessiert, liegt bei unter einem Prozent. Männer, die auf dich fliegen, sind leichtlebig, unzuverlässig und notorisch pleite. Komm mal bitte runter, ja? In einer Stunde ist Schulschluss, vorher musst du noch fürs Abendessen einkaufen, also öffne gefälligst die Motorhaube und zieh die Sache mit dem Kabel durch, sonst kommst du zu spät.

Nachdem ich den entsprechenden Hebel gefunden habe und ausgestiegen bin, lausche ich dem erbarmungswürdigen Quietschen der Motorhaube, die hörbar dagegen protestiert, dass Captain Kirk sie nach oben schiebt.

»Wow, das Geräusch hätte ich gern als Klingelton«, grinst er, als sei mein Auto ein Witz.

Ist es ja auch. Dennoch kann ich nicht wirklich darüber lachen. Seit acht Jahren ist Bobo mein treuester Begleiter. Was haben wir nicht alles zusammen erlebt: Spritztouren zum Baggersee, rasante Zickzackfahrten vor den Geburten von Alisa und Ben, Lenkradpicknicks, wenn's mal wieder schnell gehen musste, zuweilen auch den Austausch von Zärtlichkeiten auf abgelegenen Parkplätzen.

Dass Bobo in die Jahre gekommen ist und mehr Macken als PS unter der Motorhaube hat, stört mich im Prinzip nicht sonderlich. Wie in einer guten Ehe, in der man großzügig über beginnenden Haarausfall und üppig wucherndes Hüftgold hinwegsieht, habe ich ihn trotzdem gern. Doch jetzt ahne ich, dass unsere Beziehung eine Sollbruchstelle hat, die sich ganz lapidar zusammenfassen lässt: bis dass der TÜV uns scheidet.

»Habe ich was Falsches gesagt?«, reißt mich der Polizist aus meinen melancholischen Überlegungen. »Sie sehen auf einmal so – so traurig aus.«

Aha. Einfühlsam ist er also auch noch. Wo gibt's denn so was? Und warum lerne ich sonst immer nur Männer kennen, die aus einer Zeit zu stammen scheinen, als man noch Höhlenwände bemalte und rund ums Lagerfeuer tanzte?

»Nein, das heißt …« Ich räuspere mich. »Schwamm drüber, danke, dass Sie mir helfen.«

Meine Stimme hat ein bisschen gezittert, und in meinem Brustkorb regt sich ein merkwürdiges Flattern. Wie unpassend. Falscher Ort, falscher Zeitpunkt, Nele. Verlegen senke ich den Kopf und entdecke einen hellen Fleck ganz unten auf meinem rosa Sweatshirt. Ausgerechnet heute! Ausgerechnet jetzt! Zwar sage ich immer: Reiche Frauen haben Designerlabels auf ihren Klamotten, glückliche Frauen Kinderspucke und Saftflecken, dennoch hoffe ich inständig, dass Captain Kirk den Fleck nicht bemerkt hat.

»Macht Ihr Wagen schon länger Probleme?«, erkundigt er sich, während er das Gewirr aus angerosteten Metallteilen und staubbedeckten Schläuchen in Bobos Innenleben begutachtet.

»Nein, im Gegensatz zu Bobo ist das Problem funkelnagelneu«, behaupte ich mit schlechtem Gewissen, weil ich schon wieder schwindele.

»Wann haben Sie denn das letzte Mal den Ölstand kontrolliert?«, bohrt er weiter. »Sie wissen doch, dass Sie regelmäßig einen Ölwechsel vornehmen müssen?«

Im Prinzip ja, aber das gehört in die Abteilung *Originalver-*

packte gute Vorsätze vom letzten Jahr günstig abzugeben – so wie gesünder essen, früher zu Bett gehen, regelmäßig Sport treiben. Der letzte Ölwechsel ist recht lange her und war derart kostspielig, dass ich auf weitere Maßnahmen dieser Art vorerst verzichtet habe.

»Die Technik und ich, wir sind nicht gerade ein Dreamteam«, versuche ich, mich einigermaßen elegant aus der Affäre zu ziehen. »Meine Stärken liegen eher im Beautybereich.«

»Das sieht man.« Ein frecher kleiner Seitenblick trifft mich. »Also das mit der Beauty.«

Ist das zu fassen? Er flirtet tatsächlich mit mir! Oder sind solche Komplimente in Uniform heute schon ein Fall von sexueller Belästigung? Ach nein, beschließe ich, freu dich einfach darüber. Kommt schließlich nicht alle Tage vor, dass dir ein Mann was Nettes sagt. Gerade heute kann ich das gut gebrauchen.

Was ich allerdings noch dringender bräuchte, wäre ein fahrbarer Untersatz, damit ich alles rechtzeitig schaffe. Aus irgendeinem Grund finden immer genau dann Massenaufläufe in Supermärkten statt, wenn ich sie betrete.

»Haben Sie das Ladekabel schon angeschlossen?«, erinnere ich meinen Freund und Helfer an das Wesentliche.

»Ja, ich habe zusammengefügt, was zusammengehört«, bestätigt er mit einem verschmitzten Zwinkern. »Steigen Sie bitte ein, und betätigen Sie die Zündung, wir probieren jetzt mal, ob wir Ihren Wagen wieder flottkriegen.«

Just in diesem Augenblick klingelt mein Handy. Auf dem Display erscheint der Name von Frau Diepholzer, Alisas Klassenlehrerin, was selten etwas Gutes bedeutet. Alarmiert nehme ich das Gespräch an.

»Tremper, hallo? Ist was passiert?«

»Sie müssen sofort herkommen! Alisa hat einen Asthmaanfall!«

Kapitel 3

»Du bist unmöglich, wir machen uns strafbar, da sieht man mal wieder, wie leichtfertig Männer drauf sind, wenn die Hormone durchknallen«, zetert die Polizistin in einem fort, als es mit quietschenden Reifen in Richtung Schule geht.

»Extra für dich stelle ich sogar die Disco an«, verkündet mein Retter launig. »Mit Blaulicht und Tatütata macht's doch gleich viel mehr Spaß.«

Gellend heult das Martinshorn auf, während er sein Tempo beschleunigt und die Kollegin weitere unerfreuliche Kommentare von sich gibt.

Ich höre kaum noch hin. Halb ohnmächtig vor Sorge hocke ich auf dem Rücksitz des Streifenwagens, halte meinen Kosmetikkoffer fest und zähle die Sekunden. Alisa hat zwar ihr Notfallspray dabei, doch wenn sie keine Luft bekommt, wird sie panisch und braucht ihre Mama. Umso dankbarer bin ich, dass dieser Teufelskerl von Polizist mit irrwitziger Geschwindigkeit durch die Straßen jagt und alles weghupt, was sich ihm in den Weg stellt. Zwischendurch wirft er mir prüfende Blicke im Rückspiegel zu.

»Alles gut dahinten? Sie sind ganz grün um die Nase.«

»Geht schon«, ächze ich, wenngleich mir vom Hin-und-Herschleudern so übel ist, dass mir eher nach einer Spucktüte als nach höflicher Konversation zumute ist.

»Seit wann leidet Ihre Tochter denn unter Asthma?«, erkundigt er sich zwischen zwei waghalsigen Überholmanövern.

»Na jaaa«, mit einer Hand umklammere ich die Rücksitzkante, »sie ist jetzt acht, vor ungefähr drei Jahren fing das an.«

Was ich für mich behalte: Damals musste ich nach der Trennung von Donatus mit meinen Kindern in eine billigere Wohnung umziehen, und vermutlich liegen Alisas Atemwegsprobleme an den Schimmelgirlanden, die sich wie eine verunglückte Halloween-Deko an den Badezimmerwänden entlangziehen. Dem Vermieter ist es schnurzegal, obwohl ich ihm deswegen schon mehrere Briefe geschrieben habe.

»Und da kann man gar nichts machen?«, fragt der Polizist.

»Sekunde!« Aufgeregt spähe ich aus dem Fenster. »Da vorn rechts müssten wir abbiegen, wenn Sie so freundlich wären …«

»Viel zu freundlich«, stichelt die Polizistin.

Schwungvoll biegt ihr Kollege in die kleine idyllische Straße, an der die Pippi-Langstrumpf-Grundschule liegt, ein schmucker Klinkerbau inmitten alter Bäume. Über dem Portal prangen in roten Lettern die Worte *Lachen, Lernen, Leben.* Dieses Motto hat mich von Anfang an für die Schule eingenommen, auch wenn mir manche Unterrichtsmethoden etwas seltsam erscheinen.

Wir haben kaum angehalten, als ich schon den Wagenschlag öffne, mich eilig bedanke und mit meinem Kosmetikkoffer über den gepflasterten Vorplatz zur Eingangstreppe haste.

»Halt, warten Sie!«, ruft mir der Polizist hinterher.

Außer Atem bleibe ich stehen. Was denn noch? Reicht ein Strafmandat denn nicht?

»Wollen Sie mich etwa verhaften?«

»Quatsch, Ihnen meine Nummer geben.« Mit der rechten Hand holt er eine Visitenkarte aus der Brusttasche seines hellblauen Hemds und hält sie mir hin. »Nur für den Fall, dass Sie noch mal Hilfe brauchen. Mit Ihrem Wagen und so.«

Einen vibrierenden Wimpernschlag lang treffen sich unsere Augen, dann schüttele ich den Kopf.

»Danke, aber ich muss jetzt erst mal zu meiner Tochter.«

»Natürlich, verstehe. War nett, Sie kennenzulernen.«

O ja, es sind einmalige Erinnerungen, die wir heute kreiert haben. Selbstverständlich war es *nett*, dass er mich zur Schule gefahren hat, andererseits hängt seine Kollegin schon am Handy und bestellt hundertpro den Abschleppwagen. Es wird Wochen, wenn nicht Monate dauern, die horrenden Kosten für diese Aktion abzustottern. Fragt sich nur, wovon.

»Rufen Sie mich jederzeit an«, bekräftigt der Polizist. »War mir eine Freude.«

Leider war die Freude ganz seinerseits. Ich hingegen hätte es vorgezogen, nicht ausgerechnet heute von einem Ordnungshüter beim Falschparken und obendrein mit einem fahruntüchtigen Auto erwischt zu werden. Von einem äußerst attraktiven Ordnungshüter, wohl wahr, doch dieser Typ ist einfach nicht meine Liga, beziehungsweise ich nicht seine. Außerdem ist er bestimmt vergeben. Solche Traumtypen laufen nicht frei rum, die sind in festen Händen.

Schnell stecke ich die Visitenkarte ein und spurte die Treppe hoch. Auf der obersten Treppenstufe empfängt mich meine Freundin Fiona, deren ältester Sohn Noah in dieselbe Klasse geht wie Alisa. Mit ihrem funkelnagelneuen kamelhaarfarbenen Mantel und dem schicken cognacfarbenen Basecap, unter dem exakt gewelltes rötliches Haar hervorquillt, wirkt sie ausgesprochen ladylike.

Selbst nach drei Jahrzehnten und drei Kindern ist Fiona immer noch wunderschön. Ihr ebenmäßiges herzförmiges Gesicht braucht weder Make-up noch künstliche Eingriffe, und seit sie meine selbst gemachte Sheabuttercreme verwendet, hat ihr Teint einen unwiderstehlichen Glow. Doch in ihren haselnussbraunen Augen stehen zwei große Fragezeichen.

»Um Himmels willen, wieso wurdest du hier mit Blaulicht abgeliefert? Hast du etwa Ärger mit der Polizei?«

»Ja, nein, halb so schlimm«, winke ich ab. »Ich erzähl's dir auf dem Weg zum Erste-Hilfe-Raum, Alisa hat einen Asthmaanfall.«

»Deshalb bin ich doch schon hier! Noah hat mir eine WhatsApp geschickt, danach bin ich sofort zur Schule gerast, um Alisa beizustehen.«

»Danke, du bist ein Engel!«

»Gern geschehen«, beteuert Fiona. »Momentan ist die Lehrerin bei ihr, doch sie fragt dauernd nach ihrer Mama.«

Also genau das, was ich schon befürchtet habe. Gemeinsam rennen wir los, durch lange sonnengelb gestrichene Flure, in denen es nach Bohnerwachs, feuchter Kreide und müffelnden Kinderklamotten riecht.

»Was war denn nun mit der Polizei?«, keucht Fiona im Laufen. »Du siehst so fertig aus, als hättest du in einer Gefängniszelle übernachtet.«

Wo anfangen, wo aufhören. Ich hole tief Luft.

»Vier Kundinnen haben mir gekündigt, der Wagen ist im Eimer und wird gerade abgeschleppt, ansonsten geht's mir prächtig.«

»Du Arme. Kann ich irgendwie helfen? Was brauchst du?«

»Eine Kugel im Kopf? Ich bin geliefert, Fiona, finanziell, emotional, mental, such dir was aus.«

Inzwischen haben wir den Erste-Hilfe-Raum erreicht. Energisch reiße ich die Tür auf und werde sogleich von Frau Diepholzer abgefangen, einer Lehrkraft im lila Hippiekleid, deren graubraunes Haar zu einer Vogelnestfrisur hochgetürmt ist.

»Da sind Sie ja endlich«, begrüßt sie mich schmallippig.

Aber ich habe nur Augen für Alisa, die nach Luft ringend auf einer grünlichen Plastikliege hockt. Ihr kleines Gesicht ist gerötet, wirr hängt ihr das blonde Haar in die Stirn.

»Mami, Mami«, jammert sie schwer atmend.

»Alles gut, meine Süße.« Mit zwei schnellen Schritten bin ich bei ihr, stelle den Kosmetikkoffer ab und drücke sie vorsichtig an mich. »Hast du die Notfallübung ausprobiert, die dir der Arzt gezeigt hat? Komm, wir versuchen es zusammen: vorgebeugter Kutschersitz, langsam durch die Nase einatmen, mit dosierter Lippenbremse durch den Mund ausatmen – pfffhhhhhh.«

»Und das hilft?«, fragt die Lehrerin skeptisch.

Wer nicht fragt, bleibt dumm, singen sie in der Sesamstraße, leider Gottes gibt es auch ausgesprochen dumme Fragen.

»Pfffhhhhhh, ja, das ist eine probate Übung, von führenden Asthmaspezialisten empfohlen«, bestätige ich unter Aufbietung all meiner Contenance.

»Pfffhhhhhh«, pustet Fiona, die begeistert mitmacht. »Wenn Alisa mal bei uns zu Hause einen Anfall hat, bin ich jetzt im Bilde, was zu tun ist.«

»Sachte, sachte.« Ich richte mich ein wenig aus meiner breitbeinigen Kutscherhaltung auf. »In den kommenden Tagen braucht Alisa vor allem eins: Ruhe.«

»Aber Mami«, zirpt meine Tochter, »die Geburtstagsparty machen wir trotzdem, oder?«

Herrje, die Party. Ratlos lasse ich meinen Blick über die orangefarbenen Wände schweifen, die mit buntfarbigen Handabdrücken ganzer Schülergenerationen geschmückt sind. Ich bringe es einfach nicht übers Herz, Alisa zu gestehen, dass es derzeit unerschwinglich ist, fünf Kinder zu bewirten und mit Spielzeugpreisen zu beschenken.

»Na klar, wir feiern im Park, wie besprochen«, flüchte ich mich in eine gnädige Notlüge, weil es mir geboten erscheint, die bittere Wahrheit für einen günstigeren Moment aufzuheben. »Und immer regelmäßig weiteratmen, Liebling. Zu Hause koche ich dir gleich Spaghetti, die isst du doch so gern.«

»Schon vergessen? Wir sind heute bei Hermine zum Kaffeetrinken eingeladen«, sagt Fiona.

»Au ja!«, ruft Alisa lebhaft. »Da gibt es immer leckeren Kuchen, und ich darf mit Tante Hermines Barbiepuppen spielen!«

Zweifelnd mustere ich meine Tochter. Schon des Öfteren hat der Kinderarzt angemerkt, beim Krankheitsbild von Asthmatikern spielten auch psychische Faktoren eine Rolle. Womöglich muntert der Besuch Alisa ja ein wenig auf? Ich tausche einen Blick mit der Lehrerin, bevor ich antworte.

»Also schön, wir fahren zu Hermine. Spaß geht vor.«

»Eine sehr erwachsene Einstellung.« Frau Diepholzers schmale Lippen verziehen sich zu einem Ausdruck vorwurfsvoller Geringschätzung. Übrigens trägt sie Traumfänger-Ohrringe, eigenartige Gebilde aus Perlen und Federn, die bei jeder Kopfbewegung mitwippen, so dass man schon vom reinen Zusehen Alpträume bekommt. »Bei der Gelegenheit möchte ich Sie darauf hinweisen, dass Barbiepuppen äußerst schädlich für die kindliche Entwicklung sind. Wie Sie wissen, legt unsere Schule großen Wert darauf, jede Einübung stereotyper Genderrollen zu vermeiden.«

Puh, ja, das weiß ich nur zu gut. Neuerdings darf man hier ja auch nur noch »Hampelmensch« sagen statt Hampelmann. Unlängst hat Ben berichtet, Jungs hätten zwar einen Penis, sollten aber selbst über ihr Geschlecht entscheiden, sobald sie alt genug dafür seien – so die Erklärung seines Lehrers. Ben ist sechs. Noch interessiert ihn herzlich wenig, ob er womöglich transsexuell, intersexuell oder non-binär ist.

Ich hingegen würde mich als transfinanziell einstufen: eine Frau, die von einem sorglosen Leben träumt, im Körper einer weitgehend mittellosen Kosmetikerin.

»Dann spiele ich eben mit Barbies Freund Ken«, wirft Alisa ein. »Außerdem gibt es auch noch Surfer Blaine, Barbies Ex. Alles Männer also.«

Auf den Kopf gefallen ist sie definitiv nicht. Ich staune immer wieder, wie lässig sich meine Tochter mit den eigenartigen Gepflogenheiten der Pippi-Langstrumpf-Schule arrangiert. Nur ihre Asthmaanfälle während der Unterrichtsstunden häufen sich auffällig, was kein gutes Zeichen ist.

Frage ich sie, ob alles in Ordnung ist, sagt sie immer nur: »Was sonst, Mami.« Von Fionas Sohn Noah weiß ich allerdings, dass Alisa einen schweren Stand in der Klasse hat, weil sie weder ein teures Smartphone besitzt noch mit Markenklamotten oder angesagten Heelys – diesen Sneakers mit eingebauten Rollen – auftrumpfen kann. So aufgeklärt man hier auch tut, unter den Schülern herrscht der übliche Gruppendruck. Da wird man rasch zur gemobbten Außenseiterin, wenn man nicht mithalten kann.

Dass Alisa außerdem über ein erstaunliches Wissen verfügt, macht sie nicht unbedingt beliebter. Welche normale Achtjährige weiß denn schon, dass die Hauptstadt von Osttimor Dili heißt und Schildkröten mit dem Rektum atmen können?

»Und dir geht's wirklich besser?«, vergewissere ich mich.

»Viel besser«, behauptet Alisa im Brustton der Überzeugung, um flüsternd hinzuzusetzen: »Hab dich lieb, Mami. Danke, dass du sofort gekommen bist.«

Gerührt streiche ich ihr über das verstrubbelte blonde Haar. Wie sehr ich mein Kind liebe. Beide Kinder. Und wie sehr ich zurückgeliebt werde. Das entschädigt mich für die vielen durchwachten Nächte, für alle Sorgen und Entsagungen, die das Mütterdasein so mit sich bringt.

»Dann ab durch die Mitte«, kommandiert Fiona, die ungeduldig mit dem Goldkettchen in ihrer Halsbeuge spielt. »Wir warten draußen an der frischen Luft auf meine drei kleinen Monster und deinen Benjamin. Wenn wir etwas zusammenrücken, passen wir alle in meinen Van. Um deine charmante Rostlaube kümmern wir uns später.«

Frau Diepholzer scheint das überhaupt nicht zu gefallen. Mit gespreizten Fingern zupft sie an ihrer Vogelnestfrisur herum.

»Fahren Sie etwa immer noch diesen klimaschädlichen Benziner?«, fragt sie mich säuerlich.

Mit solchen Bemerkungen gerät sie bei Fiona nun an die ganz, ganz falsche Adresse. Meine Freundin ist das, was man eine gestandene Frau nennt, selbstbewusst, patent, um keine Antwort verlegen. Vor allem aber ist sie eine echte Freundin.

»Wenn Frau Tremper im Lotto gewinnt, schafft sie sich als Erstes ein Elektroauto an und trinkt nur noch Bio-Champagner auf ihrer solarbetriebenen Yacht«, sagt sie vollkommen ruhig. »Aber solange die Lottofee mauert, muss Nele eben zusehen, wie sie auch ohne solche Extras ihre Kinder zur Schule bringt und wieder abholt, weil es hier ja weit und breit keine Bushaltestelle gibt.«

»Eine Alternative wäre ein Lastenfahrrad mit Elektromotor«, hält Frau Diepholzer dagegen.

»Ja, für schlanke viertausend Euro kriegt man schon was Feines. Zahlen Sie so was aus der Portokasse?«

Eingeschnappt nagt die Lehrerin an ihrer Unterlippe. Es ist

nicht das erste Mal, dass sie von Fiona Kontra bekommt, und auch ich bin schon mehrfach mit Frau Diepholzer aneinandergeraten. Etwa, als Alisa verraten hat, dass sie an Weihnachten ausnahmsweise Cola trinken durfte. Reines Gift, hat Frau Diepholzer geschäumt und mir eine geharnischte Standpauke über gesunde Ernährung sowie ihren Kampf gegen Phosphate und Transfette gehalten.

Abgesehen von solchen kleinen Reibereien schätze ich die Schule jedoch nach wie vor, weil die Lehrer immer ein Ohr für ihre Schüler haben. Allerdings deuten Alisas Asthmaanfälle darauf hin, dass es Probleme mit ihren Mitschülern gibt. Wenn sie sich mir doch bloß anvertrauen würde! Mobbing ist eine schreckliche Belastung, und dass ich Alisa in der Schulzeit nicht schützen kann, macht mich richtig krank. Höchste Zeit, das zu ändern.

»Vielen Dank, dass Sie sich Zeit für meine Tochter genommen haben, Frau Diepholzer«, beende ich die Diskussion in einem versöhnlichen Tonfall. »Könnten wir nächste Woche vielleicht ein Elterngespräch führen?«

Frau Diepholzer nickt etwas zu schnell für meinen Geschmack.

»Einverstanden, ich sage dem Schulpsychologen Bescheid, es gibt einiges zu klären.«

»Kann ich mir vorstellen. Dann sollten wir auch Alisas Asthmaanfälle thematisieren. Mich beunruhigt, dass es meist hier in der Schule passiert, und …«

»Mama!«, geht Alisa dazwischen. »Bitte! Es ist wirklich alles in Ordnung!«

Frau Diepholzer sieht nicht so aus, als ob sie derselben Meinung wäre. Die Traumfänger fangen an zu schwanken, fahrig streicht sie ihr lila Hippiekleid glatt.

»Was ich noch sagen wollte: In den Osterferien sollten Sie mit Ihren Kindern an die Nordsee fahren. Die aerosolhaltige Luft ist Balsam für Asthmatiker. Ein, zwei Wochen auf einer friesischen Insel, und Alisa wird aufblühen.«

Ich ringe mir ein mattes Lächeln ab. Über etwas Ähnliches habe ich auch schon häufiger nachgedacht. Aber wie soll ich das stemmen? Die Kinder verbringen ihre Ferien meist bei meinen Eltern, was in beiderseitigem Missfallen vonstattengeht, jedoch alternativlos ist. Plätze für eine Ferienbetreuung gibt es so gut wie gar nicht, Sportcamps sind zu teuer, aufwendige Urlaube ein Ding der Unmöglichkeit. Und schließlich muss ich arbeiten.

»Danke für den Tipp, bis nächste Woche«, verabschiede ich mich schnell, weil ich das Thema lieber nicht weiter vertiefen möchte.

Um ehrlich zu sein, schäme ich mich, dass ich so knapp bei Kasse bin. Heutzutage spricht man ja über fast alles – Beziehungsprobleme, Übergewicht, Steißbeinfisteln, sogar über Klimakteriumsbeschwerden und Erektionsstörungen, doch beim Geld hört die Mitteilungsfreudigkeit auf. Entweder man hat es und hält sich vornehm zurück, oder man hat zu wenig und versucht, diese Tatsache tunlichst zu kaschieren. Bislang konnte ich zumindest den Schein aufrechterhalten, dass es keine größeren finanziellen Probleme gibt. Nur meine Freundinnen wissen Bescheid.

Mit Alisas Ranzen auf der Schulter und meiner Tochter an der Hand trotte ich los, gefolgt von Fiona, die etwas Undefinierbares vor sich hin grummelt. Erst draußen auf dem Vorplatz der Schule macht sie ihrem Ärger Luft.

»Also wirklich, die Ratschläge mancher Leute sind so hilfreich wie eine Gabel beim Suppe-Essen. Wo lebt diese Diepholzer eigentlich? Im luftleeren Raum? Die kauft bestimmt nur in teuren Bioläden und webt sich ihre komischen Kleider aus superökologisch erzeugter Baumwolle selbst, während du Sonderangeboten beim Discounter hinterherhechelst und allenfalls Secondhandklamotten kaufen kannst.«

»Schon gut«, halte ich mit einem Seitenblick auf Alisa den Ball flach. »Wir sprechen ein andermal darüber. Unter vier Augen.«

Bloß kein böses Wort über Frau Diepholzer in Gegenwart meines Kindes. Aus unerfindlichen Gründen mag Alisa die Lehrerin, und ich bin froh, dass es eine weitere Bezugsperson in ihrem Leben gibt, wenn schon der Vater durch Abwesenheit glänzt.

»Aber die Ansage vorhin musste sein«, schiebt Fiona nach. »Du weißt, für meine beste Freundin würde ich durch die Hölle gehen, und Leuten, die ihr komisch kommen, zeige ich gern den Weg dorthin.«

Ja, so ist Fiona. Eine echte *beste Freundin* mit dem Herzen auf dem rechten Fleck.

Kennengelernt haben wir uns bei der geburtsvorbereitenden Akupunktur, als Alisa unterwegs war. Später, beim Rückbildungsyoga, ist dann eine enge Bindung entstanden, die sich mit jedem Jahr weiter gefestigt hat. Dabei könnten wir unterschiedlicher nicht sein. Fiona hat Betriebswirtschaft studiert, ist mit einem Anwalt verheiratet und lebt in einem komfortablen Haus am Stadtrand. Die Sorte Haus, in dem es eine Sauna, einen Weinkeller und die obligatorische offene Küche mit einem Tresen in der Mitte gibt.

Vorsichtig formuliert, ist der Kontrast zwischen unseren Lebensstilen gewaltig, unserer Freundschaft hat das aber nie im Wege gestanden, und wir unterstützen einander, wo wir nur können.

Wenn ich berufliche Abendtermine habe, dürfen Alisa und Ben bei Fiona schlafen, ich wiederum helfe ihren Kindern manchmal bei den Schulaufgaben. Vor allem Matteo, der Mittlere, legt eine gewisse Lernschwäche an den Tag. Seinem Vater ist das äußerst unangenehm. *Meine Kinder sind Leistungsträger, die schaffen das allein*, hat er getönt, als Fiona vorschlug, einen Nachhilfelehrer zu engagieren. Deshalb helfe ich Matteo quasi undercover auf die Sprünge und höre seine beiden Brüder vor Tests und Klassenarbeiten ab. Von der eigenen Mutter lassen sich die temperamentvollen Jungs nicht so gern was sagen.

Ein durchdringendes Klingeln ertönt. Wenige Sekunden später strömen die ersten Trauben von Kindern aus dem Schulgebäude und wuseln über den Vorplatz.

»Mami, Mami!«

Suchend drehe ich mich um. Es ist Ben, der angerannt kommt und förmlich in meine Arme fliegt. Noch ist er in jenem wunderbaren Alter, in dem Mütter nicht peinlich sind. Alisa hingegen hat bereits gelernt, dass man liebende Gefühle in Gegenwart anderer Schüler besser nicht so offen zeigt, und hält gebührenden Abstand.

»Darf ich noch ein bisschen auf den Spielplatz?« Übermütig pustet Ben eine dunkle Haarsträhne aus seinem Gesichtchen. »Nur fünf Minuten!«

»Geh ruhig, Schatz. Wir holen dich dann gleich ab.«

Wie ein kleiner Torpedo schießt er davon. Unterdessen kommen weitere Kinder lärmend aus dem Schulgebäude. Auch Fionas drei Söhne trudeln jetzt ein und reihen sich wie die Orgelpfeifen vor ihrer Mutter auf. Sie sind ein lebhaftes Trio, sechs, sieben und acht Jahre alt. Noah, der Älteste, ein robustes Kerlchen, das Fionas rotes Haar geerbt hat, zupft an meinem Sweatshirt-Ärmel.

»Stimmt es, dass die ganze Klasse zu Alisas Geburtstag kommen darf? Und dass es eine Hüpfburg gibt?«

»Eine Hüpf…« Mir bleibt das Wort im Halse stecken. »Wie kommst du denn darauf?«

»Frag Alisa«, gibt er ohne Zögern zurück. »Sie hat uns heute alle eingeladen. Echt mega, so 'ne Grillparty mit Zaubershow, Hüpfburg und Ponyreiten.«

Wie vom Donner gerührt schaue ich zu meiner Tochter, die gesenkten Blicks mit dem Reißverschluss ihres Anoraks spielt. Ganz blass ist sie geworden, nur ihre Unterlippe schiebt sich trotzig nach vorn. Und plötzlich verstehe ich, was meine Tochter zu diesem Irrsinn getrieben hat: Ja, sie wird gemobbt. Deshalb ringt sie verzweifelt um Anerkennung, indem sie die Einladung zu einer Riesengeburtstagsparty ausspricht – die ich mir nicht leisten kann.

»Würdet ihr bitte spielen gehen? Alle?«, ergreift Fiona für mich das Wort. »Eure Mamis setzen sich auf die Bank neben der Rutsche.«

Mir ist so schwummerig, dass ich mich tatsächlich erst mal setzen muss. Wie soll ich denn binnen kürzester Zeit das Geld für eine derart rauschende Geburtstagsparty auftreiben? Mal ganz abgesehen davon, dass ich niemals so leichtsinnig wäre, ganze Schulklassen einzuladen, weil jeder Cent meines Budgets für die laufenden Kosten draufgeht. Andererseits: Wenn Alisa jetzt einen Rückzieher macht, verliert sie das Gesicht und steht endgültig im Abseits.

Na toll, Nele, aus dieser Zwickmühle kommst du nie wieder raus. Was auch immer du tun wirst, es wird das Falsche sein.

Irgendwo habe ich mal gelesen, die größte Gefahr gehe von Menschen aus, die nichts mehr zu verlieren haben. Was ja wohl nur bedeuten kann: Bei meinem nächsten Banktermin darf ich nicht die Strumpfhose vergessen – und vorher schön übers Gesicht ziehen, dann klappt's auch mit der Kohle.

Kapitel 4

»Scheint so, als hättest du jetzt ein Problem mehr«, seufzt Fiona, als wir uns auf eine rot gestrichene Bank im Schatten alter Eichen setzen.

Von hier aus können wir die Kids im Auge behalten. Das ist auch bitter nötig, nicht nur wegen des Bewegungsdrangs, der Kinder nach dem stundenlangen Stillsitzen zu ebenso tollkühnen wie notarztverdächtigen Kletterübungen verleitet. Soeben ist Fionas Ältester auf die gloriose Idee verfallen, seine kleinen Brüder mit Sand zu bewerfen. Durch ihr ohrenbetäubendes Geheul steigert sich der ohnehin extreme Geräuschpegel in Bereiche, die für das menschliche Ohr denkbar ungeeignet sind.

»Hör sofort auf damit, Noah!«, brüllt Fiona.

Tja, Spielplätze sind eben die Rockfestivals der Mütter, sinniere ich vor mich hin. Es ist voll, es ist laut, und sobald es richtig abgeht, schreit man sich die Lunge aus dem Hals. Fehlt eigentlich nur noch das lauwarme Bier in klimaschädlichen Plastikbechern. Eine Weile schauen wir schweigend zu, wie sich die Kinder darauf verlegen, ein tiefes Loch unter der Rutsche zu graben, dann greift Fiona nach meiner Hand.

»Wie schlimm ist es?«

»Auf einer Skala von eins bis zehn? Ungefähr tausend«, erwidere ich leise. »Alisa kann nichts dafür, sie wollte nur …«

Der Rest des Satzes bleibt in der Luft hängen, weil meine Stimme versagt.

»Ich weiß«, flüstert Fiona.

Das ist das Schöne an unserer Freundschaft: Wir verstehen uns auch ohne Worte. Geistesgegenwärtig hat Fiona das Dilemma erkannt, in dem ich stecke. Zumindest ein kleiner Trost. Was wäre ich ohne meine wunderbare Freundin?

»Die Feier darf nicht platzen, das wäre ein Desaster für deine Tochter.« Mit dem Kinn deutet Fiona zur etwas weiter entfernten Schaukel, auf der Alisa sitzt, ganz allein, wieder einmal. »Womit sich die naheliegende Frage stellt, ob ich dir das Geld für die Party leihe. Was ich wirklich gern …«

»Nein!«, unterbreche ich sie hastig. »Auf keinen Fall! Wir reden hier von einer richtig großen Summe, Fiona. Fünfundzwanzig Kinder, die bewirtet und beschenkt werden wollen, dazu die Hüpfburg, das Ponyreiten, die Zaubershow, das alles kostet locker einen Tausender! Wie soll ich den in absehbarer Zeit zurückzahlen?«

»Ach, Nele …«

Ich horche auf. Irgendwas stimmt nicht mit meiner Freundin, das spüre ich ganz deutlich. Auf einmal wirkt sie irgendwie mitgenommen, nahezu verstört, als hätte man sie mitten in der Nacht aus dem Schlaf gerissen. Blinzelnd schlägt sie die Augen nieder und betrachtet die Spitzen ihrer beigefarbenen Pumps.

»Offen gestanden *könnte* ich dir das Geld auch gar nicht leihen.« Ihr Kinn beginnt seltsam zu zittern, ihr Wimpernschlag beschleunigt sich. »Weil ich keins habe.«

Verwundert schaue ich sie an. Wenn meine elegante Freundin gesagt hätte, dass sie neuerdings von Kinderhand gebastelte Kastanienketten um den Hals tragen würde statt ihres Goldkettchens mit dem funkelnden Diamanten, ich hätte kaum erstaunter sein können.

»Hat dir Paul etwa das Konto gesperrt, weil du mal wieder vegan gekocht hast?«

Es sollte ein Scherz sein. Fiona sieht allerdings nicht so aus, als sei ihr nach Scherzen zumute.

»Bitte, bitte versprich mir, dass du niemandem sagst, was ich dir jetzt erzähle.« Scheu sieht sie sich um. Doch die anderen Eltern, die am Rande des Spielplatzes in kleinen Grüppchen zusammenstehen, könnten uns in dieser Geräuschkulisse nicht mal belauschen, wenn sie direkt neben uns säßen. »Es ist furchtbar, einfach furchtbar …«

Meine Verwunderung macht auf der Stelle ehrlicher Besorgnis Platz.

»Falls du mir Angst einjagen willst – hat funktioniert.«

»Wir sind bankrott!«, bricht es aus ihr heraus, und ihre Augen füllen sich mit Tränen. »Mehr als das. Wir sitzen auf einem Riesenberg Schulden.«

Jetzt verstehe ich die Welt nicht mehr. Mein Hirn weigert sich strikt, die beiden Worte *Fiona* und *bankrott* in irgendeinen vernünftigen Zusammenhang zu bringen.

Wenn hier jemand wohlsituiert ist, dann Paul und Fiona Hansen: das Sinnbild des arrivierten Paars, dem es an nichts fehlt und das vom Elternbeirat bis zum Vorstand des Tennisclubs stets eine gewisse gesellschaftliche Rolle spielt.

»Das ist doch … das darf … das kann ich einfach nicht glauben«, stottere ich fassungslos. »Ich meine, Paul verdient glänzend, ihr besitzt ein großes Haus, seid schon nach Phuket geflogen, als noch kein Mensch das Wort buchstabieren konnte, und habt doch bestimmt auch einiges beiseitegelegt.«

»Ja, wie im Märchen: Es war einmal.« Mit dem Handrücken wischt sich Fiona eine Träne von der Wange. »Paul hat alles in eine Kryptowährung investiert, die dann plötzlich in den Keller gerauscht ist. Jetzt wurde ihm auch noch in der Firma gekündigt. Fristlos, ohne Abfindung. Wir stehen vor dem Nichts, Nele.«

Das muss ich erst mal verdauen. Es will mir einfach nicht in den Kopf, dass ein erfolgreicher Anwalt wie Paul seine ganze Familie in den Abgrund gerissen haben soll. Während ich einen Arm um Fionas Schultern lege, überlege ich fieberhaft, wie ich meine Freundin trösten könnte.

»Ihr habt doch ein großes Haus. Wäre es nicht möglich, dass ihr es verkauft, um die Durststrecke zu überbrücken?«

Trotz des warmen Frühlingswetters schlägt Fiona den Kragen ihres Mantels hoch. Sie zittert wie Espenlaub, und über ihr Gesicht laufen jetzt ganze Tränenrinnsale, die sie verstohlen mit einem Taschentuch abtupft. Wenn's im Herzen regnet, fallen Tropfen aus den Augen, würde Alisa sagen.

»Das Haus ist noch gar nicht abbezahlt«, schluchzt Fiona dicht an meinem Ohr. »Wir besitzen keinen müden Euro mehr. Fürs Erste haben mir meine Eltern was geborgt, sonst könnte ich einpacken.«

Noch immer bin ich wie vor den Kopf geschlagen. Was ich jetzt aber wesentlich besser verstehe, ist ihre Reaktion auf die ökologisch wertvollen Belehrungen von Frau Diepholzer. Fiona hat nicht nur für mich gesprochen.

»Seit wann weißt du es?«, frage ich gepresst.

»Seit ein paar Wochen.«

»Und hast mir nichts gesagt?«, brause ich auf. »Wir sind Freundinnen!«

»Das Ganze ist mir so peinlich«, schnieft sie unglücklich. »Du glaubst gar nicht, was für eine Riesenangst ich habe, dass jemand Wind von unserer Pleite kriegt.«

Da sieht man mal wieder, wie der äußere Eindruck trügen kann. Mehr Schein als Sein war zwar nie Fionas Devise, doch ich ahne, dass sie längst Bekanntschaft mit der mir wohlvertrauten Scham gemacht hat, ihre finanzielle Misere könnte publik werden.

»Weißt du, ich habe mich nie um unsere Finanzen gekümmert, das war immer Pauls Aufgabe«, fährt sie im tränenerstickten Flüsterton fort. »Großer, großer Fehler. Jedenfalls fiel ich aus allen Wolken, als vor Kurzem ein an ihn adressierter Brief von der Bank kam, den ich aus Versehen aufgerissen habe. Da stand es schwarz auf weiß: Drei Monate lang hat Paul keine Raten für das Haus bezahlt, kreditwürdig ist er auch nicht mehr, nun droht die Zwangsversteigerung. Und den Erlös kassieren die Banken.«

»Herr im Himmel, Fiona!«

Ein tapferes kleines Lächeln huscht über ihr Gesicht.

»Ach, Schatz, du hast es doch viel schwerer als ich.«

»Ja, aber mit dem Unterschied, dass ich keine Schulden habe, nur ein geplündertes Konto.«

»Und ein fettes Problem wegen dieser Geburtstagsparty, vergiss das nicht.«

Geistesabwesend beobachte ich unsere Kinder, die mittlerweile laut kreischend Fangen spielen. Wir sind Mütter. Wir würden alles dafür tun, dass den Kiddies unsere Geldnöte verborgen bleiben. Wirklich alles?

Bislang habe ich nur auf die üblichen kleinen Tricks gesetzt. Sind die Absätze meiner Boots schadhaft, male ich sie mit schwarzem Filzstift an, statt sie zum Schuster zu bringen. Löcher in Alisas Pullovern flicke ich nachts, indem ich sie mit Stoffblümchen verziere. Auf Wochenmärkte gehe ich erst kurz vor Schluss, wenn die Reste verramscht werden, statt teurem Mineralwasser trinken wir Rohrperle. Ich tanke zwischen achtzehn und zwanzig Uhr, da ist der Sprit am billigsten, die Waschmaschine läuft nur noch nachts – zum Ärger meiner Nachbarn –, weil der Strom dann am preisgünstigsten ist. Koche ich Spaghetti bolognese, strecke ich die Hackfleischsoße mit Kichererbsen und roten Linsen. Merkt man gar nicht, schmeckt prima, ist supergesund und spart eine Menge Geld.

Selbstredend bin ich auch auf allen möglichen Flohmarkt-Apps unterwegs, um Überflüssiges gewinnbringend loszuwerden: ausgemustertes Kinderspielzeug, hässliche Weihnachtspräsente, außerdem fast alle Klamotten, bei denen sich mir nicht etwa die Frage stellt: Was ziehe ich an?, sondern: Wie komme ich da rein? Und natürlich habe ich das Handy voller Apps, die mir Rabattaktionen von Supermärkten anzeigen.

Doch wie weit würde ich gehen? Pfandflaschen von der Straße aufsammeln? Mich mit einer Blockflöte in die Fußgängerzone stellen? Für einen Zwanziger Blut spenden?

Fiona schluchzt noch immer vor sich hin. Wenn das die Kinder mitbekommen! Oder Irene, unsere Erzfeindin! Schnatternd steht sie am anderen Ende des Spielplatzes, ganz die Vorzeigemutter der Schule und die bei Weitem laktosefreieste Fundamentalistin in diesem Taka-Tuka-Land. Stets verfolgt sie uns misstrauisch, weil sie ganz richtig erkannt hat, dass wir weder Nullallergikerinnen noch politisch korrekte Erziehungsfanatikerinnen sind.

Nach einigem Suchen fördere ich zwei Sonnenbrillen aus meiner verkramten Handtasche zutage: Alisas, eine recht groß geratene Kindersonnenbrille mit pinkem Gestell, und meine eigene, die ich Fiona reiche.

»Hier, damit keiner deine verheulten Augen sieht.«

Synchron setzen wir die Sonnenbrillen auf. An Fiona wirkt mein Modell ungemein mondän, auch wenn es nur ein Billigteil aus dem Ein-Euro-Shop ist. Wie mir Mädchen-Pink steht, darüber möchte ich lieber nicht so genau nachdenken. Ich trage sie nur aus Solidarität, damit es nicht so aussieht, als hätte Fiona etwas zu verbergen, denn mittlerweile hat sich die Sonne hinter eine dicke Wolkendecke verzogen.

»Was hältst du von einem kleinen Mama-Nickerchen?«, schlage ich vor. »Um diese Uhrzeit habe ich meinen toten Punkt, da fallen mir immer die Augen zu.«

»Nein, nein, wir müssen unbedingt weiter über Alisas Party sprechen!« Fionas Schultern straffen sich, als verleihe ihr das

Thema neue Energie. »Donatus könnte sich daran beteiligen, schließlich ist er der Vater. Für sein neues Business hast du ihm damals einen Batzen Geld geliehen, da müsste doch langsam mal was rumkommen.«

»Eigentlich schon«, druckse ich herum. »Eines habe ich allerdings übersehen: Donatus' Geschäftssinn hält sich in überschaubaren Grenzen. Wie man hört, könnte er nicht mal Eskimos einen Pelzmantel verkaufen. Von meinem Geld soll er sich erst mal einen Wagen geleistet haben.«

»Das nenne ich ein mieses Happy End: Er ist happy, du bist am Ende. Und was gedenkst du nun zu tun? Hast du versucht, ihn zu erreichen?«

»Anfangs ungefähr zwanzig Mal am Tag.« Mit den Spitzen meiner Boots bohre ich im Rasen vor der Bank herum. »Aber Gauner rufen bekanntlich selten zurück, und mittlerweile hat er eine andere Nummer. Die alte ist ›nicht mehr vergeben‹.«

»So ein Schuft.«

»Männer halt. Erst klauen sie dir dein Herz, dann den besten Platz auf dem Sofa, irgendwann den letzten Nerv. Und nun auch noch das Geld.«

»Vielleicht wäre es zielführend, deinen Männergeschmack zu überdenken«, merkt Fiona feinsinnig an. »Um Einstein zu zitieren: Wenn Du bessere Ergebnisse willst, solltest du nicht immer denselben Fehler machen.«

»Weiß ich doch, theoretisch jedenfalls«, gebe ich ihr kleinlaut recht. »Keine Ahnung, warum ich immer an Männer gerate, die weder seriös sind noch an das Konzept einer festen Beziehung glauben.«

»Wie wär's zur Abwechslung mit ein bisschen Realitätssinn?«, ereifert sich Fiona. »Fakt ist, dass du regelmäßig auf falsche Fuffziger reinfällst!«

Auf Pfeifen, Klappspaten, Windeier, leider, ergänze ich im Stillen. Meine Mutter spricht von Resteverwertung. Bei männlichen Singles über dreißig sei ohnehin was faul, so ihre messerscharfe Analyse, weshalb man sich am besten von ihnen fernhalte. Klingt logisch, ist aber schwierig umzusetzen, wenn man noch etwas Leben in sich spürt.

»Was war denn eigentlich mit diesem feschen Polizisten, der dich zur Schule gefahren hat?«, überrumpelt mich Fiona mit einer Frage, mit der ich nun am allerwenigsten gerechnet hätte. »Wusste gar nicht, dass so attraktive Männer bei der Polizei arbeiten.«

»Captain Kirk?«

»Sag bitte nicht, dass er wirklich so heißt.«

»Nein, warte.« Eilig fische ich die Visitenkarte aus meiner Hosentasche. *Nick Fehlandt, Polizeihauptmeister*, steht darauf, darunter das sternförmige Emblem der Polizei sowie eine Festnetznummer. »Nick, er heißt Nick.«

Ob er wohl auch für abtrünnige Väter zuständig ist, die mit dem Ersparten türmen?

»Hui, was für'n Hottie«, schwärmt Fiona, die neugierig auf die Karte schaut. »Dieser Nick interessiert sich brennend für dich, das sah man ihm an der Nasenspitze an.«

»Er war …«, ich suche nach den passenden Worten, »… sehr hilfsbereit.«

»Unsinn. Er steht auf dich, das war nicht zu übersehen.«

»Auf mich?«

»Nun sei mal nicht so naiv«, lächelt Fiona. »Glaubst du, er hätte dich auch mit Blaulicht durch die Gegend kutschiert, wenn du neunzig und hässlich wie die Nacht wärst?«

»Bestimmt. Er hat einfach ein gutes Herz.«

Halb mitleidig, halb amüsiert schüttelt meine Freundin den Kopf.

»Du siehst immer nur das Positive in den Kerlen. Aber diesmal könnte es sogar stimmen, das mit dem guten Herzen. Polizisten sind jedenfalls keine Langfinger, soweit ich weiß. Also melde dich bei ihm.«

Als ob das irgendeinen Sinn machen würde. Erneut rufe ich mir seine einnehmende Erscheinung ins Gedächtnis, sein umwerfendes Lachen, seine zugewandte Freundlichkeit. Der Mann hat Klasse, keine Frage, und genau deshalb bin ich nicht seine Liga.

»Was sollte so ein Traumtyp von mir wollen, Fiona? Der Lack ist längst ab bei mir, und wenn wir ehrlich sind, habe ich nichts zu bieten außer leeren Taschen und einem aufreibenden Leben.«

Entrüstet hebt sie die Hände.

»Unsinn, du bist rasend hübsch, meine Liebe, hast zwei bezaubernde Kinder und bist die beste Kosmetikerin der Welt. Das nenne ich eine Traumfrau.«

Na ja, so sind gute Freundinnen. Sie stärken einem den Rücken, auch wenn alles dagegenspricht.

»Und warum landen dann nur Mogelpackungen bei mir?«

»Dasselbe könntest du *mich* fragen.« Schlagartig verdüstert sich Fionas Miene wieder, und eine steile Falte erscheint zwischen ihren Augenbrauen. »Paul und ich sind seit zehn Jahren verheiratet, alles lief bestens, ich war überzeugt, einen umsichtigen, verantwortungsvollen Mann geehelicht zu haben. Stattdessen hat er uns richtig reingeritten mit seinem Kryptowährungsabenteuer.«

»Tut mir so leid …« Mit einer Hand hebe ich die Sonnenbrille an, um beiläufig zu überprüfen, ob auf dem Spielplatz weiterhin alles friedlich läuft; was glücklicherweise der Fall ist. »Warum wurde Paul eigentlich entlassen?«

Auch Fiona scannt jetzt den Spielplatz auf der Suche nach emotionalen oder orthopädischen Risiken, die dramatische Nebenwirkungen nach sich ziehen könnten. Dann formt sie ihren Mund zu einem Flunsch.

»Man wirft ihm vor, er hätte Firmeninterna ausgeplaudert. Nach Pauls Darstellung ist das aber nur ein Vorwand, damit er seinen Anspruch auf eine saftige Abfindung verliert. Er könnte dagegen klagen. Aber niemand stellt einen Anwalt ein, der gegen seinen ehemaligen Arbeitgeber vor Gericht gezogen ist. Das würde nach Ärger riechen.«

»Und jetzt sucht er einen neuen Job?«

»Schön wär's«, antwortet Fiona leicht entnervt. »Meistens schläft er bis mittags, zieht nach dem Duschen seinen besten Anzug an und wechselt mit Kaffee und Laptop aufs Sofa. Er tut aber nur so, als ob er Stellenangebote checkt. In Wirklichkeit zieht er sich Serien rein oder daddelt Noahs Videospiele. Angeblich hat er Depressionen. Für mich sieht's eher nach gemütlicher Antriebsschwäche aus.«

»Womit die gesamte Verantwortung an dir hängenbleibt.«

»So ist es.« Die steile Falte zwischen ihren Augenbrauen vertieft sich. »Weißt du, wovon ich träume? Dass er mich packt, aufs Bett wirft und dann das Haus putzt, damit ich mal die Füße hochlegen kann. Genug Zeit hätte er jetzt, aber du kennst ihn ja: Helfen, nein danke. Ich meine, was soll ich denn sagen? Drei Mahlzeiten am Tag will er ja auch noch. So schlecht, wie das Hausfrauendasein bezahlt wird, kann ich gar nicht kochen!«

Ich muss gestehen, dass ich Fiona nur noch mit einem halben Ohr zuhöre, weil meine Aufmerksamkeit inzwischen von Ben gefesselt wird. Offenbar hat er bei seinen Wühlarbeiten im Sand etwas gefunden, einen metallisch glänzenden Gegenstand, der ein bisschen aussieht wie – o nein, bitte nicht!

Kapitel 5

Wie angestochen flitze ich los, hechte über eine Wippe, umrunde ein Klettergerüst und lande gerade noch rechtzeitig neben meinem Sohn im Sand, bevor er das Fundstück hochhalten kann. Oder in Räuber-und-Gendarm-Manier benutzt, was an der Pippi-Langstrumpf-Grundschule einer Todsünde gleichkäme.

»Scheibenkleister, Ben, das ist eine Pistole«, raune ich ihm zu, während ich ihm das Ding entwinde und in meiner Schultertasche versenke. »Du weißt doch, was passiert, wenn man dich hier mit einer Spielzeugwaffe erwischt.«

»Gemein-müpfige Arbeit«, antwortet er treuherzig und leiert den alten Demo-Spruch runter, den sie hier schon in der ersten Klasse lernen: »Frie-den schaf-fen oh-ne Waf-fen.«

»Sehr gut«, lobe ich ihn. »Hast du super drauf, Schatz.«

»Ich möchte aber trotzdem mit der Pistole spielen«, quengelt er los.

»Was hat er denn?«, ruft die unvermeidliche Irene, die uns beobachtet hat und bedrohlich näher kommt.

Mit ihrer zotteligen Frisur in alternativ-modischem Grauweiß und ihrem wollweißen tibetischen Gebetsmantel sieht sie aus, als hätte sich ein ausgehungerter Yeti auf den Spielplatz verirrt.

»Alles fein!«, versuche ich, sie abzubügeln, aber eine Irene lässt sich nicht so leicht die Avocadocreme vom Chiabrot nehmen.

»Du weißt doch, Nele, wir erziehen hier Entspanner, keine Neinsager! Also vergiss nicht: sanfte Regeln, gute Grenzen und valide Konsequenzen!«

»Danke für den wertvollen Tipp, Irene!« Sanft hauche ich Ben einen Kuss aufs Haar. »Bau lieber eine Sandburg, Schatzi, die gucke ich mir dann nachher an.«

»Och, Mami … Sandburgen sind doof, das ist was für Mädchen.«

»Sag so was nicht, Bennilein. An dieser Schule wird sehr auf genderneutrale Erziehung geachtet.« Wie ein ironischer Kommentar dringt ein fernes Donnern an mein Ohr. Ich schaue hoch zum Himmel, über den auf einmal dunkelgraue Wolken jagen. »Wir fahren sowieso in ein paar Minuten los, weil es gleich regnet, bis dahin kannst du zu Alisa gehen und mit ihr schaukeln.«

Enttäuscht zieht er ab, und ich stapfe zurück zur Bank, wo ich Fiona in meine Tasche schauen lasse. Unmerklich zuckt sie zusammen. Die Pistole ist wirklich ziemlich groß und sieht gefährlich echt aus.

»Was hast du damit vor? Eine Bank überfallen?«

»Ist doch nur eine Spielzeugpistole«, wispere ich.

»Schon klar.«

»Aber in dieser Schule gilt so was ja schon als Teufelszeug. Jedenfalls gebe ich das Ding nicht im Sekretariat ab, weil es am Ende auf Ben zurückfallen würde.« Aufstöhnend lasse ich mich auf die Bank sinken und stütze einen Ellenbogen auf meinen Kosmetikkoffer. »Lassen wir mal den Kinderkram beiseite und kommen zu den substanziellen Dingen. Wo waren wir noch mal stehengeblieben?«

»Bei Paul.«

»Stimmt, bei Pauls Antriebsschwäche.«

Von diesem Phänomen könnte ich auch so einige Liedchen singen. Mein Neuzugang in der Abteilung ressourcenschonende Resteverwertung hört auf den Namen Arthur. Vor drei Wochen habe ich ihn kennengelernt; vielleicht nicht der perfekte Mann und schon gar keine starke Schulter, aber immerhin ein Mann. Kurz denke ich an seinen warmen Körper, der sich heute nach dem Aufwachen an mich geschmiegt hat, an die regelmäßigen Atemzüge in meinem Nacken, die morgendlich erstarkende Männlichkeit dicht an meinem unteren Rücken.

Arthur hat was. Richtiggehend verliebt bin ich nicht in ihn, aber er bringt mich zum Lachen und lässt mich nach langer Zeit wieder meine Weiblichkeit spüren. Im Übrigen würde man ihn – freundlich gesagt – als Lebenskünstler mit einem Hang zu lustvoller Lethargie bezeichnen. Auch in Haushaltsdingen. Alle reden von den neuen Männern, am liebsten natürlich die Männer selber, doch wenn sie dann eine Spülmaschine einräumen sollen, sind sie schneller weg, als man »faire Aufgabenteilung« sagen kann.

»Momentan ist Paul besonders träge«, beklagt sich Fiona. »Wenn ich ihn so durch die Wohnung schlurfen sehe, fällt mir immer seine Lieblingsserie ein: *The Walking Dead.*« Mit ihrem Taschentuch wischt sie einen ersten Regentropfen von ihrer

Sonnenbrille. »Seine stehende Rede lautet: *Du bist eine moderne, starke Frau, du kriegst alles hin, Haushalt, Erziehung, sogar einen neuen Anwaltsjob für mich.* Manchmal fühlt es sich an, als hätte ich ein weiteres Kind bekommen.«

Das Gefühl kenne ich. Arthur ist auch so ein Kandidat. Dauernd muss ich hinter ihm herräumen, und seit er manchmal bei mir übernachtet, stehen überall Kaffeetassen rum, sogar auf der Toilette. Die einzige Ausnahme von der Regel besteht darin, dass er gestern meine Küche geputzt hat.

»Paul ist ohne Worte«, brummt Fiona. »Gestern Abend hat mir mein Kindskopf von Gatte doch tatsächlich diesen viel zu teuren Kaschmirmantel mitgebracht und darauf bestanden, dass ich ihn heute anziehe. Aber damit nicht genug.« Entnervt zeigt sie auf den funkelnden Diamanten an ihrer Goldkette. »Kurz bevor die Bombe platzte, ist er nicht einmal davor zurückgeschreckt, mir so ein teures Teil zum Hochzeitstag zu schenken. Dabei hätte er schon vor Monaten mit dem Sparen anfangen müssen.«

»Typisch männliche Strategie«, denke ich laut nach. »Schmuck ist keine Antwort, aber Frauen vergessen leichter ihre Fragen.«

»Das hoffte er wohl. Ich habe nämlich sehr viele Fragen, ohne dass er mir etwas Genaueres erzählt«, ereifert sie sich. »Am liebsten möchte ich die Kette zurückbringen und mir das Geld auszahlen lassen. Auf der Schachtel stand Maaßen und Maaßen, das ist der beste Juwelier der Stadt. Billig war sie also ganz bestimmt nicht, und ich wäre fürs Erste wieder flüssig.«

»Guter Plan. Gibt es auch einen Plan B?«

»Arbeiten, was denkst du denn?« Sie sieht mich an, als hätte ich sie unterschätzt. Was vielleicht ein klitzekleines bisschen der Wahrheit entspricht. »Mein BWL-Studium ist lange her, deshalb muss ich improvisieren. Morgen habe ich ein Vorstellungsgespräch in einer Bäckerei.«

»Als Buchhalterin?«

»Nein, als Verkäuferin.«

Wow. Sie will also buchstäblich ihre Brötchen selber verdienen und ist sich nicht zu schade, hinter einem Bäckertresen zu stehen. Damit hätte ich tatsächlich nicht gerechnet.

»Respekt, Fiona, du bist eine echte Powerfrau.«

»Zu viel der Ehre, ich tue einfach, was nötig ist«, spielt sie mein Kompliment herunter.

»Trotzdem finde ich es klasse, wie aktiv du die Dinge in die Hand nimmst.«

»Ja, nur eins wurmt mich daran: Paul betrachtet das als Freifahrtschein, keinen Finger zu rühren.« Unvermittelt steht sie auf, und ihre Nasenflügel beben, als sie heftig mit dem Fuß aufstampft. »Wo sind eigentlich die starken Männer geblieben? Zur Hölle mit diesem ganzen Gerede von den starken Frauen! Was hat uns das denn gebracht? Ich sag's dir: Alles muss man selber machen!«

Kapitel 6

Eigenartig. Etwas hat sich geändert zwischen Fiona und mir. So innig sich unsere Freundschaft auch immer anfühlte – dass sie mir ihr finanzielles Desaster anvertraut hat, schweißt uns noch enger zusammen. Jetzt sitzen wir im selben Boot. Oder eher im selben schwankenden Kahn, der jeden Moment kentern könnte. Mal sehen, ob wir uns über Wasser halten können …

Draußen gießt es mittlerweile in Strömen. Blitze zucken über den Himmel, grollend folgen die Donnerschläge. Gerade noch rechtzeitig, bevor das Gewitter losgebrochen ist, haben wir es in Fionas geräumigen silberfarbenen Van geschafft, jetzt sind wir auf dem Weg zu Hermine, die etwas außerhalb wohnt.

Im Gegensatz zum Wetter wirkt Fiona ausgesprochen sonnig. Es scheint ungeheuer befreiend für sie zu sein, dass sie mir nicht mehr die wohlsituierte Gattin ohne Geldsorgen vorspielen muss. Seit wir in den Van gestiegen sind, ist ihre düstere Stimmung wie weggeblasen und hat einer ansteckenden guten Laune Platz gemacht. Während auf den beiden Rückbänken fünf Kinder lachen und johlen, überbieten wir uns mit schrägen Spartipps.

»Der Klassiker: Bevor Besuch kommt, das Salz von den Brezeln pulen, dann kriegen die Gäste nicht so viel Durst«, kichert sie. »Spart massig Getränke.«

»In eine Dachgeschosswohnung ziehen«, übernehme ich. »Da kann man in heißen Sommern rohes Hackfleisch in die Luft werfen und als Frikadelle wieder auffangen. Spart irre viel Strom.«

Vergnügt giggelt Fiona in sich hinein, bevor sie den nächsten Tipp vom Stapel lässt.

»Nur noch Wein trinken, das spart Wasser!«

»Genial.« Ich überlege weiter. »Ah, ich hab's! Haare selber schneiden, und wenn's danebengeht, ein Jahr lang mit Mütze rumlaufen.«

»Mach ich doch schon.« Mit einer Hand verstellt Fiona den Rückspiegel ein wenig, so dass sie den Sitz ihres Basecaps kontrollieren kann. »Denkst du, ich würde diese Narrenkappe der verspäteten Jugendlichkeit freiwillig tragen? War ein klassischer Färbeunfall mit grünlichem Scheitel, außerdem ist der Pony zu kurz geraten.«

»Dein Ernst?«

»Mama schneidet uns jetzt allen die Haare!«, kräht Noah von hinten. »Nur Papa drückt sich. Der hat ja auch nicht mehr so viele Haare, deshalb will er sie behalten.«

»Ruhe dahinten!« Mit gespielter Strenge hebt Fiona einen Zeigefinger. »Sonst schnippele ich demnächst heimlich an dir rum, wenn du schläfst. Danach musst du auch ein Basecap tragen.«

»Wusstet ihr, dass einem Menschen durchschnittlich hundert Kopfhaare pro Tag ausfallen?«, meldet sich Alisa zu Wort.

Lächelnd drehe ich mich auf meinem Vordersitz zu ihr um.

»So was weißt nur du, mein Liebling. Wie geht es dir? Kannst du frei atmen?«

»Ja, alles okay«, versichert sie und beugt sich ein wenig zu mir vor. »Steht dir gut, meine Brille, aber draußen regnet es. Warum tragt ihr immer noch Sonnenbrillen?«

Weil man Kindern den Anblick ihrer verweinten Mutter mit roten Augen und verlaufener Wimperntusche lieber erspart und weil ich aus Solidarität mitmache.

»Na, weil – ähm – weil die Sonne auch weiterscheint, wenn sich Wolken davorschieben.«

»Ach so.« Grübelnd legt Alisa ihre Stirn in Falten. »Wusstest du, dass im Inneren der Sonne Temperaturen von fünfzehn Millionen Grad herrschen?«

»Streberin!«, kiekst Matteo.

»Voll die Streberin«, sekundiert Leon, der Jüngste des Trios.

»Wusstet ihr …«, setzt Alisa von Neuem an.

»Nein!«, schreit Noah.

Doch Alisa lässt sich überhaupt nicht aus dem Konzept bringen.

»Der Streber ist eine Fischart, die zur Familie der Spindelbarsche gehört und im Donaugebiet heimisch ist«, doziert sie seelenruhig. »Er ernährt sich von Krabben, Larven und Würmern, die er nachts am Flussgrund aufstöbert.«

Manchmal ist sie mir fast unheimlich. Lange dachte ich, ich müsste ihr das Handy verbieten, weil sie so viel darauf herumtippt – bis ich entdeckte, dass sie Wikipedia-Einträge durchsuchtet wie andere Leute Netflix-Serien. Alisa ist eben speziell.

»Wann sind wir endlich da?«, steuert nun auch Ben etwas zum allgemeinen Palaver bei. »Ich habe Hunger!«

»Ja, weil du den superleckeren Dinkeleintopf in der Schulkantine nicht gegessen hast«, zieht Noah ihn auf.

»Der war voll eklig«, beschwert sich Ben. »Und du bist voll gemein!«

Meine Gedanken schweifen schon wieder zu den etwas größeren Problemen. Mit geschlossenen Augen lehne ich mich auf meinem Sitz zurück. Ich denke an Frau Steinhövel und die hundertsechzig Euro, die noch fehlen. An das große Loch, das vier Kündigungen in meine Haushaltskasse reißen. An mein Auto, das jetzt wahrscheinlich für teures Geld auf einem weit entfernten Abstellplatz steht. Und plötzlich kommt mir wieder der Polizist in den Sinn. Captain Kirk mit den meergrünen Augen. Nick.

Reflexhaft taste ich in meiner Hosentasche nach der Visitenkarte, als könnte das kleine Stückchen Pappe irgendeine Verbindung zwischen uns herstellen. Wie wunderbar wäre es, wenn er mich jetzt in die Arme nehmen würde. Träumen darf man ja, oder?

Als ich die Augen wieder öffne, stelle ich fest, dass Fiona keineswegs den Weg zu Hermine genommen hat. Gerade stehen wir an der Ampel einer belebten Straße, die in die Innenstadt führt.

»Nanu? Wohin fahren wir, Fiona?«

»Ich habe etwas Wichtiges zu erledigen«, erwidert sie mit einem unergründlichen Gesichtsausdruck. »Etwas Überlebenswichtiges, um genau zu sein.«

»McDonald's?«, fragt Noah hoffnungsvoll, weil wir zufällig neben einem großen gelben M halten.

»Yippiieee! Ich will ChickenMcNuggets!«, juchzt Matteo.

»Ich will auch was Schickes mit Nacktes!«, echot Ben.

Da wir so gut wie nie auswärts essen, kennt er sich im Speisenangebot des *etwas anderen Restaurants* nicht so gut aus wie Fionas Kinder.

»Ich will zwei Cheeseburger!«, ruft Leon.

»Wie oft soll ich es noch sagen – gegessen wird nur noch Selbstgekochtes«, dämmt Fiona die jäh aufgeflammte Euphorie ein. »Das spart Ge–, ich meine, Kalorien und Transfette. Also, noch mal zum Mitschreiben: McDonald's ist durch.«

In die geschockte Stille hinein erhebt Alisa ihre zarte Stimme.

»Wusstet ihr, dass es wegen des hohen Fettanteils drei Tage dauern kann, bis ein einziger Big Mac verdaut ist?«

»Wusstest du, dass du total nervst?«, mault Noah.

»Bitte nicht so unfreundlich, junger Mann«, wird er von Fiona zurechtgewiesen. »Nele und ich steigen gleich kurz aus. Wenn wir zurückkommen, will ich hier kein Chaos erleben. Also vertragt euch.«

»Jaaaa, Maaaamiiii«, antworten ihre Söhne im gedehnten Chor.

Die Ampel springt auf Grün, und Fiona gibt zügig Gas. Wenig später parkt sie in einer belebten Einkaufsstraße, wo sich Geschäfte, Cafés und Restaurants aneinanderreihen. Inzwischen ist das Gewitter weitergezogen. Ein erster Sonnenstrahl kämpft sich durch die Wolken und lockt Massen von Menschen nach draußen, die sich vermutlich wegen des Regens irgendwo untergestellt hatten. Beladen mit Taschen und Tüten, schieben sie sich an den Läden vorbei.

Bevor wir aussteigen, hole ich Alisas rote Bommelmütze aus ihrem Schulranzen und setze sie für den Fall auf, dass es doch noch regnet. Man kann nie wissen bei diesem launischen Aprilwetter.

»Mama?«, kommt es irritiert von hinten. »Erst meine Sonnenbrille, nun auch meine Mütze? Echt jetzt?«

»Ja, Alisa, wenn meine Haare nass werden, muss ich sie noch mal föhnen, bevor ich heute Abend eine Kundin besuche. In meinem Beruf ist gepflegtes Äußeres ein Muss.«

»Hmmmm«, macht sie wenig begeistert.

»Du Schlaubirne weißt doch sonst immer alles«, ätzt Noah. »Was sagt der Hase zum Schneemann? Na? Möhre her, oder ich föhn dich.«

Bevor ich weitere Kinderwitze über mich ergehen lassen muss, steige ich lieber aus. Als wir auf dem Bürgersteig stehen, hakt sich Fiona bei mir ein.

»Unser Gespräch vorhin auf dem Spielplatz war sehr motivierend. Danke schön.«

»Wofür?«

»Wirst du gleich sehen. Komm, beeilen wir uns, damit Hermine nicht so lange warten muss.«

Arm in Arm schlängeln wir uns durch die Passanten, weichen einer riesigen Pfütze aus und biegen zweimal um die Ecke. In dieser Straße ist weit weniger los. Die Geschäfte sehen ja auch weit teurer aus als in der quirligen Haupteinkaufsstraße. Kein Zweifel, hier shoppen nur die Betuchteren.

Spitzbübisch deutet Fiona auf die andere Straßenseite. Zwischen einem noblen Dessous-Laden und einer französischen Chocolaterie entdecke ich ein goldgerahmtes Schild: *Maaßen & Maaßen – das Juwel unter den Juwelieren.* Das Schaufenster darunter ist mit weinrotem Samt ausgeschlagen, Halogenspots lassen die einzelnen drapierten Schmuckstücke edel schimmern.

»Du willst die Kette tatsächlich zurückbringen?«, folgere ich überrascht.

»Wenn du auf einer Wüstenwanderung die Wahl hast zwischen einer lebensrettenden Flasche Wasser und einer Goldkette mit Diamanten – wofür entscheidest du dich?«

Eine rhetorische Frage. Dennoch hätte ich nicht gedacht, dass Fiona so rasch Nägel mit Köpfen machen würde. Offenbar meint sie es ernst mit ihrer Aussage, dass sie jetzt alles selber machen muss. Wild entschlossen zieht sie mich über die Straße, bis wir vor dem Juweliergeschäft stehen.

»Das wird nicht ganz einfach«, raunt sie mir verschwörerisch zu. »Solche Läden sind ziemlich zickig, wenn man die Geld-zurück-Nummer anspricht. Dabei wäre das für die eine Petitesse, die haben astronomische Umsätze. Das Problem ist, dass ich keine Quittung vorweisen kann. Paul anzurufen kommt natürlich nicht infrage. Er würde niemals zulassen, dass ich sein Präsent zurückgebe. Wir müssen also ein bisschen auf die Pauke hauen, damit es mit dem Geld klappt, okay?«

»Okay«, nicke ich, obwohl mir schleierhaft ist, was das bedeuten soll.

Bevor wir eintreten, zieht Fiona noch schnell ihre Lippen in einem geschmackvollen Rosenholzton nach und will schon die Sonnenbrille absetzen, als ich sie davon abhalte.

»Entschuldige, du siehst total verheult aus. Waschbäraugen machen keinen guten Eindruck, wenn man in heikler Mission unterwegs ist.«

»Hast recht. Behalten wir die Sonnenbrillen auf.«

Wir müssen klingeln, so exklusiv ist der Laden. Wenige Sekunden später öffnet uns eine junge Frau im untadelig sitzenden dunkelblauen Kostüm. Auch ihr aschblondes Haar, das zu einer Banane aufgesteckt ist, sitzt untadelig.

»Herzlich willkommen bei Maaßen und Maaßen«, begrüßt sie uns mit professioneller Höflichkeit. »Dürfte ich Sie bitten, sich einen Augenblick zu gedulden? Ich habe noch Kunden, und mein Chef ist heute leider krank. Die Grippe. Sie können sich ja schon etwas umschauen.«

»Sehr gern, selbstverständlich«, nickt Fiona in einem Tonfall, den ich noch gar nicht an ihr kenne.

Sie klingt kühl, fast distanziert. Vermutlich schaltet sie instinktiv auf Lady um, weil sie nicht wie eine Frau am Rande der Verzweiflung rüberkommen möchte, sondern wie Frau Hansen, die Gattin eines großzügigen Mannes, der anlässlich des Hochzeitstags mal eben eine größere Summe raushaut. Ihr kamelhaarfarbener Kaschmirmantel unterstreicht den wohlhabenden Eindruck, und auf einmal fühle ich mich ziemlich deplatziert in meinem rosa Sweatshirt mit dem Fleck am unteren Bündchen.

»Wie findest du diesen Ring, Nele?«

Ich folge ihrem Blick. Mitten in einer der Vitrinen liegt ein über und über mit Brillanten besetzter Saphirring auf einem

Kissen aus dunkelblauem Samt. O Mann, was für ein Klunker. Typischer Elisabeth-Steinhövel-Style.

»Weißgold, ovaler Saphir, eingefasst mit Brillanten, der klassische Verlobungsring«, fachsimpelt Fiona, die über den Rand ihrer Sonnenbrille hinweg in die Vitrine schaut. »Den könnte mein Bruder Hans-Heinrich seiner Freundin schenken, wenn er sie demnächst um ihr Jawort bittet.«

Ich verkneife mir die Bemerkung, dass sie gar keinen Bruder hat. Wahrscheinlich macht meine Freundin die ganz große Welle, damit sie bloß nicht wie eine Bittstellerin rüberkommt, wenn sie gleich die Kette zurückgibt.

Aus dem Augenwinkel beobachte ich die Kunden am Tresen. Es ist ein auffällig gekleidetes Paar: *sie* in giftgrünen Leggins, goldenen High Heels und schwarzer Lederjacke, *er* im Gangsta-Rapper-Look mit schwarzem Hoodie und weiter Jeans, die ihm fast in den Kniekehlen hängt. Sie zucken nicht mit der Wimper, als die Verkäuferin einen Preis von achttausendsiebenhundert Euro für die chromblitzende Uhr auf dem Tresen nennt. Vollkommen ausdruckslos holt der Mann ein Geldbündel aus seiner Hosentasche und blättert die Summe in grünen Scheinen hin.

Meine Knie werden weich. Noch nie habe ich so viel Bargeld auf einmal gesehen. Ich würde gern ausrechnen, wie viele Monate ich von dem Geld leben könnte, als Fiona mich flüsternd beiseitezieht.

»Am besten, du sagst gleich nichts. Lass mich mal machen.«

Wir warten, bis die Verkäuferin ihre Kunden zur Tür gebracht hat, dann legt Fiona los.

»Also, dieser Verlobungsring ist ja wirklich etwas ganz, ganz Besonderes«, säuselt sie ungewohnt affektiert. »Hatte Prinzessin Di nicht einen ähnlichen?«

»In der Tat«, strahlt die Verkäuferin. »Es ist ein Einzelstück im Lady-Di-Stil, das seiner Trägerin einen Hauch royaler Nonchalance verleiht: ovaler Saphir mit Krappenfassung, umkränzt von einem floralen Heiligenschein aus Brillanten. Gratulation zu Ihrem erlesenen Geschmack.«

»Wie viel Karat?«

»Warten Sie, ich schaue in der Liste nach.«

Die Verkäuferin trippelt zum Tresen, wo sie in einem ledergebundenen Verzeichnis blättert. Fiona folgt ihr auf dem Fuße, ich tappe hinterher. Noch immer habe ich keinen blassen Schimmer, worauf das Ganze hinauslaufen soll.

»Der Preis ist übrigens irrelevant, beim Schmuck sollte man nicht knausern«, erklärt Fiona honigsüß. »Meine Schwiegermutter ist da leider ganz anderer Meinung. Sehen Sie mal«, mit hochgezogenen Augenbrauen zeigt sie auf ihre Kette, »dieses Teil hat sie bei Ihnen gekauft und mir zum Geburtstag geschenkt. Vermutlich war es die preisgünstigste Variante. Peinlich, einfach nur peinlich.«

Die Verkäuferin schaut von dem Verzeichnis auf, und ihre Augen verengen sich leicht.

»Ah, ja, ich kenne das Modell, es wurde bei uns handgefertigt.«

»Nichts für ungut, mir gefällt es einfach nicht. Muss ich es trotzdem tragen? Nur um dem Schwiegermonster zu gefallen?«, dreht Fiona weiter auf. »Ich sag Ihnen was: Muss ich nicht. Die

Mutter meines Mannes ist eine ausgesprochen impertinente Person. In alles mischt sie sich ein, manchmal durchwühlt sie sogar heimlich meine Schränke. Mit anderen Worten: Ich möchte die Kette retournieren.«

Das professionelle Lächeln der Verkäuferin versickert.

»Sie wollen die Kette – zurückgeben?«, wiederholt sie ungläubig. »Ganz billig war die nicht. Das ist ein hochkarätiger Solitär im Cushion-Schliff und hat um die dreitausend Euro gekostet, wenn ich mich recht erinnere.«

Alter Schwede! Was für ein Wahnsinn, dass Paul noch vor ein paar Wochen so viel Geld ausgegeben hat, obwohl er doch schon von der drohenden Pleite gewusst haben muss.

»Ha, dreitausend, mehr bin ich meiner Schwiegermutter also nicht wert?«, schnaubt Fiona verächtlich.

»Eventuell«, die Verkäuferin presst kurz ihre Lippen aufeinander, »könnte ich die Kette in Zahlung nehmen, wenn Sie sich für den Saphirring entscheiden.«

»Was soll das gute Stück denn kosten?«

»Nun, wir sprechen hier von neun Karat Weißgold, einem großen Saphir und lupenreinen Brillanten, was den Preis von neunzehntausend Euro absolut rechtfertigt.«

Ich kippe fast aus den Latschen. Neunzehntausend Euro wären das Ende all meiner Sorgen. Ich würde meine Wohnung renovieren und den Schimmel entfernen lassen, mit den Kindern an die Nordsee verreisen, mir einen eigenen Kosmetiksalon einrichten. Aber als Allererstes würde ich eine wunderbare Geburtstagsparty für Alisa ausrichten. Nicht unbedingt mit Hüpfburg und Zaubershow, aber für die ganze Klasse.

»Ein fairer Preis«, sagt Fiona völlig cool. »Wenn Sie nichts dagegen haben, fotografiere ich den Ring ab und sende das Bild meinem Bruder. Muss ihm ja gefallen, schließlich ist es Hans-Heinrich, der den Ring beim Heiratsantrag überreichen wird.«

»Selbstverständlich.«

Während Fiona zur Vitrine stöckelt und ihr Handyfoto schießt, beobachte ich die Verkäuferin. Sie hat die sprichwörtlichen Dollarzeichen in den Augen, wie ein weiblicher Dagobert Duck.

»Ihr Rouge ist perfekt, der zarte Korallenton harmoniert wunderbar mit ihren blauen Augen«, überbrücke ich die Wartezeit mit einem fachmännischen Kompliment. Dass der orange Lippenstift nicht zum pinken Nagellack passt, lasse ich unerwähnt. »Kleiner Tipp: Wenn Sie einen Hauch davon unter die Augenbrauen geben, sehen Sie gleich viel erholter aus.«

Sie starrt mich an.

»Wie bitte?«

»So, erledigt.« Mit einem zufriedenen Lächeln kehrt Fiona zurück. »Ist nur eine reine Formsache, Hans-Heinrich wird den Ring lieben. Bis er sich meldet, können wir ja schon die Sache mit der Kette regeln. Ich nehme sie gleich mal ab. Meine Freundin hilft mir bestimmt gern dabei.«

Holla, das geht jetzt aber schnell. Verständlich, schließlich braucht Fiona das Geld, und zwar dringend. Mit klammen Fingern nestele ich den Verschluss auf, führe die beiden Enden vor Fionas Gesicht zusammen und lege die Kette auf den Tresen. Sogleich greift die Verkäuferin danach. Eingehend betrachtet sie jedes Detail mit einer Lupe, wohl deshalb, um sicherzugehen, dass es sich um das richtige Schmuckstück handelt.

»Unverkennbar von uns, der Goldschmiedemeister arbeitet immer unser Emblem ein, eine Lilie«, murmelt sie, bevor sie die Lupe beiseitelegt. »Es ist unser am häufigsten nachgefragtes Schmuckstück, allein in den letzten Monaten haben wir etwa sechzig, siebzig davon verkauft. Aber wenn Sie es nicht mehr wollen … Gut, dann geben Sie mir bitte die Quittung.«

Fiona verschränkt ungehalten die Arme.

»Wie soll ich das verstehen? Glauben Sie etwa, meine Schwiegermutter hätte mir auch die Quittung geschenkt?«

Schlagartig fällt die gefühlte Temperatur im Laden auf den Gefrierpunkt. Das ohnehin nur noch schwache Lächeln der Verkäuferin weicht einer frostigen Miene.

»Tut mir leid, ohne Quittung keine Inzahlungnahme.«

Ich bewundere Fiona für ihr Pokerface. Kein Muskel rührt sich in ihrem Gesicht. Vielleicht blinzelt sie nervös, doch falls es so ist, kann man das wegen der Sonnenbrille nicht erkennen.

»Ich sage Ihnen, wie unsere kleine Plauderei enden wird«, spricht sie in ihrem unverändert kühlen Tonfall weiter. »Sie nehmen die Kette zurück und zahlen mir das Geld aus. Bar. So viel Kulanz darf schon sein. Wenn nicht, könnte sich herumsprechen, wie wenig kundenorientiert Sie sind. Ich schließe nicht aus …«, scharf einatmend legt sie eine Kunstpause ein, »dass ich beispielsweise meinen guten Freunden im Tennisclub erzähle, dass Maaßen und Maaßen auch nicht mehr das ist, was es mal war.«

»Können Sie gern tun«, erwidert die Verkäuferin kühl. »Wir verfügen über einen großen Kreis von Kunden, da kommt es darauf nicht an.«

Hilfe suchend schaut Fiona zu mir hinüber. Ihre Lady-Taktik hat nicht funktioniert, so viel steht fest. Aber wie heißt es doch so schön? Ehrlich währt am längsten?

»Entschuldigen Sie bitte vielmals«, ergreife ich das Wort. »Meine Freundin schämt sich zu sehr, Ihnen die Wahrheit zu gestehen. Sie und ihre Familie müssen zurzeit eine finanzielle Flaute durchstehen, was ihren Mann jedoch nicht davon abhalten konnte, diese teure Kette zu kaufen. Absurderweise.«

»Nein, sag doch nicht so etwas …«, flüstert Fiona erschrocken.

»Ist schon okay«, beschwichtige ich sie, dann richte ich das Wort wieder an die Verkäuferin, die uns vollkommen verdattert ansieht. »Es ist keine Schande, wenn man versucht, einen Fehler auszubügeln. Soweit ich weiß, sieht das einschlägige Recht vor, das Geld für zurückgebrachte Waren auszuzahlen. Meine Freundin braucht dieses Geld für Essen und Trinken, für ihre drei Kinder, für ganz normale Dinge, verstehen Sie?«

Langsam, ganz langsam, wie in Zeitlupe, fällt der Verkäuferin die Kinnlade runter. Mit offenem Mund sieht sie Fiona an. Als sie sich wieder gefangen hat, ist es endgültig vorbei mit den Höflichkeiten.

»Sie sollten jetzt besser gehen.«

»Bitte«, versuche ich es erneut, »Sie haben einen großen Kundenkreis, wie Sie uns gerade versicherten, die Ketten sind Ihr Renner, was ja wohl bedeutet, dass Sie dieses gute Stück mit

Leichtigkeit jemand anderem verkaufen können. Haben Sie ein Einsehen. Zeigen Sie Herz.«

»Herz? Sind wir hier bei der Heilsarmee?« Die Verkäuferin lacht etwas schrill. »Wenn Sie nicht auf der Stelle gehen, rufe ich unseren Sicherheitsdienst!«

In die anschließende Stille mischt sich Gitarrengeklimper. *Concierto de Aranjuez*, eines meiner Lieblingsstücke. Alisa hat es als ihren persönlichen Klingelton in mein Handy einprogrammiert. O Gott, die Kinder!, durchzuckt es mich. Es ist doch wohl nichts passiert? Hastig wühle ich in meiner Handtasche, die mal wieder so viel Krimskrams enthält, dass ich sie halb ausräumen muss, um das Handy herauszufischen.

Ein spitzer Schrei lässt mich innehalten. Mit weit aufgerissenen Augen hebt die Verkäuferin ihre Hände bis zu den Ohren. Komisch. Was hat sie denn bloß? Ich schaue an mir herunter. Ach so, die Spielzeugpistole. Locker liegt sie in meiner Hand. Du liebes bisschen, nein, nein, nein!

»Verzeihung, das ist ein Miss…«, will ich sie beruhigen, doch Fiona fällt mir lautstark ins Wort.

»… Mist, genau, ein großer, großer Mist, dass man zu solchen Mitteln greifen muss.«

»Kein Stress, kein Stress!«, kreischt die Verkäuferin. »Ich gebe Ihnen das Geld!«

Wie schockgefroren stehe ich da, während sie hektisch auf eine Taste an der Ladenkasse drückt. Binnen weniger Sekunden wechselt ein Bündel Scheine die Besitzerin.

»Den Türschlüssel, bitte, wenn Sie dann mal so nett wären«, sagt Fiona.

Wortlos reicht ihr die Verkäuferin das Verlangte.

»Vielen Dank, war sehr angenehm, Geschäfte mit Ihnen zu machen«, verabschiedet sich meine Freundin, bevor sie mich leicht mit dem Ellenbogen anstupst. »Das Ding kannst du wieder einstecken. Mir wäre jetzt nach einem Latte macchiato. Und dir?«

Mir? Schwirrt der Kopf. Träume ich das alles? Haben wir gerade tatsächlich einen Laden überfallen? Unfreiwillig, ja, und ohne eine echte Waffe, aber trotzdem … Wie in Trance schleiche ich hinter Fiona her, die eilig die Ladentür aufschließt und mich nach draußen zerrt.

»Ihren Kaffee werden Sie in einer Gefängniszelle trinken müssen!«, ruft uns die Verkäuferin hinterher. »Ich habe den Notknopf gedrückt, die Polizei ist schon unterwegs!«

Kapitel 7

Gellend dringt ein Martinshorn an mein Ohr. Noch eins. Wenig später überlagert eine dritte Sirene das Jaulen der beiden anderen, was ein grässlich misstönendes Konzert ergibt. Es müssen mehrere Polizeiwagen sein, die zum Juwelier Maaßen und Maaßen unterwegs sind.

Mir ist so schlecht, dass ich Mühe habe, das Würgen in meiner Kehle zu unterdrücken. Meine Hände fühlen sich taub an, ich spüre meine Beine nicht mehr, und mein Kopf dröhnt, als wäre ich mit einem riesigen Gong zusammengestoßen. Was haben wir bloß getan? Wie konnte das passieren?

»Ruhig, ganz ruhig«, murmelt Fiona unablässig. »Unser Besuch beim Juwelier hat nie stattgefunden, okay? Wir sind zwei stinknormale Hausfrauen, die einen Shoppingbummel unternehmen.«

Wenn's doch nur so wäre. Wie auf Eiern bewege ich mich durch das Gedränge der großen Einkaufsstraße. Die ersten Meter nach unserem zweifelhaften Abenteuer haben wir noch im Laufschritt zurückgelegt, doch nachdem wir zweimal um die Ecke gebogen sind, war es Fionas Idee, den letzten Teil der Strecke unauffällig schlendernd zu absolvieren.

Obwohl meine Knie nur noch aus Wackelpudding zu bestehen scheinen, fällt mir dieser langsame Gang wesentlich schwerer als der Laufschritt.

Muss ein Fluchtreflex sein. Ich will hier weg!

Das Jaulen der Martinshörner wird lauter. Einzelne Passanten bleiben stehen und recken ihre Hälse, ob sich womöglich etwas Sensationelles mit dem Handy filmen lässt, ein blutiger Verkehrsunfall vielleicht, ein Herzinfarkt mit Todesfolge auf offener Straße oder sogar eine spektakuläre Festnahme mit Warnschüssen und klickenden Handschellen.

»Die werden uns erwischen«, krächze ich.

»Werden sie nicht.« Beiläufig steuert Fiona einen knallorangefarbenen Mülleimer an. »Los, die Sonnenbrillen da rein.«

Konsterniert stemme ich die Arme in die Hüften.

»Warum denn das? Die haben jeweils fünf Euro gekostet!«

»Das Geld gebe ich dir später wieder.« Sie hat ihre schon abgesetzt, eindringlich schaut sie mich an. »Bitte, Nele.«

Nachdem die Sonnenbrillen im Müll gelandet sind, fliegt auch ihr Käppi hinterher. Verblüfft stelle ich fest, dass Fionas Scheitel tatsächlich in blassen Grüntönen changiert, wenngleich das momentan nun wirklich nichts zur Sache tut. Schweren Herzens trenne ich mich von Alisas Bommelmütze, denn inzwischen habe ich begriffen, was Fiona mit der Entsorgungsaktion bezweckt: Wir dürfen so wenig wie möglich den beiden Frauen ähneln, die soeben eine Verkäuferin mit einer Waffe bedroht haben.

Unabsichtlich. Und nur mit einer Spielzeugpistole. Aber die Verkäuferin hat sie nun mal für echt gehalten, weshalb man bestimmt schon mit einer genauen Personenbeschreibung nach uns fahndet.

»Unauffällig weiter«, kommandiert Fiona halblaut. »Und immer lächeln.«

Während sie die Entgegenkommenden mustert, zieht sie im Gehen ihren Mantel aus. Als sich eine ältere Dame im zerschlissenen Regenmantel nähert, die sich mithilfe eines Rollators ihren Weg durch das Gedränge bahnt, legt Fiona ihren ordentlich zusammengefalteten Mantel in den Rollatorkorb.

»Den schenke ich Ihnen, viel Freude damit«, sagt sie freundlich. »Einen schönen Tag noch, bleiben Sie gesund!«

Ohne Mantel, nur mit ihrer hellblauen Schluppenbluse zur marineblauen Caprihose bekleidet, schreitet sie einfach weiter. Wahnsinn. Der schöne Mantel! Aber es ist halt wie bei der Frage, was man auf einer Wüstenwanderung bevorzugen würde: Wasser oder Diamanten. Hier lautet die Alternative: Mantel oder Polizeigewahrsam.

»Was trägst du unter deinem Sweatshirt, Nele?«, erkundigt sie sich.

»Einen BH, wieso?« Gleich darauf zähle ich eins und eins zusammen. »Ach so, nein, ausziehen geht nicht, es sei denn, ich wäre scharf darauf, wegen Erregung öffentlichen Ärgernisses auf der Wache zu landen.«

»Dann muss dein Sweatshirt leider auch dran glauben«, erwidert Fiona entschuldigend.

»Hab ich mir schon gedacht.«

»Kriegst ein neues, genug Geld haben wir ja jetzt.«

»Klar.«

Den nächsten Stopp legen wir an einem Ein-Euro-Shop ein, und mir schwant nichts Gutes. Auf einem der überladenen

Ständer hängen schreibunte bedruckte Sweatshirts, darüber Mützen, die manche Leute für den ultimativen Humorbeweis halten. Gelbe Entenmützen. Gestreifte Tigermützen. Eine graue Elefantenmütze mit erhobenem Rüssel. Fiona angelt gleich fünf vom Ständer und schnappt sich auch eines der Sweatshirts.

»Perfekt«, behauptet sie, als sie noch eine braune Bärchenmütze mit flauschigen Puschelohren dazulegt. »Die ist für dich.«

»So ein Flachsinnsteil setze ich auf keinen Fall auf, nie im Leben, eher lasse ich mich einbuchten!«, protestiere ich.

Vergebens, Fiona ist schon im Laden verschwunden. Als sie wieder herauskommt, hält sie eine prall gefüllte Tüte, die Bärchenmütze sowie das kreischbunte Sweatshirt hoch, das die Aufschrift *BDE – Big Dick Energy* trägt.

Unterirdisch. Und nicht jugendfrei. Aber es hilft ja alles nichts. Im Sichtschutz des Mützenständers ziehe ich mein rosa Sweatshirt aus und hänge es an einen der Haken. Anschließend streife ich mir das scheußliche Sweatshirt über und setze die alberne Mütze auf. Großer Gott, was tun wir hier?

»Ab jetzt gehen wir getrennt«, raunt Fiona mir zu. »Gib mir etwas Vorsprung, wir treffen uns gleich am Wagen. Steig bitte hinten ein, setz dich neben Alisa und Ben und lass um Himmels willen die Mütze auf.«

»Warum?«

»Frag nicht, ich habe einen Plan.«

Das wäre dann wohl Plan C, wenn ich richtig gezählt habe. Oder Plan D, denn die Rückgabe der Kette war ja schon ein Plan für sich.

Ich fühle mich schrecklich, nicht nur wegen des unsäglichen Umstylings. Doch neben meinem schlechten Gewissen regt sich auch – das muss ich ehrlich zugeben – so etwas wie ein Hauch Genugtuung. Letztlich kann man von ausgleichender Gerechtigkeit sprechen, denn Fiona hat exakt die Summe gefordert, die die Kette wert ist. Mit anderen Worten: Sie hat nichts gestohlen, niemand wurde geschädigt. Im Prinzip ist also alles paletti. Oder mache ich mir nur etwas vor? Wie auch immer, nie, nie wieder werde ich mich auf so etwas Dummes einlassen. Dafür bin ich einfach zu korrekt. Ehrlich währt am längsten!

Aber du warst doch gar nicht unehrlich, flüstert eine kleine teuflische Stimme in mir. Nachdem Fionas Finte nicht geklappt hat, hast du doch die Wahrheit und nichts als die Wahrheit gesagt.

Die beruhigende Wirkung dieser Erkenntnis zerbröselt wie Kekse in Kinderhänden, als mit Blaulicht und Tatütata ein Streifenwagen an mir vorbeirast. Für den Bruchteil einer Sekunde meine ich einen grauen Pagenkopf ausgemacht zu haben. Ach du grüne Neune. Ängstlich ziehe ich die Schultern hoch und richte den Blick auf meine Füße.

Saß etwa Nick in dem Streifenwagen? Wie würde er reagieren, wenn er wüsste, dass er meinetwegen zu Maaßen und Maaßen rast?

Die letzten Meter bis zu Fionas silbernem Van erscheinen mir endlos. Bei jedem Schritt rechne ich damit, dass mir ein Polizist auf die Schulter klopft und ich in den Lauf einer Pistole blicke, wenn ich mich umdrehe. Einer echten Pistole.

Nichts dergleichen geschieht. Unbehelligt, wenn auch mit schlotternden Knien, erreiche ich den Van. Die Schiebetür zu den hinteren Sitzen ist bereits geöffnet, so dass ich ohne Weiteres in den Wagen steigen kann. Dort erwarten mich fünf Kinder mit Tiermützen auf den Köpfen, die sich königlich über ihre schräge Verkleidung amüsieren. Alle. Bis auf Alisa.

»Wusstet ihr«, ruft sie in die lärmende Fröhlichkeit hinein, »dass man das Tierwohl symbolisch mit Füßen tritt, wenn man sich derart ausstaffiert? Das kann man als kulturelle Aneignung interpretieren.«

»Ja, in der Realität der Pippi-Langstrumpf-Schule vielleicht«, grummelt Fiona, die vorn sitzt und den Motor aufheulen lässt. »Im wahren Leben darf man das.«

»Was ist denn der Unterschied zwischen dem wahren Leben und der Realität?«, will Alisa wissen.

»Realität ist was für Phantasielose, im wahren Leben gibt's Kekse.«

Vielleicht nicht die logischste Erklärung, doch zum Beweis holt Fiona zwei große Packungen Schokoladen-Cookies aus dem Handschuhfach, die sie nach hinten reicht. Wenn das Irene wüsste! Im Hafermilchland sind Kekse nur zugelassen, wenn sie nuss-, gluten-, zucker- und komplett geschmacksfrei sind.

Um weitere Diskussionen über parallele Realitäten zu vermeiden, stellt Fiona Musik mit zuverlässigem Mitsing-Potenzial an. Den Song *Ein bisschen Mut tut gut* – so was wie die kindgerechte Version von *Ein bisschen Spaß muss sein* – kennen unsere Kinder von diversen Schulpartys, weshalb sie sogleich inbrünstig mitschmettern: *Wenn man was erleben will, tja, dann muss man was riskieren.*

Sehr sinnig. Eines muss ich Fiona wirklich lassen: Sie hat den perfekten Soundtrack zu unserem Desaster ausgewählt.

Vorsichtig parkt sie aus und reiht sich in den Verkehr ein, während ich hinten auf der Rückbank kauere und meine feuchten Finger ineinander verknote. Wenn das mal gut geht. Nein, das kann nicht gut gehen! Oder doch?

In meinen Ohren rauscht es, übertönt von dem Songtext: *Nur Mut, keine Angst, ich weiß, du schaffst das schon.* Ähnliche Sätze sage ich mir seit vielen Jahren, wenn ich mich mal wieder in meinem üblichen Sport betätigen muss: dem Spagat zwischen Durchhängen und Durchdrehen. Lange habe ich solche Sätze sogar geglaubt. *Streng dich an, du schaffst das schon, das Beste kommt zum Schluss.* Doch nun habe ich das dumme Gefühl, dass die besten Jahre die schlechtesten werden, weil die guten eindeutig hinter mir liegen.

»Oh, Kinder, schaut mal!«, übertönt Fiona den lautstarken Chor. »Da vorn sind Polizisten! Unsere Freunde und Helfer! Und so viele! Da fühlt man sich doch gleich viel sicherer!«

Jetzt sackt mir das Herz endgültig in die Hose. Was ich an der Kreuzung vor uns erblicke, ist kein Beamten-Kaffeekränzchen, sondern eine waschechte Straßensperre. Wie im Krimi hat man rot-weißes Flatterband quer über die Straße gespannt, daneben patrouillieren bewaffnete Polizisten.

Fiona tritt auf die Bremse, ich trete innerlich ab. Das war's dann wohl. In unserer grenzenlosen Dämlichkeit haben wir vergessen, auch die Spielzeugpistole in den Müll zu schmeißen, wie mir jetzt siedend heiß einfällt. Ich hätte sie während der Fahrt aus dem Fenster werfen können, doch auch dafür ist es nun zu spät. Schon nähert sich ein uniformierter Beamter und fordert Fiona pantomimisch auf, die Scheibe herunterzulassen.

»Hallo!«, begrüßt sie ihn fröhlich. »Was gibt's? Ist das hier eine neue Baustelle, von der mein Navi noch nichts weiß?«

Der Polizist mustert sie streng, bevor er in den Fond schaut, wo lauter singende Kinder mit albernen Mützen sitzen. Seine Gesichtszüge entspannen sich ein wenig bei dem Anblick.

»Ich möchte Sie nicht beunruhigen, aber es gab einen Raubüberfall in der City, deshalb riegeln wir hier alles ab.«

»Einen Raubüberfall? Hier bei uns? In unserer friedlichen Stadt?«, lamentiert Fiona. »Weiß man schon Näheres?«

»Wir fahnden nach zwei Frauen etwa Anfang dreißig. Aus diesem Grund haben wir die Anweisung, alle Autos zu durchsuchen, die aus der City kommen.«

Wieder späht der Beamte in den Van. Zum Glück sitze ich auf der ganz hinteren Rückbank zwischen Alisa und Ben. Von Weitem gehe ich mit meiner Bärchenmütze vielleicht als Kind durch, so war es offenbar von Fiona geplant, und so hoffe ich es auch inständig.

»Komisch, ich sehe zwei Frauen in diesem Wagen«, konstatiert der Polizist, wobei er die Worte *zwei Frauen* unheilvoll betont. »Wer ist denn die Dame dahinten?«

Wäre ja auch zu schön gewesen. Offenbar ist mein Gesicht älter als mein innerer Reifezustand, der sich momentan in etwa bei zweieinhalb bewegt. Ich hätte nicht übel Lust, mich einfach auf den Boden zu werfen und loszuheulen.

»Das ist meine – ähm, Nanny«, lispelt Fiona.

Ach, *da*s war der Plan? Herzwärmend.

»Soso. Sie haben eine Nanny.«

Es klingt nicht gerade so, als ob der Polizist ihr das abkauft. Von meinem Beobachterposten aus kann ich sehen, wie Fiona sich aufpumpt. Achtung, guter Mann, du kannst dich auf was gefasst machen.

»Wundert Sie das?«, herrscht sie ihn an. »Sind Sie verheiratet? Haben Sie Familie? Wissen Sie, was fünf Kinder bedeuten? Fünfmal das größte Glück der Welt, fünfmal eine riesengroße Verantwortung! Das schaffe ich nicht alleine, niemand würde das schaffen. Sie glauben gar nicht, was Mütter heutzutage alles leisten müssen: ökologisch korrekt einkaufen, vollwertig kochen, Schulaufgaben gendergerecht korrigieren, und natürlich wartet auch noch der Haushalt mit konventioneller Bodenhaltung auf mich, sprich: wischen, saugen, Teppich ausklopfen. Mein Tag beginnt früh um halb sechs. Wenn ich Glück habe, kann ich nachts um halb eins zum ersten Mal durchatmen.«

»Aha.« Sichtlich erschlagen von diesem Redeschwall tritt der Polizist einen Schritt zurück. »Dürfte ich dann mal den Führerschein und den …«

»Mein Ehemann ist mir auch keine Hilfe«, spricht Fiona einfach weiter. »Aber so sind sie, die Kerle. Wenn ein Mann sagt: Fühl dich wie zu Hause, heißt das, dass du dir eine Schürze umbinden und in der Küche tätig werden sollst. Wie ist es bei Ihnen? Unterstützen Sie Ihre Frau? Sind Sie einer dieser sagenhaften neuen Männer?«

»Ich, ähm, bin Single«, antwortet der Beamte zögernd.

»Dann gebe ich Ihnen einen guten Rat: Genießen Sie die Zeit so lange wie möglich. Wenn Sie erst mal eine Familie gegründet haben, dreht sich das Hamsterrad noch früh genug.« Mit beiden Händen fährt sich Fiona durchs rötlich-grünliche Haar. »Ich meine, nicht dass Sie einen falschen Eindruck bekommen – ich liebe alle meine Kinder. Auch das größte.«

»Meinst du mich?«, fragt Noah.

»Nein, deinen Papa.«

Unbehaglich ruckelt der Beamte an seiner Schirmmütze herum.

»Also, um auf den Anlass unseres Gesprächs zurückzukommen: Wir nehmen hier routinemäßige Durchsuchungen vor. Führerschein und Fahrzeugschein, bitte. Könnten Sie vielleicht die Musik ausschalten?«

»Sehr gern, und entschuldigen Sie meine Redseligkeit«, rudert Fiona mit gut gespielter Zerknirschung zurück. »Mein Mann sagt immer: Es heißt Muttersprache, weil der Papa nicht zu Wort kommt.«

Die Musik bricht ab, die Kinder singen noch ein paar Zeilen weiter, ich stehe kurz vor dem Kollaps. Die vermaledeite Spielzeugpistole brennt in meiner Tasche. Nichts, aber auch gar nichts kann uns mehr retten, falls man das Mistding findet. Ich muss etwas dagegen tun. Jetzt. Sofort! Aber was?

Eingehend studiert der Polizist die Papiere, bevor er sie Fiona zurückgibt.

»Alles aussteigen bitte und die Heckklappe öffnen. Zunächst werde ich Ihre Taschen durchsuchen, dann den Wagen.«

In mir gehen die Lichter aus. Was, wenn Fiona und ich verhaftet werden? Wer kümmert sich dann um unsere Kinder? Wer macht ihnen die Schulbrote, wer singt sie in den Schlaf? Wie überstehen wir die Schande, öffentlich als Kriminelle dazustehen? Und, auch nicht gerade toll: Wer wird sich noch in die Hände einer Kosmetikerin begeben, die mit vorgehaltener Waffe einen Juwelierladen überfallen hat?

Müßige Fragen. Wir sind geliefert, aber so was von.

Kapitel 8

Schlagfertigkeit war noch nie meine Stärke, im Gegenteil. Ich gehöre zu diesen bedauernswerten Menschen, denen die richtige Antwort immer erst am nächsten Morgen unter der Dusche einfällt. Genauso wenig kann ich mit olympiaverdächtigen Reaktionsgeschwindigkeiten punkten. Eher bin ich das personifizierte »Hä?«. Der bedächtige Typ halt, abwartend, ruhig. Eskalieren ist nicht so meins.

Doch wenn es etwas gibt, was ich in den letzten Jahren notgedrungen lernen musste, dann Krisenmanagement. Und dies ist eine Krise der Marke Endgegner-Level. Ach, was sag ich: Die Durchsuchung würde unseren kompletten Untergang bedeuten. Nicht zuletzt könnten die Kinder beim Anblick ihrer polizeilich abgeführten Mütter ein Trauma davontragen, von dem sie ihren Therapeuten noch bis ins hohe Alter erzählen werden.

Das muss verhindert werden, koste es, was es wolle. Außer Leichen, versteht sich. Wie kochendes Gift schießt das Adrenalin durch meine Adern. Denk! Nach!

In Lichtgeschwindigkeit checke ich die Optionen und komme zu dem Schluss, dass Fiona und ich nur einen einzigen Trumpf im Ärmel haben: unsere Kinder. Von Anfang an hat der Polizist positiv auf sie reagiert, also, positiv in unserem Sinne –

mit einem Mix aus Wohlwollen und Irritation. Was heißt, dass nur unsere Kinder uns retten können. Na, dann mal los, Nele.

»Durchsuchen Sie gern den Van!«, wage ich todesmutig die Flucht nach vorn. »Sie werden irre verdächtige Dinge finden: angebissene Schulbrote, benutzte Taschentücher, abgenudelte Radiergummis, kaputte Zopfspangen, ein halbes Pfund Spielplatzsand, Bonbonpapier, Kekskrümel, möglicherweise auch vergammelte Apfelschnitze.«

Totenstille.

Vollkommen perplex starrt der Beamte mich an.

Auch Fiona scheint ziemlich perplex zu sein. Bisher hatte ausschließlich sie unsere Existenz verteidigt, nun bin ich ebenfalls aktiv geworden, um unsere Haut zu retten, worüber sich niemand mehr wundert als ich selbst. Aber so sind Mütter eben: die frommsten Lämmer, solange man sie in Frieden lässt, und fauchende Löwinnen, wenn sie ihre Kinder verteidigen müssen.

»Vergiss nicht mein Asthmaspray«, vervollständigt Alisa meine Aufzählung. Ernst schaut sie dem Polizisten ins Gesicht. »Wussten Sie, dass knapp zehn Prozent aller Kinder in diesem Land unter Asthma leiden? Je später die Krankheit auftritt, desto wahrscheinlicher ist übrigens eine allergische Reaktion. Was darauf hindeutet, dass wir Kinder zunehmend unter belastenden Bedingungen aufwachsen.«

»N-n-nein, das wusste ich nicht«, stammelt der Polizist und reibt sich unschlüssig die Nase. Offenbar ist er nicht ganz sicher, was er jetzt tun soll. Fast kann ich seine Gedanken lesen: Soll ich die *belastenden Bedingungen*, unter denen diese armen

Kinder aufwachsen, mit einer polizeilichen Durchsuchung weiter verschlimmern?

In das angespannte Schweigen hinein regt sich wieder Leben auf den Rückbänken. Anfangs haben die Jungs den uniformierten Herrn andächtig bestaunt, mittlerweile ist der Neuigkeitseffekt verflogen, einen echten Polizisten zu erleben, zumal der nur noch rumsteht wie bestellt und nicht abgeholt.

»Ich muss echt ganz doll Pipi«, jammert Ben.

»Ich auch«, schließt sich Leon weinerlich an.

»Warum dauert das denn so ewig?«, meckert Matteo los. »Ich bin am Verhungern!«

»Wen interessiert's, du Zwerg?«, gibt Noah seinen Senf dazu.

Im nächsten Augenblick entbrennt auch schon ein hitziges Gefecht. Mützen fliegen durch den Van, begleitet von Lachen und Schreien, auch ein Federmäppchen wird zum Wurfgeschoss, Leon fängt an, laut zu kreischen. Das übliche Chaos halt. Ein Sack Flöhe im Ausnahmezustand – für Mütter tagtägliche Normalität, für einen kinderlosen Beamten ganz sicher keine so alltägliche Erfahrung.

»Sie haben da wirklich eine Menge an der Hacke«, murmelt er mit einem Blick auf die tobenden Kinder.

»Keine Sorge!«, rufe ich ihm zu. »Wenn's einem zu viel wird, kann man Nadi Shodana praktizieren, auch Wechselatmung genannt. Das habe ich damals beim Rückbildungsyoga gelernt!«

»Wir Frauen müssen ja nach der Geburt wieder in Form kommen, auch in der Bikinizone, falls Sie verstehen, was ich meine, deshalb ist Rückbildungsyoga so wichtig«, versorgt Fiona den leicht geschockten Polizisten mit *too much information.*

»Ein Nasenloch zuhalten, einatmen, durch das andere Nasenloch wieder ausatmen«, erläutere ich die Übung. »Wenn Sie später als Vater an Überforderung leiden, denken Sie einfach an das Nadi Shodana!«

»Besten Dank.« Der Polizist verzieht den Mund, als sei ihm soeben jeglicher Kinderwunsch abhandengekommen. »Was soll ich sagen, na ja, Kontrolle beendet. Sie können weiterfahren.«

»Herzlichen Dank«, lächelt Fiona milde. »Ein wunderbares Gefühl, dass Sie so sehr um unsere Sicherheit besorgt sind. Ich drücke Ihnen die Daumen, dass Sie die beiden Räuberinnen finden.«

»Das werden wir, verlassen Sie sich drauf.«

Zum Abschied legt der Polizist einen Finger an die Mütze, mit einem kaum hörbaren Surren fährt die Scheibe wieder hoch, und Fiona lässt den Motor an. Noch kann ich kaum glauben, dass wir tatsächlich mit dem Schrecken davongekommen sind. Irgendwo muss es doch einen Haken geben. Vielleicht ein zweiter Kontrollpunkt? Leibesvisitationen? Verhöre in abgedunkelten Räumen? Lügendetektoren?

»Liegen wirklich so viele Kekskrümel im Wagen rum?«, fragt Fiona, als sie anfährt. »Schöne Bescherung. Dann muss ich nachher zur Tankstelle und das Auto durchsaugen, auch das noch.«

»Matteo, dieser Schnulli, hat fast alle Kekse allein aufgegessen!«, petzt Noah.

»Man könnte auch sagen«, ergänzt Alisa in ihrer ruhigen reflektierten Art, »Matteo hat alle Cookies gelöscht.«

Ach, wie langweilig wäre das Leben ohne meine Tochter … Unendlich erleichtert, dass wir der Gefahr entronnen sind, schaue ich aus dem Seitenfenster. Im Schritttempo passieren wir mehrere haltende Autos, die von einer ganzen Armee Polizisten durchsucht werden. An einem Wagen lehnt jemand, der mir irgendwie bekannt vorkommt. Ein leichter Wind spielt in seinem Haar, die Sonne scheint ihm ins Gesicht und lässt meergrüne Augen aufblitzen.

Auf der Stelle vollführt mein Herz einen verrückten kleinen Hüpfer. Das ist Nick Fehlandt. Nick. Ich würde ihm gern zuwinken, aber das lasse ich unter diesen Vorzeichen wohl besser bleiben.

»Wenn ich groß bin, möchte ich auch Polizist werden«, piepst Ben, der fasziniert das Treiben der Beamten verfolgt.

Und wenn ich groß bin, möchte ich mit einem ganz bestimmten Polizisten dorthin verreisen, wo die Sterne das Meer berühren. Einfach so dasitzen mit ihm. Stille. Ausatmen. Tiefer Frieden.

Leider spricht einiges dagegen. Wie man es auch dreht und wendet: Heute bin ich mit dem Gesetz in Konflikt geraten, was ja wohl jeglichen näheren Kontakt mit einem Gesetzeshüter kategorisch ausschließt.

Ciao, Nick Fehlandt. Ich hab's grandios vermasselt. Die Fakten sprechen schließlich für sich. Natürlich hätte ich das Missverständnis mit der Spielzeugpistole unverzüglich aufklären müssen, daran gibt es nichts zu rütteln. Dann wäre Fionas Portemonnaie leer geblieben, aber wenigstens mein Gewissen rein. Stattdessen habe ich mitgemacht. Anfangs aus purer Begriffsstutzigkeit, danach, weil Fiona so verflixt überzeugend war, am Ende, weil ich ihr das Geld von Herzen gönnte. Ganz legal war es trotzdem nicht.

Nie wieder krumme Dinger, gelobe ich mir im Stillen. Ein Fehler, den du mehr als einmal begehst, ist nämlich kein Fehler mehr, sondern eine Entscheidung.

»So, Kinder, jetzt geht's im Turbomodus zu Hermine!«, trällert Fiona, die den Kids gegenüber so tut, als sei das Ganze nur eine lästige kleine Verzögerung gewesen, die nicht das Geringste mit uns zu tun hat.

»Pipiiiii!«, röhrt Ben.

»Pipiiiii!«, brüllt Leon.

»Ja doch, einen kleinen Augenblick Geduld noch.« Hinter der nächsten Kurve hält Fiona neben einem kleinen Waldstück und öffnet die Schiebetür. »Alles aussteigen, was ein dringendes Bedürfnis hat.«

Johlend klettern Leon und Ben aus dem Wagen, um ihr kleines Geschäft an einem Kilometerpfosten zu verrichten. Gut hörbar freuen sie sich wie ein Schnitzel, weil sie ausnahmsweise im Stehen pinkeln dürfen. Währenddessen reiße ich mir die Mütze vom Kopf und wechsele auf den Vordersitz.

»Das war knapp«, schnaufe ich, weil ich immer noch nicht richtig Luft bekomme nach dieser Zitterpartie.

»Flohbeinbreite«, bestätigt Fiona augenzwinkernd. »Aber wir haben's rausgerissen. Danke für deinen ebenso originellen wie effizienten Einsatz. Auch für das andere, du weißt schon, unseren kleinen Ausflug in die Welt des Geschmeides, möchte ich dir danken. Du warst großartig.«

Damit spricht sie haargenau meinen neuralgischen Punkt an. Vorsichtshalber senke ich meine Stimme zu einem Raunen.

»So was darf sich niemals wiederholen, Fiona. Stell dir vor, die hätten uns hopsgenommen. Was wäre mit unseren Kindern? Unseren Familien? Unserem Leben?«

»In gewisser Weise hast du recht«, geht sie flüsternd auf meine Bedenken ein. »Aber dieses Gefühl, dreitausend Euro in der Tasche zu haben, ist unvergleichlich in meiner Situation. Das ist kein Geld, Nele, das ist Obst, Gemüse, Brot, Wurst, Käse, Kaffee, Schulhefte, Seife, Klopapier – einfach alles, was ich im Alltag benötige.«

»Sicher, das versteh ich …«

»Und glaub mir, ich werde sehr sparsam mit dem Geld umgehen. Vielleicht ganz gut, dass ich den Wert jedes einzelnen Euros wieder zu schätzen weiß.«

Geschickt abgelenkt. Doch ohnehin sollten wir das Gespräch über unsere illegale Eskapade nicht in Gegenwart der Kinder führen. Vor allem meine Tochter hat Ohren wie ein Luchs, und ihr Hirn verarbeitet Anspielungen schneller zu Informationen als jeder Computer.

»Alisa, Schatz«, spreche ich sie an, »könntest du mal nach Leon und Ben schauen? Keine Ahnung, warum die so rumtrödeln.«

»Klar, Mami.«

Als sie eine Minute später mit den beiden Jungs zurück in den Van klettert, werden Leon und Ben von den anderen Jungs mit Sticheleien über »Babyblasen« und »Pullermänner« empfangen. Noah versteigt sich zu der Bemerkung, Leons kleine

Geschäfte seien nicht der Rede wert, seine großen Geschäfte hingegen so zahlreich, dass man ihn als »3-D-Drucker im Dauerbetrieb« bezeichnen könnte, woraufhin Alisa philosophiert, eine Rolle Toilettenpapier sei doch letztlich »die längste Serviette der Welt«.

»Wusstet ihr, dass es ein chinesischer Kaiser war, der erstmalig Reispapier für die Rektalhygiene verwendete? Und dass in vielen Ländern bis heute einfach die linke Hand benutzt wird? Das ist auch der Grund, warum man dort nur mit der rechten Hand isst.«

»Shit happens«, zischt Fiona, und nachdem sie sich jede weitere Einlassung zum Thema Verdauung verbeten hat, legt sie einen Kavalierstart hin.

Kapitel 9

Die weitere Fahrt führt uns in einen ländlichen Außenbezirk. Die Bebauung wird spärlicher, Wiesen und Felder wechseln mit einzelnen Siedlungen ab, da und dort schaut uns eine Kuh hinterher. Bald dösen unsere Kinder schläfrig auf den Rückbänken, eingelullt vom monotonen Motorengeräusch, während die Mütter stumm ihren Gedanken nachhängen.

»Apropos Wertschätzung«, knüpft Fiona nach einer Weile an unseren losen Gesprächsfaden an. »Ist es nicht interessant, wie sich der Blick darauf verändert, was man wirklich braucht, und worauf man leichten Herzens verzichten kann?«

Na, diese Frage kommt mir nur allzu bekannt vor.

»Du sprichst vom Verzichten?« Nervös hake ich die Daumen in meinen Sicherheitsgurt und lasse ihn zurückschnappen. »Hört sich exakt nach Frau Steinhövel an. Das ist diese Kundin, die heute nicht nur zusammen mit ihren drei Freundinnen gekündigt hat, sondern mir auch noch hundertsechzig Euro schuldet.«

»Dann musst du dir das Geld eben holen.« Fionas Finger trommeln ungeduldig auf dem Lenkrad herum. »Wir lassen uns nichts mehr gefallen, hörst du? Und wir müssen alles loswerden, was wir nicht wirklich brauchen. Meine Kette war nur der Anfang.«

»Tja, ich kann nicht gerade behaupten, dass es bei mir noch viel Überflüssiges gibt.«

»Bei mir schon.« Sie wirft mir einen mitfühlenden Blick zu. »Ich weiß doch, du musstest immer sparen und verkaufst alles, was du nicht brauchst, schon seit Langem auf eBay. Ich habe jetzt auch damit angefangen.«

»Und womit?«

»Unser Haus ist voller Krempel«, stöhnt sie. »Wer braucht drei Fondue-Sets? Vier Korkenzieher? Zwanzig Paar Schuhe? Nicht zu vergessen den ganzen Dekokram. Wenn ich mal eine Woche nichts bei Amazon bestellt habe, kam der Paketbote vorbei und fragte besorgt, ob ich krank bin. Ehrlich gesagt finde ich es gut, dass ich einigen Ballast abwerfen kann.«

Vor meinem geistigen Auge ersteht Fionas geräumiges Haus. Vermutlich ist es ein Naturgesetz, dass man umso mehr Zeugs anhäuft, je mehr Platz man hat. Überall steht was rum: Kerzenständer, Kristallvasen, Nippes, Duftkerzen, Stoffblumensträuße, Urlaubssouvenirs; die üblichen Staubfänger halt, mit denen man seiner Individualität Ausdruck verleihen will, obwohl einem die meisten Dinge eigentlich nur im Wege sind.

»Was meinst du, wie Paul geguckt hat, als ich die alte Standuhr verhökern wollte«, erzählt sie weiter. »›Die ist von meinem Großvater!‹, hat er aufgeheult, ›die kannst du nicht verkaufen!‹ ›Und ob ich sie verkaufen kann‹, habe ich gesagt, ›ich muss es nur schaffen, sie vorteilhaft zu fotografieren, bevor ich sie bei eBay einstelle.‹«

Anerkennend hebe ich einen Daumen.

»Du lernst schnell.«

»Ich hatte eine gute Lehrerin.«

»Nur dass bei mir so gut wie nichts mehr zu holen ist.«

Mit zusammengekniffenen Augen schaut Fiona auf den Tacho und bremst etwas ab, weil sie sich sozusagen in Rage gefahren hat.

»Ich denke, du solltest erst mal zusehen, dass du deine hundertsechzig Euro bekommst. Was ist denn der Stand der Dinge?«

Gut, dass sie mich daran erinnert. Rasch hole ich mein Handy heraus und gebe die Daten fürs Onlinebanking ein. Kein Eingang, nicht einmal eine Vormerkung. Danach gehe ich auf meinen PayPal-Account. Auch nichts.

»Frau Steinhövel hatte versprochen, dass sie mir das Geld überweist oder paypalt. Bestimmt hat sie es vergessen, die hatte sowieso nur ihre dösige Fastenkur im Kopf. Dreitausend Euro zahlt sie dafür. Pro Woche.«

»So viel, wie wir heute in dem Laden …«

»Nicht jetzt.« Beschwörend lege ich einen Finger an die Lippen. »Das ist thematischer Hochsicherheitsbereich, okay?«

»Okay.« Prüfend schaut Fiona in den Rückspiegel. »Aber mach dir keine Sorgen, die Kinder chillen.«

Fünf Minuten später biegen wir in die unkrautüberwucherte Einfahrt eines villenartigen, wenn auch arg in die Jahre gekommenen Einfamilienhauses. Der Motor ist gerade verstummt, als auch schon Leben in die Kids kommt.

»Wir sind da!«, juchzt Ben.

»Ja, aber pass auf, dass du lebend wieder rauskommst«, sagt Noah warnend.

Die Kids lieben Hermine, ein Schuss wohliger Grusel ist jedoch immer dabei, wenn wir sie besuchen. Auf kindliche Gemüter wirkt das alte Gemäuer zweifellos wie ein Gespensterschloss: Wilder Efeu rankt an den schadhaften Hauswänden hoch, zwei windschiefe Türmchen schmücken das Schindeldach, schmiedeeiserne Gitter bedecken die unteren Fenster.

Für Ben ist ausgemacht, dass sich die Bewohner mit den Gittern vor Vampiren oder Schlimmerem schützen müssen. Alisa vermutet in Sherlock-Holmes-Manier hochinteressante Geheimnisse wie Tapetentüren oder versteckte Botschaften. Fionas Jungs betrachten das Haus als eine Art Geisterbahn mit eingebautem Catering.

»Noah, Matteo, Leon, benehmt euch anständig«, ermahnt Fiona ihre Söhne. »Unsere liebe Freundin ist nicht mehr die Jüngste.«

Solche Hinweise werden natürlich planvoll überhört. Laut schreiend rennen die Kinder zum Eingang, wo Hermine auf sie wartet, hochgewachsen, in einem taubenblauen Kleid, das Gesicht von weichen Wellen in einer undefinierbaren Haarfarbe umrahmt.

»Da seid ihr ja, ich habe euch Kuchen auf die Terrasse gestellt, ihr wollt doch bestimmt draußen spielen«, empfängt sie unsere Rasselbande, die sogleich im Garten hinter dem Haus verschwindet.

Auch Fiona und ich durchqueren jetzt den verwilderten Vorgarten, passieren einen grün bemoosten Springbrunnen, den ich noch nie habe plätschern sehen, und steigen über den Komposthaufen hinweg, der sich neuerdings auf dem Weg breitmacht. Hermine hat es nicht so mit Ordnung. Dafür besitzt sie einige andere Qualitäten.

Überhaupt ist Hermine ein Kapitel für sich. Sie muss ungefähr Anfang fünfzig sein, doch wenn sie lacht, sieht sie viel jünger aus, trotz der ersten grauen Haare. Noch immer liegt etwas Mädchenhaftes in ihrem fast faltenfreien Gesicht, das sie zweifellos guten Genen, einem ausgeglichenen Wesen und vielleicht auch ein wenig meinen Kosmetikbehandlungen verdankt.

Ihren Beruf als Volkshochschullehrerin für Informatik musste Hermine allerdings vorzeitig an den Nagel hängen. Ein Jammer eigentlich. Ebenso kompetent wie geduldig hat sie versucht, Fiona und mich in die Geheimnisse der digitalen Welt einzuführen. Mit mäßigem Erfolg. Zu mehr als Mails schreiben, Amazon plündern und Flohmarkt-Apps konsultieren haben wir es nie gebracht. Hermine hingegen weiß einfach alles, vom Programmieren bis zu Ausflügen ins Darknet, und auch sonst ist sie ganz schön helle.

Ihr exaktes Alter habe ich nie rausgefunden. Als ich sie einmal danach fragte, hat sie nur geantwortet: »Alt ist man, wenn der Bürgermeister gratuliert. So weit ist es noch lange nicht. Nach wie vor befinde ich mich in der schönen Phase zwischen Pippi Langstrumpf und Pippi Stützstrumpf.«

Nicht die schlechteste Selbsteinschätzung. In unserem Freundinnen-Trio ist Hermine so was wie die skurrile Tante, manchmal auch die große Schwester, in jedem Fall aber ein unkonventioneller Freigeist. Das hat etwas sehr Erfrischendes, sind Fiona und ich doch meist von alternativ verstrahlten Müttern umgeben, die kein anderes Thema als Gendern und Gluten kennen. »Danke für die Einladung!«, rufe ich ihr entgegen. »Und ein dickes Dankeschön, wie verständnisvoll du mit den Kindern umgehst. Dafür lieben sie dich!«

»Ach, halb so wild«, wehrt sie verlegen ab. »Wenn man keine eigenen hat, freut man sich doppelt über Kinderbesuch. Sonst ist es immer so still hier … Aber kommt doch erst mal herein.«

Vorher schaue ich mich instinktiv um, ob nicht vielleicht ein Polizist hinter dem nächsten Gebüsch lauert oder ein Polizeihubschrauber im Anflug ist. So ganz bin ich noch nicht über die nervenzerfetzenden Ereignisse dieses Nachmittags hinweg.

»Wie konnten wir Dussel bloß vergessen, die Pistole zu entsorgen?«, frage ich Fiona leise, als wir die letzte Hürde nehmen, den Rest eines Rosenspaliers.

»Stimmt, so was vergessen nur Amateure.«

»Wir *sind* Amateure, Fiona. Und dabei muss es auch bleiben, weil wir nie wieder so etwas Hirnrissiges anstellen dürfen.«

»Entspann dich«, wispert sie mir zu. »Niemandem ist etwas passiert. Freu dich doch, dass ich dir jetzt das Geld für Alisas Geburtstag leihen kann.«

»Darüber reden wir noch. Ich muss mich erst mal sortieren.«

»Warum flüstert ihr denn so konspirativ miteinander?«, wundert sich Hermine, als wir die drei Stufen zum Eingang hochsteigen. »Haben die Damen etwa Geheimnisse?«

»Nö, nur unveröffentlichtes Bonusmaterial«, flachst Fiona.

»Der übliche Kram halt«, winke ich ab. »Männer, Kinder, Kochrezepte.«

»Würde mich schwer wundern.« Hermine streift uns mit einem wachsamen Blick, insbesondere mein unmögliches Sweatshirt. »Frauen wie ihr habt spannendere Themen.«

Das kann man wohl laut sagen.

»Hier, ich habe dir was mitgebracht.« Aus den Tiefen meiner Tasche hole ich einen fest verschraubten weißen Tiegel heraus, den ich ihr überreiche. »Das ist eine Handcreme mit naturreinem ätherischem Orangenöl und Kakaobutter, in der das nährende und glättende Theobromin steckt.«

Erfreut schraubt Hermine den Tiegel auf, schnuppert daran und verreibt einen Klecks auf ihrem Handrücken.

»Danke, Nele, wie lieb von dir.«

»Sehr gern. Übrigens, falls du dich fragst, was Theobromin bedeutet: Alisa hat mich aufgeklärt, wörtlich übersetzt heißt das ›Speise der Götter‹.«

»Unsere Miss Einstein«, lächelt Hermine. »Wie geht's ihr? Was macht das Asthma?«

»Mal so, mal so. Heute hatte sie leider wieder einen Anfall. Umso schöner, dass sie in deinem Garten eine Extraportion frische Luft bekommt.«

»Für meine Jungs ist das ebenfalls sehr heilsam«, schließt sich Fiona an. »Die hocken ja am liebsten drinnen und daddeln irgendwelche Ballerspiele. Wenn es etwas gibt, das sie neben Schulaufgaben und Hausarbeit scheuen, dann Tageslicht und frische Luft.«

»Davon gibt's hier genug.« Mit einer einladenden Handbewegung deutet Hermine auf die geöffnete Eingangstür. »Immer nur rein in die gute Stube, es gibt frisch gebackenen Kuchen.«

Im Gänsemarsch betreten wir das Haus, wobei wir einen regelrechten Slalom einlegen müssen. Sämtliche Räume sind mit Möbeln zugestellt, lauter Erbstücken von Hermines Eltern: bauchige Kommoden, wuchtige Eichenschränke, dazu unglaublich klobige Sessel und jede Menge Beistelltischchen.

Das heißt, Erbstücke trifft es nicht ganz. Hermines Mutter lebt ja noch und wird seit einem Schlaganfall vor drei Jahren hingebungsvoll von ihrer Tochter betreut. Im ersten Stock hat Hermine ein Zimmer mit Spezialbett und Notklingel ausgestattet, außerdem extra einen Pflegekurs belegt. Nun kümmert sie sich quasi rund um die Uhr um ihre bettlägerige Mutter. Bewundernswert, zumal sie ihren Lebensunterhalt mittlerweile in der Schadensabteilung einer großen Autoversicherung verdient. Halbtags, im Homeoffice, was es etwas einfacher macht. Muss sie mal persönlich bei ihrem Arbeitgeber erscheinen, springen Fiona oder ich für sie ein.

»Wow, du hast ja üppig aufgetragen!«, rufe ich aus, als wir das Esszimmer betreten.

»Nur ein paar Kleinigkeiten«, lächelt Hermine.

Das ist dermaßen tiefgestapelt, dass man fast schon von übertriebener Bescheidenheit sprechen kann. Der mit weiß-blauem Zwiebelmusterporzellan gedeckte Tisch biegt sich unter einem großen Blaubeerkuchen, einer Apfeltarte, zwei Tellern mit bunt verzierten Cupcakes und einer reich bestückten Käseplatte.

Mir läuft das Wasser im Mund zusammen. Wie so oft bin ich weder zum Frühstücken noch zum Mittagessen gekommen, und der Anblick all der Köstlichkeiten versetzt meinen leeren Magen in einen knurrenden Taumel der Vorfreude. Doch statt uns aufzufordern, am Tisch Platz zu nehmen, verschränkt Hermine die Arme.

»Raus mit der Sprache. Ich sehe doch, dass etwas nicht stimmt. Gibt es irgendetwas, was ihr mir beichten wollt, zum Beispiel worüber ihr eben geflüstert habt?«

»War wirklich nichts Besonderes«, beteuert Fiona. »Als Mütter führen wir ein herrlich langweiliges Leben. Unsere einzigen Highlights bestehen aus ungestörten Schaumbädern, wenn die Kinder bei der Oma sind, und dem erregenden Anblick, wenn der Hockeytrainer im Sommer sein T-Shirt auszieht.«

Hermine fängt an zu lachen, und zwar so schalkhaft, als hätte sie uns mühelos durchschaut.

»Bin schon sehr gespannt, was ihr wirklich angestellt habt. Ich interessiere mich nämlich brennend für alles, worüber Gras wachsen soll.«

Kapitel 10

Warum nur fühle ich mich in Hermines Gegenwart oft wie ein Kind, das heimlich genascht hat? Vielleicht deshalb, weil sie so etwas wie eine moralische Instanz ist.

Selten habe ich einen so aufrechten, geradlinigen Menschen wie sie getroffen. Das Schicksal, ihre Mutter zu pflegen und damit auf vieles zu verzichten – Urlaube, Kinobesuche, spontane Treffen außer Haus –, nimmt sie mit nahezu stoischer Gelassenheit hin.

Im Gegenzug ist sie eine großzügige Gastgeberin, doch nicht nur deshalb halte ich mich am liebsten hier im Esszimmer auf. In dem hohen, mit einem verblichenen zartvioletten Seidenstoff tapezierten Raum kann man sich etwas freier bewegen, weil Hermine ihn beherzt entrümpelt und umgestaltet hat.

Den einzigen Tisch umringen vier zierliche Biedermeierstühle, vor den geöffneten Fenstern bauschen sich duftige weiße Gardinen, auf einem Sideboard stehen frisch gepflückte Frühlingssträuße aus sattgelben Narzissen und Forsythien.

Der Blickfang ist eine hohe Glasvitrine, die Hermines umfangreiche Barbiepuppen-Sammlung beherbergt. Ein schräges Hobby, das genau deshalb zu ihr passt. Ihr größter Stolz ist eine schwarzhaarige *Silken Flame* von 1962 mit feuerrotem Cape, immer noch originalverpackt und unter Liebhabern hoch gehandelt. Gut geschützt ruht sie unter Zellophan. Mit allen anderen Puppen darf Alisa spielen, was ihr besonderen Spaß macht, weil Barbies an ihrer Schule ja gleich hinter Tod und Teufel rangieren.

»Setzt euch doch bitte«, fordert Hermine uns freundlich auf. »Was möchtet ihr trinken? Kaffee? Tee? Prosecco?«

»Prosecco?«, fragt Fiona. »Gibt es was zu feiern?«

»Eher das Gegenteil.« Hermines aufgeräumte Stimmung weicht einem bekümmerten Gesichtsausdruck. »Ich habe gestern schlechte Nachrichten bekommen. Doch gerade in den dunklen Stunden sollte man das Leben feiern, stimmt's? Also hole ich den Prosecco.«

»Moment, nicht so schnell«, halte ich sie zurück. »Erst müssen wir wissen, was los ist.«

»Nun, es geht um die Pflegestufe meiner Mutter.« An uns vorbei schaut Hermine aus dem Fenster, als sei ihr diese Angelegenheit furchtbar peinlich. »Die zuständige Frau vom Medizinischen Dienst hat meine Mutter runtergestuft, von fünf auf zwei, weil es ihr kurzfristig etwas besser ging. Sie konnte sogar aufstehen. Im Grunde werde ich für meine gute Betreuung bestraft, denn nun halbiert sich das Pflegegeld für die Tages- und Nachtbetreuung.«

»Es halbiert sich!«, echot Fiona erschrocken.

»Ja, manchmal weiß ich wirklich nicht, wie es weitergehen soll.« Mit einem Anflug von Resignation hebt Hermine die Achseln. »Längst nicht alle Medikamente werden von der Kasse übernommen, die tägliche Physiotherapie sowieso nicht, der

Treppenlift hat ein kleines Vermögen verschlungen. Außerdem braucht sie auch noch zwei neue Brücken. Früher hatte ich Angst vor dem Zahnarzt, heutzutage habe ich Angst vor der Zahnarztrechnung. Langsam wachsen mir die Kosten über den Kopf.«

»Dann sind wir ja schon zu dritt«, sagt Fiona dumpf.

»Wie – zu dritt?«

»Na, drei Wohlstandsverliererinnen. Wenn mich nicht alles täuscht, ging's uns allen schon mal besser.«

»Wesentlich besser«, pflichte ich ihr bei. »Ist ja auch kein Wunder. Die Inflation frisst alles auf, der Wochenendeinkauf ist ein einziger Alptraum.«

»Hm.« Hermine tauscht einen Blick mit Fiona. »Für Nele und mich mag das zutreffen, aber doch nicht für dich.«

»Paul und ich können die Raten für unser Haus nicht mehr aufbringen«, platzt es aus Fiona hervor. »Ende, aus, finito. Demnächst müssen wir ausziehen, aber finde mal was Erschwingliches für eine fünfköpfige Familie.«

Sekundenlang ist es vollkommen still im Esszimmer, nur fernes Kindergeschrei weht durch das offene Fenster herein. Dann niest Fiona geräuschvoll. Sechs Mal.

»Entschuldigung«, eilig holt sie ein Taschentuch aus ihrer Handtasche und schnäuzt sich ausgiebig, »ihr wisst ja, meine Hausstauballergie.«

»Dabei habe ich extra durchgeputzt«, beteuert Hermine, wohlwissend, dass man in diesem Museum von Haus gar nicht alles von Staub befreien kann, es sei denn, man beschäftigte tagtäglich einen mehrköpfigen Putztrupp.

»Halb so schlimm«, versichert Fiona mit tränenden Augen. »Ehrlich, geht schon.«

Unaufgefordert reicht Hermine ihr eine Kleenexschachtel, dann streicht sie ihr taubenblaues Kleid glatt, das so alterslos wirkt wie sie selbst.

»Lasst mich das mal zusammenfassen. Fiona fliegt aus ihrem Haus, Nele kommt nur noch mit Ach und Krach über die Runden, von mir will ich gar nicht erst anfangen. Was machen wir denn jetzt?«

Juwelierläden überfallen? Mit Pistolen rumfuchteln?

»Essen«, befindet Fiona resolut. »Wie gewöhnlich besteht mein Körper zu siebzig Prozent aus Müdigkeit, der Rest aus Hunger.«

»So wie damals, als du mit Noah schwanger warst«, wird sie von Hermine aufgezogen. »Weißt du noch? Wir haben dich immer die kleine Raupe Nimmersatt genannt.«

»Diesen Spitznamen könnten wir langsam in Rente schicken, finde ich.« Begehrlich nimmt Fiona den gedeckten Tisch in Augenschein. »Auch beim Kampf gegen die Pfunde sollte der Klügere nachgeben.«

»Außerdem erweitert Kuchen das Speckdrum«, sagt Hermine todernst. »Gut, dann hole ich uns jetzt was zu trinken.«

Mit federnden Schritten wechselt sie nach nebenan in die Küche, und ein keckes Ploppgeräusch verrät, dass sie dort tatsächlich eine Proseccoflasche öffnet.

»Mir ist so gar nicht nach Mädelsbrause«, bekenne ich leise. »Mein Magen spielt immer noch verrückt nach unseren, ähm, turbulenten Erlebnissen.«

»Ach komm, ein Schlückchen kann nicht schaden.« Beiläufig angelt sich Fiona eine Weintraube von der Käseplatte. »Dann fällt uns vielleicht auch eine etwas ungefährlichere und moralisch korrektere Variante ein, wie wir zu Geld kommen.«

Leicht entkräftet lasse ich mich auf den nächstbesten Stuhl fallen und schlage ein Bein übers andere.

»Ich brauche schleunigst einen Nebenjob, das ist mir heute klar geworden, als du deine Bewerbung in der Bäckerei erwähnt hast. Neue Kosmetikkundinnen zu gewinnen kostet viel zu viel Zeit.«

Eine weitere Weintraube wandert in Fionas Mund, während sie mich forschend mustert.

»Wozu würdest du dich hinreißen lassen, um an schnelles Geld zu kommen?«

»Was meinst du? Meinen Körper verkaufen? Meine Seele?«

»So weit kommt's noch«, kichert Fiona. »Obwohl … kurz hatte ich daran gedacht, Mamapartys zu organisieren, auf denen wir essbare Unterwäsche oder ökologisch unbedenkliches Sexspielzeug an die Frau bringen.«

»Puh, nee.«

»Keine Sorge.« Immer noch kichernd nimmt sie mir gegenüber Platz und stützt ihre Ellenbogen auf den Tisch. »Was ich dir vorschlagen wollte, ist etwas weit Harmloseres: Pauls Ex-Chef, der selbst ernannte Herrscher von Millennium Invest International, sucht eine Putzfrau für sein Privathaus. Das hat Paul von einem ehemaligen Kollegen erfahren. Für mich ist das nichts, weil der Typ garantiert nicht die Gattin eines gefeuerten Mitarbeiters einstellt. Aber wie wäre es mit dir?«

»Putzen?« Darauf wäre ich ehrlich gesagt nicht unbedingt gekommen. Aber warum nicht? »Okay, wenn das schnelles Geld bedeutet, bin ich am Start.«

»Obwohl du ein Kosmetikdiplom hast?«

»Bricht mir ja kein Zacken aus der Krone, wenn ich zur Abwechslung den Staubsauger schwinge. Zu Hause tue ich das schließlich auch. Also, wo ist das Problem?«

»Wow, ich bewundere deine Nonchalance«, werde ich von Fiona gelobt. »Außerdem, na ja, falls du den Job bekommst, könntest du womöglich etwas über den Ex-Chef rausfinden. Nach wie vor tappe ich völlig im Dunkeln, was zwischen Paul und ihm vorgefallen ist.«

»Ich soll – spionieren?«

»Ein großes Wort für eine kleine Sache.«

»Was höre ich da? Ihr habt es auf schnelles Geld abgesehen?« Mit einer geöffneten Proseccoflasche und drei wunderschönen alten Sektflöten kommt Hermine wieder herein. »Genau darüber wollte ich mit euch sprechen.«

»Wie das?«, staunt Fiona. »Kannst du Gedanken lesen?«

»Nein, aber Online-News.«

Man würde es Hermine vielleicht nicht ansehen, doch sie ist wirklich unglaublich fit in allem, was mit dem Internet zu tun hat. Deshalb konnte sie sich auch so schnell in ihren neuen Versicherungsjob reinfuchsen. Inhaltlich fiel ihr das ohnehin leicht, weil die Schadensregulierungen nach einem exakt festgelegten Schema erledigt werden müssen, technisch war es für sie als Informatikerin ein Kinderspiel.

»Schieß los«, sagt Fiona aufgeregt.

Hermine lässt sich Zeit. Zunächst füllt sie die Gläser und reicht uns jeweils eines, bevor sie ihr eigenes hochhält.

»Auf bessere Zeiten! Irgendwo habe ich mal gelesen: Krise ist ein produktiver Zustand, man muss ihm nur den Beigeschmack der Katastrophe nehmen.«

»Katastrophen sind für Anfänger«, grient Fiona. »Mein Paul ist ein echter Könner, der produziert Apokalypsen.«

Der erste Schluck Prosecco schmeckt unerwartet gut. Ich nehme gleich noch einen. Fahren kann ich heute sowieso nicht mehr, weil mein Bobo streikt. Armer alter Bobo.

»Lass uns auch auf die Gesundheit deiner Mutter trinken«, bringe ich einen Toast aus.

Hermine dankt es mir mit einem kleinen Lächeln. Nachdem wir ein weiteres Mal unsere Gläser erhoben haben, nimmt sie Platz und beginnt, mit einem großen Messer den Blaubeerkuchen anzuschneiden.

»Jetzt zum schnellen Geld, Ladys. Gerade in der Küche habe ich mein Handy konsultiert, weil mir irgendetwas an euch spanisch vorkam. In den Social Media und auf den regionalen Nachrichtenportalen heißt es, zwei Frauen hätten heute einen Juwelierladen überfallen. Auch ein Foto der Überwachungskamera zirkuliert im Netz.«

Das war's. Game over. Ich verschlucke mich so heftig an meinem Prosecco, dass mich ein Hustenanfall schüttelt, Fionas Gesichtsfarbe spielt plötzlich ins Violette, passend zu den Seidentapeten.

»Hübsches Foto«, fährt Hermine mit unüberhörbarem Sarkasmus fort. »Leider nur in Schwarz-Weiß und schräg von oben, sonst käme eure Schönheit wesentlich besser zur Geltung.«

»Zeig«, japst Fiona.

Aus der Tasche ihres Kleids fördert Hermine ein Handy zutage und hält es uns nacheinander hin. Auweia. Die Bildqualität ist verschwommen, und in Ermangelung von Farben ist Alisas Bommelmütze grau statt rot, dennoch sehen wir quasi in einen Spiegel. Aber die Frage aller Fragen lautet ja wohl: Würden andere uns erkennen? Genau diese Frage stelle ich Hermine.

»Sagen wir mal so …« Sie zögert, um einen weiteren Blick auf das Display zu werfen. »Wenn man's weiß, ist es klar wie Korn. Wenn man's nicht weiß und auch gar nicht damit rechnet, eher schwierig.«

»Und warum hast *du* uns erkannt?«, erkundige ich mich mit einem ganz, ganz flauen Gefühl.

Ihre klugen graublauen Augen richten sich auf mich.

»Als langjährige Freundin achtet man auf Kleinigkeiten, die anderen gar nicht so auffallen. Ich kenne euch nicht nur seit fast neun Jahren, ich hatte auch Gelegenheit, euch eingehend zu studieren – eure Körpersprache, die Art, wie ihr gestikuliert, solche Dinge.«

Unterdessen ist Fiona zu einem hyperventilierenden Häuflein Elend zusammengesunken. Stoßweise atmend fächelt sie sich mit einer Serviette Luft ins Gesicht.

»Klartext, Hermine. Wird sich jemand bei der Polizei melden und rausposaunen: Hey, die beiden kenne ich doch? Werden wir verhaftet? Müssen wir in den Knast?«

»Nicht, wenn ich sage, dass ihr zur fraglichen Zeit hier bei mir wart.«

Donnerlittchen. Hermine ist wirklich immer für eine Überraschung gut.

»Das würdest du für uns tun?«, fistele ich mit einer Stimme, die auf einmal ganz hoch und kindlich klingt.

»Vorher würde ich gern eure Version erfahren. Also. Was hattet ihr in dem Laden zu suchen?«

Abwechselnd berichten wir jetzt, wie sich die Geschichte zugetragen hat. Dass es nicht so geplant war. Dass es sich um eine seltsame Verkettung seltsamer Umstände und noch seltsamerer Zufälle handelte. Dass wir nichts, aber auch gar nichts gestohlen haben. Anfangs hört Hermine völlig ausdruckslos zu, dann beginnen ihre Mundwinkel zu zucken, schließlich bricht sie in Lachen aus.

»Das ist alles?«, amüsiert sie sich.

»Sollte doch wohl reichen«, entgegne ich finster.

»Wie man's nimmt.«

»Locker nehme ich es jedenfalls nicht, Hermine.«

»Ich auch nicht mehr, nachdem ich das Foto gesehen habe.« Mit zitternden Händen hält Fiona ihren Teller Hermine hin, die ein großes Stück Blaubeerkuchen darauflegt. »Das einzig Gute ist, dass mein Mantel neu war, den haben noch nicht so viele an mir gesehen.«

»Nicht zu vergessen eure aparten Sonnenbrillen«, wirft Hermine schmunzelnd ein. Auch mir legt sie ein Stück von dem phänomenal lecker aussehenden Blaubeerkuchen auf den Teller. »Nun macht euch mal keinen Kopf, das Ganze wird vermutlich im Sande verlaufen. Nur eine wichtige Sache ist zu beachten, falls der Verdacht doch noch auf euch fällt: Ihr müsst die Pistole aufbewahren. Nur so könnt ihr beweisen, dass keine echte Schusswaffe im Spiel war. Ihr habt sie doch noch, oder?«

»Ja, in meiner Tasche«, nicke ich, »als waschechte Anfängerinnen haben wir vergessen, sie wegzuwerfen.«

Ich wühle in meiner Handtasche. Und wühle. Und wühle. Keine Pistole.

»Was ist?«, fragt Fiona.

»Sie ist weg!«, rufe ich in höchster Verzweiflung. »Die Pistole ist weg! Und damit das einzige Beweisstück, durch das wir unsere Unschuld belegen können!«

Kapitel 11

»Verdammte Axt, ist das eklig.« Mit spitzen Fingern zieht Fiona eine matschige, bräunlich verfärbte Bananenschale unter dem Vordersitz hervor. »Würde mich nicht wundern, wenn ich noch irgendeine neue Lebensform fände. Mit anderen Worten: Es hat keinen Sinn, hier liegt nur Müll.«

Seit einer Viertelstunde stellen wir das Auto auf den Kopf und finden jetzt alles, was dem Polizisten erspart geblieben ist: lauter Zeugs, wie es sich in einem Wagen ansammelt, in dem tagtäglich mindestens drei Kinder herumkutschiert werden. Meine Ausbeute ist auch nicht von schlechten Eltern. Unter anderem habe ich eine vergammelte Scheibe Salami gefunden, einen abgerissenen Hosenknopf sowie ein mumifiziertes Stück Brotrinde. Lecker.

»Jedenfalls ist die Pistole nicht hier, Fiona. Verflixt, wo kann sie sein?«

»Wann hast du sie denn das letzte Mal gesehen?«

Ratternd fährt mein Hirn hoch. Im Juwelierladen natürlich, und später noch einmal, als wir an der Straßensperre gestoppt wurden. Danach verlieren sich meine Erinnerungen im Nebel. Aber wie kann so ein Ding einfach verschwinden?

In diesem Augenblick rennen die Kinder fröhlich kreischend

am Van vorbei. Es scheint eine Verfolgungsjagd zu sein, und plötzlich macht es klick bei mir. Die Kinder spielen Räuber und Gendarm. Was ist das ultimative Accessoire dafür? Eben. In Windeseile laufe ich hinter ihnen her in den Garten, wo unter alten Bäumen Holunderbüsche, Brombeersträucher und kniehohes Gras ein naturbelassenes Eigenleben führen. Von den Kiddies keine Spur. Offenbar ist jetzt Verstecken dran, wofür dieser Garten bestens geeignet ist. Neben der üppigen Vegetation gibt es einen verwitterten Schuppen, ein buntes Kinderzelt, das Hermine eigens angeschafft hat, sogar ein Baumhaus mit Strickleiter.

Nach einigem Suchen entdecke ich Ben, der mit hochroten Backen hinter dem Stamm einer imposanten Eiche kauert.

»Bennilein«, keuche ich, »hat eines von euch Kindern die Pistole aus Mamas Tasche genommen?«

Sein kleines rundes Gesichtchen erstarrt, seine Augen werden kreisrund, und das schlechte Gewissen steht ihm wie eintätowiert auf der Stirn geschrieben.

»Bitte, bitte sag's mir!«, flehe ich ihn an. »Ich schimpfe auch nicht, versprochen.«

»Also, das war sooo«, beginnt er zögernd und fährt sich durchs dunkle, leicht verschwitzte Haar. »Ich habe Leon erzählt, dass du die Pistole vom Spielplatz mitgenommen hast, und als wir dann mal Pipi mussten …«

»… habt ihr sie aus meiner Tasche geangelt?«

»Hmja«, bestätigt er kleinlaut.

Gütiger Himmel. Ich muss an mich halten, ihn nicht zu schütteln, weil die Wahrheit nur scheibchenweise aus ihm herauszubekommen ist. Kinder halt. Wenn sie etwas angestellt haben, werden sie stumm wie Mönche, die ein Schweigegelübde abgelegt haben.

»Wo ist die Pistole jetzt, Ben?«

»Weiß nicht.«

Das darf doch wohl nicht wahr sein.

»Hat Leon sie vielleicht? Versuch bitte, dich zu erinnern.«

Mit seinem rechten Fuß kickt er ein paar vertrocknete Eicheln beiseite, die vom letzten Herbst übrig geblieben sind, dann zieht er geräuschvoll die Nase hoch.

»Leon hat sie weggeschmissen. Da, wo wir Pipi gemacht haben. Weil er nicht wollte, dass ich sie kriege. Aber die Pistole gehört doch dir, deshalb gehört sie ja auch ein bisschen mir, und das fand er doof.«

Kinderlogik. Glasklar, lupenrein, verhängnisvoll.

»Hast du was rausgekriegt?«, fragt Fiona, die atemlos hechelnd neben mir auftaucht.

»Wir müssen auf dem Rückweg nach der Pistole suchen«, teile ich ihr augenrollend mit. »Sie liegt irgendwo im Gebüsch, neben der Stelle, wo Ben und Leon ihre Pinkelpause eingelegt haben. Hey, das wird ein Spaß, im Dunkeln durch die Pampa zu kriechen.«

»Wenigstens wissen wir jetzt, wo das Ding abgeblieben ist«, sagt Fiona sichtlich erleichtert.

»Das wird knapp, ich habe später noch eine Kundin. Wie soll ich das bloß alles schaffen?«

Beschwichtigend legt Fiona einen Arm um meine Schultern und drückt mich an sich.

»Mach dir keine Sorgen, Nele, ich fahre dich hin, und solange du deine Kundin verschönerst, kümmere ich mich um Bobo. Wir sind im ADAC, ist also kein Problem, dein Auto kostenlos abschleppen zu lassen.«

»Falls es da noch steht. Trotzdem tausend Dank, Fiona. Du bist die beste Freundin, die ich mir vorstellen kann.«

»Eine Freundschaft wächst an den grauen Tagen, bunt kann jeder«, lächelt sie. »Selbstverständlich helfe ich dir, aber erst, wenn ich Kuchen gegessen habe. Vorher garantiere ich für nichts.«

Seite an Seite schlendern wir zurück zum Haus, während ich krampfhaft überlege, wie es weitergehen soll. Selbst wenn unser Juwelierabenteuer folgenlos bleibt, habe ich immer noch das Problem, dass ich schnellstens an Geld kommen muss. Der Putzjob ist alles andere als sicher, und Alisas Geburtstag rückt bedrohlich näher. Zumindest eine kleine Feier muss ich ihr ausrichten, sonst bricht für sie eine Welt zusammen.

Bevor wir reingehen, hält mich Fiona am Ärmel fest.

»Ich möchte dir das Sweatshirt und die Sonnenbrillen ersetzen. Protest ist zwecklos. Wie viel bin ich dir schuldig?«

»Ach, Fiona …«

»Keine Widerrede, deinetwegen bin ich ja wieder flüssig. Was hast du für die Sachen bezahlt?«

»Einen Zwanziger für das Sweatshirt, für die Brillen jeweils fünf Euro.«

»Macht dreißig Euro.« Sie hat schon ihr Portemonnaie in der Hand und zählt drei Zehner ab. »Bitte sehr. Jetzt sind wir glatt.«

Widerstrebend stecke ich das Geld ein. Wenngleich mir

nicht ganz wohl dabei ist, mag ich Fionas Sinn für Fairness. Beim Geld hört die Freundschaft auf, heißt es. Ich würde sagen: Gerade beim Geld beweist sich der Wert einer Freundschaft.

»Corpus delicti gefunden?«, empfängt uns Hermine, als wir ins Esszimmer zurückkehren.

»Ja und nein«, erwidere ich seufzend. »Eins der Kinder – ich sag jetzt nicht, wer – hat es anlässlich einer Pinkelpause im Gebüsch versenkt.« Fragend hebt Fiona die Augenbrauen, doch ich werde einen Teufel tun und ihr verraten, dass Leon der kleine Übeltäter war. »Deshalb müssen wir die Pistole nachher suchen gehen.«

»Viel Glück.« Vielsagend deutet Hermine auf ihr Handydisplay. »Ich war auch schon auf der Suche – nach Nebenverdiensten. In den Social Media sind gerade selbst gemachte Kindersachen das ganz große Ding. Eine sehr erfolgreiche Hobbybastlerin bietet individuell verzierte Schultüten an, die Leute reißen sich förmlich darum.«

»Och nö«, meint Fiona kauend. Ihr Kuchenstück hat sie schon halb verdrückt. »Der Blaubeerkuchen ist übrigens Bombe, Kompliment. Backen ist ja auch mein Schönstes, aber Basteln? Nele kann so was, sie häkelt, sie flickt ihre Sachen selbst und näht sogar Stoffblumen auf Alisas Pullover. Ich habe leider zwei linke Hände, die nur Murks fabrizieren.«

»Man kann alles lernen«, entgegnet Hermine, ganz in ihrer Rolle als weise große Schwester, die einem mit sanftem Nachdruck beibiegt, dass Pommes kein Gemüse sind und Joghurtbecher nicht in die Altpapiertonne gehören. »Im Grunde haben wir doch alle dasselbe Handicap: dass wir nicht unbegrenzt außer Haus arbeiten können. Was liegt da näher als ein Job, den wir genau dort ausüben, wo unsere Lieben sind? Ich praktiziere ja schon länger Homeoffice, weil ich meine Mutter nicht stundenlang allein lassen kann.«

Nachdenklich genieße ich den vorzüglichen Kuchen. Doch, ja, Nähen und Basteln wären eine Option. Aber dafür braucht man Material, das zunächst gekauft werden muss. Wovon denn bloß?

»Die Herstellung ist sicher nicht ganz billig«, merke ich vorsichtig an.

Hermine, die gerade die Apfeltarte anschneidet, nickt verständnisvoll.

»Überlass das mir. Der Renner sind stoffbezogene Schultüten mit eingestickten Namen der frischgebackenen Schulanfänger. Ein Herzchen hier, ein Einhorn da, und schon haben wir ein lukratives Business aufgezogen.«

»Dein Optimismus in allen Ehren«, sagt Fiona skeptisch, »hast du noch andere Ideen?«

»Eine Bank überfallen?«

Leicht hysterisch prusten Fiona und ich los. Junge, Junge, Hermine ist aber auch zu und zu schräg mit ihrem beißenden Sarkasmus.

»Ihr lacht«, verteidigt sie sich, »doch in schlaflosen Nächten habe ich tatsächlich solche dunklen Phantasien. Schon als Volkshochschullehrerin wurde ich unglaublich schlecht bezahlt, obwohl ich manchmal zehn Stunden täglich im Einsatz war. Jetzt ist es auch nicht besser. Was ich in meinem Job verdiene, ist ein Witz, gemessen daran, dass ich Datenmengen abliefern muss wie eine Vollzeitkraft.«

»Herzlich willkommen im falschen Film.« Erbittert spieße ich mit der Gabel eine Blaubeere auf, die sich selbstständig gemacht hat. »Finanziell betrachtet haben wir uns einfach die falschen Berufe ausgesucht. Du warst aus vollem Herzen Lehrerin, ich bin leidenschaftlich gern Kosmetikerin, auf einen grünen Zweig kommt man damit nicht.«

»Und als Bäckereiverkäuferin kann ich froh sein, wenn sie mir den Mindestlohn zahlen«, fügt Fiona hinzu.

»Dabei sind das alles Berufe, die den Menschen wirklich helfen«, spinnt Hermine den Gedankengang weiter. »Jeder braucht Brot, jeder braucht Bildung, und als engagierte Naturkosmetikerin kann Nele sehr viel geben. Dumm nur: Wer etwas Nützliches tut und sein ganzes Leben lang ehrlich und fleißig ist, hat exzellente Chancen, verarmt zu sterben. Das ist einfach nicht gerecht. Wer braucht zum Beispiel diese Finanzjongleure, die im ganz großen Stil an der Börse zocken und Riesengewinne einstreichen?«

Das habe ich mich auch schon oft gefragt. Selbst wenn ich Geld hätte, würde ich wohl kaum auf die Idee kommen, in Aktien zu investieren. Vielleicht ist das ein Fehler. Man hört ja immer häufiger, dass es bei der Altersvorsorge nicht ausreicht, auf eine anständige Rente zu hoffen. Doch zum einen habe ich keinen Schimmer von der Finanzwelt, zum anderen würde ich die Risiken scheuen, die jüngst auch Paul zum Verhängnis geworden sind. Fiona scheint dasselbe zu denken.

»An der Börse kann man aber auch gewaltig auf die Nase fallen«, wendet sie ein. »Paul hat gezockt – und alles verloren. Nun haben wir mehr Schulden, als ich mit Schultüten jemals wieder reinholen kann. Ist Basteln womöglich eine Lösung, die nicht zu meinem Problem passt?«

»Wie lange könnt ihr noch in eurem Haus bleiben?«, revanchiert sich Hermine mit einer Gegenfrage.

Stirnrunzelnd schluckt Fiona einen Bissen Apfeltarte hinunter und spült mit dem Prosecco nach, den unsere Gastgeberin inzwischen nachgeschenkt hat.

»Das Privatinsolvenzverfahren wird sich wohl hinziehen. Sechs Monate, neun, vielleicht ein Jahr.«

»Dann nimmst du halt solange Untermieter auf«, befindet Hermine. »Ich habe auch schon Anzeigen ins Netz gestellt, weil dieses Haus ohnehin viel zu groß für zwei ist. Überall werden händeringend Zimmer gesucht. Biete noch dein fabelhaftes Frühstück an, et voilà, du kannst ein echtes Bed & Breakfast aufziehen.«

Fiona fällt fast die Kuchengabel aus der Hand.

»Fremde Leute? In unserem Haus? Niemals. Paul würde ausflippen, da brauche ich ihn gar nicht erst zu fragen.«

Also wirklich. Bis jetzt habe ich Fiona mit Samthandschuhen angefasst, was auch völlig angemessen ist, aber ausgerechnet Paul zu schonen kommt mir dann doch ziemlich daneben vor.

»Hat er dich etwa gefragt, bevor er leichtsinnig euer Erspartes aufs Spiel setzte?«, konfrontiere ich sie mit der unbequemen Wahrheit. »Hat er dich um deine Meinung gebeten, als er unbedingt ein Schmuckstück kaufen wollte, für dessen Gegenwert du ganze Supermärkte leer räumen könntest?«

Für einen kurzen Augenblick fürchte ich, Fiona würde mir an die Gurgel gehen, so wütende Blicke schleudert sie mir entgegen. Doch dann glätten sich ihre Züge, und ihr Blick wird weich.

»Nein, hat er nicht«, bekennt sie zerknirscht. »Paul hat mich nie in irgendetwas eingeweiht.«

»Und trotzdem sollst du den Karren aus dem Dreck ziehen, richtig?«

Die Luft brennt immer noch, doch in Fionas Augen sehe ich das Ja. Zweimal Ja.

»Ihr Lieben.« Besorgt schaut Hermine zwischen uns hin und her. »Es tut mir leid, ich wollte keinen Streit heraufbeschwören, nur ein paar Impulse geben.«

»Ist dir gelungen«, versetzt Fiona trocken. Ihre deprimierte Stimmung hängt noch im Raum, doch mit einem Windstoß, der jetzt hereinfegt und die Gardinen zu großen weißen Segeln aufbläht, verfliegt auch ihre entmutigte Stimmung. »Okay, Schwamm drüber, ich mach's, ich probier' alles aus – die Bäckerei, die Untervermietung, von mir aus auch den Bastelkrempel.«

»Bin ebenfalls dabei«, erkläre ich mit fester Stimme. »Ich bemühe mich um den Putzjob, von dem Fiona erzählt hat, frage parallel bei Kosmetikinstituten an, ob ich dort stundenweise arbeiten kann, werbe neue Kundinnen an und besticke nachts irgendwelche Schultüten, bis die Nadel glüht.«

»Bravo!« Hermine scheint sich aufrichtig zu freuen. Wie einst als Lehrerin, wenn sie besonders widerspenstige Schüler auf Spur gebracht hatte, klatscht sie in die Hände. »Wir haben nur zwei Optionen: aufgeben oder alles geben.«

»Möge die Übung gelingen.« Mit zwei Fingern klaubt Fiona

einen Krümel vom Teller und lässt ihn zwischen ihren Lippen verschwinden. »Uff. Ich glaub, jetzt wär Kaffee toll.«

Hermine steht schon.

»Natürlich, ich stelle gleich die Maschine an. Wie trinkst du deinen Kaffee?«

»Dauernd. Kennst mich doch.«

»Wusstet ihr, dass Kaffee sowohl die Menge als auch die Wirkung von Neurotransmittern im Gehirn deutlich erhöht?«, ertönt Alisas feines Stimmchen. Mit ein paar Grasflecken auf der Jeans, das Blondhaar vom Spielen zerzaust, steht sie plötzlich an der Türschwelle. »Das fördert die Konzentration, beschleunigt das Reaktionsvermögen und hilft euch bestimmt bei eurer Übung.«

Alarmierte Blicke fliegen hin und her, schließlich haben wir so einiges besprochen, was nicht für Kinderohren bestimmt war.

»Darf ich jetzt mit den Barbiepuppen spielen?«, fragt sie ganz unschuldig.

»Sehr gern«, wird sie von Hermine ermuntert, mit dieser besonderen Wärme in der Stimme, die unsere Kinder so sehr an ihr lieben. »Wenn du magst, kannst du die Puppen mit nach nebenan ins Wohnzimmer nehmen, da habe ich das große rosa Barbiehaus aufgestellt.«

»Pink«, berichtigt Alisa sie sanft. »Das berühmte Barbie-Pink, die Farbe heißt Pantone zweihundertneunzehn C. Wusstet ihr, dass weltweit alle drei Sekunden eine Barbie verkauft wird?«

Eine Pause entsteht, in der sie einige Puppen aus der Vitrine nimmt, unter anderem eine Bikini-Barbie, eine Arzt-Barbie und Surfer Blaine – was in aller Welt wird das denn für ein Doktorspiel? –, und die drei Damen am Tisch wortlos Hermines Apfeltarte verspeisen. Es ist ein Meisterwerk der Backkunst mit hauchdünnem Boden, aromatisch-säuerlichen Apfelscheiben und raffinierter Zimtglasur. Erst nachdem sich Alisa mit ihrer Auswahl nach nebenan verzogen hat, findet Hermine ihre Sprache wieder.

»Sagenhaft. Von wem hat sie das bloß?«

»Von Donatus ganz bestimmt nicht«, antworte ich düster. »Vielleicht ein winziges bisschen von mir, wobei die Betonung auf *winzig* und *bisschen* liegt.«

Klirrend landet Fionas Kuchengabel auf ihrem Teller, und etwas Kämpferisches blitzt in ihren Augen auf.

»Donatus ist das Stichwort, Nele. Weißt du noch, wie ich vorhin im Auto sagte, dass wir uns nichts mehr gefallen lassen dürfen? Du musst dir das Geld von ihm zurückholen, so wie das Honorar von dieser Dingenskirchen mit dem Herz aus Stein.«

»Frau Steinhövel.«

»Unwichtig.« Mit einer knappen Handbewegung wischt Fiona meine Anmerkung beiseite. »Es kann doch nicht sein, dass wir hier allen Ernstes über Schultüten nachdenken, wenn du noch Außenstände hast. Und einen Ex, der dein sauer verdientes Geld für was auch immer verplempert.«

»Ach, ist das so?«, hakt Hermine nach.

»Ja, aber Nele ist viel zu nett.«

Komisch, aus Fionas Mund hört sich *nett* nach rettungslos naiv, wenn nicht sogar nach bissi blöde an.

»Also, ich bin ja nicht gerade eine hartgesottene Feministin«, sagt Hermine, die den Teller mit Cupcakes herumreicht, »doch in diesem Falle muss ich Simone de Beauvoir zitieren: Frauen, die nichts fordern, werden beim Wort genommen – sie bekommen nichts.«

Erregt kaut Fiona auf ihrer Unterlippe herum.

»Genau. Was haltet ihr davon, wenn wir diese Angelegenheiten zu dritt regeln? Erst reiten wir bei dieser Steindings ein, dann finden wir heraus, wo Donatus rumlungert, und stellen ihn zur Rede.«

»Was soll das nützen?«, frage ich resigniert. »Glaubst du, einer wie Donatus rückt mein Geld raus, wenn wir ihn *nett* darum bitten? Das ist wie Schach spielen mit Würfeln.«

»Ich habe einen besseren Vorschlag.« Hermine senkt ihre Stimme zu einem Flüstern. »Wir nehmen eine Pistole mit.«

Kapitel 12

Dies ist so ein Morgen, an dem man sich wünscht, der Kaffee käme direkt aus der Dusche. Gähnend tapere ich ins Badezimmer, mit bleischweren Gliedern und wie gerädert von unruhigen Träumen, die mich mehrfach aus dem Schlaf gerissen haben. Sogar Arthur ist davon aufgewacht. Leicht verstört erkundigte er sich, ob ich irgendetwas mit der Polizei am Laufen hätte.

Zu viele Krimis geguckt, habe ich ungewohnt geistesgegenwärtig gemurmelt, demnächst nur noch romantische Komödien!

Jetzt ist er weg. Auf meine Bitte hin verlässt Arthur die Wohnung immer schon gegen fünf Uhr morgens, also lange, bevor die Kinder aufstehen. Wie sollte ich Alisa und Ben auch erklären, dass ihre Mami von Zeit zu Zeit was fürs Herz braucht? Oder, noch irritierender, für die Sinne? Vor allem sollen sie nicht denken, dass womöglich ein neuer Papa ante portas steht, denn dafür kommt Arthur nun wirklich nicht infrage.

Verschlafen mustere ich mich im Spiegel. Um meine Augen knittert es, was zweifellos den Strapazen des vergangenen Tages geschuldet ist. Tja, die wartungsfreien Zeiten sind vorbei, das gilt nicht nur für Bobo.

Dann werde ich heute wohl eher auf innere Werte setzen.

Zusätzlich muss eine Feuchtigkeitsmaske her, wenn ich nicht aussehen will wie der sprichwörtliche Schuster, der immer die schlechtesten Schuhe trägt. Das Gesicht einer Kosmetikerin ist nun mal so was wie eine wandelnde Werbetafel. Im Großen und Ganzen klappt das auch ganz gut, dank der Naturprodukte, die ich verwende. Zum Beispiel habe ich keinerlei Probleme mit verstopften Poren, weil ich keine erdölbasierten Paraffine an meine Haut lasse, wie sie in herkömmlichen Kosmetika die Regel sind. Auch die ersten Fältchen zeigen sich nur zaghaft, was unter anderem an meinem sanften Reinigungsöl auf Pflanzenbasis liegt, das die Hautbalance nicht mit aggressiven Tensiden strapaziert.

Während ich eine frisch duftende Aloe-vera-Maske auf meinem Gesicht verteile, lasse ich den gestrigen Abend Revue passieren.

Die gute Nachricht ist, dass Bobo noch dort stand, wo ich ihn zurückgelassen habe. Danke, Nick. Bist ein Guter. Mithilfe des ADAC hat mir Fiona den Wagen dann vor die Tür gestellt. Währenddessen war ich bei meiner Kundin, um ihr eine reinigende Enzymmaske mit natürlichem Ananasextrakt zu verpassen sowie eine Maniküre, für die sie sich die Nagellackfarbe *Revolver Red* aussuchte. Sehr beziehungsreich. Die schlechte Nachricht ist, dass wir die Pistole nicht gefunden haben. Trotz eifrigen Suchens im Gestrüpp und des Einsatzes unserer Handy-Taschenlampen blieb sie unauffindbar.

Kein gutes Omen. Wieder schaue ich in den Spiegel, der mir das Bild eines grünlich maskierten Gesichts zeigt, und ziehe eine Grimasse.

Wenn doch wenigstens dieses Badezimmer etwas einladender wäre. Mit einem Handtuch aus dem Wäschekorb reibe ich zwei Kalkflecken von den scheußlichen linsensuppenbraunen Fliesen, dann schaue ich hoch zu den Schimmelgirlanden. Wie gern würde ich hier mal einen Handwerker durchschicken, der den ganzen Klump auf Vordermann bringt. Selber zu renovieren traue ich mich nicht, weil ich weder Kacheln kleben kann noch weiß, wie man Schimmel sachgerecht entfernt. Einfach bunt überstreichen reicht ja wohl kaum.

Als ich mein morgendliches Ritual mit Zähneputzen fortsetze, trottet Ben ins Badezimmer.

»Hallo, Mama, hab soo 'nen Hunger.«

Zärtlich hauche ich ihm einen Kuss auf die Wange. Erwachsene sollten morgens wie ein König essen, mittags wie ein Kaiser, abends wie ein Bettler. Ben hat eine andere Devise: rund um die Uhr wie ein Staubsauger.

»Guten Morgen, mein süßes Schlafschaf, du bist ja sogar pünktlich aufgestanden«, lobe ich ihn. »Keine Sorge, gleich gibt's auch was zu futtern.«

»Darf ich Pizza Salami, Mama?«

»Wie – zum Frühstück?«

Angestrengt denkt er nach, dann leuchten seine Augen auf.

»Du kannst ja Nutella obendrauf machen.«

Kinderlogik, wieder einmal. Mit genau diesem Sinn für Logik hat Ben sich gestern die Pistole gesichert, und noch immer zerbreche ich mir den Kopf darüber, wo sie abgeblieben sein könnte. Nachts habe ich noch heimlich seinen Schulranzen gefilzt, aber nichts Besonderes gefunden.

Auch Alisa kommt jetzt ins Badezimmer, bereits fertig geduscht und angezogen. Sie ist eine passionierte Frühaufsteherin. Morgens, wenn noch alle schlafen, könne sie am ungestörtesten »recherchieren«, so ihre Begründung. Scheint zu funktionieren, ihrem unermesslichen Wissensschatz nach zu urteilen.

»Mama, bekomme ich eventuell, also, ich meine, ganz vielleicht ein neues Handy zum Geburtstag?«, fragt sie mich so vorsichtig, wie man in ein Nest mit rohen Eiern greift. »Ein richtiges Smartphone mit allem Drum und Dran?«

Bei jedem anderen Kind hätte das ein überkandidelter Luxuswunsch sein können, doch da mir die Hintergründe nur zu klar sind, verstehe ich Alisa. Erstens bedeutet ein Handy für sie, was ein dreißigbändiges Lexikon für frühere Generationen bedeutete, zweitens wird sie mit ihrem ollen Teil in der Klasse aufgezogen, weil heiße Funktionen wie Filme schneiden und GIFs kreieren fehlen.

»Lass mich noch ein, zwei Mal darüber schlafen«, weiche ich aus.

»Es gibt auch gebrauchte.« Ihre Stimme bebt unmerklich. »Wenn du willst, könnte ich was aus meiner Spardose dazugeben.«

O nein, das ist so rührend, dass ich ein schmerzliches Ziehen in der Herzgegend spüre. Ganz gewiss gehöre ich nicht zu diesen Müttern, die ihre Kinder mit Geschenken statt Liebe überschütten – sofern ich es denn überhaupt könnte –, doch in Alisas Fall würde ich so unfassbar gern eine Ausnahme machen und ihr das beste, schönste, technisch ausgefeilteste Smartphone ever schenken. Nur, dass es leider nicht geht.

Je länger ich darüber nachdenke, desto größer wird mein Groll auf Donatus. Wir ständen so viel besser da, wenn er Unterhalt zahlen und mir endlich mein Darlehen zurückgeben würde. Womöglich hat Hermine recht, und ich sollte ihn mit vorgehaltener Pistole dazu bewegen. Mit genau jener Pistole, die dummerweise verloren gegangen ist. Womit diese Option gleich doppelt unwahrscheinlich wird, weil ich weder weiß, wo Donatus ist, noch, wo sich die Pistole befindet.

»Kinder, ich dusche schnell, dann gibt's Frühstück«, kürze ich die Diskussion über das Handy ab. »Ben, du putzt dir die Zähne. Alisa, magst du den Tisch decken?«

»Gern, Mama.«

Sie ist so ein liebes Mädchen. Wenn sie doch wenigstens widerspenstig oder aufsässig wäre, dann fiele es mir wesentlich leichter, ihr den Geburtstagswunsch abzuschlagen. Und die große Geburtstagsparty für die ganze Klasse. Aber so? Es bricht mir das Herz, sie enttäuschen zu müssen.

Schnell gehe ich unter die Dusche, damit Ben die kleine Träne in meinem Augenwinkel nicht sieht. Während das kalte Wasser auf mich einprasselt, bereite ich mich innerlich auf das Gespräch mit Pauls Ex-Chef vor. Gestern Abend hat mir Fiona noch geschrieben, man solle sich heute um Punkt neun bei ihm im Büro melden, sofern es Interesse an dem Putzjob gebe. Der hilfsbereite ehemalige Kollege von Paul habe mich auf die Liste gesetzt.

Ich werde hingehen. Was sonst?

Fragt sich nur, welche Chancen ich mit meinen nicht vorhandenen Erfahrungen als professionelle Reinigungskraft habe.

Vielleicht kann ich meine Argumentation ja etwas pimpen, indem ich Putzen mit Hautpflege vergleiche. Nicht umsonst spricht man ja von Raumpflege. Erst säubern, dann schrubben, danach polieren, so ähnlich läuft es schließlich auch in meinem eigentlichen Beruf.

Nur Fionas Hoffnung, ich könnte mich bei Pauls ehemaligem Chef als Hobbyspionin betätigen, liegt mir schwer im Magen. Dafür eigne ich mich nun gar nicht.

Als ich mich abtrockne und Ben die Dusche überlasse, surrt mein Handy. Fiona, wie aufs Stichwort.

»Ich habe den Job! Den in der Bäckerei!«, sprudelt sie hervor. »Das Vorstellungsgespräch war um halb sieben, und sie haben mich schon nach fünf Minuten genommen!«

»Glückwunsch, was für eine tolle Nachricht.«

»Leider beginnt auch meine Arbeit morgens um halb sieben«, berichtet sie weiter. »Macht aber nichts, ab jetzt bringt eben Paul die Kinder zur Schule. Tut ihm ganz gut, ein bisschen aus dem Quark zu kommen. Solange Bobo streikt, wird Paul natürlich auch deine Kids bringen und abholen, liegt ja auf dem Weg.«

Fröstelnd angele ich mir meinen hellblauen Frotteebademantel und schlüpfe hinein.

»Danke dir, ich fürchte nur, Bobo wird noch sehr lange streiken, womöglich für immer. Und solange Donatus …«

»Stopp, *breaking news*!« Fiona atmet hörbar ein und aus, was den Effekt eines Trommelwirbels vor der Fanfare hat. »Halt dich fest: Unsere Computernerdine Hermine hat sich in seinen Instagram-Account geschmuggelt.«

»Sie hat – was?«

»Du kennst doch Hermine, Ungerechtigkeiten à la Donatus lassen ihr keine Ruhe. Deshalb hat sie ein Fake-Profil im Barbie-Stil angelegt, als rundum aufgespritzte Bikiniblondine mit dem schönen Namen Serenity. Die Anfrage war etwa eine Stunde raus, da hat der Honk sie schon geaddet. Gleich schickt sie mir einige Screenshots von seinem Account, so finden wir heraus, wo Donatus den lieben langen Tag rumgondelt. Und dann gnade ihm Gott!«

Ich bin ehrlich erschüttert. Angeblich hat das Jugendamt ein halbes Jahr lang nach meinem Ex gesucht, nachdem er verschwunden war, ohne eine neue Adresse zu hinterlassen. Auch ich habe nach ihm gefahndet: seine Lieblingskneipen abgeklappert, sein Fitnessstudio ausgespäht, immer wieder seine Mutter angerufen, seine alten Freunde, seine Fußballkumpels. Und nun finde ich Donatus womöglich mit Hermines Hilfe?

»Warum sagst du nichts?«, tönt es aus dem Handy.

»Ich … ich finde das toll, ehrlich, Fiona. Aber einer wie Donatus kann überall sein, womöglich auf Malle oder in Timbuktu. Und selbst wenn er sich in erreichbarer Nähe aufhalten sollte, wie stellst du dir das vor? Wir spüren ihn auf – und dann was? Wer sich so dreist seinen Pflichten entzieht, wird uns wohl kaum einen Geldsack mit roter Schleife überreichen.«

»Du kannst nicht negativ denken und Positives erwarten«, werde ich von ihr belehrt. »Wir machen ihm Druck.«

»Wie denn?«

»Überlass das mir. Wann können wir uns treffen?«

»Um neun bin ich bei Pauls Chef wegen des Jobs, um halb elf besuche ich eine Kundin, gern danach.«

»Perfekt. Ich habe Paul schon heute zum Fahrdienst verdonnert, damit er sich gleich daran gewöhnt. In einer halben Stunde holt er Alisa und Ben ab. Viel Glück bei deinem Vorstellungsgespräch. Alles wird gut, Nele, mach dir keinen Kopf, wir rocken das Ding!«

Ungläubig höre ich ihr zu. Die energiegeladene Art, mit der Fiona spricht, erstaunt mich, gelinde gesagt. Gestern wirkte sie doch noch völlig niedergeschlagen, heute ist sie wie ausgewechselt.

»Du bist auf einmal ganz schön tough«, stelle ich fest.

»Muss an unserem jüngsten Abenteuer liegen.« Leise lacht sie in sich hinein. »In den letzten Wochen war ich komplett blockiert, weil ich mich dauernd gefragt habe, warum der ganze Schlamassel mit Pauls Pleite ausgerechnet mir passiert. Und weißt du was? Auf der Suche nach dem Warum habe ich ein Egal gefunden. Ist doch unwichtig, ob das ein Schicksalsschlag war oder mieses Karma oder sonst was. Für mich zählt nur noch, dass ich das Beste daraus mache.«

»Gute Einstellung.«

»Dann übernimm sie, Nele. Mir ist schon klar, dass dieses Leben momentan nicht unsere Party ist, aber da wir nun mal eingeladen sind, sollten wir auch tanzen.«

Damit legt sie auf, genau im richtigen Moment. Gerade hat Ben das Wasser abgestellt, und sein nasses Gesichtchen erscheint neben dem Duschvorhang.

»Mami, ist Bobo tot?«

Warum ist ein Kind wie Ben eigentlich in der Lage, selbst im tosenden Wassergeprassel einer Dusche jedes einzelne Wort zu verstehen, obwohl man ihm Dinge wie »Zieh die Schuhe aus, wasch dir die Hände, räum den Teller ab« meist dreimal sagen muss?

»Nein, nein, er schläft nur.« Schnell hole ich ein frisches Handtuch aus dem etwas windschiefen Badezimmerschrank und rubbele Bens Rücken ab. »Alte Herren wie unser Bobo brauchen viel Ruhe, deshalb werdet ihr eine Weile mit Fionas Kindern zur Schule fahren. Und jetzt hopphopp, in einer halben Stunde ist Abmarsch.«

Eingewickelt in sein Badetuch trollt er sich, während ich mit einem Papiertuch die Aloe-vera-Maske abtupfe und den Rest einmassiere. Immer wieder faszinierend, wie der Teint nach dieser Behandlung strahlt.

Mit meiner innerlichen Strahlkraft ist es allerdings nicht weit her. Man mag Autos für klimaschädlich und völlig überflüssig halten, doch für die Ausübung meines Berufs ist Bobo unerlässlich. Viele meiner Kundinnen wohnen in Randbezirken. Mit dem Fahrrad oder öffentlichen Verkehrsmitteln würde ich Stunden brauchen, um dort hinzugelangen, was mein mobiles Geschäftsmodell unrentabel machen würde.

Wie soll es bloß weitergehen? Mit tausend Sorgen im Kopf verknote ich meinen Bademantel, gleite in rosa Flipflops und schlurfe hinüber in die Wohnküche.

Im Grunde genommen ist es nur eine bessere Besenkammer mit altmodischen beigen Küchenschränken und einem schmalen Fenster zum Hof. Aber ich habe alles gegeben. Die Wände erstrahlen in zartem Pink, eigenhändig gemalert und mit bunten Zeichnungen von Alisa und Ben dekoriert. Eine selbst verfertigte weiße Häkelgardine mildert die trübe Aussicht auf diverse Mülleimer im Hinterhof, und mit dem Einfall, einen halbrunden Tisch gegenüber vom Kühlschrank an die Wand zu schrauben, ist sogar ein Essplatz entstanden, dem ich mit verschnörkelten weißen Gartenstühlen vom Flohmarkt ein romantisches Flair verleihe.

Klein, aber mein, könnte man sagen. Oder: Für eine Besenkammer eigentlich ganz gemütlich.

Wie versprochen, hat Alisa bereits den Tisch gedeckt. Ordentlich stehen drei gelbe Müslischalen auf Platzsets aus hellbraunem geflochtenem Bast, daneben zwei große rot-weiß gestreifte Tassen für heißen Kakao und ein Kaffeebecher mit der Aufschrift *Achtung, koffeinbetrieben, fahre erst nach der dritten Tasse hoch.*

»Wusstest du, dass heißer Kakao am besten aus orangefarbigen Tassen schmeckt?«, stellt Alisa eine ihrer unvermeidlichen rhetorischen Fragen. »Das hat eine wissenschaftliche Studie ergeben.«

»Hört sich nach einem guten Geburtstagsgeschenk für dich an«, lächele ich.

»Und das Smartphone?«

Oje. Wie eine dunkle Wolke hängt das Wort plötzlich über dem Tisch. Neben der großen Geburtstagsparty scheint so ein Smartphone wirklich Alisas größter Wunsch zu sein. Im Kopf überschlage ich, wie ich das Geld vielleicht doch noch zusammenkratzen könnte, wenn schon die Mega-Hüpfburg-Party ins Wasser fallen muss. Okay. Sofern der Putzjob klappt, die nächste Miete vier Wochen später rausgeht und ich die eiserne Reserve anzapfe – mein Bargelddepot für absolute Notfälle –, wäre es unter Umständen machbar, wenn auch komplett ruinös.

»Wir werden sehen«, antworte ich vage. »Bist du so lieb und schaust mal nach Ben? Wir müssen uns beeilen, ihr werdet gleich nach dem Frühstück von Paul abgeholt.«

Tunlichst warte ich ab, bis Alisa die Küche verlassen hat, dann öffne ich die Schranktür unter der Spüle, wo ich hinter Putzmittelflaschen und Waschpulver eine alte Keksdose mit meinem Notgroschen aufbewahre. Sämtliche Trinkgelder meiner Kundinnen wandern in die Blechdose, außerdem alles, was sich am Ende eines Monats noch in meinem Portemonnaie befindet. Meist sind es nur ein paar Münzen, manchmal aber auch Scheine, wenn mir treue Stammkundinnen ein Extra-Trinkgeld an Weihnachten, Ostern oder zum Geburtstag spendieren.

Seit über einem Jahr habe ich meine eiserne Reserve nicht mehr angerührt. Mittlerweile müsste also ein ganz hübsches Sümmchen zusammengekommen sein.

Bevor ich die Dose aus ihrem Versteck hole, lausche ich auf eventuelles Fußgetrappel. Die Kinder wissen nicht, was ich hier horte, weil meine Chemiekeulenabteilung mit den giftigen Scheuerpulvern und hochätzenden Abflussreinigern für sie absolut tabu ist. Finden würden sie die Dose ohnehin nicht, so trickreich habe ich sie hinter dem Abflussschlauch der Waschmaschine versteckt.

Doch alles, was ich höre, sind die geduldigen Ermahnungen Alisas, gefolgt von Bens hohem Stimmchen, der vermutlich mal wieder last minute seine Schulbücher zusammensucht. Also los. Die Dose ist ziemlich schwer, wegen der vielen Münzen. Hoffnungsvoll hebe ich den Deckel ab.

Nein. Nein, nein, nein!

Kurz wird mir schwarz vor Augen, dann reiße ich sie panisch auf. Die Münzen sind noch da. Aber die Scheine, all die sauer verdienten, vom Munde abgesparten Scheine sind weg! Ratzeputz weg!

Zeitgleich mit nacktem Entsetzen fühle ich eine Riesenwut in mir hochkochen. Es gibt nur eine Person, die von der Dose wissen konnte. Eine Person, die vorgestern meine Küche aufgeräumt und geputzt hat.

»So ein abgefeimter Sch…kerl«, entfährt es mir.

Sogar eine verräterische Spur hat Arthur hinterlassen, wie ich jetzt sehe, einen schmutzigen Putzlappen, der in den Wäschekorb gehören würde. Achtlos hat er ihn einfach in den Unterschrank gepfeffert. Wie konnte mich Arthur nur so schnöde bestehlen! Er weiß doch, wie knapp es immer bei mir ist!

In meinem Kopf drehen sich glühende Kreise. So nicht. Nicht mit mir. Nicht mehr! Nie wieder! Bei Donatus war ich viel zu nachgiebig, vielleicht auch zu passiv, aber jetzt ist Schluss mit doof.

Ohne lange zu überlegen, stelle ich die Dose zurück, werfe die Schranktür zu und rase ins Schlafzimmer, wo meine Jeans von gestern über einem Stuhl hängt. Mit fliegenden Fingern pule ich die Visitenkarte aus der Hosentasche, greife zum Handy und wähle die aufgedruckte Telefonnummer. Eine neutrale Frauenstimme meldet sich.

»Es ist äußerst dringend«, stoße ich heiser hervor. »Bitte verbinden Sie mich mit Polizeihauptwachtmeister Nick Fehlandt, ich möchte einen Diebstahl anzeigen!«

Kapitel 13

»Hätte ja nicht gedacht, dass wir uns so schnell wiedersehen.«

Ich auch nicht. Aber selten habe ich mich über den Anblick eines Mannes so sehr gefreut. Wie ein Baum steht Nick Fehlandt im Hausflur, groß, breitschultrig, in Begleitung eines jüngeren Kollegen, der auf seinem Handy herumtippt.

»Leider kein erfreulicher Anlass, aus dem wir uns erneut begegnen«, hüstele ich. »Danke, dass Sie so schnell gekommen sind.«

»Sie haben Glück«, lächelt er auf diese unwiderstehliche Art, bei der Sonne, Mond und Sterne gleichzeitig aufgehen. »Heute Morgen ist alles ruhig. Anders als gestern, da hatten wir einen Großeinsatz wegen dieses Raubüberfalls, bestimmt haben Sie davon gehört. Ich musste bis spätnachts Überstunden schieben und trotzdem heute wieder zur Frühschicht. Da waren nur ein paar Stunden Schlaf drin.«

Ja, sorry. Und nein, das habe ich nicht gewollt. Jetzt muss ich nur höllisch aufpassen, dass mir meine Neugier keinen Streich spielt und ich mich mit Fragen nach dem Stand der Ermittlungen verplappere.

»Tut mir leid, dass Sie um den Schlaf gebracht wurden«, lenke ich das Thema behutsam auf unverfänglicheres Terrain.

»Ich weiß ja, Sie sind ein sehr engagierter Polizist, der sogar Müttern in Not hilft.«

»Wie geht's denn Bobo?« In seine meergrünen Augen tritt dieses magische Funkeln, das mich fast um den Verstand bringt. »Ich habe ihn unten vor dem Haus gesehen, schön, dass er es bis hierher geschafft hat.«

Der junge Kollege sieht von seinem Handy auf.

»Kann ich mir nicht vorstellen. Die Karre ist älter als die Bibel, da hilft nur noch schieben.«

»Jahaha, mein Bobo und seine Launen.« Ich lache etwas blechern. »Kommen Sie doch bitte herein, ich zeige Ihnen den Tatort.«

Beherzt gehe ich voran. Wie froh ich bin, dass Nick hier ist, mein Beschützer, mein Retter. Heilfroh bin ich auch, dass dieses Mal nicht Miss-eisgrauer-Pagenkopf mit von der Partie ist, sondern ein Kollege, der kein gesteigertes Interesse daran zu haben scheint, mich in die Pfanne zu hauen.

Oder war es eine absolute Schnapsidee, Nick anzurufen? Jetzt erst wird mir bewusst, wie meine winzige dunkle Bude auf eine Lichtgestalt wie ihn wirken muss: wie die letzte Absteige. Sicher, alles ist blitzsauber und aufgeräumt, aber sonst?

Der schmale, schlauchartige Flur wird durch Regale erdrückt, in denen zerfledderte Taschenbücher, abgeliebte Brettspiele und Schuhe in drei Größen ein tristes Dasein führen. Der Blick ins sonnengelb gestrichene Kinderzimmer verrät, dass hier zwei Halbwüchsige auf engstem Raum hausen, eingeklemmt zwischen Hochbett und Kleiderschrank, und die Schlafzimmertür kann ich gerade noch zuwerfen, bevor Nick entdeckt, dass ich in dem Kleinstgemach nicht nur schlafe, sondern auch handarbeite, lese, fernsehe, die Buchhaltung erledige und meine Kosmetiksachen stapele.

Na, wenigstens das Timing stimmt. Vor zehn Minuten sind die Kinder losgezogen, um in Pauls dunkelblauen BMW zu steigen. Das verschaffte mir Gelegenheit, mich noch ein bisschen landfein zu machen. In aller Eile habe ich eine frisch gebügelte weiße Bluse sowie meinen besten dunkelblauen Blazer aus dem Schrank gekramt, meine müde Augenpartie mit Wimperntusche und einem Hauch Rouge gepimpt und ein selbst gemachtes Parfum aufgelegt – meinen Lieblingsduft auf Jojobaöl- und Ethanolbasis, den ich mit Duftölen der Nuancen Mandarine, Grüner Tee und Wassermelone aromatisiere.

Nick, so nenne ich ihn insgeheim, sagt keinen Ton, bis wir in die Küche gelangen. Dort sieht er sich aufmerksam um. Es fällt mir schwer, seine Miene zu deuten. Ist er geschockt? Bedauert er mich? Oder verachtet er mich sogar wegen meiner beengten Wohnverhältnisse?

»Ganz, ähm, hübsch haben Sie es hier«, sagt er deutlich befangen.

Verachtung ist es zwar nicht, was ich heraushöre, aber ein gewisses Mitleid. Verdammt, ich will kein Mitleid!

»Raum ist in der kleinsten Hütte«, zwitschere ich so gut gelaunt wie möglich. »Man braucht kein Schloss, um glücklich zu sein. Hauptsache, man fühlt sich wohl!«

So wie gestern schon, sieht er mich an, als glaube er mir kein Wort. Sind ja auch nur matte Binsenweisheiten. Die Wahrheit ist, dass kein Mensch freiwillig in so einen miesen Schuppen ziehen würde.

»Frau Tremper«, locker lehnt er sich an den Kühlschrank und verschränkt die Arme, »erzählen Sie mir doch noch einmal, was sich genau zugetragen hat.«

»Vorher vielleicht etwas zu trinken?« Mit großer Geste zeige ich auf meine betagte Kaffeemaschine, die nur öde Filterbrühe ausspuckt. »Sie können natürlich auch einen Tee haben.«

Der jüngere Kollege schüttelt den Kopf, Nick ebenfalls.

»Nein, danke. Also, was wurde gestohlen?«

»Geld, viel Geld. Das heißt, sehr viel Geld für meine Verhältnisse.«

»Ganz gleich, um welche Summe es geht, Diebstahl bleibt Diebstahl«, erwidert er forsch. »Vor einigen Jahren wurde einer Supermarktkassiererin fristlos gekündigt, weil sie zwei Flaschenpfandbons im Wert von einem Euro dreißig an sich genommen hatte. Was ich übrigens skandalös fand – die Kündigung, meine ich. Prinzipiell entsprach sie allerdings geltendem Recht.«

Aha. Sympathisch. Er hat also einen Blick für Ungerechtigkeiten. Hermine würde ihn mögen, ich mag ihn ja sowieso.

What? Reiß dich mal zusammen, tadelt mich meine innere Stimme. Dies ist ein dienstliches Gespräch, spätere Heirat definitiv ausgeschlossen, weil dieser Traumtyp zufällig die Einhaltung von Gesetzen überwacht, mit denen du gestern krachend in Konflikt gekommen bist. Oder hast du das vergessen, als du seine Nummer gewählt hast?

»Recht und Gerechtigkeit sind wohl nicht immer dasselbe«,

kommentiere ich seine Geschichte von der Kassiererin – und meine natürlich auch ein bisschen mich selbst. »Wollten Sie das sagen?«

»Dazu nur so viel: Ich bin Polizist geworden, weil Superheld kein Beruf ist«, ein kleines Lachen blitzt in seinen Augenwinkeln auf, »nein, Spaß, ich habe erlebt, wie ein Freund für etwas verurteilt wurde, das er nicht getan hatte. Deshalb bin ich Polizist geworden – es kommt viel zu oft vor, dass die Kleinen verknackt werden, und die Großen lässt man laufen.«

Das klingt vielversprechend. Aber was würde er von meinem kreativen Gerechtigkeitssinn halten, als ich mit gezückter Pistole im Juwelierladen stand? Um meine Befangenheit zu überspielen, knie ich mich vor den Unterschrank der Spüle und öffne die Tür.

»Sehen Sie? Ganz hinten steht eine bunte Keksdose, in der ich mein Bargeld deponiere.«

»Immer eine schlechte Idee.« Nick klingt eher besorgt als vorwurfsvoll, während er sich Latexhandschuhe überstreift. »Geld gehört auf die Bank.«

»Ist halt mein Notgroschen, wenn's schnell gehen muss«, erkläre ich entschuldigend.

»Verstehe.« Auch er kniet sich jetzt hin, langt in den Unterschrank und holt nach umständlichem Suchen die Dose heraus. »Darf ich sie öffnen?«

Es ist beunruhigend, so dicht neben ihm zu hocken. Unsere Knie berühren sich fast, und ich kann sein Rasierwasser riechen, ein sehr feiner Duft mit Holz- und Lederaromen, der durch eine Spur Bergamotte ins Zitronig-Frische spielt.

»Ja, schauen Sie nur hinein«, bestärke ich meinen Freund und Helfer, »außer Kleingeld ist nichts mehr drin.«

Vorsichtig nimmt er den Deckel ab und betrachtet die Münzen. Es sind auch Ein- und Zweicentstücke dabei. Nicht gerade Ali Babas Schatz.

»Wie viel Geld fehlt?«, fragt er knapp.

Vorsichtshalber erhebe ich mich, um ihm nicht restlos zu verfallen. Dieser Mann macht mich fertig mit seiner umwerfenden Ausstrahlung, seinem verführerischen Duft. Aber wer sonst würde mir helfen, Arthur die Kohle wieder abzuknöpfen?

»Weiß nicht«, nuschele ich, »es müssen etwa hundertfünfzig, zweihundert Euro gewesen sein.«

»Immerhin.« Auch Nick steht auf und übergibt die Dose seinem inzwischen ebenfalls behandschuhten Kollegen, der intensiv damit beschäftigt ist, Löcher in die Luft zu starren. »Die Dose sollten wir auf Fingerabdrücke untersuchen lassen.« Danach wendet er sich wieder an mich. »Gibt es einen Verdächtigen?«

»Arthur«, knurre ich mit zusammengebissenen Zähnen. »Arthur Kersten. Er ist der Einzige, der von meinem Depot gewusst haben kann.«

Ein seltsamer Ausdruck tritt in Nicks Augen, als er sich auf einen der verschnörkelten weißen Gartenstühle setzt.

»Und dieser Arthur – ist?«

Gute Frage. Was ist beziehungsweise war er für mich? Mein Freund ganz bestimmt nicht. Und *Lover* hat so einen frivolen Beigeschmack.

»Ein Bekannter«, tituliere ich ihn. »Er hat hier übernachtet, ist morgens um fünf gegangen und …«

»Ach, er hat hier *übernachtet*?«

Täusche ich mich, oder schwingt da etwa Skepsis in Nicks Stimme mit? Womöglich ist es auch Missfallen. In jedem Falle stehe ich jetzt ganz schön dumm da. Da es hier weit und breit kein Gästezimmer gibt, nicht einmal ein Wohnzimmer mit einer Couch, muss es doch so aussehen, als hätte ich irgendeinen flüchtigen Bekannten in mein Bett gelassen – was so einiges über meine fehlenden moralischen Goldstandards sagen würde.

»Er ist ein, ein … alter Bekannter«, füge ich mit einem Kloß im Hals hinzu. »Das heißt, so alt nun auch wieder nicht. Was ich sagen will: Die Sache mit Arthur war was Längerfristiges, wenn auch nicht für immer.«

Nick tauscht einen Blick mit seinem Kollegen, der die Augen zur Decke verdreht. Herrgott, was rede ich da bloß für ein krauses Zeugs zusammen? Den schlechten Eindruck, den ich mit meinem Rumgeeiere erzeuge, kann und will ich nicht auf mir sitzenlassen. Wie hieß das noch? Ehrlich währt am längsten?

»Okay, er war mein Lover, hat sich mein Vertrauen erschlichen und mich dann bestohlen«, lasse ich die Katze aus dem Sack. »Sie können mich dafür verurteilen, aber so war es nun mal. Der Vater meiner Kinder ist seit Jahren verschwunden, als hart arbeitende alleinerziehende Mutter dreißig plus bin ich keine Traumkandidatin für echte Beziehungen, und …«

Weiter komme ich nicht. Mittlerweile sitzen die Tränen so locker, dass meine Stimme bricht. Schniefend wende ich mich ab und stelle die Kaffeemaschine an, obwohl weder mein Besuch noch ich einen Kaffee möchten.

»Niemand verurteilt Sie, Frau Tremper«, sagt Nick weich. »Ich hatte auch schon mal eine Affäre, die unschön endete. Doch was auch immer vorgefallen ist, wenn dieser Herr Kersten ein Dieb ist, muss er dafür zur Rechenschaft gezogen werden.«

Wie bitte? Verdutzt drehe ich mich zu ihm um. Eine *unschön geendete Affäre*? Na, das sind ja Bekenntnisse ... Auch sein Kollege schaut etwas überrascht drein.

»Dann geben Sie mir bitte Adresse und Kontaktdaten des mutmaßlichen Täters«, fährt Nick fort. »Wir kümmern uns darum.«

»Danke.« Grenzenlos erleichtert atme ich aus. »Er wohnt in der Goethestraße vier, zweiter Stock.«

»Sehr gut.« In Großbuchstaben notiert Nick Name und Adresse auf einem Block, den er aus seiner Uniformjacke gezogen hat. »Auch die Handynummer, bitte.«

Nachdem ich sie ihm diktiert habe, steckt er den Block wieder ein und betrachtet die Kinderzeichnungen, die ich an die Wände gepinnt habe.

»Wie geht es Ihrer Tochter? Ich hoffe doch, der Asthmaanfall war nicht allzu schlimm?«

Das hat er sich also gemerkt? Leider macht er mir damit den Vorsatz noch schwerer, mich bloß nicht in ihn zu verlieben. Nick ist wunderbar. Und eine verbotene Frucht. Warnend hallen Hermines Worte durch meinen Kopf: Wenn man einem Menschen sehr nahekommt, achtet man auf Kleinigkeiten wie Körpersprache und Gesten. Vermutlich existiert ein ganzes Video von unserem Überfall, und bei Nicks polizeilich geschulter

Auffassungsgabe wäre es ihm ein Leichtes, mich zu identifizieren, sobald er mich näher kennt.

»Der Anfall verlief glimpflich«, antworte ich wahrheitsgemäß. »Durch Ihre Hilfe war ich ja schnell zur Stelle.«

»Freut mich.« Langsam kehrt das Lächeln in sein Gesicht zurück, was die Küche gleich viel heller erscheinen lässt. »Wir werden uns jetzt auf den Weg machen. Haben Sie vielleicht ein Foto von Herrn Kersten?«

Mehr als genug. Auf dem Handy wähle ich meine Bilddateien an. Arthur war ein ausgesprochen dankbares Fotoobjekt, schlank, drahtig, auf eine etwas halbseidene Art gut aussehend mit seiner bürstenartigen Frisur und dem kessen Brad-Pitt-Schnäuzer. Die Fotos zeigen ihn im Park, auf einem Fahrrad, im Straßencafé und an meinem Küchentisch.

Nick schaut etwas länger hin als nötig. So als präge er sich nicht nur die Züge eines Tatverdächtigen ein, sondern wolle auch herausfinden, auf welchen Typ Mann ich stehe. Aber das ist wahrscheinlich pures Wunschdenken meinerseits.

»Könnten Sie mir zwei, drei Fotos aufs Handy senden?«, bittet er mich. »So als Gedächtnisstütze?«

Mein Herz klopft etwas schneller. Das bedeutet ja wohl, dass wir jetzt unsere Handynummern austauschen. In der herzchenbesternten Welt des Datings wäre das der erste hoffnungsvolle Schritt. In meiner Welt ist es leider nur ein Indiz mehr dafür, dass ich einen unterirdischen Männergeschmack habe und Arthur ein absoluter Griff ins – tja, also, in die Toilette war.

Nick nennt mir seine Nummer, ich speichere sie verstohlen

unter dem Namen *Hottie* ein und schicke ihm auch gleich ein paar Fotos.

»Danke, das wär's erst mal«, verabschiedet er sich und zieht die Latexhandschuhe aus. »Wir melden uns, sobald es etwas Neues gibt. Wenn wir Herrn Kersten gefunden haben, würde ich Sie zu einer Gegenüberstellung auf die Wache bitten.«

Besten Dank aber auch. Da sehe ich mir doch lieber eine Life-Magenspiegelung in Full HD an.

Durch den schummrigen Flur begleite ich meine Besucher zur Wohnungstür, wo der junge Kollege sogleich die Treppe ins Erdgeschoss ansteuert. Nick hingegen bleibt stehen und streckt mir seine rechte Hand hin. Als ich sie ergreife, spüre ich ein Prickeln im Nacken, so sehr elektrisiert mich die Berührung seiner Haut, der feste, aber nicht zu feste Händedruck.

»Passen Sie gut auf sich auf, Frau Tremper«, warnt er mich. »Da draußen sind eine Menge dunkler Gestalten unterwegs, das hat auch der gestrige Raubüberfall wieder einmal gezeigt.«

Autsch. Ich beiße mir auf die Lippen, damit mir bloß kein verräterischer Kommentar rausrutscht, doch irgendwie macht sich mein Mund selbstständig.

»Gibt es denn schon eine heiße Spur?«, höre ich mich zu meiner eigenen Entgeisterung fragen.

»Darüber darf ich nichts sagen, um die Ermittlungen nicht zu gefährden.«

Auch er beißt sich auf die Lippen, so als kämpfe er mit der Versuchung, mehr preiszugeben als angebracht. Eigentlich verrückt, wie sehr wir uns ähneln.

»Aber bitte vertraulich behandeln, Frau Tremper, ja?«, flüstert er. »Unmittelbar vor dem Überfall sollen sich Personen aus dem Rotlichtmilieu im Juwelierladen aufgehalten haben. Wir vermuten, dass sie die Lage ausspähen wollten, bevor die beiden Komplizinnen eintrafen und dann mit der Beute entkamen.«

»Ah, so«, murmele ich.

Dabei verstehe ich nur Bahnhof. Inzwischen müsste doch herausgekommen sein, dass gar nichts gestohlen wurde. Wir haben »nur« einen Umtausch mit gezückter Pistole durchgezogen und darüber hinaus keine Beute gemacht. Was geht da vor sich?

Unverwandt sieht Nick mich an. Noch immer ruht meine Hand in seiner, doch weder er noch ich machen Anstalten, unsere Hände wegzuziehen. Eine vollkommen absurde Situation. Es kommt mir vor, als seien wir zwei Teenager, die am Handy Liebesgeflüster ausgetauscht haben, und jetzt mag keiner von uns auflegen.

Es ist Nick, der seinen Händedruck schließlich lockert, so dass dieser kostbare Moment ein viel zu rasches Ende findet.

»Dürfte ich Sie was fragen, Frau Tremper? Etwas Privates?«

»Nur zu«, nicke ich, obwohl ich mir vorgenommen habe, jeden privateren Kontakt zu vermeiden.

»Kann es sein, dass ich Sie gestern bei der Polizeikontrolle gesehen habe? In einem großen silberfarbenen Van?«

Ein Boxhieb ins Sonnengeflecht hätte nicht wirkungsvoller sein können. Erschrocken taumele ich einen Schritt zurück und spüre, wie ich bis unter die Haarwurzeln erröte. Verdammt, dieser Kerl ist gut. Richtig gut. Dabei habe ich ihm nicht einmal zugewinkt. Nun, leugnen scheint zwecklos.

»Das trifft zu«, bestätige ich innerlich bebend. »Auf diese Weise habe ich überhaupt erst von dem Raubüberfall erfahren.«

Na toll. Schon wieder habe ich ihn angeschwindelt. Aber was bleibt mir denn anderes übrig? Oder hat er mich längst durchschaut?

»Es ist so«, viel zu tief sieht er mir in die Augen, »ich hätte Sie unter Tausenden erkannt. Sogar mit dieser lustigen Bärchenmütze. Scheint so, als hätten Sie einen bleibenden Eindruck bei mir hinterlassen.«

Was soll man dazu sagen? Am besten gar nichts. Jedes weitere Wort würde nur dazu führen, dass ich mich vollends um Kopf und Kragen rede. Deshalb beschränke ich mich darauf, einmal mehr sein Gesicht zu studieren, das mir schon fast vertraut ist. Die Augen sowieso. Aber auch die kräftige Nase, das markante Kinn, die Lachfalten um die unergründlich grünen Augen, das kurz geschnittene dunkelblonde Haar, das er sich in einer asymmetrischen Welle aus der Stirn kämmt.

Und er hat schöne Haut. Typische Männerhaut, die immer etwas gröber ist als bei Frauen, aber sehr glatt und gepflegt, selbst dort, wo er sich rasiert. Fast bin ich versucht, mich nach seiner Pflegeroutine zu erkundigen.

»Zu gern würde ich Ihnen noch eine weitere private Frage stellen«, unterbricht er meine fachsimpelnden Betrachtungen, »falls das in Ordnung ist.«

Oha, die letzte *private Frage* hat mir eigentlich gereicht. Dennoch nicke ich.

»Könnten Sie sich vorstellen«, seine Augen verschleiern sich eigentümlich, »trotz Ihrer knappen Zeit demnächst mal einen Kaffee mit mir trinken zu gehen?«

Waaaas? Diesmal trifft mich seine Frage nicht ins Sonnengeflecht, sondern mitten ins Herz. Ich kann kaum gerade stehen, so durcheinander bin ich.

»Natürlich akzeptiere ich auch ein Nein«, schickt er eilig hinterher. »Es ist nur ein Vorschlag, und falls ich Ihnen zu nahe getreten sein sollte, täte es mir aufrichtig leid.«

Wenn du wüsstest. Was *mir* leidtut, so richtig leid, ist die Tatsache, dass ich dir unter anderen Umständen jubelnd um den Hals fallen würde, weil es ungefähr einmal in hundert Jahren vorkommt, dass ein so sympathischer, einfühlsamer, attraktiver Mann mit mir Kaffee trinken gehen will.

Doch ich darf mich nicht privat mit ihm treffen. Aus den sattsam bekannten Gründen wäre das brandgefährlich. Sag ihm ab, Nele.

»Sehr gern«, hauche ich. »Wann würde es Ihnen passen?«

Kapitel 14

Also wenn ich ein Talent habe, dann, irrationale Entscheidungen zu treffen. Beziehungsweise habe ich manchmal das Gefühl, meine Entscheidungen treffen sich heimlich ohne mich. Die Tür hat sich längst hinter Nick geschlossen und seine Schritte auf der Treppe sind längst verhallt, als ich immer noch wie angewurzelt im Flur stehe. Atemlos lausche ich dem pochenden Puls in meinen Ohren.

Wie konntest du nur, Nele Tremper! Bist du denn komplett plemplem?

Die Wahrheit ist: Ich konnte nicht anders. Unvorstellbar, einem wie Nick einen Korb zu geben, einem Mann, in dessen Gegenwart ich mich sicher fühle, wohlfühle, so viel Schönes fühle. Bis auf die eine Sache. Die mir keine Ruhe lässt.

Langsam löse ich mich aus meiner Erstarrung und stakse in die Küche, um auf dem Handy die Nachrichtenportale zu konsultieren. Ich muss nicht lange suchen. Mit wachsender Bestürzung überfliege ich die vielen Artikel, die sich dem angeblichen Raubüberfall zweier dreister Diebinnen widmen. Darin wird auch die Verkäuferin zitiert. Mehrere wertvolle Schmuckstücke seien erbeutet worden, hat sie zu Protokoll gegeben, darunter ein Verlobungsring im Lady-Di-Stil für neunzehntausend Euro.

Fassungslos lasse ich das Handy sinken. Sie lügt! Wie gedruckt! Aber warum? Bin ich womöglich einer heißen Sache auf der Spur?

Solche Läden sind hoch versichert. Sofern man über eine gewisse kriminelle Energie verfügt, bauscht man das Vorkommnis kräftig auf, streicht die Versicherungssumme ein und verkauft die fraglichen Schmuckstücke hinterher unter dem Ladentisch. Aber wie soll ich das beweisen, ohne Fiona und mich in die Pfanne zu hauen? Wir sind die einzigen Augenzeuginnen. Schenkt man unserer Version keinen Glauben, können wir die nächsten Jahre Gitterstäbe zählen. Ein Rätsel ist mir allerdings, warum die Überwachungskamera keinen Aufschluss darüber gibt, dass wir lediglich mit dem Gegenwert der Kette aus dem Laden marschiert sind. Da läuft doch irgendein Schmu.

Mein Blick fällt auf die altmodische Küchenuhr in nostalgisch-trübem Türkis, eine original Fifties-Uhr vom Flohmarkt. Viertel nach acht schon! Um neun muss ich bei Pauls Ex-Chef antreten!

Nach einem letzten Check-up im Badezimmer, den ich mit dem Ausbürsten meiner Locken verbringe und mit etwas getöntem Lippenbalsam abrunde – natürlich selbst gemacht, mit Vanillegeschmack –, schnappe ich mir Handtasche und Kosmetikkoffer und sause aus der Wohnung.

Holterdiepolter geht es die Treppen hinunter. Mein Fahrrad steht im Keller, einem muffigen Gewölbe, vor dem ich mich immer ein bisschen grusele. Heute macht es mir weit weniger aus als sonst. Wie Champagner prickelt das Blut in meinen

Adern, wenn ich an Nick denke. Nur mein kleines pseudokriminelles Geheimnis bohrt sich wie ein Widerhaken in das Hochgefühl. Was ich vorhabe, ist maximal riskant: Ich werde einen Polizisten daten, der nach mir fahndet, ohne es zu wissen. Geht's noch krasser?

Zwei Minuten später radele ich so schnell durch die Straßen, dass mir der Fahrtwind Tränen in die Augen treibt. Auch heute ist es sonnig und frühlingshaft mild, aber ohne schützende Sonnenbrille sind hohe Geschwindigkeiten eine Challenge für meine Wimperntusche. Da muss ich vor dem Termin wohl noch mal nachbessern.

Als ich in die Straße einbiege, in der mir sogleich ein glasverspiegeltes Hochhaus mit dem Riesenschriftzug *Millennium Invest International* ins Auge springt, packt mich gehöriges Fracksausen. Was will ich hier? Warum sollte ein mächtiger Unternehmer ausgerechnet mich einstellen? Da stehen doch bestimmt lauter Profis einschlägiger Facility-Management-Firmen Schlange.

Diese Vermutung bestätigt sich, als ich im zehnten Stock des Gebäudes die Damentoilette aufsuche, um den ordnungsgemäßen Sitz meiner Wimperntusche zu kontrollieren. Ein ganzes Grüppchen jüngerer und älterer Frauen drängt sich vor den Spiegeln, die meisten in grauen, flaschengrünen oder dunkelblauen Kitteln mit Aufdrucken wie *Clean Company, Facility's Best, Homecare4You, CleanIt.* Manche kämmen ihr Haar, andere zupfen ihre Kittel in Form, eine blutjunge blonde Frau zieht sich die Lippen in Kirschrot nach.

»Darf ich Ihnen einen Tipp geben?«, spreche ich sie an, obwohl sie ja letztlich eine Konkurrentin ist und jeder Tipp meine Chancen theoretisch verschlechtert. »Die Farbe wirkt zu offensiv. Zu Ihrem blonden Haar und Ihrem hellen Teint würde ein dezenter Nude-Ton prima passen.«

Sie wirft mir im Spiegel einen Blick zu, als hätte ich sie nicht alle.

»Halt dich da raus, Bitch«, zickt sie mich an. »Normalerweise laufen Bewerbungen über das Personalbüro, und wenn der Chef das selber übernimmt, will er bestimmt keine Vogelscheuche.« Provozierend öffnet sie zwei Knöpfe an ihrem Kittel, so dass ein schwarzer Spitzen-BH sichtbar wird. »Außerdem ist der Typ steinreich, frisch geschieden und, wie man hört, hinter jedem Rock her. Da muss man zeigen, was man hat.«

Oha, worauf läuft das denn hier hinaus? Soll ich besser gleich das Feld räumen? In diesem Moment setzt eine plärrende Lautsprecherdurchsage ein.

»Alle Bewerberinnen und Bewerber für die Putzstelle bei Herrn Aberfort werden in den Aufenthaltsraum am Ende des Flurs gebeten. Rechnen Sie mit einer gewissen Wartezeit. Wir werden Sie einzeln aufrufen.«

Ich beschließe, mein Fatum entscheiden zu lassen: Wenn ich bis Viertel vor zehn nicht drangekommen bin, werde ich unverrichteter Dinge gehen, um pünktlich bei meinem Kosmetiktermin zu erscheinen. Und kann mir immer noch sagen, dass ich es wenigstens versucht habe.

Zusammen mit den anderen Kandidatinnen – auch ein paar Herren gesellen sich auf dem Flur dazu – begebe ich mich zu dem Aufenthaltsraum. Es ist eher eine hippe Lounge mit knallig bunten Sitzsäcken und einer Bar, auf der mehrere Platten mit Häppchen stehen. Ganz schön nobel. Gerade will ich mir ein Lachs-Frischkäse-Kanapee genehmigen, als mein Name aufgerufen wird, wieder per Lautsprecher, so richtig schön persönlich.

»Frau Tremper, bitte. Das Gespräch findet im Eckbüro gegenüber statt. Halten Sie Ihren Lebenslauf und Ihre Referenzen bereit.«

Kalt erwischt, nennt man das. Nicks frühmorgendlicher Besuch hat mich derart wuschig gemacht, dass ich nichts dergleichen dabeihabe. Genützt hätte es allerdings auch nicht viel. Mein Lebenslauf beschränkt sich auf die Stationen meiner Kosmetikausbildung, und um Referenzen habe ich nie gebeten, weil ich meistens durch Mundpropaganda weiterempfohlen werde.

»Viel Glück, Bitch«, spottet die blonde junge Frau, die neben mir am Tresen lehnt und sich gleich zwei Häppchen zwischen die kirschroten Lippen schiebt. »Das wird schnell vorbei sein. Du bist eher wieder draußen, als du denkst.«

Weit gefehlt. Genau das denke ich nämlich auch.

Alles geben werde ich trotzdem, denn hier geht es um meine Kinder, insbesondere um Alisa. Selbst wenn ich rund um die Uhr Klos schrubben müsste, um ihr den größten Wunsch zu erfüllen, wäre mir das gerade recht.

Etwas ungünstig ist allerdings, dass ich die Erste bin, denn eigentlich wollte ich diesen Wilhelm Aberfort noch googeln. Schon Fotos sagen viel über einen Menschen. Wie er wohl aussieht? Korpulenter Mittfünfziger mit Maßanzug und Schildpattbrille? Alerter Vierziger in gebügelter Jeans und dunkelblauem Kaschmir-V-Pullover? Cooler Dreißiger in senffarbenen Chinos und zu engem weißem Oberhemd?

Nachdem ich von einer überirdisch attraktiven Assistentin ins Büro vorgelassen worden bin, stutze ich. Nanu, niemand da? In dem riesigen Raum mit umlaufenden Panoramafenstern steht lediglich ein geschwungener gläserner Schreibtisch, auf dem neben einem Laptop allerlei Papiere offen herumliegen, davor ein ergonomisch geformter Drehstuhl. Ansonsten entdecke ich nur teure Leere: grau gesprenkelter Terrazzoboden, hellgraue Strukturtapeten, moderner chromblitzender Kronleuchter. Keine Pflanzen, keine Deko. Wenn's bei dem zu Hause genauso aussieht, schaffe ich den Putzjob mit links. Sofern ich ihn bekomme.

Leise quietschen meine Sohlen auf dem edlen Terrazzoboden, als ich an die Fensterfront trete. Von hier oben ist die Aussicht auf die Stadt wirklich grandios. Die Dächer glänzen in der hellen Sonne, da und dort sieht man das Frühlingsgrün der Parks.

Was mag das wohl für ein Gefühl sein, Tag für Tag buchstäblich über den Dingen zu schweben? Und wieso werde ich hier allein gelassen?

Da sonst nichts weiter zu tun ist, zücke ich mein Handy. Fiona hat mir Fotos geschickt. Eins nach dem anderen tippe ich sie an. Es sind Screenshots von Instagram-Posts. Von Donatus' Posts. Mal lehnt er an einem schwarzen Sportwagen, mal posiert er mit einer dunkelhaarigen Schönheit in einer violett ausgeleuchteten Bar, dann wieder zeigt er sich in flaschengrünen

Radlerhosen auf einer Parkbank. Ich bin einfach nur platt, dass er die Stirn hat, sich derart zu präsentieren und auch noch auf dicke Hose zu machen. Leiden die Leute im digitalen Zeitalter unter so viel Realitätsverlust, dass sie denken: Hey, ist doch nur das Internet, mit dem wahren Leben hat das nichts zu tun?

Aufmerksam betrachte ich nochmals das Parkbankfoto. In der Hoffnung, irgendetwas Spezifisches darauf zu finden, vergrößere ich es mit Daumen und Zeigefinger. Doch kein Gebäude, kein Kirchturm, kein gar nichts verrät, wo genau sich Donatus aufhält.

Enttäuscht stecke ich das Handy wieder ein, als plötzlich die Tür aufgestoßen wird und ein verschwitzter Youngster in grauer Joggingmontur ins Büro stürmt, ein weißes Handtuch um den Nacken geschlungen. Ohne Notiz von mir zu nehmen, rennt er an den Fenstern entlang, trabt neben dem Schreibtisch auf der Stelle und setzt seine Runde fort. Der hat ja wohl einen Sockenschuss.

»He, Sportsfreund«, richte ich das Wort an ihn. »Sie müssen da was verwechseln, dies ist das Büro von Herrn Aberfort, ich habe gleich ein Vorstellungsgespräch.«

»Alles easy-peasy«, hechelt er mit erhobenem rechtem Daumen. »Warten Sie, ich muss kurz meine Schrittzähler-App checken.«

Mit starrem Blick auf seine Smartwatch läuft er einfach an mir vorbei, eine Geruchswolke aus animalischem Männerschweiß und totem Opossum hinter sich herziehend. Boah, und das am frühen Morgen. Merke: Nicht alles, was stinkt, ist Chemie.

»Hallo?«, versuche ich es erneut. »Was wird das hier?«

Dann verstumme ich. Ach sooo. Obwohl die Absicht dieser kleinen Theateraufführung relativ leicht zu durchschauen ist, bin ich darauf reingefallen wie eine Anfängerin: Dies ist ein Test. So jung sieht der Typ von Nahem nämlich gar nicht aus, eher wie Mitte vierzig. Mit an Sicherheit grenzender Wahrscheinlichkeit handelt es sich deshalb um Wilhelm Aberfort höchstpersönlich, der den ältesten Trick der Welt anwendet: Stell dein Gegenüber auf die Probe, indem du es mit etwas Unerwartetem konfrontierst, dann weißt du, wes Geistes Kind jemand ist.

Inzwischen hat er wieder den Schreibtisch erreicht und hockt sich mit einer Pobacke locker auf die Kante. Außer Atem wischt er sein Gesicht mit dem Handtuch ab.

»Es geht doch nichts über eine frühmorgendliche Runde. Sie joggen auch, nehme ich an? Jeder sollte mindestens zehntausend Schritte täglich laufen, um fit zu bleiben.«

Darüber kann man geteilter Meinung sein. Mir reicht schon mein täglicher Kampfsport, alle Termine zu schaffen. Um mir diesen Aberfort gewogen zu machen, könnte ich jetzt natürlich behaupten, ich sei selber eine passionierte Joggerin. Doch ich will nicht schon wieder schwindeln. Seit gestern weiß ich, wie anstrengend das ist, und es reicht mir schon, dass ich Nick dauernd beschwindeln muss.

»Sorry, ich laufe nie, besonders sportlich bin ich auch nicht«, bekenne ich deshalb freimütig. »Joggen ist für mich so was wie sterben mit Anlauf.«

Habe ich es damit vergeigt? Ja, vermutlich. Dennoch bin ich

froh, dass ich der Versuchung widerstanden habe, mich zu verbiegen. Alles hat seine Grenzen.

»Sehr gut«, grinst der Typ.

Sehr gut?

»Sie haben die erste Testphase bestanden, Frau Tremper.«

»Wieso denn das?«

»Zum einen sind Sie diskret, sonst hätten Sie sich die Papiere auf dem Schreibtisch angesehen, die ich in einem Zustand genau abgezirkelter Unordnung hinterlassen habe. Zum anderen schätze ich Menschen, die mir nicht nach dem Munde reden.«

Sprachlos sehe ich ihn an. Das sind seine Kriterien?

Während er von der Schreibtischkante auf den Drehstuhl wechselt und seine Sneakerfüße neben den Laptop legt, schaue ich ihn mir genauer an. Das ist also der Big Boss, der Paul rausgeschmissen hat. Und den ich ausspionieren soll. Sein kantiges Gesicht erinnert an einen Nussknacker, um seinen Mund spielt ein harter Zug, die kleinen stechenden Augen stehen eng beieinander. Keine Frage, mit Wilhelm Aberfort ist nicht zu spaßen. In allem, was er sagt und wie er sich aufführt, spürt man den befehlsgewohnten Chef.

»Ich suche nicht jemanden für meine Büros, sondern für meine Privaträume, da sind Charaktereigenschaften mindestens so relevant wie berufliche Qualifikationen«, erklärt er so geläufig, als hätte er sich das vorher zurechtgelegt. »Dürfte ich dann um Ihren Lebenslauf und Ihre Referenzen bitten? Die sind natürlich auch nicht ganz unwichtig.«

Womit wir zum Knackpunkt gekommen wären. In meine Erleichterung, die erste Hürde genommen zu haben, mischt sich Beklommenheit. Ich hatte nie eine Chance. Trotzdem werde ich nicht so schnell aufgeben. Vielleicht hilft mir ja die Flucht nach vorn, so wie gestern bei der Polizeikontrolle?

»Schriftliches habe ich nicht dabei«, erwidere ich mit durchgedrücktem Rücken. »Ich bin staatlich geprüfte Kosmetikerin, habe sehr zufriedene Kundinnen, zwei wunderbare Kinder und brauche aufgrund gewisser, na ja – Konstellationen dringend eine feste Anstellung. Meine Motivation ist also top. Besonders qualifiziert bin ich für harte Sparmaßnahmen, effizientes Zeitmanagement und Krisenbewältigung in jeder Lebenslage.«

Danach halte ich den Atem an. Schmeißt er mich jetzt raus?

In diesem Moment klopft es, und die überirdisch attraktive Assistentin steckt ihre Nase zur Tür herein.

»Herr Aberfort? Entschuldigung, ich wollte Sie nur daran erinnern, dass wir ein Zeitfenster von fünf Minuten pro Gespräch vereinbart hatten.«

»Schon gut«, winkt er ab. »Zwei Minuten noch.«

Als er sich wieder mir zuwendet, legt er seine Stirn in Falten.

»Sie sind Kosmetikerin? Raumkosmetikerin, nehme ich an?«

War ja klar, dass ihm meine Berufsbezeichnung spanisch vorkommen muss. Er hat einen Putzjob zu vergeben, nicht mehr und nicht weniger. Andererseits bin ich stolz auf meine vielen Fortbildungen, weshalb ich sie aufzuzählen gedenke.

»Meine Kompetenzen umfassen medizinische Hautpflege, naturkosmetische Behandlungen wie Enzympeelings und Feuchtigkeitstreatments, Maniküre, Typberatung …«

»Stopp«, fällt er mir ins Wort. »Typberatung? Auch für Männer?«

Blitzschnell denke ich nach. Mit dem Fazit: Habe ich noch nie gemacht, traue ich mir aber zu. Im Prinzip jedenfalls.

»Warum nicht?«, erwidere ich selbstbewusster, als mir zumute ist. »Styling muss zur Persönlichkeit passen, egal ob bei Frauen oder Männern. Was nützt ein teurer Boss-Anzug, wenn man darin aussieht wie ein Hugo?«

Hui, das war ganz schön frech. Ich schlucke schwer, denn nun bekomme ich nachträglich Angst vor meiner eigenen Courage. Immerhin habe ich es mit einem Mann zu tun, der geschätzte zwölf Stunden am Tag Anzugträger ist. Abwartend mustere ich sein Pokerface. Und dann, wie aus heiterem Himmel, lacht er trocken auf.

»Ihre Art gefällt mir.« Eingehend betrachtet er seine blütenweißen Sneakers auf der Schreibtischplatte. »Bevor ich Sie in die engere Wahl nehme – was ich durchaus zu tun gedenke –, brauche ich aber zumindest ein polizeiliches Führungszeugnis.«

»Kein Problem«, versichere ich.

Noch dürfte das ja auch kein Problem sein, was sich allerdings schnell ändern kann, wenn Fiona und ich auffliegen.

»Die Arbeitszeiten sind täglich von neun bis vierzehn Uhr. Da Sie Kinder haben, müsste das mit den Schulzeiten vereinbar sein, richtig?«

»Ja, es ist nur so …« Soll ich mein Handicap erwähnen? Das muss ich wohl, weshalb ich mir ein Herz fasse und tief Luft hole. »Meine Tochter Alisa leidet unter Asthma. Wenn sie in der Schule einen Anfall hat, muss ich hin, um sie abzuholen.«

Mit angespannt eingezogenem Bauch warte ich auf seine Reaktion. Bisher war Alisas Krankheit immer der Killer, wenn ich mich in Kosmetikstudios beworben habe. Auch für diesen Aberfort? Unvermittelt nimmt er die Füße vom Schreibtisch, setzt sich gerade hin und tippt etwas in seinen Laptop.

»Wir sind als familienfreundliches Unternehmen bekannt, Frau Tremper.« Kurz sieht er von seinem Laptop auf. »Sofern Sie die ausgefallenen Stunden nachholen, bin ich einverstanden. Ohnehin komme ich selten vor zehn Uhr abends nach Hause. Doch ich warne Sie: Sämtliche Zimmer sind mit Kameras ausgestattet, auf die ich jederzeit Zugriff habe. Schummeln geht also nicht.«

Wow. Putzen im Überwachungsmodus. So was hört man auch nicht alle Tage.

»Des Weiteren möchte ich Sie darauf hinweisen, dass mein Haus ziemlich weit außerhalb liegt, etwa elf Kilometer vom Wildpark Grünental entfernt, den kennen Sie vielleicht. Sie werden einen Wagen brauchen, um dorthin zu gelangen. Am Wildpark ist Endstation, weiter fahren die Busse nicht.«

Entmutigt lasse ich den Kopf hängen. Nach Fionas Aussage hat Bobo gestern keinen Mucks mehr von sich gegeben, womit sich dieser Job, so verlockend er auch sein mag, in Luft auflöst. Eine lange Busfahrt mit jeder Menge Stopps plus elf Kilometer mit dem Fahrrad, dafür bräuchte ich mindestens zwei Stunden.

»Kommen wir nun zur Vergütung.« Wilhelm Aberfort blättert in seinen Papieren und hält mir einen Bogen hin, auf dem nur eine einzige Zahl steht. Vierstellig. »Ich bezahle außertariflich, und ich zahle gut. Dafür erwarte ich aber auch Spitzenleistungen.«

Ungläubig starre ich auf das Blatt. Dann kneife ich die Augen zusammen und schaue noch einmal hin. Die Summe übersteigt alle meine Erwartungen. Sie ist so hoch, dass mir ganz schwindelig wird. Verglichen mit meinem Kosmetikservice würde ich in diesem Job fast das Doppelte verdienen!

»Sie hören von uns«, schließt Wilhelm Aberfort den Vorstellungstermin mit der üblichen Floskel ab. »Vor der endgültigen Anstellung müssten Sie einen Probetag absolvieren, damit ich sehen kann, ob Sie die üblichen Hygienestandards einhalten.«

Dann fang mal selber damit an, denke ich im Stillen, denn dass du nicht nur mit deiner Frau, sondern auch mit der Hygiene Schluss gemacht hast, liegt buchstäblich in der Luft. Ich bevorzuge Chefs, die duschen, bevor sie solche Gespräche führen. Im Übrigen gehöre ich nicht zu den Leuten, die eine Wohnung putzen, indem sie das Licht ausmachen.

»Schönen Tag noch«, verabschiede ich mich aber nur artig und stiefele in Richtung Tür.

»Geben Sie meiner Assistentin Ihre Kontaktdaten!«, ruft er mir hinterher. »Sie waren nur inoffiziell auf der Liste, aufgrund einer Empfehlung. Die Wildcard sozusagen. Und falls Sie den Probetag antreten sollten, denken Sie an eine Fugenbürste fürs Badezimmer!«

Sonst noch was? Soll ich ihm vielleicht auch die Smarties schälen?

Leise schließe ich die Tür hinter mir. Auch wenn Wilhelm Aberfort ziemlich schräg drauf ist und ich viel lieber als Kosmetikerin arbeiten würde, könnte mich dieser Job langfristig von allen Sorgen befreien.

Doch nun stehe ich vor einem Paradox, das ich schon von dem Kredit kenne, den mir die Bank seit Jahren verweigert: Du musst erst mal nachweisen, dass du Geld hast, bevor du Geld bekommst. Was bedeutet: Ohne Geld kein Kredit, ohne Kredit kein Geld. Hier ist es genauso verzwickt: Ohne Auto kein Job, ohne Job kein Auto. Zunächst bräuchte ich also einen Wagen. Woher nehmen und nicht stehlen?

»Na endlich«, grient die blonde junge Frau mit den Kirschlippen, die vor mir im Flur auftaucht. »Schade, dass du nicht dabei sein kannst, wenn ich mir den Typen gleich schnappe.«

»Viel Glück dabei«, sage ich freundlich. »Ich hingegen komme langsam in ein Alter, in dem man Männer auf Anhieb blöd finden darf. Ich habe ja nicht mehr ewig Zeit, deshalb wäre jeder Irrtum, der sich erst nach Wochen oder Monaten zeigt, ziemlich fatal.«

»Ähhhh …«

Der kirschrote Mund formt sich zu einem großen O, während ich darüber nachdenke, ob es eigentlich genauso fatal ist, einen Mann wie Nick auf Anhieb zu mögen. Das beste Mittel gegen Liebe auf den ersten Blick ist der zweite, sagt man. Aber was tun, wenn der zweite Blick sogar noch verheißungsvoller ist?

Kapitel 15

»Und Paul holt wirklich die Kinder ab?«, vergewissere ich mich ungefähr zum fünften Mal, weil Väter meiner Erfahrung nach im Allgemeinen in etwa so zuverlässig sind wie die Wettervorhersage für die nächsten vierzehn Tage.

»Ist schon auf dem halben Weg«, murmelt Fiona, die Augen auf ihr Handydisplay gerichtet.

»Woher willst du das wissen?«

»Ich tracke ihn, was sonst?«

»Du …«

Mit einem triumphierenden Lächeln nippt Fiona an ihrem Latte macchiato und lehnt sich zurück. Gegen meinen Protest hat sie mich zu einem kleinen Lunch eingeladen: Erstens, so ihre Begründung, hätte ich das verdient, weil sie ohne mich gar kein Geld dafür übrig hätte, zweitens müssten wir uns stärken, bevor wir bei Frau Steinhövel auf den Busch klopfen.

Nun sitzen wir mit Latte macchiato und gegrillter Rucola-Käse-Focaccia in einer hippen kleinen Kaffeebar, die mit türkisen Wänden, geblümten Sesseln und alten italienischen Schlagern der Sorte »Azzurro« punktet. Ich liebe die Reibeisenstimme von Adriano Celentano. Das ist Sommer für die Seele. Ich habe die Melodie sogar mitgesummt, doch jetzt bin ich so baff, dass mir das Summen vergangen ist. Fiona spioniert ihrem eigenen Mann hinterher?

»Vertrauen ist gut, Kontrolle ist besser«, schmunzelt sie. »Nach zehn Jahren Ehe hielt ich es für angebracht, meinen Gatten ein wenig im Auge zu behalten. Hermine hat mir geholfen und schon vor Monaten die Familienfreigabe mit der ›Wo ist?‹-Funktion auf Pauls Handy aktiviert.«

»So einfach ist das?«

»Willkommen in der digitalen Ära.« Genüsslich trinkt Fiona einen weiteren Schluck Latte. »Unsere äußerst findige Hermine hat sogar einen Anbieter aus dem Netz gefischt, dem du jede erdenkliche gewünschte Handynummer übermitteln kannst, nicht nur die von Familienmitgliedern. Dann läuft alles über ein Geolokalisationssystem – und bleibt absolut anonym. Ganz legal ist das natürlich nicht, aber niemand bekommt mit, wenn er auf diese Weise getrackt wird.«

Unwillkürlich wandert mein Blick durch das Lokal. Fast alle Gäste, die in den bunten Sesseln herumfläzen, haben ein Smartphone in der Hand, mit dem sie telefonieren, Nachrichten schreiben, Mails lesen, auf ihren Social-Media-Kanälen unterwegs sind. Ob sie wohl ahnen, wie einfach es ist, ihren Standort zu ermitteln?

»Ganz schön ausgeschlafen, dieses Tracking«, staune ich.

»Und sehr beruhigend für besorgte Mamis.«

Das stimmt allerdings. Einer meiner schlimmsten Alpträume wäre es, dass meine Kinder wegen irgendeiner Panne unabgeholt vor der Schule stehen.

»Paul nimmt Alisa und Ben dann wie besprochen mit zu uns

nach Hause, damit die Mamis noch ein bisschen Quality time haben«, sagt Fiona, nachdem sie geräuschvoll von ihrer knusprigen Focaccia abgebissen hat. »Wie lief es eigentlich mit Pauls Ex-Chef? Du hast kaum etwas erzählt.«

»Es war …«, ich überlege, wie ich diese merkwürdige Begegnung bewerten soll, »… na ja, ob ich wirklich Chancen habe, kann ich gar nicht sagen. Er ist ein bisschen spooky. Stell dir vor, in seinem gesamten Haus hat er Überwachungskameras installiert.«

»Sieht ihm ähnlich, Aberfort ist ein Kontrollfreak«, grummelt Fiona.

»Du nicht?«

Ihr Blick flackert ein bisschen.

»Tracking ist was anderes«, wischt sie dann meinen Einwand beiseite. »Aber die Kameras machen es natürlich schwerer, etwas über Pauls Kündigung herauszufinden.«

»Sie machen es unmöglich, Fiona.« Auch ich probiere jetzt die Focaccia, die unwiderstehlich nach Italien schmeckt: ein harmonischer Dreiklang aus Provolone, Rucola und einem Hauch Pesto. »Genauso unmöglich ist es übrigens, den Job überhaupt anzutreten. Wilhelm Aberfort wohnt so abgelegen, dass man nur mit dem Auto hinkommt.«

Betreten nagt Fiona an ihrer Unterlippe.

»Ich würde dir ja meins leihen, aber wir haben beschlossen, den großen BMW zu verkaufen. Heute kommt ein Interessent vorbei, und wenigstens einen Wagen müssen wir behalten, um die Kinder zur Schule zu bringen.«

Womit der Job endgültig durch ist. Wieder lasse ich meine

Blicke durch die Kaffeebar schweifen. Seit Ewigkeiten war ich nicht mehr aus, nicht mal für eine Cola. Die ebenso lässig wie teuer gekleideten Hipster, die sich hier sorglos alles bestellen, was die Karte zu bieten hat, sind ein ungewohnter Anblick für mich. Viele Männer tragen zu enge buntfarbige Anzüge, die Frauen meist schicke schwarze Oberteile zu schwarzen Cargo-Jeans, sind ungeschminkt und bestens frisiert.

»Na, wenigstens haben wir heute Nachmittag den Rücken frei und können uns um Frau Steindingens kümmern«, spricht Fiona weiter.

»Steinhövel.«

»Meinst du, sie ist jetzt zu Hause?«

Ich schaue auf die Anzeige meines Handys. Inzwischen ist es Viertel nach zwölf, und ich kenne ihre Gewohnheiten, weil ich mich jahrelang danach richten musste.

»Sie isst früh zu Mittag, danach legt sie bis etwa vierzehn Uhr ein Schläfchen ein.«

»Nicht heute«, lacht Fiona. »Weil wir uns nämlich gleich dein Geld holen.«

Ganz wohl ist mir nicht dabei. Aber taktvolle Zurückhaltung ist wohl ein Luxus, den ich mir nicht länger leisten kann. Hundertsechzig Euro sind eine Stange Geld, zumal Arthur mit meiner letzten Barschaft über alle Berge ist. Apropos, ermahnt mich meine innere Stimme, es gibt da ein Geständnis, das überfällig ist.

»Ich muss dir noch was beichten«, murmele ich schuldbewusst.

Fiona hört auf zu kauen.

»Bitte nicht noch eine Hiobsbotschaft.«

»Nein, es ist nur …« Verlegen streiche ich ein paar Focacciakrümel von der Tischplatte. »Mein Lover Arthur – *Ex*-Lover«, korrigiere ich mich, »hat das Geld aus meiner Keksdose mitgehen lassen. Du weißt schon, meine eiserne Reserve. Und da hatte ich so einen heiligen Zorn, dass ich, na ja, was tut man da? Ich habe die Polizei gerufen. Diesen Nick, um genau zu sein.«

»Nele Tremper!« Jetzt ist es Fiona, die vom heiligen Zorn gepackt wird. Aufgebracht blitzt sie mich an. »Das ist das Wahnsinnigste, was ich jemals gehört habe! Ich fasse es nicht! Die Cops suchen nach uns, und du lädst auch noch einen zu dir nach Hause ein?«

»Nicht so laut, bitte«, flüstere ich. »Wenn jemand zuhört …«

Furchtsam schaue ich mich um. Und dann sehe ich sie: Irene. Wie eine gerupfte Albinokrähe hockt sie auf einmal in ihrem zotteligen Gebetsmantel am Nebentisch, vor sich ein grünliches Getränk, wahrscheinlich ein Premium Iced Soja-Dinkel-Grünkohl-Smoothie mit Da-haben-wir-den-Salat. Das jedenfalls verheißt ihr argwöhnischer Blick, der unverwandt auf uns gerichtet ist.

Mit einem etwas eierigen Lächeln winke ich ihr zu, sie hebt nur ein wenig das Kinn. Hat sie uns etwa belauscht?

»Was ist?«, fragt Fiona.

»Irene auf vier Uhr«, wispere ich.

»Ach du Elend. Verdrückt sie da gerade Zucchiniwurst im eigenen Darm?«

»Sie beobachtet uns, Fiona«, erwidere ich mit gedämpfter Stimme. »Du weißt doch, Irene ist neugierig wie zehn Klatschreporter. Vielleicht verfolgt sie uns sogar. Warum sonst sollte sie ausgerechnet in dieser Hipster-Kaffeebar sitzen statt wie üblich in einem ihrer Chai-Latte-Schuppen?«

»Da kann man nur hoffen, dass ihr Gehör noch schlechter ist als ihr Geschmack«, unkt Fiona.

»Ja, hoffentlich. In unserem Gespräch ging es ja nicht um Holzspielzeug oder Stehpinkelverbote, es ging um Endstation Knast.«

»Nun übertreib mal nicht.«

Mit vorgerecktem Kopf lehne ich mich über den Tisch und senke meine Stimme zu einem kaum hörbaren Raunen.

»Hast du denn nicht die Nachrichten mitbekommen? Unsere charmante Verkäuferin behauptet, wir hätten den ganzen Laden ausgeräumt. Inklusive Lady-Di-Verlobungsklunker.«

Alles Blut weicht aus Fionas Gesicht. Weiß wie die Wand starrt sie mich an.

»Was ist das denn für ein Schmarrn?«

»Schmarrn oder nicht, diese Version kursiert jetzt im Netz. Wie willst du das Gegenteil beweisen?«

Ein schlagendes Argument. Den Rest unserer Focaccia verspeisen wir in brütendem Schweigen, untermalt von Adriano Celentanos heiser röhrendem *Ciao ragazzi.* Eigentlich wollte ich Fiona erzählen, dass ich mich gegen jeden gesunden Menschenverstand auch noch mit Nick verabredet habe, behalte das aber lieber für mich.

Als wir gerade aufbrechen wollen, surren im Sekundenabstand unsere Handys. Hermine hat uns eine Nachricht gesendet.

Ihr Lieben, es geht vorwärts! Ich chatte fröhlich mit Donatus, der eine Menge Druck auf dem Stift hat und mich – tädäää! – daten will! Also, Serenity, die Superblondine, natürlich. Wenn das klappt, können wir ihn gepflegt in die Mangel nehmen. Haltet euch bereit! Kuss, H

»Ist ja irre«, frohlockt Fiona. »So ein Fake-Profil ist besser als jeder Hackerangriff!«

»Lass uns das lieber draußen besprechen«, bremse ich sie leise, bevor sie womöglich lautstark über Dinge plaudert, die Irene aufschnappen könnte.

Im Hinausgehen winken wir ihr noch einmal zu, doch sie sieht durch uns hindurch, als seien wir gerade für sie gestorben. Was hat sie denn erwartet? Dass wir sie an unseren Tisch bitten, damit sie uns mit ihren nervigen Tipps über Ernährung und Erziehung behelligt?

»Vor der müssen wir uns in Acht nehmen«, warne ich Fiona, als wir in den Van einsteigen. »Irenes Forscherdrang ist nicht zu unterschätzen. Als ihr Sohn Balthasar einmal ein Playdate mit Ben hatte – einmal und nie wieder –, hat sie beim Abholen doch tatsächlich meine Küchenschränke auf süßes Teufelszeug gecheckt und in meine Mülleimer geguckt, ob ich auch sachgerecht trenne.«

»Und dauernd quetscht sie meine Kinder aus, ob es Fleisch bei uns zu essen gibt«, stöhnt Fiona.

Vom Beifahrersitz aus beobachte ich, wie Irene mit wehendem Mantel den Coffeeshop verlässt. Fast tut sie mir schon wieder leid, so schlecht ist sie drauf mit ihren hängenden Mundwinkeln und den verkniffenen Augen.

»Hätten wir nicht vielleicht doch einen Kaffee mit ihr trinken sollen?«

»Puh, nee, das hätte mein Magen nicht ausgehalten«, prustet Fiona.

»Dann eben einen Tee.«

»Ich rede hier nicht vom Kaffee, der mir auf den Magen schlägt.« Kopfschüttelnd lässt Fiona den Motor an und setzt zurück. »Gespräche mit Irene sind so zielführend wie eine Stunde Kreisverkehr. Ihr Mann soll noch schlimmer sein. Der bastelt Pflanzenübertöpfe aus alten Kaffeesäcken und hat aus kaputten Fahrradschläuchen eine Schultertasche fabriziert, mit der er Balthasar zur Schule schickt. Das war selbst für Pippi-Langstrumpf-Verhältnisse too much. Die anderen Kinder haben Balthasar derartig veräppelt, dass er seine Sachen jetzt morgens immer in einen alten Ranzen von Leon umpackt.«

»Armer Balthasar.«

»Ja, er kann einem wirklich leidtun.« Fiona zeigt auf das Navi. »Gibst du bitte die Adresse dieser Steindingens ein?«

»Steinhövel.«

»Genau.«

Nachdem ich *Hubertusstraße 8* eingetippt habe, rufe ich mir ins Gedächtnis, welche Sätze ich mir für das bevorstehende Gespräch zurechtgelegt habe: Verzeihung, dass ich Sie zur Unzeit störe, doch weder auf meinem Bankkonto noch auf meinem PayPal-Account konnte ich einen Eingang verzeichnen, und da Sie in wenigen Tagen verreisen, möchte ich Sie nur höflichst daran erinnern, dass es noch einen Fehlbetrag von einhundertsechzig Euro gibt.

Müsste hinhauen. Nicht zu offensiv, nicht zu unterwürfig, damit werde ich sie überzeugen.

Dennoch bekomme ich kalte Füße, als wir eine Viertelstunde später in der ruhigen Villenstraße parken, wo Elisabeth Steinhövel wohnt. Idyllische Vorgärten reihen sich aneinander wie Perlen auf einer Schnur, tadellos gepflegte Rasenflächen wechseln mit blühenden Beeten ab. Nur vor dem Feinkostgeschäft herrscht etwas Betrieb.

Stumm lege ich eine kleine Gedenkminute ein. Genau hier habe ich Nick kennengelernt, in der Ladezone des Feinkostgeschäfts. Ist das wirklich erst einen Tag her?

Diese Bilder im Kopf! Seine funkelnden Augen, sein Lächeln, als er aus dem Streifenwagen stieg, dieser jungenhafte Übermut, mit dem er das Überbrückungskabel wie ein Lasso herumwirbelte.

»Ich habe ein Date mit Nick«, entschlüpft es mir.

Gleich darauf schlage ich mir die Hand vor den Mund. O nein, habe ich das jetzt wirklich gesagt?

Ruckartig dreht sich Fiona in meine Richtung.

»Das ist ein schlechter Scherz. Oder? *Oder?*«

»N-nein?«

Sekundenlang starrt sie durch die Windschutzscheibe, auf der sich die ersten Insekten dieses Frühlings gesammelt haben. Dann sinkt ihr Gesicht aufs Lenkrad, so dass ein ausdauernder Hupton durch die vornehm stille Gegend fegt.

»Ich glaub's ja nicht«, grunzt sie dumpf, als sie den Kopf wieder hebt. »Was soll das werden, Nele? Einfach mal zu weit gehen und sich dann ein bisschen umschauen? Oder bist du neuerdings ein Adrenalinjunkie? Wie wär's mit Bungeespringen? Ohne Seil?«

»Ich kann ihm natürlich auch absagen«, fiepe ich in den höchsten Tönen.

»Du kannst nicht nur, du *wirst*!«, spricht Fiona ein donnerndes Machtwort, während sie sich abschnallt und die Fahrertür aufstößt. »Diese Sahneschnitte ist hochtoxisch! Dass ich dir so was überhaupt sagen muss!«

Sie hat ja recht. Trotzdem …

»Eigentlich gar nicht schlecht, dass ich mich so aufrege«, schnaubt sie. »Jetzt bin ich genau in der richtigen Stimmung, um deiner Kundin einen gehörigen Einlauf zu verpassen.«

Nachdem wir die Straße überquert und drei Stufen einer geschwungenen Treppe erklommen haben, versuche ich, mich zu sammeln. Wird schon, Nele. Du holst dir nur, was dir zusteht. Mit angehaltenem Atem drücke ich auf den Klingelknopf neben einem blank gewienerten Messingschild. *Steinhövel* steht in verschnörkelter Schreibschrift darauf.

Es dauert ein bisschen, bis der Summer ertönt. Mit der Schulter drücke ich das schwere Holzportal auf und warte, bis Fiona in den Hausflur getreten ist.

»Nicht einknicken«, schärft sie mir ein.

Schon klar. Seite an Seite steigen wir hoch in den ersten Stock. Die Tür öffnet sich einen Spalt, und das erstaunte Gesicht der Haushälterin, einer älteren Dame mit grauem Dutt, kommt zum Vorschein. Seit vielen Jahren ist sie bei Frau Steinhövel angestellt und war immer nett zu mir, doch jetzt zieht sie die Nase kraus.

»Frau Tremper? Hatten Sie einen Termin?«

»Nein«, übernimmt Fiona für mich, »meine Freundin hatte schon sehr, sehr viele Termine mit Frau, ähm …«

»Steinhövel«, souffliere ich.

»Richtig. Und sie bekommt noch Geld. Hundertsechzig Euro, wenn's geht, in kleinen Scheinen.«

»Das ist jetzt leider ungünstig«, zirpt die Haushaltshilfe, der man anmerkt, dass ihr unser Anliegen äußerst unangenehm ist. Nervös zupft sie an ihrem wadenlangen schwarzen Kleid herum. Ich habe sie nie in etwas anderem gesehen. »Frau Steinhövel ruht.«

»Dann geruht sie jetzt eben aufzustehen«, entgegnet Fiona völlig unbeeindruckt. »Aber dalli, wenn ich bitten darf.«

Ich versinke fast im Erdboden.

»Fiona, bitte«, versuche ich, sie zu mäßigen, »wir könnten doch auch ein andermal wiederkommen.«

»Wann denn? Am Sankt-Nimmerleins-Tag?«

»Ich werde nachschauen«, lenkt die Haushälterin nach kurzem Zaudern ein. »Bin gleich wieder da.«

Damit lässt sie uns im Flur stehen. Die Etagentür bleibt jedoch ein Stück weit offen, so dass fernes Stimmengewirr und dezentes Geschirrgeklapper zu hören sind.

»Von wegen Mittagsschlaf«, knurrt Fiona. »Die Dame macht Party. Los, wir gehen jetzt da rein und reißen die Hütte ab!«

Jeder Einwand meinerseits ist zwecklos. Fiona hat bereits die Schwelle übertreten und betrachtet sich im Flurspiegel. Heute trägt sie eine elegante dunkelblaue Steppjacke und eine weiße Bluse zu ihrer marineblauen Caprihose, was als angemessenes

Outfit durchgeht. Ich hingegen habe einen olivfarbenen Parka an, der schon bessere Zeiten gesehen hat.

»Wir können hier nicht einfach reinplatzen«, beschwöre ich sie. »Wenn wir das tun, springen wir nicht nur ins Fettnäpfchen, wir fallen in die Fritteuse.«

»Siehst du etwa irgendwo ein Schild ›Geschlossene Gesellschaft‹?« Ungerührt zieht Fiona ihre Jacke glatt. »Sei froh, dass es keine Poolparty ist, sonst hätten wir nur noch zwanzig Sekunden, um zehn Kilo abzunehmen.«

Sie geht voran, immer dem Stimmengewirr nach, und ich folge ihr, bis wir ins Esszimmer gelangen, einen ovalen Raum mit cremefarbenen Wänden, hohen Glasvitrinen und einer Essgruppe aus hellem Kirschholz.

Dann halten wir verdutzt inne. Nein, eine Party ist das hier keineswegs. Überall stehen Umzugskartons, zwischen denen mehrere Möbelpacker herumwuseln. Geschäftig versenken sie alles in den Kartons, was nicht niet- und nagelfest ist: Lampen, Geschirr, Gläser, einen Flachbildfernseher.

»Was geht hier vor sich?«, frage ich einen der Möbelpacker, einen über und über tätowierten Hünen mit rasiertem Schädel.

»Zwangsversteigerung«, antwortet er lapidar. »Die Dame des Hauses hat es wohl etwas übertrieben mit ihrem gehobenen Lebensstil.«

Mir bleibt der Mund offen stehen. Frau Steinhövel – pleite? Dann stehe ich jetzt ganz am Ende der Schlange ihrer Gläubiger, was zweifellos heißt, dass ich leer ausgehen werde.

Inzwischen hat sich die Haushälterin wieder zu uns gesellt. Entschuldigend hebt sie die Hände.

»Tut mir leid, dass Sie es auf diese Weise erfahren mussten.«

Fiona, die genauso konsterniert dreinblickt wie ich, schiebt sich eine rötliche Haarsträhne aus der Stirn.

»Und wo ist die Dame des Hauses?«

»In – Marbella.«

Plötzlich fällt bei mir der Groschen, und mir wird so heiß, dass mir der Schweiß ausbricht.

»Verstehe ich das richtig? Frau Steinhövel hat ihr Vermögen in Sicherheit gebracht, um unter südlicher Sonne zu chillen?«

»So in etwa.«

Warum schaffen es wohlhabende Leute eigentlich immer wieder, auf die Füße zu fallen? Diese Frage wird wohl ewig unbeantwortet bleiben.

»Ruf sie sofort an, Nele«, zischt Fiona.

»Das wird nichts nützen«, entgegnet die Haushaltshilfe bedrückt. »In der Fastenklinik praktiziert man digitales Detox. Kein Handy, keinen Laptop, kein Tablet. Aber da Sie ja noch Geld von Frau Steinhövel bekommen ...«, beiläufig greift sie in einen der Kartons und holt einen etwa weinflaschenhohen, in Noppenfolie verpackten Gegenstand heraus. »Das ist eine Lalique-Vase, die dürfte einiges wert sein. Versuchen Sie es mal damit auf eBay. Ich wünsche Ihnen alles Gute, Frau Tremper.«

Kapitel 16

Wie heißt es so schön? Die Dreistigkeit kennt keine Grenzen, aber viele Leute. Und Elisabeth Steinhövel ist ja wohl die einsame Spitze der Dreistigkeit.

Restlos bedient von unserem denkwürdigen Erlebnis sitzen Fiona und ich im geparkten Van und knabbern Schoko-Cookies aus dem unerschöpflichen Vorrat des Handschuhfachs.

»Wie kann man sich nur mit einem Sack Schulden aus dem Staub machen!«, fasse ich meinen Unmut in Worte.

»Ist doch kein Hexenwerk.« Ein weiterer Keks wandert aus der knisternden Verpackung in Fionas Mund. »Der Obergangster Al Capone hat mal gesagt: Ein guter Anwalt mit einem Aktenkoffer kann mehr stehlen als zehn Männer mit Maschinenpistolen. Auch Paul hat schon so einige Mandanten rausgepaukt, die Ärger mit der Steuer hatten oder sonst wie in die Miesen gerutscht sind.«

»Und warum kann er euch nicht rauspauken?«

»Da ist Hopfen und Malz verloren«, seufzt Fiona. »Unser gesamtes Erspartes hat er an der Börse verbrannt, der Rest steckt im Haus. Tricksen ist nicht drin, wir gehören zu den Losern, die immer ehrlich waren. Offensichtlich ist diese Dingenskirchen schlauer. Und dir bleibt nichts weiter als irgendeine doofe Lila-lula-Vase.«

»War trotzdem nett von der Haushälterin, sie mir zu schenken.«

»Yeah-i!« Ironisch reißt Fiona die Arme hoch. »Was denkst du denn, was du auf eBay dafür kriegst? Vier, fünf Euro? Ein winziger Tropfen auf einem gigantischen heißen Stein, würde ich sagen.«

Das ist leider wahr. Unaufhaltsam schwindet meine Zuversicht, ich könnte es bis zu Alisas Geburtstag doch noch schaffen, genug Geld für ein gebrauchtes Smartphone und eine kleine Feier aufzutreiben.

Deprimiert schaue ich aus dem Fenster. Die Frauen, die in dem Feinkostgeschäft ein und aus gehen, sind alle super gestylt und führen edle Designerhandtaschen spazieren. Vermutlich gibt es Menschen, die noch nie im Leben einen Billigdiscounter von innen gesehen haben, kommt es mir in den Sinn. Aber vielleicht täusche ich mich ja auch. Es ist nicht alles Gold, was glänzt, und nicht alles echt, wo Chanel draufsteht. So mancher, der nobel daherkommt, surft womöglich auf der letzten Rille.

Fiona sieht man ihre finanziellen Schwierigkeiten ja auch nicht an. Sie hat Stil, ist gut gekleidet, und wenn man ihre missglückte Haarfarbe mal beiseitelässt, wirkt sie immer noch wie eine Frau, die sich keine Sorgen machen muss.

»Nun guck nicht so bedripst, wir werden das Kind schon schaukeln«, versucht sie mich zu trösten. »Krisen sind nur dornige Chancen.«

»Ja, und Geisterfahrer sind sehr entgegenkommend.« Entnervt zupfe ich an einem losen Faden meines Parkas. »Kalendersprüche bringen uns nicht weiter, Fiona.«

»Wir können aber auch nicht vor unseren Problemen weglaufen, dafür sind wir einfach nicht sportlich genug«, grient sie. »Ich muss jetzt kleine Brötchen backen, beziehungsweise verkaufe ich sie ab morgen. Das ist auch völlig in Ordnung. Doch wenn ich an deine Kundin denke, die jetzt in Marbella ihren Bauch in die Sonne hält – da sinkt meine Hemmschwelle dramatisch, auch mal weniger legale Methoden der Geldbeschaffung auszuprobieren.«

»Wie soll ich das denn bitte verstehen?« Alarmiert schaue ich zu ihr hinüber. »Einmal sind wir mit dem Schrecken davongekommen, Fiona, weitere Extratouren können wir uns nicht erlauben.«

»Weil ehrlich am längsten währt?« Mit einer Hand deutet sie auf die prächtige Villa. »Guck dir doch an, wie deine Dingenskundin ihre Probleme löst. Bringt ihre Schäfchen ins Trockene, und dann ab in den Süden: Madrid, Athen, auf Wiedersehn. Die hat dir doch auf der Nase rumgetanzt. Und ohne dir zu nahe treten zu wollen: Wer hinterher der Dumme ist, war es vielleicht schon vorher.«

Irgendwie muss ich ihr recht geben. Frau Steinhövel hat mich für dumm verkauft. Sie ist ja nicht mal mehr erreichbar. Digital Detox, also wirklich. Unsereins kann sich das nicht leisten, schon aus beruflichen Gründen.

Mit klammen Fingern hole ich mein Handy aus der Hosentasche.

Zwei Nachrichten sind eingegangen, eine von Hermine und

eine von Wilhelm Aberforts Assistentin. Auf einmal fürchte ich mich, das Ergebnis des Vorstellungsgesprächs zu erfahren, weil mich eine Absage nur noch weiter runterziehen würde. Also lese ich Hermines Nachricht zuerst.

Bingo, Donatus hat mir seine Handynummer gegeben, weil er heute Abend mit mir telefonieren will. Ich habe ihm natürlich sofort einen Tracker aufs Handy geschickt. Und stellt euch vor: Er ist nicht in Timbuktu, Karatschi oder sonst wo untergetaucht, sondern nur dreißig Kilometer entfernt in unserer schönen Nachbarstadt! Alles Weitere mündlich. Kuss H

Fiona, auf deren Handy die Nachricht ebenfalls eingegangen ist, sieht mich an, als hätte sie einen Geist gesehen.

»Dreißig Kilometer?«, wiederholt sie mit tonloser Stimme. »Ist das zu fassen?«

Mir hat es schlicht die Sprache verschlagen. Wie bringt es ein Nichtsnutz von Vater fertig, volle drei Jahre seine Kinder zu ignorieren, obwohl er sie jederzeit hätte sehen können?

»Ich weiß, was du denkst«, sagt Fiona nach einer Weile. »Du fragst dich, warum du auf so einen Blender reingefallen bist. Aber wie ich schon gestern sagte: Sinnfragen bringen uns nicht weiter. Was meinst du denn, warum Autos große Windschutzscheiben haben und kleine Rückspiegel?«

Matt zucke ich mit den Schultern.

»Weil es wichtiger ist, nach vorn zu schauen, als zurück!« Wie einen Stressball zerknüllt Fiona die leere Keksschachtel und wirft sie nach hinten auf den Rücksitz neben die noppenfolienverpackte Vase und meinen Kosmetikkoffer. »Dann schauen wir doch mal nach vorn: Donatus hat einen gehörigen Denkzettel verdient. Allein wenn ich seine Fotos auf dem Insta-Account sehe, geht mir die Düse. Posiert mit einem schicken schwarzen Flitzer, und du drehst am Rad.«

Haha, das ist mir doch tatsächlich auch schon aufgefallen. Aber so ist Donatus eben. Er hatte immer schon ein riesengroßes Ego und eine ebensolche Klappe. Für solche Männer wurde das Wort Ich erfunden. Gedankenverloren schiebe ich mir den letzten Keksrest in den Mund.

»Weißt du, Fiona, manche Leute sind so damit beschäftigt, ihr Ego zu füttern, da merken sie gar nicht, dass ihr Charakter verhungert.«

»Sehr philosophisch.« Fiona verzieht das Gesicht. »Apropos Ego. Hast du eigentlich schon etwas von Aberfort gehört?«

»Die Assistentin hat mir gerade geschrieben.«

»Und du liest das nicht?«

Die Wahrheit ist: Ich bin hochmotiviert, wirklich jeden Job anzunehmen, habe aber gelernt, keine Ansprüche zu stellen, nichts zu wollen und mich vor weiteren Enttäuschungen zu schützen. Wenn man so viele Schlappen erlebt hat wie ich, wird Hoffnung irgendwann ein eher abstraktes Konzept. Aber Fiona lässt nicht locker.

»Lies!«, befiehlt sie mit jener ernsthaften Strenge, mit der Mütter ihren Kindern sagen, dass der bittere Hustensaft gefälligst runtergeschluckt wird.

Also schön. Widerwillig tippe ich die Nachricht an.

Sehr geehrte Frau Tremper, nach eingehender Prüfung aller BewerberInnen haben wir uns entschieden, Sie in die engere Wahl zu nehmen und zu einem Probetag einzuladen.

Auf meiner Kopfhaut beginnt es zu kribbeln, und ich muss einmal tief durchatmen, bevor ich weiterlesen kann.

Bitte melden Sie sich umgehend zwecks Koordination eines Termins. Mit freundlichen Grüßen, Friederike von Curtius, Personal Assistant Geschäftsführung Millennium Invest International

Die Buchstaben tanzen vor meinen Augen. Das kann doch nicht sein. Ich? Bin tatsächlich in der engeren Wahl?

Wortlos halte ich Fiona das Display hin. Sie überfliegt die Zeilen mit wachsendem Erstaunen, dann schießen ihre Augenbrauen hoch bis zum Haaransatz.

»Wahnsinn! Gratulation! Du hast den Job so gut wie in der Tasche!«

Ja, möglich. Wenn die Sache nur nicht einen gewaltigen Haken hätte. Geknickt stopfe ich das Handy zurück in meine Jeans.

»Dafür bräuchte ich ein Auto, Fiona, schon vergessen? Bobo hat das Zeitliche gesegnet, für eine Reparatur fehlt mir das nötige Kleingeld, von einem neuen Wagen kann ich nur träumen. Womit sich der Job erledigt hätte.«

Auch Fionas euphorische Stimmung flaut schlagartig wieder ab. Mürrisch tippt sie auf ihrem Handy herum. Aus dem Augenwinkel sehe ich, dass sie noch einmal die Fotos von Donatus' Insta-Account betrachtet. Dann hellt sich ihre Miene plötzlich auf.

»Ein Wagen! Das ist es!« Aufgeregt schnippt sie mit den Fingern. »Wir müssen Donatus seinen schwarzen Flitzer wegnehmen!«

»Wegnehmen?«, wiederhole ich entgeistert. »Meinst du etwa – stehlen?«

»Nennen wir es kreatives Ausleihen«, schlägt Fiona schelmisch vor.

»Also doch stehlen.«

Eine Pause entsteht, in der sie den Taschenrechner auf ihrem Handy aktiviert.

»Nele, an die Tafel, Mathematikaufgabe«, sagt sie wie eine Lehrerin. »Zunächst möchte ich wissen, was Donatus dir an Unterhalt für die Kinder zahlen müsste.«

»Na ja«, ich überlege, »nach Düsseldorfer Tabelle etwa tausend Euro monatlich – bei der untersten Einkommensstufe.«

Fiona gibt die Zahl ein und fängt an zu multiplizieren.

»Tausend Euro mal zwölf Monate mal drei Jahre …«, sie drückt auf das Feld, das das Ergebnis anzeigt, »macht sechsunddreißigtausend Euro!«

Du liebe Güte. Noch nie habe ich so genau nachgerechnet, wie viel mir Donatus schuldig ist, und bin jetzt wie vor den Kopf geschlagen.

»Schätzen wir mal den Wert von Donatus' Wagen auf etwa zehntausend Euro«, fährt Fiona fort. »Dann wärst du immer noch mit sechsundzwanzigtausend Euro im Plus, wenn du ihm seinen Flitzer wegnimmst. Und das Darlehen kommt ja noch on top – wie viel hast du ihm geliehen?«

»Viertausend.«

Fiona lehnt sich zurück und pfeift leise durch die Zähne.

»Also schuldet er dir etwa vierzigtausend Euro. Eine Wahnsinnssumme. Selbst wenn er eine teure Limousine fahren würde, hättest du immer noch jedes Recht der Welt, ihm den Wagen abzuknöpfen.«

»Aber ich kann doch nicht …«

»Man muss halt nehmen, was sich gerade bietet, mein Schatz«, fährt mir Fiona mütterlich-streng über den Mund. »In jeden Topf passt ein Dackel – altes chinesisches Sprichwort. Die würden vielleicht auch lieber Filetsteak essen, aber solange keins da ist, wird halt improvisiert.«

»Nur dass wir hier nicht von der Zubereitung eines Haustiers sprechen, sondern von Autodiebstahl.«

»*Ausleihen*, Nele«, mit ihren Fingern malt Fiona Gänsefüßchen in die Luft, »ich rede von *ausleihen*.«

Hm. Wenngleich mir der Ruch des Illegalen daran so gar nicht gefällt, muss ich zugeben, dass Fionas Argument etwas Bestechendes hat. Wenn man bedenkt, wie viel Geld mir Donatus schuldet, könnte man durchaus von ausgleichender Gerechtigkeit sprechen.

»Aber wie sollen wir das anstellen?«, frage ich. »Bei Nacht und Nebel mit schwarzen Skimasken rumschleichen? Das Auto knacken, obwohl wir keinen blassen Schimmer haben, wie man das macht? Und dann in die nächste Polizeikontrolle rasseln, nachdem Donatus den Diebstahl angezeigt hat?«

»Falsch, falsch und falsch«, erwidert Fiona lächelnd. »Dreimal falsch. Keine Skimasken, keine gewaltsame Öffnung, keine Polizeikontrolle.«

»Was dann?«

Fiona schnippt ein paar Kekskrümel von ihrer Steppjacke, und auf einmal sieht sie so wild entschlossen aus, dass mir angst und bange wird. Genauso wild entschlossen sah sie auch in dem Juweliergeschäft aus.

»Wenn du deinen Feind nicht bekämpfen kannst, musst du ihn umarmen, bis er sich nicht mehr bewegen kann«, sagt sie feierlich.

»Na super. Ist das auch ein altes chinesisches Sprichwort?«

»Nein, weibliche List.« Leise lacht sie in sich hinein. »Wir sind Frauen, Nele. Wir wissen doch, wo Männer ihre Schwachstellen haben.«

Noch immer verstehe ich kein Wort.

»Meinst du in diesem Fall eine spezielle?«

»O ja.« Mit jener Mischung aus Ungeduld und Nachsicht, wie sie gute Lehrerinnen bei begriffsstutzigen Schülern an den Tag legen, schaut sie mich an. »Die Schwachstelle heißt Serenity. Donatus ist doch ganz wild auf seine neue Instagram-Bekanntschaft. Da kann er sich schon mal freuen. Wenn alles gut geht, hat er heute Abend ein Date mit gleich drei Frauen.«

»Du meinst«, ich beiße mir auf die Lippen, weil ich nun auch lachen muss, »Serenity ist der virtuelle Lockvogel, und dann gehen wir zu dritt hin und luchsen ihm den Wagen ab? Aber wie soll das funktionieren?«

»Lass mich nur machen«, winkt Fiona ab. »Ich habe einen Plan.«

Fröhlich lässt sie den Motor an, während ich geradeaus schaue, so wie sie es mir geraten hat. Wow. Ich spüre ein Prickeln am ganzen Körper.

Früher dachte ich, ab dreißig könnte ich mir all die Verrücktheiten leisten, für die ich mit zwanzig kein Geld hatte. Nun bin ich über dreißig und habe immer noch kein Geld. Aber die Verrücktheiten, die fangen offenbar gerade an.

Kapitel 17

Die Logistik einer (mehr oder weniger) illegalen Unternehmung ist gar nicht so einfach, wenn alle Beteiligten Frauen sind und familiäre Pflichten zu erfüllen haben. Hat darüber eigentlich schon mal jemand nachgedacht, wenn er von Gendergerechtigkeit tönt? Dass es für Frauen viel schwieriger ist, auf die dunkle Seite zu wechseln?

Da muss erst mal der Nachwuchs versorgt werden, und in Hermines Fall noch dazu eine pflegebedürftige Mutter, bevor man buchstäblich zur Tat schreitet.

Besonders für verheiratete Frauen wird's schwierig, denn es ist doch so: Ein Mann nuschelt was von: »Muss noch was erledigen, ist was Berufliches, warte nicht auf mich.« Weg ist er. Wenn eine Frau abends das Haus verlassen will, sagt der Mann: »Wohin gehst du? Wann kommst du wieder? Kann ich dich jederzeit erreichen?«

Langsam verstehe ich, warum Verbrecher überwiegend männlich sind. Wobei wir ja kein Verbrechen begehen wollen, nur gewisse Ungleichgewichte wieder ins Lot bringen, und für dieses Ziel ist uns keine logistische Herausforderung zu groß.

Hermine hat es sich nicht nehmen lassen, für diesen Abend

einen mobilen Pflegedienst zu engagieren, den sie nur im äußersten Notfall in Anspruch nimmt. Fiona und ich haben unsere Kinder bei Paul geparkt, der die Hände über dem Kopf zusammenschlug, als er von dieser ehrenvollen Aufgabe erfuhr. Wie Fiona sich das denn vorstelle. Dass er mit gleich fünf Kindern völlig überfordert sei und gar nicht daran denke, den Babysitter zu spielen.

Von spielen könne keine Rede sein, hat Fiona cool gekontert und ihn daran erinnert, dass er so einiges gutzumachen habe.

Nun hängt bei ihr zu Hause ein Zehn-Punkte-Zettel am Kühlschrank, dem Paul entnehmen kann, was von ihm erwartet wird: unter anderem eine bereits vorbereitete Lasagne erwärmen und servieren, Küche aufräumen, Zähneputzen überwachen, Gutenachtgeschichten vorlesen, Kinderklamotten wegräumen, Schulranzen ausmisten, Schulbrot-Tupperdosen reinigen, Turnbeutel packen.

Paul ist jetzt schon fix und fertig. Dauernd schreibt er Fiona WhatsApps: ob die Lasagneform in die Spülmaschine dürfe, wo er denn frische Schlafanzüge für die Kinder finde, ob es statt einer Gutenachtgeschichte auch ein Film tue, zum Beispiel ein Klassiker wie *Jurassic Park*.

Letzteres hat Fiona besonders aufgeregt. Wenn er nachts durch schreiende Kinder geweckt werden wolle, die von angriffslustigen Dinosauriern träumen, bitte sehr, ansonsten solle er mal gefälligst seine Lesebrille suchen und um Himmels willen ein kinderkompatibles Buch auswählen, keinen blutrünstigen Krimi.

»Männer regieren ganze Imperien, aber scheitern an den einfachsten Aufgaben«, grummelt sie auf der Fahrt zu unserem, na ja, Tatort. »Multitasking hieß für Paul bislang, mit seinem dicken BMW auf zwei Parkplätzen gleichzeitig zu parken. Jetzt ist er überfordert und schreibt mir auch noch dauernd dieses Mimimi.«

Ich kann ihr die Erbitterung nachfühlen. Ist ja auch frustrierend, wenn Männer etwas als Zumutung empfinden, was sie ganz selbstverständlich von ihren Frauen erwarten. Tag für Tag, Abend für Abend.

»Ein Mann wie Paul muss eben immer das letzte Wort haben«, sagt Hermine, die auf der Rückbank sitzt.

»Stört mich nicht, Hauptsache, er sagt Ja.« Fiona wirft mir einen fragenden Seitenblick zu. »Na, wie sieht's aus, Nele? Bereit für unser kleines Abenteuer?«

Schwer zu sagen. Etwas blümerant ist mir schon, und nicht nur wegen unseres leicht illegalen Vorhabens.

Drei Jahre habe ich Donatus nicht gesehen, nichts von ihm gehört. Beim Betrachten seiner Instagram-Fotos hatte ich das Gefühl, in das Leben eines völlig Fremden zu schauen. Er sieht immer noch gut aus, klar. Auf sein Äußeres hat Donatus stets peinlichst geachtet. Einmal habe ich ihn dabei erwischt, wie er mit der Zahnbürste seine Augenbrauen kämmte. Muss man auch erst mal bringen.

Was seine Antriebsschwäche betrifft, kann er es durchaus mit Paul aufnehmen. Wer einatmet, muss auch ausatmen, wer einschläft, muss auch ausschlafen, hat er morgens gegähnt, wenn ich ihn mal bat, Brötchen fürs Frühstück zu holen oder Alisa zur Schule zu bringen. Dafür war es ihm ein Leichtes, die Nächte durchzufeiern und mit anderen Frauen zu flirten. Ansonsten ist Donatus so verpeilt, der würde sich in einer Drehtür verirren.

Gute Voraussetzungen also, ihn gepflegt um den Finger zu wickeln und dann mit seinem Wagen zu verschwinden.

So ähnlich jedenfalls sieht Fionas Plan aus. Worin genau dieser Plan besteht, weiß ich allerdings noch nicht. Die Details hat sie heute Nachmittag mit Hermine ausgearbeitet, während sie die ersten Schultüten gebastelt haben und ich bei zwei Kundinnen war, Maniküre, Mandelpeeling und Augenbrauenzupfen inklusive. Nur dass ich mir »etwas Hübsches« anziehen soll, hat Fiona mir mitgeteilt.

Wobei mein Kleiderschrank in dieser Hinsicht ja nicht viel hergibt. Das Secondhand-Jeanskleid, das ich vor einigen Jahren günstig im Oxfam-Laden geschossen habe, erfüllt hoffentlich seinen Zweck, welchen auch immer, und meine »guten« Stiefel, die für besondere Anlässe, kniehoch, hellbraun, sehen eigentlich ganz okay dazu aus.

Hermine ist im Großen und Ganzen wie immer angezogen: graues Kleid, flache schwarze Schuhe, dazu ein Trenchcoat. Ihr einziges Extra besteht aus einem flaschengrünen Basecap mit weißen New-York-Initialen.

Fiona hingegen haut ganz schön auf die Pauke, was wohl darauf hindeutet, dass sie heute Abend eine tragende Rolle spielen wird. Unter ihrer dunkelblauen Steppjacke blitzt ein weit – also, wirklich sehr weit – ausgeschnittenes Schlauchkleid aus schokobraunem Lurexstoff hervor, das ihren üppigen Busen betont. Dazu trägt sie hohe Pumps aus ebenfalls schokobraunem Leder, an denen silberne Troddeln wippen.

»Jetzt aber mal raus mit der Sprache«, fordere ich sie ungeduldig auf. »Ich bin schon so neugierig – wie gehen wir denn nun vor?«

Fiona räuspert sich ausgiebig.

»*Wir* ist ein dehnbarer Begriff, denn du bleibst zunächst hinter den Kulissen, damit Donatus keinen Verdacht schöpft.«

Das leuchtet mir ein. Er würde sofort Reißaus nehmen, wenn er mich sähe, schließlich kann ihm kaum entgangen sein, dass ich ihn damals wochenlang gesucht habe.

»Serenity hat sich mit Donatus in einem Restaurant verabredet«, lässt sich Hermine von hinten vernehmen. »Gegenüber gibt es eine kleine Bar, dort habe ich dir einen Fensterplatz reserviert. Einen Logenplatz, denn auch Fiona und Donatus werden am Fenster sitzen. So kannst du alles verfolgen.«

»Und ich liefere dir den Ton von meinem Handy«, giggelt Fiona, die bereits jetzt einen ungeheuren Spaß an diesem Abenteuer zu haben scheint.

»Das ist besser als Netflix«, lacht Hermine.

»Aber …«, mein Blick gleitet zu Fiona, »du siehst nicht gerade wie eine allseits aufgespritzte Blondine aus.«

»Tja«, lächelnd kontrolliert sie ihren großzügig aufgetragenen Lippenstift der Nuance *Signature Red* im Rückspiegel, »Serenity hat sich leider den Magen verdorben, weshalb sie ihre beste Freundin Roxy zum Date schickt.«

Roxy, soso. Sehr seriös. Glücklicherweise haben sich Fiona und Donatus damals nur flüchtig kennengelernt, weil er meist auf Achse war, um irgendwas zu »erledigen«. Daher kenne ich auch den Spruch »Muss noch mal los …« zur Genüge.

»Und du denkst, Donatus schluckt deine Story?«, hake ich nach. »Ich meine, du musst ihn ja umgarnen, ihn ablenken, denn er erwartet doch sicherlich was – Amouröses?«

»Na, hör mal«, entgegnet Fiona entrüstet. »Drei Kinder machen sich nicht von allein. Das erste ist leicht, das entsteht quasi im Vorübergehen. Aber Nummer zwei und Nummer drei kriegst du nur hin, wenn du deinen Mann selbst nach vielen Jahren auf, ähm, Zack bringen kannst. Auch verbal.«

Mit großen Augen sehe ich sie an. Über so was habe ich ehrlich gesagt noch nie nachgedacht. Alisa und Ben waren ungeplant, wenn auch erwünscht, sehr erwünscht, als sie sich dann ankündigten.

»Wir können uns also auf Fionas erotische Expertise verlassen«, fasst Hermine diesen Teil des Plans zusammen.

Jo. Das musste vielleicht auch mal versucht werden: die Verführung eines Hallodris durch eine gestandene, wenn auch erotisch vielseitig versierte Ehefrau. Man darf gespannt sein.

»Und wann habe ich meinen Auftritt?«, erkundige ich mich etwas atemlos.

»Wenn Hermine mit dem Wagen über alle Berge ist«, antwortet Fiona sichtlich stolz auf ihre minutiöse Planung. »Sobald Donatus feststellt, dass die Karre weg ist, überzeugst du ihn davon, dass er besser nicht die Polizei verständigt.«

Moment, jetzt wird's wackelig. Ich blase die Backen auf.

»Wie sollte ich ihn davon abhalten?«

»Denk doch mal nach«, sagt Hermine. »Wenn du von den

Behörden gesucht wirst, weil du keinen Unterhalt zahlst und deiner Ex inzwischen vierzigtausend Euro schuldest. Rufst du dann die Polizei? Außerdem gehen wir davon aus, dass er von unversteuerter Arbeit lebt. Auf seinem Bankkonto gibt es nämlich keine Bewegungen. Das steht bei einem Euro.«

Wie vom Blitz getroffen, fahre ich zu ihr herum.

»Woher weißt du das?«

Ihre klugen Augen ruhen auf mir, als könnte ich nicht bis drei zählen.

»Nele, mein Schatz«, sie betont jedes einzelne Wort, »vor dir sitzt jemand, der permanent in Chatforen unterwegs ist und alle möglichen Leute kennt, die alle möglichen Leute kennen, die ein paar nicht so legale Tricks kennen.«

»Man nennt es auch hacken«, fügt Fiona hinzu.

»Was du nicht sagst.«

»Wegen meiner Mutter bin ich ja quasi ans Haus gefesselt«, erklärt Hermine mit gedämpfter Stimme. »Und da ich nicht raus in die Welt kann, hole ich mir halt die Welt ins Haus. Ist doch normal.«

Nun ja, was hier gerade vor sich geht, sprengt die allgemeine Definition von Normalität ein wenig, finde ich.

»Jedenfalls steht Donatus aller Wahrscheinlichkeit nach nicht unbedingt auf freundschaftlichem Fuß mit der Polizei«, folgert Hermine. »Der wird sich hüten, unsere Freunde und Helfer anzurufen.«

Leider muss ich mich dieser Einschätzung anschließen. Etwas Windiges hatte Donatus immer schon.

»So, Mädels, wir sind gleich da!«, verkündet Fiona, als sie in eine schmale Gasse einbiegt, in der rechts und links allerlei Lokale ihre großen Schiefertafeln mit handgeschriebenen Speisekarten auf den Bürgersteig gestellt haben.

»Donatus ist auch schon da«, ergänzt Hermine mit Blick auf ihr Handy. »Er geht gerade ins Restaurant, das verrät mir die Tracking-App.«

»Bestens, dann stelle ich den Van hier irgendwo um die Ecke ab.« Fiona reckt den Hals auf der Suche nach einer Parklücke. »Bei der Gelegenheit können wir dann gleich Ausschau nach Neles neuem Auto halten.«

Mein Herz fängt an zu bummern. Sicher, unser Plan klingt irgendwie herrlich verrückt, tollkühn, nahezu unwiderstehlich, aber beim Gedanken an die konkrete Umsetzung wird mir jetzt doch ein bisschen flau. Vor allem mein eigener Part bereitet mir Kopfzerbrechen. Donatus war ein Riesenfehler, andererseits ist er der Vater meiner Kinder, und damals war ich ihm regelrecht verfallen.

»Hach, da ist er ja!«, juchzt Fiona und zeigt auf ein schickes schwarzes Cabrio, das zwischen einem Fahrradständer und einer Straßenlaterne parkt. »Der wird dir wunderbar stehen, Nele, Schwarz kommt so gut zu einem hellen Teint.«

»Anthrazit fände ich besser«, meint Hermine.

Was ich meine, weiß ich nicht so genau. Mir geht gehörig die Pumpe, als wir aussteigen und zurück zu der Gasse mit den vielen Lokalen laufen. Ein paar Meter vor einem kleinen Bistro mit einer zitronengelben Markise und zwei Buchsbäumchen rechts und links des Eingangs machen wir halt.

»Hier trennen sich unsere Wege«, sagt Hermine gewichtig.

»Nele, du setzt dich in dieses Bistro, bestell dir einfach ein Wasser und halte dein Handy bereit. Fiona und ich bewegen uns rüber zu dem Italiener da. Wird schon schiefgehen. Du siehst übrigens toll aus.«

Jaha. Mit gemischten Gefühlen schaue ich meinen beiden Freundinnen hinterher. *Don Alberto* heißt das Restaurant, zu dem sie marschieren, ein italienisches Lokal, wie ich es früher geliebt habe: Durch die bodentiefen Fensterscheiben sieht man in einen relativ kleinen Raum mit rot-weiß karierten Tischdecken, roten Papierservietten, sanftem Kerzenlicht und gedimmten schmiedeeisernen Leuchtern an der Decke.

Dann sehe ich *ihn*. Donatus.

Mein Mund wird trocken. Da ist er, der Vater meiner Kinder, der Mann, nach dem ich einst verrückt gewesen bin und für den ich damals alles getan hätte, weil ich so unwiderruflich in ihn verliebt war.

Jetzt bloß keinen Rückfall, Nele. Du weißt doch, woran du mit ihm bist.

Aber auf einmal durchströmt mich eine große Wärme, und ein Bild schiebt sich vor mein inneres Auge, hinter dem Donatus verblasst: Nick, wie er im Hausflur steht und mich um ein Date bittet. Ich halte den Atem an. Kann das sein? Aber ja, Nick überstrahlt alles, so wie die aufgehende Sonne den Mond am Morgenhimmel verblassen lässt, und diese Erkenntnis haut mich derart um, dass meine Knie anfangen zu zittern.

Nick. Lautlos flüstere ich seinen Namen. Ich bin so verwirrt und beglückt und durcheinander, dass es eine Weile dauert, bis ich das Surren meines Handys in der Parkatasche bemerke. Es ist Hermine.

»Träumst du, Nele?«, flüstert sie hastig. »Ich habe schon zwei Mal versucht, dich zu erreichen!«

»Ich, ähm, war wohl ein bisschen abgelenkt.«

»Jetzt aber schleunigst auf deinen Posten. Fiona nähert sich schon dem Tisch, an dem Donatus sitzt. Sie ruft dich in einer Sekunde an und versteckt ihr Handy unter einer Serviette, dann kannst du alles mithören.«

Mit Watte in den Knien und einem unruhigen Flattern im Herzen betrete ich das Bistro, das einen französischen Touch hat. Auf dem schwarz-weiß gefliesten Boden verteilen sich walnussbraune Tische und Stühle in der typischen Bistro-Optik, ein dezenter Duft nach Muschelsud und Zwiebelsuppe schlägt mir entgegen.

Prompt surrt mein Handy.

»Nele?«, wispert Fiona. »Es geht los. Bleib Stand-by, ja?«

Mit dem Handy am Ohr gehe ich zur Fensterfront des Lokals und nehme an einem Tisch Platz, auf dem neben einer Blumenvase mit drei gelben Rosen ein Kärtchen mit der Aufschrift *Reserviert / 19 Uhr / Tremper* steht. Hermine hat wirklich an alles gedacht.

Nachdem ich ein Mineralwasser bestellt habe, das stolze sechs Euro kosten soll, spähe ich durch die Blätter einer Grünpflanze hindurch zum Restaurant auf der anderen Straßenseite. Dann presse ich mein Handy dichter ans Ohr.

»… ist Serenity untröstlich«, flötet Fiona gerade. »Aber sie will nicht, dass du dir ein Magen-Darm-Virus einfängst, und da sagte sie: ›Roxy‹, sagte sie, ›der Donatus ist heiß, der is'n Schuss, sieh dir doch mal sein Foto an, der wäre auch was für dich‹, und was soll ich sagen – hier bin ich!«

Donatus' Gesicht: unbezahlbar.

Kapitel 18

Erste Dates sind eine Kontaktsportart der ganz speziellen Sorte: so viele Fragen, so viele Erwartungen, hohe Absturzgefahr.

Ich selber habe nicht sonderlich viel Übung in dieser Disziplin, weil mein Liebesleben aus Rücksicht auf die Kinder allenfalls als sporadisch bezeichnet werden kann. Meist waren es auch gar keine Dates, sondern Zufälle, die mir ab und an etwas fürs Herz beschert haben.

Arthur zum Beispiel. Den habe ich an der Wursttheke eines Discounters kennengelernt, als er mir die letzten zehn Scheiben einer Sonderangebots-Salami, hundert Gramm für sensationelle neunundneunzig Cent, vor der Nase wegschnappte. Ich stand hinter ihm in der Schlange – und guckte in die Röhre. Hätte mir eigentlich zu denken geben sollen. Was kann man schon von einem Mann erwarten, der anderen ein Schnäppchen wegschnappt und mir nicht das winzigste Scheibchen über lässt, obwohl ich ihn darauf anspreche?

Hier nun liegt der Fall etwas anders. Erstens ist das da drüben wahrlich kein normales Date, sondern ein Eiertanz mit Ansage, zweitens lerne ich Fiona von einer ganz neuen Seite kennen: aufgedreht, übermütig, auf unterhaltsame Weise drüber.

Das ist wie Kino in der ersten Reihe. Dafür würde ich sogar Eintritt zahlen.

Man merkt Fiona an, wie sehr sie es genießt, nach einem mehr als zehnjährigen Dasein als brave Hausfrau jetzt mal dem Affen Zucker zu geben. Und Donatus ist ein äußerst dankbarer … also, ein äußerst dankbares Zielobjekt. Zunächst hat er natürlich abgeblockt, weil er ein hochblondiertes Barbiepuppenklischee erwartete, doch Fiona zieht alle Register. Sie gurrt und flirtet, was das Zeug hält, und ihr offensives Outfit tut ein Übriges, um Donatus für sie zu erwärmen. Faszinierend.

Gerade ist er in der Entertainment-Phase angekommen. Dass ich seine Witze in- und auswendig kenne, versteht sich von selbst. Dass sie abgeschmackt sind, natürlich auch. Was mich allerdings wundert, ist die Tatsache, dass er sein Repertoire in den vergangenen drei Jahren nicht erweitert hat.

Als Erstes feuert er den Küchenwitz ab, der bei Frauen immer gut ankommt und für den er auch das passende Accessoire zur Hand hat.

»Mein Lieblingsrezept für Ratatouille?«, grinst er. »Man nehme ein gutes Glas Wein und schütte es in den Koch.«

Fiona wiederum schüttet sich aus vor Lachen. Ich bewundere sie für ihre Tapferkeit, und das alles nur, weil sie mir zu einem Auto verhelfen will.

Mit konzentriert zusammengekniffenen Augen halte ich Ausschau nach dem Autoschlüssel, den Donatus früher immer vor sich auf den Tisch gelegt hat. Viele Männer machen das, der Himmel weiß, warum. Um Frauen mit dem Markenlogo zu beeindrucken? Und ja, ich erspähe etwas Silberglänzendes auf der rot-weiß karierten Tischdecke. Wenn mich nicht alles täuscht, hat es einen riesengroßen Anhänger mit vier Ringen, die ich sogar von meinem Beobachterposten aus erkennen kann.

Freu dich auf einen Audi, Nele.

Mein Blick wandert zum Tisch daneben, an dem Hermine sitzt, mit dem Rücken zu den beiden Turteltauben. Sie nippt an einem Wasser, vermutlich deshalb, weil sie das Cabrio fahren wird. Fiona und Donatus sind bereits beim zweiten Glas Aperol Spritz angelangt, da ist es mit Fionas Fahrtüchtigkeit schon jetzt nicht mehr weit her.

Auch die Essensbestellungen unterscheiden sich erheblich. Hermine hat das traditionell günstigste Gericht auf der Karte genommen, eine Tomatensuppe, die schont den Geldbeutel, während Donatus groß auffahren lässt: gemischte Vorspeisenplatte, Garnelencocktail in hohen Gläsern und etwas, was nach gebratenen Auberginen mit Tomatensugo und Parmesan aussieht.

Bestimmt lädt er Fiona ein. Von meinem Geld.

Achtung, der nächste Witz der Kategorie »Beleidigt die Intelligenz eines Sechsjährigen« ist im Anmarsch. Ich erkenne es an der Einleitung, die Donatus immer vorausschickt.

»Man glaubt es kaum, aber das Tierreich ist voller Wunder«, behauptet er. »Nehmen wir mal Insekten. Auch die haben ein Liebesleben, schon gewusst, Roxy?«

»Nein«, haucht Fiona und dreht neckisch eine Haarsträhne um den Finger.

»Dann mal los. Was ist ein Glühwürmchen, das Viagra genommen hat? Na?« Es folgt die übliche effekthascherische Kunstpause. »Eine Stehlampe!«

Donatus gehört zu den Menschen, die selber am lautesten über ihre eigenen Witze lachen. Das habe ich früher sehr lustig gefunden. Oft lachte er sogar schon vor der Pointe und brachte die Witze gar nicht zu Ende, worüber ich mich noch mehr kringeln konnte. Im Grunde fand ich nur dieses Lachen komisch, seine Witze weniger.

Dennoch muss ich mir jetzt die Frage stellen, die wohl jede Frau beschäftigt, wenn sie nach Jahren ihren Ex wiedersieht: Was in aller Welt habe ich damals bloß an ihm gefunden?

Nachdenklich betrachte ich sein wohlgeformtes Profil hinter der Glasscheibe, die ausgeprägte Nase, das männliche Kinn, das etwas zu lange Haar, dessen mahagonidunkles Braun er Ben vererbt hat. Ich denke an unsere gemeinsamen Jahre. Den glücklichen Anfang. Die beginnenden Reibereien, als Alisa kam. Seine immer häufigeren Abwesenheiten, nachdem Ben geboren wurde.

Donatus' unrühmlichen Abgang habe ich immer als Schlusspunkt einer komplizierten Beziehung betrachtet. Jetzt wird mir klar, dass ich mir den komplett Falschen ausgesucht hatte. Wie das passieren konnte? Rätsel des Lebens, Abteilung Umnachtung, wahrscheinlich.

Fakt ist, dass ich einen Mann geliebt habe, oder meinte, ihn zu lieben, der unterirdische Witze erzählt und gleich bestimmt mit aller Unverfrorenheit versucht, eine weibliche Zufallsbekanntschaft ins Bett zu quatschen, von der er nur weiß, dass sie eine blonde Freundin namens Serenity hat. Angeblich. Auf Instagram. Und das ist ja bekanntlich so zuverlässig wie die Aussage, Kim Kardashians Po sei reine Natur.

Richtig getippt. Jetzt zündet Donatus die zweite Raketenstufe, um zur Phase »Zur Sache, Schätzchen« zu schreiten, obwohl noch nicht mal der Hauptgang serviert wurde, geschweige denn das Dessert.

»Das Problem ist, ich bin jünger als mein Körper«, seufzt er theatralisch.

»Kenn ich«, nickt Fiona. »Früher: dieses Kribbeln im Bauch, heute: dieses Knacken im Knie.«

»Nein, nein!«, widerspricht Donatus heftig. »Nicht, dass du einen falschen Eindruck bekommst, gut in Form bin ich nach wie vor!« Er drückt die Brust raus und öffnet einen Hemdknopf zu viel. »Aber in meinem Herzen schlummert ein wilder Teenager, der mal was Neues ausprobieren will.«

Oha. *Oha.* Leicht verstört starrt Fiona auf die kräftige dunkle Brustbehaarung, die im Dreieck des offen stehenden Hemds sichtbar geworden ist.

»Also, es gibt da so eine Regel«, fiept sie, »nie beim ersten Date, du weißt schon – *das*. Ich bin wählerisch, und ich überlege mir gut, mit wem ich intimere Kontakte pflege.«

Donatus kann das überhaupt nicht erschüttern. Siegesgewiss lächelnd langt er über den Tisch, nimmt ihre Hand und massiert sie hingebungsvoll.

»Du musst mir das alles nicht sagen, Roxy, ich schlafe sowieso mit dir.«

Als hätte sie sich an einer heißen Herdplatte verbrannt, reißt Fiona ihre Hand zurück.

»Aber ich bin eine, eine …«, angestrengt sucht sie nach einer Ausflucht, ohne zu verraten, dass sie eine verheiratete Frau ist, bis sie hervorstößt: »Ich bin in Therapie!«

Sehr originell. Auf die Ausrede wäre ich im Leben nicht gekommen.

»Physiotherapie?«, fragt Donatus todernst. »Macht nichts, ich werde sehr, sehr vorsichtig sein.«

Er sieht ihr tief in die Augen, während ein kleines Gerangel um Fionas Hand entsteht. In diesem Moment geht Hermine am Tisch vorbei, gemächlich, als habe sie alle Zeit der Welt. Donatus achtet gar nicht auf sie, so sehr ist er mit dem Kampf um Fionas Hand beschäftigt.

Als Hermine weitergegangen ist, liegt kein Schlüsselbund mehr auf dem Tisch.

Wahnsinn. Sie ist so was von cool, dabei sieht sie aus, als könnte sie kein Wässerchen trüben. Seelenruhig bezahlt sie ihre Suppe und das Wasser, indem sie einen Schein auf ihren Tisch legt. Dann verlässt sie langsamen Schritts das Restaurant und nickt mir unmerklich zu, als sie in Richtung des schwarzen Cabrios an dem Bistro vorbeischreitet.

Ich winke ihr zu und bin so gebannt, dass ich gar nicht mehr konzentriert zuhöre, was an Fionas Tisch passiert. Erst Donatus' erhobene Stimme holt mich ins Geschehen zurück.

»Mein Schlüssel!«, ruft er und springt auf. »Wo ist mein Autoschlüssel?«

»Keine Sorge, er muss hier irgendwo sein.« Fiona sieht schon unter ihrem Stuhl nach. »Schlüssel verschwinden ja nicht einfach wie von Zauberhand.«

Der Kellner wird herbeigerufen, danach der Chef, ein würdiger älterer Herr im schwarzen Anzug, zum Tisch zitiert. Handytaschenlampen flammen auf, bald sucht das ganze Lokal nach dem Schlüsselbund.

Ich bin sicher, dass sich niemand an die einzelne, nicht mehr ganz junge Dame im grauen Kleid erinnert, die still ihre Tomatensuppe gelöffelt hat und im Übrigen der Typ Frau ist, der in unserer auf Äußerlichkeiten fixierten Welt leicht übersehen wird. Vermutlich schließt sie gerade Donatus' Wagen auf und fährt frohgemut davon.

Im *Don Alberto* ist mittlerweile die Hölle los. Donatus macht einen Riesenaufriss und brüllt nur noch herum, Kellner und Gäste reden beschwichtigend auf ihn ein, der Chef bringt einen Schnaps, Fiona tut immer noch so, als suche sie die Schlüssel, und guckt sogar in einer Blumenvase nach.

Das ist wohl der richtige Augenblick, um klärend einzugreifen.

Nachdem ich mein Wasser bezahlt habe – sechs Euro, wofür ich einen Liter Milch, ein Pfund Butter, zehn Eier und ein Landbrot kaufen könnte, wie ich im Kopf ausrechne –, gehe ich hinaus auf die Gasse, schlendere hinüber zum *Don Alberto* und klopfe an die Fensterscheibe.

Es dauert ein bisschen, bis Donatus reagiert. Doch irgendwann kann er das Pochen nicht länger ignorieren. Unsere Augen treffen sich. Der Moment gefriert.

Wie zur Salzsäule erstarrt steht er neben dem Tisch, auf einmal ganz fahl im Gesicht und mit einer pulsierenden Ader auf der Stirn. Wer ihn kennt, der ahnt, dass er mit sich ringt, ob er flüchten oder einfach stehen bleiben soll. Ich kenne ihn in- und auswendig. Er will weg. Aber so leicht ist das nicht. Der Eingang des Lokals ist auch der Ausgang und liegt zur Straße hin. Entkommen könnte er vielleicht irgendwo hinten durch ein Toilettenfenster, aber das ist eine sehr unsichere Option.

Ich nehme ihm die Entscheidung ab. Einmal hole ich noch tief Luft, dann ziehe ich mein Jeanskleid glatt und betrete das Restaurant, in dem langsam wieder Normalität einkehrt.

»Hallo, Donatus«, sage ich lässig. »Lange nicht gesehen.«

Kapitel 19

Nein, ich bin gar nicht so lässig, wie es scheint. Zu behaupten, ich sei ein Nervenbündel, wäre noch eine Untertreibung. In meinem Kopf wirbeln Gedanken und Gefühle durcheinander, als hätte man ein Tausend-Teile-Puzzle zerlegt und anschließend geschreddert.

Während die Gäste an den Tischen ihre Unterhaltungen fortsetzen, der Chef des Restaurants einen weiteren Schnaps serviert und Fiona mir ermutigend zunickt, versuche ich, die Fragmente des Puzzles zu ordnen. Und auf einmal weiß ich: Donatus war ein dunkler Schatten, der über meinem Leben schwebte. Irgendwann hatte ich mich damit abgefunden. Doch jetzt spüre ich, dass ich mich von diesem Schatten befreien kann, und diese Gewissheit verleiht mir ungeahnte Kräfte. Auch die Kraft, eine klare Ansage zu machen.

Aber ein bisschen Spaß muss vorher sein.

»Du hast mir gefehlt, Donatus«, schniefe ich weinerlich.

Sein linker Mundwinkel hebt sich hoffnungsvoll.

»Ehrlich?«

»So langsam solltest Du begriffen haben, was Sarkasmus ist«, revanchiere ich mich für drei schlimme Jahre im Tal der Tränen. »Es wird folgendermaßen laufen: Du überlässt mir deinen Wagen, ohne Streit, ohne Getöse. Den Schlüssel habe ich ja schon.«

Sein Gesicht wird wieder aschfahl, ungläubig starrt er mich an.

»Was?«

»Du hast mich schon verstanden«, erwidere ich freundlich.

»Spinnst du?« Hysterisch auflachend tippt er sich an den Kopf. »Das ist ein fast neues Audi A5 Cabrio mit einem Zeitwert von vierzigtausend Euro!«

Wow. Eine Punktlandung. Es ist mir zwar schleierhaft, wie man so viel Geld für ein Auto ausgeben kann, doch nun bin ich mir meiner Sache so sicher, dass mich eine große Ruhe überkommt.

»Das trifft sich gut«, sage ich voller Genugtuung darüber, dass ich ihm dank Fionas Mathematikaufgabe die Quittung präsentieren kann. »Mindestens tausend Euro Unterhalt für Alisa und Ben mal zwölf Monate mal drei Jahre ergeben sechsunddreißigtausend. Plus das Darlehen von viertausend Euro, das du mir nie zurückgezahlt hast – macht genau die Summe, die du mir schuldest und die der Wagen wert ist.«

»O Gott«, mit einer Hand stützt er sich an der Tischkante ab, weil ihm die Knie wegsacken, »damit kommst du nicht durch.«

»Gott lassen wir da mal besser raus«, setze ich meine Ausführungen gelassen fort. »Es geht hier um höchst irdische Dinge, übrigens nicht nur um Geld. Vielmehr um eine Verantwortung, vor der du dich seit drei Jahren drückst. Ich schufte wie ein Ackergaul, während du dir ein schönes Leben machst. Und noch etwas. Lange haben die Kinder nach dir gefragt, mittlerweile stellen sie keine Fragen mehr, warum ihr Vater sie vergessen hat.«

»Ich, ich …«, betreten schaut Donatus zu Boden.

»Genau. Es gibt weder eine Erklärung noch eine Entschuldigung für dein Verhalten.«

»Aber den Wagen kriegst du nicht!«, braust er auf.

»Der ist längst weg.« Ich schaue auf meine Armbanduhr, ein Geschenk von Donatus und ein Billigteil, dessen auffälliges buntes Stoffarmband längst ausgefranst ist, dann tausche ich einen Blick mit Fiona. »Wollen wir los?«

Jetzt entgleisen ihm vollends die Gesichtszüge. Verunsichert schaut er zwischen Fiona und mir hin und her.

»Ihr kennt euch?«

Wie herrlich, diesen testosteronhaltigen Hanswurst auf den Topf zu setzen. Auch für Fiona, die demonstrativ einen Arm um meine Schultern legt, ist es ein inneres Volksfest.

»Für meine beste Freundin Nele würde ich alles tun«, haucht sie zuckersüß. »Sogar mit einem Schwachmaten den Abend verbringen.«

Seine Reaktion besteht aus purer Fassungslosigkeit. Es ist wirklich sehenswert, zu beobachten, wie ihm die Kinnlade runterfällt.

»Ach ja«, füge ich hinzu, nachdem ich diesen Anblick gebührend ausgekostet habe. »Falls du auf den Gedanken kommst, die Polizei einzuschalten, wäre das spitze. Ich freue mich schon auf ein Verfahren, in dem nicht nur deine versäumten Unterhaltszahlungen ein gefundenes Fressen für die Justiz sein dürften, sondern auch deine schwarzen Gelder.«

»Wer nix auf dem Konto hat, aber einen teuren Wagen fährt, ist immer interessant für die Ermittlungsbehörden«, ergänzt Fiona.

Das gibt Donatus den Rest. Mit einem heiseren »Woher zum Teufel …« sinkt er auf seinen Stuhl und kippt die beiden Schnäpse runter, als könnte ihm das noch irgendetwas nützen.

»Danke für die großzügige Einladung«, zwitschert Fiona. »Ich würde dir ja gern das Beste wünschen, aber das Beste liegt eindeutig hinter dir: Nele.«

Damit verlassen wir Arm in Arm das Lokal, im Hochgefühl, dass wir nicht nur erfolgreich für mein Recht gekämpft haben, sondern auch einen kleinen Sieg auf jenem Schlachtfeld errungen haben, auf dem Frauen zumeist den Kürzeren ziehen: wenn Männer sang- und klanglos verschwinden und ihre Familien im Stich lassen.

Draußen auf der Straße wird mir schwindelig vor lauter Erleichterung. Endlich habe ich aufbegehrt, statt mein Los als geprellte verlassene Frau zu ertragen, als sei es ein unabänderliches Schicksal. Nichts ist unabänderlich. Schon gar nicht die himmelschreiende Frechheit, mit der mich Donatus all die Jahre um mein Geld betrogen hat.

Im nächsten Augenblick realisiere ich, was dieser Triumph finanziell für mich bedeutet, und jetzt wird mir so richtig schwindelig.

Wenn ich den Audi verkaufe, was ich natürlich tun werde, weil mir ein kleiner Gebrauchtwagen völlig ausreicht, bleiben noch locker fünfunddreißigtausend Euro übrig! Das ist ja wie ein Sechser im Lotto! Alles scheint auf einmal möglich: Alisas große Geburtstagsparty, ein neues Smartphone für meine wunderbare Tochter, der Urlaub an der Nordsee, ein eigener Kosmetiksalon, mit dem ich mir endlich eine solide Existenz aufbauen kann.

»Oje, ist dir schlecht?«, fragt Fiona besorgt und hakt mich etwas fester unter.

»Nein, mir ist nur gerade klar geworden, dass meine finanziellen Probleme auf einen Schlag gelöst sind«, flüstere ich ergriffen. »Ich bin dir und Hermine so unendlich dankbar. Wenn ihr mir nicht den Rücken gestärkt hättet, stände ich immer noch ohne jede Perspektive da.«

»Ist doch selbstverständlich.« Fiona lächelt zufrieden. »Das war es wert, mir eine geschlagene Stunde lang von diesem Typen ins Dekolleté starren zu lassen.«

Langsam gehen wir weiter, an all den gemütlichen Lokalen entlang, die sich inzwischen gefüllt haben. Wie viele Paare mögen wohl darin sitzen, die noch nicht ahnen, wie hässlich eine Trennung werden kann? Aber vielleicht sollte ich nicht so negativ denken. Manchmal klappt es ja auch mit dem *Für immer*. Selbst in meinem Herzen nistet ja noch diese Hoffnung.

Wir sind schon fast bei Fionas Van angekommen, als sich plötzlich schnelle Schritte nähern. Im nächsten Augenblick verstellt uns Donatus den Weg, mit einem irren Flackern im Blick.

»Wo ist mein Wagen?«, bellt er.

»Das hatten wir doch schon«, antworte ich entnervt. »Er ist da, wo du ihn nicht wiedersiehst.«

»Das werde ich nicht zulassen!«, schreit er plötzlich und stampft mit dem Fuß auf wie ein kleiner Junge, dem man die Bauklötze weggenommen hat.

»Gut, dass du mich an die Zulassung erinnerst«, entgegne ich mit kühlem Kopf, weil mir jegliche Gefühle für diesen Mann abhandengekommen sind, selbst mein Groll. »Ich bräuchte dann noch Fahrzeugschein und Kfz-Brief. Du kannst beides bei *Don Alberto* hinterlegen, in einem Umschlag, den ich mir morgen Abend abhole.«

Sein Gesicht ist ein einziges Fragezeichen.

»Wieso?«

»Das fragst du noch? Natürlich werde ich den Wagen verkaufen und mir etwas Kleineres, weniger Protziges zulegen. Gern kannst du ihn mir auch gleich abkaufen, wenn du so sehr daran hängst.«

Wutentbrannt stiert er mich an, doch bevor er zum nächsten verbalen Angriff ausholen kann, geht Fiona dazwischen.

»Achtung, Nele hat einen neuen Freund, einen Polizisten«, trumpft sie auf. Einen Augenblick lang weidet sie sich an seiner entgeisterten Miene. »Wie du siehst, spielst du mit einer ganz, ganz kurzen Zündschnur. Das Ding wird dir so was von um die Ohren fliegen, wenn du weiterhin Krawall machst. Und jetzt lass uns bitte einsteigen, meine hohen Hacken bringen mich noch um.«

Wie smart ist das denn bitte? Obwohl, na ja, *noch* ist Nick nicht mein neuer Freund. Und ich bin mir auch nicht sicher, was er zu meiner etwas unorthodoxen Methode sagen würde, in Sachen Ex für ausgleichende Gerechtigkeit zu sorgen.

»Ein – Polizist«, wiederholt Donatus lahm, nachdem er sich von seinem ersten Schreck erholt hat.

»Wage es nicht, auch nur in Neles Nähe zu kommen«, faucht Fiona. »Ihr Freund würde nicht lange fackeln mit einem wie dir.«

Damit hat sie Donatus endgültig schachmatt gesetzt. Sein Mund öffnet sich und klappt wieder zu, dann macht er auf dem Absatz kehrt und trottet davon. Ich schaue ihm nach, wie er durch die dunkle Straße von dannen schlurft, froh, ihn los zu sein, aber auch ein bisschen bedrückt. Nicht ein einziges Mal hat er nach Alisa und Ben gefragt, nur der Wagen war ihm wichtig. Wie kann man so kaltherzig sein?

Bevor Fiona und ich in den Van steigen, einigen wir uns darauf, dass ich fahren werde. Zwei Aperol Spritz können verhängnisvoll sein. Ist ja immer dasselbe. Der Kopf fragt: Meinst du, das geht noch?, und der Alkohol antwortet: Hey, du bist taufrisch, gib mal ordentlich Gas!

»Puh, den sind wir los«, atmet Fiona auf, als ich mich angeschnallt habe und ausparke.

»Warten wir's ab«, halte ich mich bedeckt, weil ich die Fakten inzwischen etwas nüchterner betrachte. »Solange ich keine Papiere für den Wagen habe, kann ich ihn nicht zu Geld machen.«

»Dann genieß eben die Zeit, in der du mit einem Luxusschlitten rumkurvst.«

Genau das ist das Problem. Zum einen ist es mir peinlich, mit einem Protzwagen durch die Gegend zu fahren, zum anderen wird sich so mancher fragen, woher ich auf einmal das Geld für so ein teures Cabrio habe.

»Die Sache mit dem Überfall beim Juwelier ist noch nicht vom Tisch«, gebe ich zu bedenken. »Sofern auch nur der leiseste Verdacht auf mich fällt, ist ein luxuriöser Wagen wie ein Schild, das ich mir auf die Stirn klebe: Hallo, ich will in den Knast, wo sind die Handschellen?«

»Im Knast können Mütter wenigstens mal ausschlafen«, sagt Fiona gähnend.

»Das ist natürlich ein unschlagbarer Vorteil.« Auch ich spüre jetzt eine gewisse Müdigkeit in mir hochkriechen, bin aber noch einigermaßen frisch, weil ich im Gegensatz zu meiner tapferen Freundin keinen Alkohol getrunken habe. »Mach ruhig ein bisschen die Augen zu, Fiona, ich schaffe den Weg zu dir auch ohne Bespaßung.«

Wir haben uns alles genau überlegt. Hermine hat das Cabrio in der Nähe meiner Wohnung abgestellt, den Schlüssel in meinen Briefkasten geworfen und ist von dort aus mit ihrem eigenen Wagen weitergefahren. Ich werde Fiona nach Hause bringen und bei ihr übernachten. Morgen früh kann mich Paul dann an meiner Wohnung absetzen, wenn er die Kinder zur Schule bringt.

Und da sage noch einer, krumme Touren seien unterkomplex.

Inzwischen haben wir die Stadt hinter uns gelassen. Schweigend fahren wir durch die dunkle Nacht, über uns der schwarzsamtene Himmel, vor uns die schnurgerade Straße. Meter für Meter entfernen wir uns vom Ort eines Geschehens, das mir immer noch unbegreiflich ist. Wir haben Donatus aufgespürt! Und wir haben seinen Wagen stibitzt! Noch gestern hätte ich das für vollkommen unmöglich gehalten.

Als Nächstes sollte ich seine blöde Uhr wegschmeißen. Auf eBay würde die nicht mal einen einzigen Euro bringen.

»Wie findest du folgende Idee«, murmelt Fiona schläfrig. »Wenn du die schwarze Angeberkarre losgeworden bist, könntest du dir ein Elektroauto kaufen.«

Weiterhin schaue ich konzentriert auf die Straße, weil es etwas ungewohnt für mich ist, so einen großen Van zu steuern.

»Hm, ja, warum nicht? Frau Diepholzer wäre begeistert.«

»Es gibt nur einen Haken«, leise kichernd lehnt Fiona ihren Kopf an die Nackenstütze, »Elektroautos sind wie Durchfall, man weiß nie, ob man es noch nach Hause schafft.«

Nachdem sie herzhaft gegähnt hat, schließt sie die Augen. Ein paar Atemzüge später verraten mir leise Schnarchgeräusche, dass sie tatsächlich weggenickt ist.

Noch immer bin ich von tiefer Dankbarkeit erfüllt, dass ich zwei so treue und auch ziemlich verwegene Freundinnen habe. Kein Zweifel, Hermine und Fiona würden für mich durchs Feuer gehen. Das ist wahrer Reichtum, nicht etwa ein großer Wagen, um irgendwelche Leute zu beeindrucken. Kaum zu glauben, dass Donatus vierzigtausend Euro für ein Auto hingelegt hat. Was für eine wahnwitzige Geldverschwendung. Jetzt fragt sich nur noch, ob er sich daran hält, mir die Papiere zu überlassen, damit ich das Cabrio verkaufen kann.

Oder kommt das dicke Ende noch?

Ein Wagen überholt mich. Ein Polizeiwagen, wie ich sehe, als er vor mir einschert, und sofort kommt mir Nick in den Sinn. Was er jetzt wohl macht?

Falsche Frage, Nele. Du solltest dich von ihm fernhalten. Das wäre umso vernünftiger, als du heute schon wieder in etwas nicht ganz so Legales verwickelt warst.

Dennoch geht mir Nick nicht aus dem Kopf. Wie auch, denn ich habe tausend Fragen. Wie verbringt er seine Freizeit? Ob er sich wohl gerade etwas kocht? Vielleicht eine schöne Mafia-Pasta mit blutig roter Tomatensoße? Oder eine *Crime brûlée*?

Kapitel 20

Eigentlich liebe ich ja dieses morgendliche Chaos, wie es nur Kinder anrichten können. Es fühlt sich einfach ungeheuer lebendig an.

Irgendwas ist immer, langweilig wird's nie. Auch heute. Ben hat seine linke Socke verloren, Noah wirft mit Heften um sich, Leon heult, Matteo schützt Bauchweh vor, um nicht zur Schule zu müssen, Alisa sucht ein Ladekabel, Paul schmollt, weil er unbedingt Eggs Benedict zum Frühstück haben will – als sei es nicht schon kompliziert genug, die kulinarischen Vorlieben von fünf Kindern zu berücksichtigen.

Dass ich Paul in diese Aufzählung einschließe, hat seinen Grund: Nicht nur auf Fiona, auch auf mich wirkt er manchmal wie ein großes Kind.

Aber Paul ist eben Paul. Ein recht gut erhaltener Enddreißiger mit Hornbrille, kurz geschorenem Hipster-Vollbart und leichtem Bauchansatz, der etwas rührend Hilfloses hat, so dass man sich manchmal fragt, wer ihm eigentlich morgens die Schuhe zubindet.

In Fiona sieht er vor allem die Service-Mami. Umso mehr wurmt ihn, dass er neuerdings zum Fahrdienst verdonnert ist und gestern Abend sogar Babysitterpflichten übernehmen musste. Im Gegenzug erwartet er jetzt ein Fünfsternefrühstück.

»Paul, bei aller Liebe«, stöhnt Fiona, die in einem apricotfarbenen Jogginganzug am Küchentresen steht, wo sie Brötchen belegt, Gürkchen schnitzt, Obst für Müslis schnippelt, Orangen auspresst und nebenbei Brotscheiben toastet. »Wenn ich jetzt auch noch eine Hollandaise für deine Eggs Benedict rühren soll, drehe ich durch.«

»Das ist aber das Mindeste, nachdem ich gestern Abend fünf Kinder bändigen musste«, brummt er misslaunig. »Wo warst du überhaupt?«

Abrupt dreht sich Fiona zu den hellgrau verkleideten Hängeschränken der Küchenzeile um, holt einige Teller heraus und stellt sie klappernd auf die schiefergraue Arbeitsfläche darunter.

»Habe ich dir doch gesagt – bei der Pippi-Langstrumpf-Elternselbsthilfegruppe *Ursachen und Lösungsansätze für das Problem Hyperaktivität*. Ein Problem, das du nachweislich nicht hast.«

Man sieht Paul deutlich an, was er von solchen Seitenhieben hält. Unruhig rutscht er auf seinem Barhocker am Küchentresen herum, trotz der frühen Morgenstunde bereits im dunkelgrauen Anzug zum blütenweißen Hemd, und ruckelt an seiner Brille.

»Bitte bleib fair, ja? Ich bin immer noch so erledigt von gestern Abend, unter der Dusche wäre ich fast beim Gähnen ertrunken. Deine abendlichen Ausflüge sollten jedenfalls nicht zur Gewohnheit werden. Da ziehe ich nicht mit.«

»Wusstet ihr, dass Menschen in einem weichen Sessel kompromissbereiter sind als jemand, der auf einem harten Stuhl sitzt?«, sagt Alisa mit dieser Unschuldsmiene, die keineswegs gespielt ist, Paul jedoch ein enerviertes Grunzen entlockt.

Mit hochrotem Gesicht beginnt Fiona, Schnittlauch für die Rühreier zu schneiden, die bereits in einer Pfanne auf dem Herd vor sich hin köcheln.

»Gestern war nur zum Üben, lieber Paul, heute Abend ist nämlich Bastelstunde bei Hermine, die wegen ihrer Mutter nicht aus dem Haus kann. Wir basteln Schultüten, die wir im Internet verkaufen.« Kurz schaut sie auf. »Klingt crazy, ist aber so: Ohne Geld läuft gar nichts. Oder, Nele?«

Ich nicke unbeteiligt. Als Kosmetikerin habe ich gelernt, mich rauszuhalten. Wenn ich meine Kundinnen behandele, werde ich oft mit Ansichten zu Politik, Ernährung oder Klimawandel konfrontiert, hüte mich aber, irgendwelche Kommentare abzugeben. Ohnehin bin ich keine Meinungsathletin und dazu noch mit meinem Handy beschäftigt.

Nick hat geschrieben.

Hi schöne Frau. Kaffee heute gegen zwei? Es gibt auch Neuigkeiten zu Arthur Kersten. Würde mich freuen. LG N

Ich versuche noch, meinen Herzschlag zu kontrollieren, vergeblich natürlich, als die nächste Nachricht eintrudelt.

Probeputzen heute um neun? Bitte asap um Rückmeldung. Planen Sie etwa zwei bis drei Stunden ein, Adresse folgt bei Zusage. Mit freundlichen Grüßen, Friederike von Curtius, Personal Assistant Geschäftsführung Millennium Invest International

Meine Hände werden feucht. Ob das an der ersten oder zweiten Nachricht liegt, könnte ich nicht so genau sagen.

In jedem Fall kann ich den Termin bei Aberfort bestätigen, weil meine heutigen Termine bei Frau Steinhövels Freundinnen geknickt sind. Und ja, auch Nick schreibe ich verstohlen zurück.

Sehr gern Kaffee um zwei. Haben Sie einen Vorschlag, wo? Freu mich. Und bin natürlich schon gespannt, wie die Ermittlungen wegen des Diebstahls laufen. LG N

»O Mann, im nächsten Leben mach ich was ohne Wecker«, seufzt Fiona, die inzwischen mit den Vorbereitungen fertig ist und alle gefüllten Teller auf den Küchentisch stellt. »Kinder! Frühstück!«

Ohne linke Socke, aber mit einem strahlenden Gesicht kommt Ben angerannt.

»Wo ist mein Nutella?«, quiekt er, als er den gedeckten Tisch abgesucht hat.

»Aufgrund der neuesten Forschungsergebnisse zum Thema Hyperaktivität habe ich beschlossen, unseren Zuckerkonsum beträchtlich zu reduzieren«, sagt Fiona so gestelzt, als sei sie neuerdings Mitglied einer Laienspielgruppe.

Ziemlich clever. So wird ihre Story, wo sie gestern Abend gewesen ist, natürlich glaubhafter.

»Aber in Nutella sind doch Haselnüsse drin, kein Zucker«, mault Noah. »Wieso soll das schädlich sein?«

»Schluss jetzt mit der Fragerei«, blafft Paul.

Alisa, die bereits am Tisch Platz genommen hat und artig ihre Papierserviette entfaltet, hebt den Kopf.

»Wusstet ihr, dass Kinder durchschnittlich vierhundert Fragen pro Tag stellen?«

Paul starrt sie an wie einen Alien. Der Alisa ja auch irgendwie ist. Zärtlich streiche ich ihr über das Blondhaar, das ich heute zu Zöpfen geflochten habe.

»Guten Appetit, mein kleines Superhirn. Lass es dir schmecken.«

Das Frühstück verläuft weitgehend gesprächsfrei, abgesehen von den üblichen Kabbeleien der Kinder. Ich trinke nur Kaffee, während ich meine Blicke wandern lasse. Die Küche sieht aus wie in einem Film, so groß und geschmackvoll und perfekt. Alles ist Ton in Ton gehalten, es gibt technische Extras wie Mikrowelle und Dampfgarer, und durch die hohen Sprossenfenster flutet viel Licht in den Raum.

Es wird Fiona verflixt schwerfallen, hier auszuziehen. Aber das werden wir zu verhindern wissen.

Zehn Minuten später mahnt sie zum Aufbruch. Wie ein Feldwebel dirigiert sie das Gewusel, das daraufhin einsetzt.

»Kinder, Schuhe anziehen und Frühstücksdosen einpacken, Ben, nimm dir eine Socke von Matteo, Leon, wasch dir das Rührei vom Gesicht, Paul, wo sind die Hockeytaschen?«

»Wieso?« Mit verschränkten Armen lehnt er sich auf seinem Stuhl zurück und blinzelt sie durch seine Brillengläser hindurch an. »Du hast was von Turnbeuteln gesagt.«

»Kein Ding, ich kümmere mich darum«, murmele ich und laufe die Treppe hoch zu den Kinderzimmern im ersten Stock.

Die Hockeysachen von Alisa und Ben habe ich gestern schon gepackt, nun durchforste ich die Zimmer von Noah, Matteo und Leon. Als ich verrichteter Dinge wieder ins Erdgeschoss zurückkehre, treffe ich eine erschöpfte Fiona und einen muckschen Paul an. Ist ja auch kein Wunder. So ein Rollentausch führt zu gewissen Verstimmungen. Vor allem bei Männern.

»Hast du vielleicht eine Fugenbürste?«, frage ich Fiona.

Sie sieht mich an, als hätte ich nach Hämorrhoidensalbe gefragt. Oder Gleitgel.

»Eine – sag mal, geht's noch?«

»Heute ist das Probeputzen bei Wilhelm Aberfort«, schiebe ich schnell hinterher. »Er besteht auf einer Fugenbürste.«

»Aberfort, soso.« Paul kratzt sich an der Schläfe. »Zu dem gehst du putzen? Ich dachte, du bist Kosmetikerin.«

»Bin ich ja auch«, erwidere ich etwas befangen, »aber mir sind vier Kundinnen abgesprungen, deshalb habe ich noch, nun ja, Kapazitäten frei.«

»Aberfort ist das Letzte, aber Nele hat ihre Gründe«, knurrt Fiona. »Schönen Gruß, er soll sich gefälligst gehackt legen.«

»Richte ich gern aus«, flöte ich.

»Verdammter Kerl«, sagt Paul mehr zu sich selbst als zu uns. »Mich lässt er über die Klinge springen, aber selber hat er seinen Schnitt gemacht.«

»Wobei denn?« Mit fragender Miene baut sich Fiona vor ihm auf. »Könntest du mir endlich mal mitteilen, warum du gefeuert wurdest?«

Statt einer Antwort steht Paul auf und läuft wie getrieben aus der Küche.

»Siehst du?«, wispert Fiona. »So ist er immer, wenn ich ihn auf das Thema anspreche. Schätze, er hat eine Schweigeklausel oder so was unterschrieben. Umso wichtiger ist es, dass du bei Aberfort was rausfindest.«

»Aber wie soll ich …«

»Pssst.« Verschwörerisch legt sie einen Finger an die Lippen. »Nur mal so zur Information: Laut Vertrag hätte Paul natürlich Anspruch auf eine Abfindung, und wir reden hier von einer Riesensumme, Nele. Wenn wir die kriegen, könnten wir das Haus erst mal halten und uns in aller Ruhe neue Jobs suchen. Verstehst du? Du *musst* etwas rausfinden.«

»Hm. Verstehe.«

Rumspionieren wäre dann schon die dritte illegale Tat in zwei Tagen, bilanziere ich beklommen. Wenn Nick das wüsste! Langsam sollte ich vielleicht auf den geraden Weg zurückkehren. Es ist kein gutes Gefühl, einen tollen Mann näher kennenzulernen und gleich etwas vor ihm verbergen zu müssen.

»Hey, wo bist du bloß mit deinen Gedanken?«, lächelt Fiona, die mir eine Tupperdose hinhält. »Bitte sehr, du kriegst auch ein Doggybag, auf eins mehr kam es jetzt auch nicht mehr an.« Danach reicht sie mir die noppenfolienverpackte Vase. »Hier, die lag noch im Van rum.«

»Wie konnte ich das kostbare Stück nur vergessen?«, witzele ich.

Fiona schiebt mich schon aus der Küche.

»Ich bringe dich zum Wagen. Hast du Pauls Gehupe denn nicht gehört?«

Nein, ist mir irgendwie entgangen. In meiner Phantasie war ich ja auch ganz woanders – in einer nach Kaffee duftenden Wolke, in der mir Nick entgegenschwebte.

»Entschuldige, Fiona. Ich beeile mich, und danke für das zweite Frühstück.«

Draußen wartet bereits die gesamte Bagage im Van, der vor der Garage parkt. Daneben grünt und blüht es üppig, denn Fiona ist nicht nur die perfekte Hausfrau, auch ihrem Garten widmet sie sich mit bemerkenswerter Hingabe. Nirgendwo sieht man so leuchtende Osterglocken und Vergissmeinnicht.

Schnell steige ich vorn ein, bevor Paul ein weiteres Mal auf die Hupe drücken kann.

»Da bist du ja«, sagt er im leicht herablassenden Tonfall eines Türstehers, der ausnahmsweise einen nicht ganz so hippen Gast in seinen Club lässt.

»Wusstest du, dass Papa richtig sauer wird, wenn man trödelt?«, äfft Noah Alisas Fragemodus nach.

Falls er sie damit provozieren wollte, hat er Pech, denn Alisa lässt sich überhaupt nicht aus der Ruhe bringen.

»Könnte eventuell sein, dass einer von uns beiden klüger ist als du«, erwidert sie freundlich. »Wusstest du, dass die Wissenschaft von der Dummheit Morologie heißt?«

Die weitere Fahrt, die Paul rasanter als nötig gestaltet, reden wir wenig, und wenn, nur über Belanglosigkeiten. Währenddessen sucht er unaufhörlich nach Musiksendern mit penetrantem Gedudel, was seine ablehnende Haltung mir gegenüber unterstreicht. Mir ist nur zu klar, dass er mich für Fionas abendliche Abwesenheit gestern verantwortlich macht. Was auch stimmt, allerdings auf ehetechnisch unverfängliche Weise. Aber Männer wittern ja immer gleich Verrat, wenn es um die Freundinnen ihrer Gattin geht.

Als er in die Straße einbiegt, in der ich wohne, dreht er die Musik auf volle Lautstärke und sieht mich plötzlich lauernd an.

»Hast du irgendeine Erklärung dafür, warum Fiona die Kette, die ich ihr zum Hochzeitstag geschenkt habe, nicht mehr trägt?«

Wie ertappt zucke ich zusammen. Herrjemine, jetzt wird es unschön. Ich wusste, dass es unschön wird.

»Welche – ähm, Kette?«, frage ich ganz unschuldig.

»Außerdem«, scharf zieht er die Luft ein, »habe ich ihr einen wunderschönen Kaschmirmantel geschenkt, den sie auch nicht mehr anzieht.«

»Ist mir gar nicht aufgefallen«, schwindele ich auf gut Glück, obwohl ich schon ahne, dass sich Paul nicht damit zufriedengeben wird.

»Sei ehrlich«, zischt er flüsternd. »Hat sie was anderes am Start? Einen anderen Mann, den sie heimlich trifft, und du gibst ihr ein Alibi?«

»Weder das eine noch das andere!«, widerspreche ich entrüstet. »So ein Quatsch! Was denkst du denn von uns?«

»Dass ihr niemals freiwillig zu einer Pippi-Langstrumpf-Elternselbsthilfegruppe gehen würdet. Eher friert die Hölle zu.«

Das stimmt allerdings. War vielleicht nicht die beste Ausrede mit dieser Hyperaktivitätsgruppe. Fiona und ich sind einfach nicht gerissen genug, was zwar grundsätzlich für uns spricht, aber in diesem Falle eindeutig suboptimal ist.

»Hältst du bitte da vorn an?«, beende ich das hochnotpeinliche Verhör, dem ich nicht im Mindesten gewachsen bin. »Neben dem schwarzen Cabrio?«

Während Paul auf die Bremse tritt, weiten sich seine Augen, bis sie ihm fast aus dem Kopf fallen.

»Das da?«, würgt er mit erstickter Stimme hervor. »*Das* ist dein neuer Wagen?«

»Jaaa?« Auf einmal habe ich einen Frosch im Hals. »War ein, na ja, Sonderangebot«, krächze ich, »ein echtes Schnäppchen.«

In seinem Gesicht malt sich irgendwas zwischen Entgeisterung und kaum unterdrückter Wut.

»Willst du mich veräppeln, Nele?«, bollert er los. »Was geht hier eigentlich vor? Fiona jammert, du hättest kein Geld, wir sind ja auch blank, gestern musste ich meinen schönen BMW verkaufen, und jetzt leistest du dir ein Audi A5 Cabriolet mit Alufelgen, Lederlenkrad, Matrix-LED-Scheinwerfern und dynamischer Lichtinszenierung?«

Stille, bis auf das Musikgedudel.

»Dass ihr Männer aber auch immer alle Details über Autos wisst«, säusele ich mit einem schiefen Lächeln, als ich meine Sprache wiedergefunden habe. »Toll.«

Jetzt werden auch die Kinder auf den Wagen aufmerksam, trotz der unvermindert lauten Musik.

»Heißes Teil«, sagt Noah widerwillig anerkennend.

»Dürfen wir jetzt damit fahren?«, juchzt Ben.

»Heute Nachmittag, mein Schatz«, vertröste ich ihn. »Mami muss sich erst um einen neuen Job als Putzhilfe bemühen, da kann ich gutes Geld verdienen.«

»Das brauchst du auch, um so ein großes Auto vollzutanken«, merkt Alisa klug an. »Sonst kannst du es nur im parkenden Zustand bewundern.«

Paul hat sich immer noch nicht von seiner Überraschung erholt. Kopfschüttelnd sitzt er auf dem Fahrersitz und umklammert das Lenkrad, als wollte er es zerquetschen, während er mich mit unverhohlenem Neid, ja, fast hasserfüllt anstarrt.

»Ein Putzjob, richtig? Du fährst mit *dem Ding* da zu einem *Putzjob*? Willst du mich verscheißern?«

»Scheiße sagt man nicht«, piepst Ben.

»Wusstet ihr, wie man dem Maul eines Krokodils entkommt?«, fragt Alisa, die mir offensichtlich beispringen will, um mich vor Paul zu retten. »Ganz einfach, man drückt dem Krokodil beide Daumen in die Augen, dann lässt es einen sofort los.«

Leben am Limit. Bevor ich noch etwas Dummes mit meinen Daumen anstelle oder zusammenbreche und Paul alles gestehe, steige ich schleunigst aus.

Alles wird gut, Fiona und mir kann nichts passieren, rede ich mir gut zu. Wir regen uns über nichts auf. Wir sind Mütter.

Kapitel 21

Noch nie habe ich so einen schicken Schlitten gefahren. Offen gestanden musste ich mich erst einmal in die bibeldicke Gebrauchsanweisung vertiefen, die dankenswerterweise im Handschuhfach lag, um das Cabrio überhaupt zu starten.

Doch nun geht's ab. Schon nach den ersten Metern mit meinem neuen Gefährt mache ich jedoch die ungewohnte Erfahrung, dass ich alle Blicke auf mich ziehe. Vor allem männliche Passanten starren mich an, als wollten sie sagen: Was will denn so ein Mäuschen mit dieser Luxuskarre? Als ich dann auf der Suche nach der Sitzheizung aus Versehen den Knopf erwische, mit dem sich das Dach zusammenfaltet, ist es vollends vorbei mit einem unauffälligen Vorwärtskommen.

An einer roten Ampel pfeifen mir zwei Youngsters in knielangen bunten Hoodies hinterher. Ein Porschefahrer, der ebenfalls sein Verdeck geöffnet hat, wirft mir beim Überholen eine Kusshand zu. Als die nächste Ampel auf Grün springt, ruft eine junge Frau am Straßenrand: »Geile Schüssel, Bitch!«, während der hagere Mann neben ihr abfällig meint, so ein Auto sei »der Kevin unter den Cabrios«.

Ich bin platt. Richtig platt. Bislang war ein Wagen für mich nichts weiter als eine Blechschachtel auf vier Rädern, doch da habe ich mich wohl gewaltig geirrt.

Wenigstens hat Hermine ihr grün-weißes Käppi auf dem Beifahrersitz liegen gelassen, so dass ich meine mühsam gebändigten Locken vor dem Fahrtwind schützen kann. Das Navi zu bedienen übersteigt allerdings meine technischen Talente. Deshalb muss ich von Zeit zu Zeit anhalten und auf meinem Handy bei Google Maps nachschauen, ob ich mich nach wie vor auf der korrekten Route befinde. Bis zum Wildpark Grünental, den ich früher manchmal mit Alisa und Ben besucht habe, geht es noch einigermaßen, danach verzweigen sich die Straßen auf verwirrende Weise. Dreimal verfahre ich mich, bevor ich endlich auf ein großes Grundstück gelange, das links von der Einfahrt mit einer Pferdekoppel und rechts mit einem Tennisplatz prunkt. Wilhelm Aberfort ist nicht nur reich, er muss stinkend reich sein.

Dieser Eindruck verstärkt sich, als ich meinen neuen Wagen neben einem beachtlichen Fuhrpark abstelle, zu dem ein Porsche, ein Mercedes, ein Bentley und ein Pick-up gehört. Könnte auf eine vielköpfige Familie hindeuten, doch von Fiona weiß ich, dass Aberfort hier ganz allein wohnt. Schöne Verschwendung.

»Frau Tremper!« Im weißen Tennisdress und mit ausgebreiteten Armen kommt der Hausherr über den kiesbestreuten Vorplatz auf mich zugelaufen. Dann stutzt er. »Nettes Auto. Alle Achtung, wusste gar nicht, dass man mit Kosmetik so viel Geld verdienen kann.«

»Das liegt an …« – denk nach, Nele! – »an der exquisiten

Naturkosmetik, die ich selber produziere, und an meinem Erfolg als Typberaterin.«

Beides ist dermaßen hochgestapelt, dass ich rot werde. Von *produzieren* zu sprechen, wenn man nebenbei ein paar Cremes im Badezimmer zusammenrührt, unter sterilen Bedingungen zwar, aber eben doch amateurhaft, ist heillos übertrieben. Und die *Typberatung* beschränkte sich bislang darauf, einer Elisabeth Steinhövel das schreiende Barbie-Pink ihrer Lippenstifte auszureden oder ihrer Freundin Gundula zu einem sanften Honigblond zu raten, weil sich ihre heftige Blondierung regelmäßig ins Grünliche verfärbte.

»Wo sind denn Ihre Utensilien?«, werde ich gefragt, nachdem ich ausgestiegen bin.

»Meine … ach so, hier!« Triumphierend lächelnd, weil ich daran gedacht habe, ziehe ich Fionas Fugenbürste aus meiner Handtasche und halte sie hoch. »Bitte schön. Alles da.«

Wilhelm Aberforts kantiges Nussknackergesicht versteinert. Ich kann sehen, wie sich seine Kiefermuskeln anspannen, bevor er wieder das Wort an mich richtet.

»Frau Tremper. Werfen Sie mal einen Blick auf mein Haus?« Mit der rechten Hand deutet er auf eine riesige Walmdachvilla mit so vielen Anbauten, dass mir ganz schwummrig wird beim Gedanken, das alles ab jetzt sauber zu halten. »Dieses Gebäude hat schon viele Putzleute kommen und gehen sehen, bessere und schlechtere. Aber jede, wirklich jede Putzkraft hatte ihre eigenen Putzmittel und Lappen dabei.«

»Wozu?«, entgegne ich, obwohl mir das Herz gehörig in die Hose rutscht. »Es kommt doch eher darauf an, was man damit macht. Was nützt das beste Scheuermittel, wenn man damit kostbaren Palisander poliert?«

Das etwas zu stark gebräunte Gesicht meines Gegenübers, dessen Knitterfältchen nach einer Feuchtigkeitsmaske schreien, bleibt unbeweglich.

»Und sonst haben Sie wirklich nichts dabei?«

Mein Blick schweift zum schmalen Rücksitz des Cabrios, auf dem mein Kosmetikkoffer liegt. Nachdem ich den Autoschlüssel aus meinem Briefkasten geholt habe, bin ich noch schnell in die Wohnung gehuscht, habe die noppenfolienverpackte Vase in der Küche deponiert, mir etwas Frisches angezogen und auch den Kosmetikkoffer mitgenommen. Alte Angewohnheit, weil sich manchmal noch tagsüber ganz spontan Termine ergeben.

Wilhelm Aberfort folgt meinem Blick.

»Ach, in diesem Miniaturköfferchen tragen Sie Ihre Putzutensilien mit sich herum?«

»Wenn man so will.« Ich gehe zum offenen Wagen, greife hinein und hole den Alukoffer vom Rücksitz. »Eigentlich sind das meine Kosmetiksachen. Cremes, Masken, Peelings und alles, was man für eine Maniküre braucht.«

Statt mich abzukanzeln, dass ich so schlecht vorbereitet zu meinem Probetermin erscheine, betrachtet Aberfort seine Hände.

»Früher bin ich regelmäßig zur Maniküre gegangen«, murmelt er, »mittlerweile fehlt mir die Zeit dafür.«

»Also, wenn Sie wollen«, fasse ich mir ein Herz, »das ist schnell getan. Es sei denn, Sie wollen eine ausgefallene Nagellackfarbe, dann dauert es etwas länger.«

Unsicher schaut er mich an. Unsicher! Wilhelm Aberfort! Der despotische Firmenchef, der langjährige Mitarbeiter feuert, wenn es ihm in den Kram passt!

»Das würden Sie tun?«, fragt er. »Hier bei mir zu Hause?«

»Ich bin auch auf mobilen Kosmetikservice eingerichtet«, erwidere ich etwas großspurig, weil ich ja nie einen eigenen Salon hatte. »Alles, was ich zusätzlich bräuchte, wäre eine kleine Schüssel mit warmem Wasser.«

»Sollte zu finden sein«, erwidert er schon etwas freundlicher. »Dann treten Sie mal näher.«

Etwas eingeschüchtert von den Dimensionen seiner Behausung tapere ich hinter ihm her in die Villa. Schon der Eingangsbereich raubt mir den Atem. Er ist größer als meine ganze Wohnung. Bestimmt sind es an die fünfzig Quadratmeter, die für diesen Raum draufgehen, der mit einem rötlichen Marmorboden ausgelegt ist und in dessen Mitte ein riesiger weißer Porzellankübel mit einer rosa blühenden Zierkirsche steht.

Alisa würde hier vermutlich ausgelassen tanzen und Ben mit seinem alten Bobbycar rumcruisen.

»Links geht es zu den Wirtschaftsräumen wie Küche, Bügelzimmer und Vorratskammer«, betätigt sich Aberfort als Fremdenführer, »rechter Hand liegen die Wohnräume und mein Büro.«

Das Büro. Sofort bin ich wie elektrisiert. Wenn ich denn überhaupt etwas finden kann, was Fiona weiterhilft, dann dort. Unwillkürlich suche ich die Decken nach Kameras ab, als wir das Arbeitszimmer betreten. Der große, mit modernen chromglänzenden Bücherregalen ausgestattete Raum ist penibel aufgeräumt, auch der Glasschreibtisch, auf dem neben einem Tablet nur ein Laptop und eine Glasvase mit einem Kirschblütenzweig stehen.

»Dies ist mein Refugium«, erklärt Aberfort mit einigem Stolz. »Hier entstehen die großen Gedanken, die mich erfolgreich gemacht haben und mit denen ich bald schon ein Imperium erschaffen werde.«

Größenwahnsinnig ist er also auch noch. Wie wär's denn gleich mit der Weltherrschaft?

Nachdem wir das spartanisch eingerichtete Esszimmer im japanischen Stil gesehen haben – schwarzer Lacktisch, schwarze Lackstühle, rot-schwarze Lackschränke –, gehen wir weiter ins Wohnzimmer. Ach, was sag ich: in den Wohnwahnsinn. Wie groß mag das hier sein? Hundert Quadratmeter? Jedenfalls gibt es diverse Couchecken aus cognacfarbenem Wildleder, weitere Kirschbäumchen und einen Kamin aus hellem Marmor, in dem bestimmt noch nie auch nur das kleinste Streichholz gebrannt hat, so geleckt sieht er aus.

Überhaupt sieht alles hier aus wie aus dem Katalog: teuer, geschmackvoll, unbewohnt. Wundert mich nicht, dass Aberforts Frau aus dieser sterilen Hütte geflohen ist. Null vibes, würde Noah sagen.

Auch mir ist nicht ganz wohl bei der Vorstellung, täglich mehrere Stunden in dieser edlen Ödnis zu verbringen. Ich liebe es, mit Menschen zu arbeiten, hier werde ich emotional untersommert sein, das weiß ich jetzt schon. Aber ich brauche nun mal den Job, solange ich das Cabrio nicht verkaufen kann. Wer weiß, wann Donatus mit den Papieren rausrückt.

»Das Wildleder muss vorsichtig gereinigt und anschließend mit einem Schwämmchen aufgeraut werden«, erläutert mein eventueller neuer Arbeitgeber die Pflichten, die ich von nun an zu übernehmen hätte. »Für den Kamin benötigen Sie eine spezielle Marmorpolitur, und gießen Sie bloß nicht die Kirschbäumchen, um die kümmert sich mein Gärtner.«

Jawoll doch. Kommen wir lieber zum Wesentlichen.

»Wie ist es mit Ihrem Büro?«, erkundige ich mich eifrig. »Bücher und Aktenordner stauben schnell zu. Ich würde sie immer einzeln herausnehmen, absaugen, die Regalbretter auswischen und alles wieder zurückstellen, wenn Sie erlauben.«

»Aber dass Sie mir bloß nichts durcheinanderbringen«, muffelt er.

»Keine Sorge, Herr Aberfort, ich kann lesen. Auch Buchrücken.«

Das man so was extra betonen muss!

»Warum interessieren Sie sich eigentlich so sehr für mein Büro?«, feuert er auf einmal eine Frage aus der Hüfte ab, die mich hinterrücks erwischt.

Ich bin so überrumpelt, dass ich erneut erröte. War es zu offensichtlich? Hat er Verdacht geschöpft? Was sage ich bloß?

»Ähm, na ja, meinem Eindruck nach verbringen Sie sehr viel Zeit in diesem einen Raum«, fange ich an zu fabulieren. »Die großen Gedanken, von denen Sie sprachen, entstehen ja nicht in wenigen Minuten. Da braucht man Konzentration, Kontemplation und eben viel Zeit, die sich für Sie so angenehm wie möglich anfühlen sollte, ohne das winzigste Staubkörnchen.«

Seine Gesichtszüge glätten sich wie stürmische See, wenn eine Flaute einsetzt.

»Gut beobachtet, Frau Tremper. Pluspunkt für Sie.«

Aufatmend lockere ich meine Finger, die sich um den Henkel des Kosmetikkoffers gekrallt hatten. Puh, gerade noch eben die Kurve gekriegt.

»Möchten Sie dann gleich die Maniküre, Herr Aberfort? Oder soll ich erst mal showputzen, also – sauber machen?«

Stirnrunzelnd sieht er mich an, dann schaut er zu seiner Uhr, einem auffälligen Chronometer aus poliertem Gold mit blau schimmerndem Zifferblatt, der sicher mehr gekostet hat als das durchschnittliche Jahreseinkommen seiner Büroangestellten.

Jemand anderes könnte sich jetzt vielleicht ein bisschen armselig fühlen mit meiner Billig-Uhr samt ausgefranstem Armband. Mir ist es vollkommen egal. Für meine Kinder würde ich alles tun und wäre sogar bereit, säckeweise Geld aus dem Fenster zu schmeißen – wenn ich es denn mal hätte –, um Alisa eine grandiose Riesengeburtstagsparty zu schenken. Aber eine teure Uhr für mich? Wozu?

So bald wie möglich werde ich mir ein Modell aus dem Ein-Euro-Shop zulegen, damit die Donatus-Gedächtnis-Uhr endgültig auf dem Müll der Geschichte landen kann, dort, wo ich schon meine Gefühle für ihn entsorgt habe. Das ist alles, wonach mich gelüstet.

»Das klappt leider nicht mit der Maniküre«, sagt Wilhelm Aberfort bedauernd. »Ich habe gleich ein paar Telefontermine, danach einige Zoom-Meetings und Videocalls. So geht das den ganzen Tag weiter bis zum späten Abend und in die Nacht hinein. Geld schläft nicht.«

Umso besser. Innerlich wackele ich mit den Hüften. Aberfort ganz offiziell zu belauschen ist doch hundertmal gefahrloser, als in irgendwelchen Papieren zu wühlen oder mir seinen Laptop vorzunehmen, was wegen der Kameras ohnehin so gut wie ausgeschlossen ist.

»Gar kein Problem«, strahle ich. »Sofern Sie mir Ihre Hände überlassen, können Sie telefonieren oder skypen oder zoomen, so viel Sie wollen.«

»Das geht?«

»Man sollte immer das Nützliche mit dem Nützlichen verbinden«, erwidere ich lächelnd. »Man nennt es auch Multitasking.«

Und lernt es spätestens als Mutter, füge ich stumm hinzu.

Für den Bruchteil einer Sekunde umwölkt sich seine Stirn noch einmal, weil er vermutlich überlegt, wie brisant seine Gespräche und Meetings sein könnten. Doch ich sehe ihm an der Nasenspitze an, dass er mich für ein naives kleines Häschen hält, das nichts von dem versteht, was die Erwachsenen reden.

Perfekt. Außerdem habe ich die Erfahrung gemacht, dass ich bei den Kosmetikbehandlungen oft schon nach fünf Minuten gar nicht mehr wahrgenommen werde. Dann bin ich nur noch Personal. Ein lebendes Möbelstück sozusagen. Manche Kundinnen monologisieren, ohne einen Kommentar von mir zu erwarten, andere telefonieren ausgiebig und plaudern völlig ungeniert die erstaunlichsten Intimitäten aus. Erst ganz zum Schluss, wenn ich meine Sachen einpacke, behandeln sie mich wieder wie einen Menschen aus Fleisch und Blut.

»Wir könnten das direkt in Ihrem Büro erledigen«, schlage ich vor. »Da haben Sie alles, was Sie brauchen: Handy, Laptop, Tablet.«

»Und Sie brauchen eine Schüssel mit warmem Wasser, habe ich das richtig in Erinnerung?«

»Exakt«, bekräftige ich.

»Bin gleich wieder da«, verkündet er frohgemut. »Gehen Sie doch bitte schon mal vor ins Büro.«

Aber gern doch, Herr Aberfort.

Eine halbe Minute später lege ich mein Maniküreetui auf die Glasplatte seines Schreibtischs, klappe es auf und ordne meine Gerätschaften: Nagelscheren, Feilen, Rosenholzstäbchen zum Hochschieben der Nagelhaut, Buffer für das Polieren der Nägel, außerdem Jojobaöl zur Pflege des Nagelbetts und meine selbst gemachte Handcreme für die abschließende Handmassage.

Dann breite ich ein blütenweißes Handtuch aus und harre der Dinge.

So, Wilhelm Aberfort. Meine Öhrchen sind gespitzt.

Kapitel 22

Wie herrlich es ist, mit geöffnetem Verdeck durch die Landschaft zu fahren! Über mir gleiten grüne Baumkronen dahin, rechts und links erstrecken sich blühende Wiesen, deren würziger Duft meine Nase kitzelt, ab und an flitzt ein Vogel direkt über meinen Kopf hinweg. Der Unterschied zum normalen Autofahren ist ungefähr so extrem, als würde man in einen saftigen Pfirsich beißen, statt nur ein Foto davon zu sehen.

Ein Auto als Naherholungsgebiet, wer hätte das gedacht.

Natürlich darf ich mich gar nicht erst an diesen Luxus gewöhnen, auch wenn ich frische Luft momentan wirklich gut gebrauchen kann. Mir raucht der Kopf, wenn ich rekapituliere, was ich in der knappen halben Stunde Maniküre alles aufschnappen konnte: Aufschlussreiches, streng Vertrauliches womöglich, vielleicht auch die eine oder andere illegale Methode, im ganz großen Stil Geld zu scheffeln.

Aber wer hat noch gesagt, wenn man im Glashaus sitzt, sollte man im Keller duschen? Auch in meinem Leben sind die Grenzen zwischen legal und illegal reichlich fließend geworden, wie ich mir eingestehen muss.

Nun, wenigstens ist der Putzjob und damit eine ehrbare Tätigkeit fast schon greifbar. Nach meiner Lauschaktion habe ich unter den gar nicht mehr so gestrengen Augen meines potenziellen neuen Arbeitgebers den Boden des Entrees gewischt und gewienert sowie die Küche auf Vordermann gebracht. Damit war mein Probeputzen beendet. Nachdem mir Herr Aberfort noch einen Fünfziger zugesteckt hat – »Aber nicht alles auf einmal ausgeben«, haha –, bin ich mit meinem schicken Cabrio wieder vom Grundstück gerollt.

Am liebsten würde ich Fiona sofort anrufen und ihr alles brühwarm erzählen. Dafür müsste ich allerdings erst mal herausfinden, wie die Freisprechanlage funktioniert. Außerdem halte ich es für sinnvoll, zunächst die vielen Informationen zu sortieren, die mir Wilhelm Aberfort unfreiwillig freiwillig geliefert hat.

Eines ist klar: Sein Geschäftsmodell beruht auf Aktien. An sich nichts Verwerfliches, doch wenn ich es richtig mitbekommen habe, bezahlt er auch seine Top-Mitarbeiter mit Aktien statt harter Währung. Ob die das freiwillig akzeptieren oder quasi dazu gezwungen werden, wenn sie ihren Job behalten wollen, kann ich noch nicht sagen. Aber irgendwas Mieses läuft da – was auch mit Pauls Rausschmiss und seinem Börsenpech zu tun haben könnte.

Oder ist das alles eine Nummer zu groß für mich? Von Geld habe ich keine Ahnung, außer dass es sich bei mir nicht von selbst vermehrt.

Ein Blick zur Uhr belehrt mich, dass ich meine Spekulationen langsam beiseiteschieben sollte, und auch die dichtere Bebauung an der Straße signalisiert mir, dass die Innenstadt näher rückt. Gleich habe ich mein Date mit Nick. Da möchte ich mir die Vorfreude nicht durch düstere Ahnungen verderben lassen. Nick ist so – herrje, ich komme schon wieder ins Träumen wie ein Teenager.

Nur in einem entlegenen Winkel meines Herzens nistet die Frage, wie ich das mit dem Kaffee verstehen soll. Mittags um zwei ist keine gewöhnliche Zeit für ein Date, und Nick hat in seiner Nachricht die Ermittlungen erwähnt. Ist es also eher was Berufliches oder was Privates?

Hach, typisch. Ich denke mir mal wieder alles vorher kaputt. Kann doch genauso gut sein, dass die Hoffnung hold lächelnd über jede meiner schlechten Erfahrungen triumphiert.

Rasch schaue ich in den Rückspiegel, um zu sehen, ob ich schon das zartrosa Lipgloss weggekaut habe, das ich vor der Abfahrt aufgetragen habe. Nein, alles okay. Ansonsten habe ich keinerlei Make-up aufgelegt, nur meine Sommersprossen leicht abgepudert. Das mit dem naturbelassenen Gesicht ist ein Tipp von Hermine: WYSIWYG – what you see is what you get, wie sie es in ihrem Computerfachjargon ausdrückt. Männer mögen keine bemalten Gesichter, sondern wollen sehen, was sie bekommen, so ihr Rat. Woher sie als ewiger Single solche Dinge weiß? Völlig ungeklärt.

Wieder flattern meine Gedanken zu Nick.

Wir werden uns in einem Lokal mit dem sinnigen Namen *Cosy Coffee* treffen, das ich nicht kenne, was die Sache noch um einiges aufregender macht. Nun, so viele Lokale kenne ich sowieso nicht. Ich führe ein Hotel Mama, das war's dann auch schon.

Schneller als gedacht navigiere ich mich mit der Stop-and-go-

Google-Maps-Methode zur richtigen Straße. Direkt gegenüber vom *Cosy Coffee* ist sogar ein Parkplatz frei, aber den lasse ich mal schön links liegen. Nick darf meinen schwarzen Flitzer auf keinen Fall entdecken, das hatte ich mir schon heute Morgen überlegt.

Also parke ich zwei Straßen weiter und bespaße minutenlang einige Passanten, die mir neugierig zusehen, wie ich das Verdeck zu schließen versuche, stattdessen aber abwechselnd das Warnblinklicht und die Scheibenwaschanlage aktiviere.

Ich gebe es auf.

Schon im Normalzustand würde mich dieser Hightech-Wagen überfordern, aber so aufgeregt und nervös und aufgewühlt, wie ich inzwischen bin, reicht es gerade mal dazu, die Türen zu verriegeln und meinen Kosmetikkoffer vom Rücksitz zu angeln.

Nele Tremper, du bist schwer verschossen.

Mit Beinen wie aus zerbrechlichem Porzellan stakse ich in die Straße zurück, in der das *Cosy Coffee* liegt, und stoße die Schwingtür auf. Das Lokal ist ungeheuer gemütlich, stelle ich als Erstes fest und folgere überglücklich daraus, dass dies für ein Date spricht. Polizeiliche Unterredungen finden doch vermutlich eher selten in Lokalen statt, die pfirsichfarbene Wände, gedimmte Glühfadenlampen und ein relaxtes Gartenmobiliar in Cremetönen aufweisen.

Gerade überlege ich gerührt, ob die Gartenmöbel möglicherweise Nicks Anspielung auf meine Küche sein könnten, als ich ihn ganz hinten in der Ecke an einem Zweiertisch entdecke.

Heute trägt er keine Uniform, sondern einen weichen V-Pullover in Hellblau und eine lässig abgeschabte dunkelbraune Lederjacke zu engen Jeans, was ihm ausgezeichnet steht. Doch das ist nicht der Grund, warum es auf einmal ganz still in mir wird. Der Wunsch, mich in seine Arme zu stürzen, ist fast übermächtig. Weil es sich richtig anfühlen würde. Weil mir Nick so vertraut ist, als hätte er immer schon zu meinem Leben gehört.

Nur meiner Willensstärke ist es zu verdanken, dass ich es schaffe, in gemessenem Tempo auf ihn zuzugehen. Auch er hat mich jetzt entdeckt, springt auf und kommt mir ein paar Schritte entgegen.

»Hi«, flüstere ich.

Dann stehen wir dicht voreinander, so dicht, dass ich seinen Atem auf meinem Gesicht spüre und seinen Duft inhalieren kann, der mich fast von den Füßen fegt. Es ist so – magisch. Wir kennen einander doch gar nicht genauer, aber er scheint dasselbe zu empfinden wie ich, diese Vertrautheit, das Bedürfnis nach Nähe.

»Was hast du in dem Koffer?«, raunt er mir zu. »Willst du bei mir einziehen? Sonst stell ihn doch bitte mal ab.«

Das tue ich. Danach hebt er langsam die Arme und drückt mich an sich, sacht, ganz sacht.

»Ich habe es gewusst«, flüstert er in mein Haar, »in der ersten Sekunde, als ich dich neben deiner Schrottkiste gesehen habe.«

Mittlerweile kann ich nicht mehr denken, nicht mehr atmen. Nur den Kopf an seine Brust lehnen, seinem Herzschlag an meiner Schläfe zuhören und wunschlos glücklich sein. Es ist wie endlich ankommen nach einer langen, viel zu langen Reise.

Nach einer zitternden Ewigkeit lösen wir uns voneinander und müssen beide lächeln.

»Verrückt, oder?«, sagt Nick weich. »Wusstest du es auch sofort?«

»Ich glaube, ja.«

»Glauben ist mir aber zu wenig«, grinst er und sieht auf einmal aus wie ein kleiner Junge. »Was hältst du von einem Kaffee? Ich würde gern mehr über die Frau wissen, die ich soeben umarmt habe.«

»Nichts lieber als das.«

»Latte macchiato?«, vergewissert er sich, als hätten wir den immer schon zusammen getrunken.

Mit einem seligen »Klar, was sonst« lasse ich mich auf die gepolsterte Bank hinter dem Zweiertisch fallen und beobachte, wie er am Tresen unseren Kaffee bestellt. Was war das gerade? Schicksal? Fügung?

Nicht zerdenken, mahnt meine innere Stimme. Genieße es. Ihr werdet euch jetzt alles erzählen, wer ihr seid, was ihr mögt, auf welche Musik ihr steht, welche Filme euch begeistern, und den Zauber des Beginns auskosten.

Bevor Nick zurückkommt, ziehe ich mein dunkelblaues Jackett aus, das ich noch wegen des Putzvorstellungstermins trage, und krempele die Ärmel meiner weißen Hemdbluse auf, um nicht ganz so offiziös zu wirken. Da ist er auch schon, mein Traummann. Mit seinem gewinnenden Lächeln setzt er sich dicht neben mich und nimmt meine rechte Hand in die seine.

»Dich lasse ich nicht mehr los«, raunt er mir zu, während er zärtlich meine Hand streichelt.

»Ich dich auch nicht«, wispere ich selig. »Schön, dich mal ganz privat zu erleben – und in Zivil.«

»Ja, die Lederjacke ist noch ein Relikt aus meinen wilden Zeiten.« Verschmitzt zwinkert er mir zu. »Ich war nicht immer ein Gesetzeshüter. Es gab so einige Jugendsünden damals, als ich noch mit meiner Jungs-Gang unterwegs war. Doch jetzt bin ich auf die helle Seite gewechselt.«

»Wegen der Sache mit deinem Freund, von dem du erzählt hast?«

»Genau.« Unverwandt streichelt er weiter meine Hand. »Als der fälschlicherweise verknackt wurde, habe ich mir geschworen, mich nicht nur für das Recht, sondern auch für Gerechtigkeit starkzumachen. Deshalb habe ich übrigens verhindert, dass dein Bobo abgeschleppt wird. Ich dachte mir, wer so ein Auto fährt, bringt die Kosten fürs Umsetzen nicht mal eben aus dem Handgelenk auf.«

»Danke schön.«

»Keine Ursache. Das heißt, die Ursache bist du.«

Ich will gerade meinen Kopf an seine Schulter lehnen, als sein Streicheln langsamer wird, bis es ganz verebbt. Unmerklich rückt er von mir ab.

»Was ist?«, frage ich irritiert.

»Ach nichts.« Interessiert betrachtete er die abgeranzte Uhr an meinem Handgelenk. »Hast du die schon lange?«

»Viel zu lange«, antworte ich verstimmt, weil mich diese Uhr an Dinge erinnert, die hier nun gar keinen Raum haben sollten. »Warum fragst du? Gefällt sie dir? Wohl kaum, ich meine, die ist ziemlich hinüber.«

»Ja, stimmt.« Nach wie vor starrt er auf das blöde Ding und zupft jetzt sogar ein Fädchen aus dem eingerissenen Stoffband.

»Es ist nur so, eine ganz ähnliche Uhr habe ich gestern in einem Video gesehen. Einem Überwachungsvideo. Und da dachte ich …«

Plötzlich jagen eiskalte Schauer meinen Rücken hinunter. Was? Denkst? Du?

»… vielleicht weißt du ja noch, wo du die Uhr gekauft hast. Das könnte uns auf die Spur einer der Frauen bringen, die an dem Überfall beteiligt war.«

Ein eiserner Ring presst meine Brust zusammen. Das kann nicht sein. Sollte Donatus, der mir so viel Kummer bereitet hat, jetzt etwa mein hauchdünnes frisches Glück zerstören?

»Also, Nick«, ich räuspere mich, »solche Uhren gibt es doch wie Sand am Meer, und ich weiß auch gar nicht mehr, wo ich sie gekauft habe. Deshalb fürchte ich, dass ich dir nicht weiterhelfen kann.«

Das Blut schießt mir in die Wangen. Weil ich geschwindelt habe. Solche Uhren gibt es *nicht* wie Sand am Meer. Donatus hat sie mir in unserem ersten und letzten Urlaub geschenkt, auf einer kleinen griechischen Insel, wo ein findiger Mechaniker aus vielen kaputten Uhren neue zusammenschraubte und am Strand verkaufte. Auf das perlmuttfarbene Zifferblatt hat er sogar noch mit blauer Farbe meine Initialen gepinselt, bevor er das Deckglas daraufsetzte: ein zittriges N und ein eieriges T. Genauso fühle ich mich gerade: zittrig und eierig.

»Jedenfalls sehr merkwürdig«, sagt Nick, der die Augen gar nicht von der Uhr abwenden kann.

»Ja, in unserer schönen Stadt gehen in der Tat merkwürdige Dinge vor, wer weiß, was als Nächstes passiert«, sage ich betont munter, um ihn abzulenken. »Dabei dachte ich immer, hier ist man so sicher!«

»Als Polizist sehe ich das natürlich etwas anders«, entgegnet er furchtbar ernst. »Jeden Tag ist was los, jeden Tag sind wir im Einsatz. Heute zum Beispiel kam die Meldung rein, dass gestern Nacht ein als gestohlen gemeldetes Auto von einer hiesigen Verkehrskamera erfasst wurde. Ein teurer Wagen, schwarzes Audi Cabrio, richtig luxuriös.«

Mir bleibt das Herz stehen. Dann schießt die Panik wie glühende Lava durch meine Adern. Donatus! Verdammt! Warum hast du das getan? Warum bist du zur Polizei gegangen?

»Da sind die Diebe aber ganz schön unvorsichtig«, lache ich etwas blechern. »Ist doch zu dumm, wenn sie mit dem Auto hier in der Stadt herumkurven, wo der Besitzer ganz in der Nähe wohnt.«

Auweia, habe ich mich jetzt verplappert? Ja, habe ich. Doch Nick spielt weiter mit dem Uhrarmband, als hätte er meine verhängnisvolle Bemerkung überhört.

»Nein, nein, der Besitzer wohnt Hunderte Kilometer entfernt«, sagt er in sich versunken. »Den Diebstahl hat er auch schon vor Wochen angezeigt. Sorry, warte kurz, ich habe gerade eine Nachricht von den Kollegen bekommen.«

Mit gefurchter Stirn checkt er sein Handy, dann steht er überstürzt auf.

»Tut mir leid, Nele, Sondereinsatz. Stell dir vor, genau das Auto, von dem wir gesprochen haben, ist zwei Straßen weiter gefunden worden. Verrückt, oder?«

Damit läuft er aus dem Lokal und ist im nächsten Moment

verschwunden. Innerlich erloschen schaue ich auf die Schwingtür, die noch ein bisschen hin und her wackelt.

Nein, Nick, das ist nicht verrückt. Das ist der bei Weitem größte, schlimmste, katastrophalste Super-GAU aller Zeiten. Jetzt habe ich kein Auto mehr und dafür ein neues Riesenproblem an der Hacke.

Donatus war gar nicht der Besitzer des Wagens. Er ist mit einem geklauten Auto rumgegondelt, und wir haben es ihm in unserer grenzenlosen Arglosigkeit abgenommen, ohne zu ahnen, was das für eine Karre ist. Wenn das rauskommt und wenn man mich dann auch noch als Räuberin im Juwelenladen identifiziert, kann ich einpacken.

Wie ein Stein sinkt mein Kopf auf die Tischplatte. O Nick. Warum habe ich wider jeden gesunden Menschenverstand für möglich gehalten, Donatus hätte vierzigtausend Euro für so einen Hammerschlitten gehabt? Wie konnte ich nur? Wie dämlich kann man sein?

Kapitel 23

»Da bist du ja«, flüstert Fiona, als ich mich neben sie auf die voll besetzte Tribüne drücke, den Blick auf das Hockeyfeld vor uns gerichtet. Verstohlen reicht sie mir eine Kuchenform. »Das ist veganer Cheesecake ohne Gluten, ohne Nüsse, mit Stevia gesüßt. Dein Beitrag zur anschließenden Feier.«

»Danke dir.«

Hockeyturniere rangieren an der Pippi-Langstrumpf-Schule gleich hinter Girl's Day, Weltfrauentag, Weltwassertag und Earth Overshoot Day. Hinzu kommt noch eine Art Weihnachtsbasar, der hier Christmas Bring & Buy genannt wird. Doch ganz gleich, um welche schulische Veranstaltung es geht, von den Eltern wird vollzählige Anwesenheit erwartet. Und nicht nur das. Man soll sich dauernd »einbringen«. Was so gar nicht gendergerecht bedeutet, dass sich die Mamis meist als zwangsbastelnde Kuchenbäckerinnen mit Müdigkeitshintergrund betätigen, während die Väter mit wichtiger Miene rumstehen und den Lehrern die Welt erklären.

Fiona und ich meistern diese Herausforderung auf unsere Weise: Sie backt, ich bastele.

»Du siehst furchtbar aus«, wispert sie. »War dieser Nick so ein Reinfall?«

Ich weiß gar nicht, was ich sagen soll. Schließlich war unser Date ein absoluter Traum, der berühmte magische Moment, in dem Herz und Herz zusammenfinden – bis mich alles einholte, was ich in den letzten beiden Tagen angestellt habe.

Warum zum Kuckuck musste ich mich auch ausgerechnet in einen Polizisten verlieben?

Es gibt so viele Berufe: Briefträger, Bankdirektor, Bäcker, Yoga-Lehrer, Steuerberater, von mir aus hätte es auch ein Metzger sein können, wenngleich ich damit in der Elternschaft der Pippi-Langstrumpf-Schule endgültig unten durch wäre. Aber nein, es musste ja unbedingt ein Freund und Helfer sein.

»Eins vorweg, Fiona: Der Audi war geklaut.«

»Waaaas?« Ihre Augen werden kreisrund. »Dieser Mistkerl!«

»Kannst du laut sagen.«

Schwer atmend beobachte ich die Schüler, die unten auf dem Hockeyfeld der Ansprache ihrer Schuldirektorin lauschen. Auch Alisa und Ben sind dabei, in ihren Nummern-Shirts mit den Regenbogen-Schulfarben, ausgestattet mit Mundschutz, Stutzen und Schienbeinschonern. Während Ben ein bisschen zappelt, steht Alisa ruhig und konzentriert daneben.

Wie sehr ich die beiden liebe. Am liebsten würde ich einfach runterlaufen und sie in die Arme nehmen.

»Du musst mir alles erzählen«, wispert mir Fiona zu. »Wie es mit Nick war. Und mit Aberfort.«

Ach ja, den gibt es ja auch noch. Mein Bauchgefühl sagt mir, dass er sich für mich entscheiden könnte. Aber da der Audi von der Polizei einkassiert wurde, stehe ich vor demselben Problem wie gestern: ohne Auto kein Job, ohne Job kein Auto.

Es ist zum Verzweifeln. Manchmal wünschte ich mir die Zeiten zurück, als meine größte Sorge darin bestand, eine Woche lang Tafeldienst zu haben. Zumindest eines hätte ich allerdings aus dem Matheunterricht damals mitnehmen müssen: Geht es zu leicht, ist es garantiert falsch. Auch die Sache mit Donatus lief viel zu glatt. Was haben wir uns nur dabei gedacht?

»Hallo, Nele, hallo, Fiona«, ertönt auf einmal das schneidende Organ von Irene.

Ich schaue zur Seite. Auch das noch. Heute trägt sie ein Regenbogen-Hockeykäppi zu ihrem tibetischen Gebetsmantel, ihr Lächeln ist wie immer zuckerfrei, ihre Augen glitzern eigentümlich, als sie sich vorbeugt und mich mit einer Wolke seltsamer Gerüche umhüllt.

»Habe ich das richtig gesehen«, hebt sie mit einer Stimme an, die Likörgläser zerfräsen könnte, »dass du heute in einer schwarzen Dreckschleuder in der Stadt unterwegs warst? Ist das etwa dein neuer Wagen?«

»Der war nur von einem Freund«, erwidere ich schnell.

»Freund von einem Freund«, setzt Fiona noch einen drauf.

Irene lächelt fein, während sie sich ungefragt zwischen uns quetscht, so dass die anderen Zuschauer in unserer Reihe noch weiter zusammenrücken müssen. Was ja schon viel über ihre Auffassung von Respekt und Höflichkeit sagt.

»Du warst aber ganz allein in dem Wagen, Nele«, dieselt sie nach. »Und kurz nachdem du ausgestiegen bist, wurde der Wagen von der Polizei abgeschleppt. Ein netter Beamter in Zivil, so ein großer Dunkelblonder, hat mir verraten, dass das Auto«, sie atmet tief ein, »geklaut war.«

Wie ein begossener Pudel sitze ich da. So, jetzt ist es raus. Und wenn Irene es weiß, dann weiß es bald die ganze Schule.

»Sag mal, Irene«, tritt Fiona auf den Plan, »spionierst du Nele etwa hinterher?«

Die Frage scheint dieser Frau überhaupt nicht peinlich zu sein. Im Gegenteil. Mit der linken Hand – brrr, warum muss ich jetzt an Alisas Toilettenpapiergeschichte denken? – holt sie eine Handvoll getrockneter Pflaumen aus ihrem Jutebeutel.

»Man macht halt so seine Beobachtungen«, kaut sie ihren Snack mit bleistiftdünnen Lippen.

Was 'ne Klette. Und in unserer Lage eine höchst gefährliche. Doch Fiona ist noch nicht fertig.

»Dann, werte Irene«, drohend reckt sie das Kinn, »solltest du auch *beobachtet* haben, dass Nele mit diesem Polizisten in Zivil befreundet ist. Eng befreundet. Deshalb hat sie ihm heute geholfen.«

Irenes Kaumuskeln erschlaffen.

»*Geholfen?*«, wiederholt sie verständnislos.

Jetzt ist Fiona in ihrem Element. Triumphierend hakt sie ihre Daumen in die Taschen ihrer dunkelblauen Steppjacke.

»Ganz genau. Es ging um die Überführung eines gestohlenen Wagens aus der Nachbarstadt. Für so was hat die Polizei bei Weitem nicht genug Beamte, deshalb bat Nick …«

»Nick!« Irene saugt sich förmlich an dem Namen fest. »Nick heißt er also!«

»… ja, und er bat Nele um ihre Hilfe«, baut Fiona ihre Märchenstunde weiter aus. »Bis auf den Polizeiparkplatz hat sie es nicht mehr geschafft, vorher war der Tank leer – und wer betankt denn bitte ein gestohlenes Auto, das einem gar nicht gehört? Hm? Also hat sie den Wagen in der Innenstadt abgestellt. Und nun kennst du die ganze Geschichte.«

Irene will etwas erwidern, doch aus den Lautsprechern erschallt ein Fanfarenstoß, danach knackt es, und die Stimme des Hockeytrainers ertönt.

»Liebe Kinder, liebe Eltern, hiermit ist das heutige Hockeyturnier eröffnet. Freuen Sie sich auf spannende Matches, an deren Ende die Spieler:innen ausgewählt werden, die übermorgen gegen die Menschschaft der Ronja-Räubertochter-Schule antreten.«

Ja, hier spricht man von Menschschaft statt Mannschaft, analog zum Hampelmenschen.

Fiona niest dreimal. Das ist sicherlich auf die Staubwolke aus dem Gebetsmantel von Irene zurückzuführen, die zackig aufsteht und nun auch noch auf dem zotteligen Stoff herumklopft wie auf einem alten Teppich.

»Mein Balthasar kommt bestimmt in die Auswahlmenschschaft, er hat so viele soziale Kompetenzen!«, sagt sie siegesgewiss, bevor sie ihren Rückzug antritt.«

Mag sein. Eine Hockeybegabung ist Balthasar allerdings nicht. Meist steht er am Rand und brüllt, weil er mal wieder über seine eigenen Füße oder über einen Grashalm gestolpert ist. Alisa hingegen ist eine hervorragende Hockeyspielerin, und das sage ich nicht nur als stolze Mutter. Sie hat beste Chancen, für das Spiel gegen die Ronja-Räubertochter-Schule ausgewählt zu werden, denn sofern sie nicht durch ihr Asthma ausgebremst wird – was draußen fast nie passiert –, ist sie flink und wendig, behält immer den Überblick und bewährt sich regelmäßig als tolle Teamplayerin.

Der Meinung ist auch ihr Trainer. Bereits vor einigen Tagen hat er mir anvertraut, Alisa sei seine Favoritin für das Match gegen die andere Schule. Nicht zuletzt gelingen ihr die meisten Tore, was sicherlich auf ihr Talent zurückzuführen ist, Spielsituationen blitzschnell zu analysieren und zu erkennen, wo sich Lücken auftun.

Unterdessen wird es immer turbulenter auf der Tribüne. Die meisten Eltern sind aufgesprungen und feuern ihre Kinder lautstark an. Zwar wird immer wieder betont, es gehe nicht ums Siegen, sondern um ein sozial kompatibles Miteinander, doch das ist schnell vergessen, wenn man dem eigenen Kind Erfolg wünscht. Auch Fiona und ich sind aufgestanden.

»Leeeeooon!«, brüllt Fiona.

»Beeeen!«, schließe ich mich an.

Beim Abpfiff bricht großer Jubel aus, dann ist die nächste Klassenstufe dran. Fiona und ich setzen uns wieder.

»Also, was ist los?«, fragt sie.

»Donatus hat uns ein Riesenei gelegt«, flüstere ich. »Der Audi wurde abgeschleppt, wie du ja gerade gehört hast, und ich kann nur beten, dass mich außer Irene niemand erkannt hat, als ich damit rumfuhr.«

»Du meine Güte.« Fiona presst kurz die Lippen aufeinander. »Donatus ist wirklich das Letzte. Aber wie konnte das rauskommen?«

»Hermine wurde gestern Nacht von einer Verkehrskamera

erfasst. Zum Glück hatte sie das Käppi auf, deshalb wird man sie aller Wahrscheinlichkeit nach nicht identifizieren.«

»Wenigstens das«, atmet Fiona auf. Kurz schaut sie runter zum Hockeyfeld, doch Matteo ist erst beim nächsten Spiel an der Reihe. »Für dich ist das natürlich ein multiples Desaster. Kein Auto, keine Chance, die vierzigtausend Euro einzusacken, und dann auch noch die Angst, dass man dich gesehen hat.«

»Du sagst es.«

»Wird Aberfort dir den Job denn überhaupt geben?«

»Ich denke, ja.« Vorsichtig schaue ich mich um, ob jemand mithören kann. »Er wollte eine Maniküre, währenddessen habe ich einiges aufgeschnappt. Wusstest du, dass er sehr aktiv an der Börse ist und seine Mitarbeiter in Kryptowährung bezahlt?«

Fionas Gesicht verzerrt sich.

»Ach, deshalb hat Paul in diese blöde Kryptowährung investiert.«

»Ja, das war sein Gehalt«, bestätige ich flüsternd. »Vermutlich war das anfangs auch ganz lukrativ, bis …«

»Du musst unbedingt am Ball bleiben!«, unterbricht mich Fiona heftig. »Wir müssen mehr herausfinden!«

»Wie denn?« Hilflos hebe ich die Hände. »Ich habe kein Auto mehr, und Aberforts Haus ist so abgelegen, da komme ich nicht ohne Weiteres hin.«

Stumm verfolgen wir weiter das Match, als surrend mehrere Nachrichten auf meinem Handy eintrudeln.

Hallo, Nele, sorry noch mal, dass ich so schnell wegmusste. Das bringt mein Beruf leider manchmal mit sich. Es war sehr besonders mit dir … Wann können wir uns sehen?

Es folgen nicht weniger als zehn Herz-Emojis. Die nächste Nachricht ist nüchterner gehalten.

Übrigens wollte ich dir noch mitteilen, dass dieser Arthur Kersten spurlos verschwunden ist. Die Fahndung läuft.

In der dritten Nachricht wird's dann wieder persönlich, und auch diesmal kommen wieder jede Menge Herz-Emojis zum Einsatz.

Ich möchte dich wirklich gern wiedersehen. Es passiert nicht alle Tage, dass man sich spontan zu jemandem hingezogen fühlt, und du hast so etwas – Unbeschreibliches. Sei umarmt, LG N

Mit heißen Wangen lese ich alle Nachrichten noch einmal, auf der bangen Suche nach irgendeinem Unterton, der darauf hindeuten könnte, dass Nick noch über die verräterische Uhr an meinem Handgelenk nachdenkt.

»Hey, den hat's ja voll erwischt«, kichert Fiona.

Unwillkürlich zucke ich zusammen.

»Hey, schon mal was von privat gehört?«

»Sag das mal deinem Handy. Erst dieses andauernde Surren und dann auch noch Nachrichten, die zu fünfzig Prozent aus Herzchen bestehen.« Ein vorwurfsvoller Blick trifft mich. »Hast du dir das auch gut überlegt, Nele? Eine Liaison mit einem Polizisten ist so ziemlich das Aberwitzigste, was du momentan tun kannst.«

»Ich weiß.«

Ein neuerlicher Fanfarenstoß kündigt das Match an, in dem Alisa dabei ist. Sofort springe ich auf und forme mit meinen Händen einen Trichter vor dem Mund.

»Aliiiisa! Du schaffst es!«

Sie hat mich gehört. Lächelnd winkt sie mir zu, dann neigt sie ihren kleinen Körper, umfasst den Hockeyschläger und wartet auf das Startsignal. Gleich nach dem Anpfiff flitzt sie los. Schon hat sie den Ball erreicht und schlägt ihn geschickt hin und her, damit man ihn ihr nicht abnehmen kann, schlängelt sich durch ihre Gegner, schlägt einen Haken – und Tor!

»Jaaa!«, brülle ich. »Alisaaaa!«

Sogar Fiona brüllt mit, obwohl auch Noah in der Mannschaft spielt. Jetzt geht es buchstäblich Schlag auf Schlag. Alisa ist in Bestform, keine Frage. Sie gibt alles, meine ehrgeizige kleine Tochter, und das ist sicherlich auch ihrem Wunsch geschuldet, wenigstens sportliche Anerkennung einzuheimsen, wenn sie sonst schon kaum bei ihren Mitschülern auftrumpfen kann.

Ein Tor folgt auf das andere. Als der Abpfiff ertönt, hat Alisas Mannschaft haushoch gewonnen.

Überglücklich reiße ich die Arme hoch. Was für ein Triumph. Damit steht Alisas Teilnahme am Turnier gegen die andere Schule fest, und vielleicht kann dieser Erfolg auch ihr Standing bei den anderen Kindern etwas heben.

»Liebe Eltern«, ertönt die Durchsage des Hockeytrainers. »Wir bemühen uns immer um ein faires Auswahlverfahren, weshalb sämtliche Spieler nach einem Punktesystem bewertet werden, das sportliche Leistung, Teamgeist, soziale Kompetenzen und Zuverlässigkeit umfasst. Beim Kleinfeldhockey sind sechs Spieler plus Torwart vonnöten, weshalb ich jetzt die sieben Namen der Kinder verlese, die gegen die Ronja-Räubertochter-Schule antreten werden.«

Aufgeregtes Stimmengewirr entsteht auf der Tribüne, dann wird es still.

»Elena-Luisa«, liest der Trainer vor. »Quentin. Willi. Sophie. Oskar. Mika.«

Und? *Und?*

»Balthasar.«

Nein. Nein! Wie kann das sein? Während alle anderen Kinder zur Tribüne laufen, steht Alisa vollkommen erstarrt auf dem Hockeyfeld, wie eingefroren und ganz allein. Mein Herz blutet, wenn ich sie so leiden sehe.

»Das ist Schiebung!«, regt sich Fiona auf. »Alisa war mit Abstand die Beste! Was ist das für ein mieses Punktesystem, in dem eine Nullnummer wie Balthasar das Rennen macht?«

»Bestimmt hat Irene irgendwas daran gedreht«, sage ich heiser. »Die kungelt doch dauernd mit den Lehrern, ist im Elternrat, macht sich im Gender-Mainstreaming-Ausschuss stark, spendet Bio-Obst und -Gemüse für die Schulküche, hilft als Pausenaufsicht …«

»Spar dir den Rest«, grollt Fiona. »Die hängt sich voll rein, weil sie nicht arbeitet und Balthasar als ihr Lebensprojekt betrachtet. Aber jetzt hat sie den Bogen überspannt. Diese Sauerei dürfen wir ihr nicht durchgehen lassen!«

Mittlerweile bin ich den Tränen nahe. Es wäre so wichtig für Alisa gewesen, an dem Schulturnier teilzunehmen, schon allein, um in der Achtung ihrer Klasse eine Stufe aufzurücken. Doch das Urteil des Trainers gilt.

»Wie willst du das ändern, Fiona?«, entgegne ich traurig. »Es existiert ein Punktesystem, das auf der Schulwebsite einsehbar ist, daran gibt es nichts zu rütteln.«

»Und wie wir daran rütteln werden«, schnaubt Fiona. »Wart nur ab. Das letzte Wort ist noch nicht gesprochen!«

Kapitel 24

Es gibt Tage, an denen selbst Mütter mit ihrem Latein am Ende sind. Den weiteren Nachmittag habe ich damit verbracht, Alisa zu trösten, was allerdings ein aussichtsloses Unterfangen war. Schweigend hat sie meine guten Worte über sich ergehen lassen, schweigend ihr Abendessen bei Fiona eingenommen, schweigend ist sie zu Bett gegangen.

Nun sitzen wir an Hermines Esstisch und basteln Schultüten, doch nach wie vor ist Alisa das Topthema.

»Wir haben uns schon viel gefallen lassen von dieser Schule«, ereifert sich Fiona, die vergeblich versucht, ein blaues Stück Stoff zu bändigen und auf eine Pappe zu kleben. »Doch diese Ungerechtigkeit lasse ich nicht zu.«

»Sollten Kinder nicht auch lernen, mit Rückschlägen umzugehen?« Hermine sieht von ihrer Stickerei auf, bei der ein Seepferdchen in abgestuften Aquamarintönen entsteht. »Das ist ein wichtiger Schritt zur Resilienz.«

»Nein, das ist ein Schritt zur Erkenntnis, dass sich Leistung nicht lohnt«, entgegne ich düster. »Wie soll ich Alisa erklären, dass ihr engagierter Einsatz beim Hockey in einer Sackgasse endet? Denk doch mal nach. Für ihre Motivation ist das eine Katastrophe.«

»Stimmt genau«, nickt Fiona. Sie legt die Pappe mit dem Stoff beiseite und langt nach einem der Käsecracker, die Hermine für uns gebacken hat. »Ich finde, das ist ein Fall für die Gerechtigkeitsliga.«

»Für die – was?« Beim Sticken benötigt Hermine eine Brille, jetzt schiebt sie ihr John-Lennon-Nickel-Modell auf die Stirn. »Wen meinst du denn damit?«

»Na, uns drei«, grient Fiona. »Und wir haben gerade erst angefangen.«

Da ist aber jemand sehr forsch. Etwas zu forsch, finde ich, denn noch immer sitzt mir der Schreck in allen Gliedern, wenn ich an die heutige Begegnung mit Nick denke. Die vermaledeite Armbanduhr, und damit das Corpus Delicti, habe ich danach sofort im nächsten Mülleimer versenkt, doch der Schatten eines Zweifels wird bleiben. Nick ist nicht auf den Kopf gefallen. Der bleibt dran, wenn ihm etwas Verdächtiges auffällt.

Nachdem ich meine Nähnadel an dem feuerroten Stoff befestigt habe, auf den ich lauter rosa Blümchen sticke, nehme ich mir ebenfalls einen Cracker, beiße ein Stückchen ab und schaue in die Runde.

»Hört mal bitte zu. Was haben wir denn bis jetzt erreicht mit unserem Gerechtigkeitssinn? Der sogenannte Umtausch von Fionas Kette endete damit, dass wir polizeilich gesucht werden, die Aktion mit Donatus' Wagen hat dazu geführt, dass es jetzt ein Fahndungsfoto von Hermine gibt. Nur ihr Käppi konnte sie davor bewahren, identifiziert zu werden. Auch ich habe ein Käppi während der Fahrt getragen, dennoch, Irene hat mich erkannt. Wir bewegen uns auf hauchdünnem Eis.«

»Aber vergiss nicht, dass du Aberfort einige hochinteressante Informationen entlockt hast«, wirft Fiona ein.

»Guter Punkt«, stimmt Hermine zu, die bereits über meine aufschlussreiche Maniküre im Bilde ist. »Wenn ihr wollt, könnte ich tiefer graben, auch wenn diese Firma bestimmt eine gigantische Firewall hat. Moment«, stirnrunzelnd schaut sie zum rot blinkenden Babyphone, das neben Bergen von Stoffen, Garnen und quadratisch zugeschnittenen Pappen auf dem Tisch liegt. »Ich muss hoch zu meiner Mutter. Es geht ihr wieder schlechter.«

Wie schlecht es um ihre Mutter steht, verrät sie nicht, obwohl wir schon einige Male danach gefragt haben. Fiona und ich sind zwar ihre engsten Freundinnen, doch alles, was ihre Mutter betrifft, macht Hermine mit sich selbst ab. Vielleicht will sie uns nicht damit belasten, weil wir gerade selber einiges durchzustehen haben.

»Wie geht es Paul überhaupt?«, erkundige ich mich, als Hermines Schritte auf der Treppe zum ersten Stock knarren. »Ich habe ihn heute beim Hockeyturnier vermisst, und beim Abendessen war er so still?«

Vielleicht hätte ich diese Frage besser nicht stellen sollen, denn offensichtlich habe ich in ein Wespennest gestochen. Erbittert fängt Fiona an, mit der Faust auf den widerspenstigen blauen Stoff einzuhämmern, und ihre Mundwinkel ziehen sich steil nach unten.

»Paul?«, knurrt sie. »Der hatte heute Nachmittag eine heftige Couch-Attacke mit integriertem Kopfschmerz. Er sagte doch tatsächlich: Man muss auf seinen Körper hören, und wenn der dir signalisiert, dass er krank ist, heißt das, du sollst dir zwei Staffeln deiner neuen Lieblingsserie reinziehen.«

»Er war auch ziemlich von der Rolle, als er heute Morgen den schicken Audi gesehen hat …«

In Fionas Augen lodert das Höllenfeuer.

»Was denkst du denn? Ich versuche, mit dem Geld hauszuhalten und trotzdem alles hinzukriegen, aber er hat nichts Besseres zu tun, als seinem dicken BMW hinterherzutrauern.«

Sie tut mir so leid. Da versucht sie, sich mit der neuen Situation zu arrangieren, und wird ab morgen sogar Brötchen verkaufen, doch Paul tut nach wie vor so, als sei es ausschließlich ihr Job, die Familie über Wasser zu halten und sich auch um die Kinder zu kümmern.

»Euer Haussegen hängt ziemlich schief, was?«, sage ich leise.

»Der hängt voll durch«, erwidert Fiona schmollend. »Dabei liebe ich Paul. Bisher habe ich immer gedacht: Jeder Mann hat zwei Seiten – die eine muss man lieben, die andere ertragen. Doch momentan zeigt er mir fast nur die schwer zu ertragende Seite.«

Mein Handy surrt. Es surrt ganz schön oft heute. Nick und ich schreiben uns mittlerweile im Stundentakt.

Hallo, Nele, wir könnten noch einen kleinen Drink nehmen, was hältst du davon? Das Cosy Coffee hat bis elf geöffnet. Würde mich sehr freuen. Kisses, N

Ja, aus den *Lieben Grüßen* sind inzwischen *Kisses* geworden, obwohl wir uns noch nicht mal real geküsst haben.

»Wieder dein schnuckeliger Cop?«, fragt Fiona und verdreht so theatralisch die Augen, dass man nur noch das Weiße darin sieht. »Pass bloß auf, demnächst legt er dir Handschellen an, und das nicht im Bett.«

In diesem Augenblick kommt Hermine wieder zur Tür herein, etwas blass, aber mit einem amüsierten Lächeln, dem ich entnehme, dass sie das letzte Stück unseres Gesprächs mitgehört hat.

»Könnte auch Vorteile haben, so ein kurzer Draht zur Polizei«, meint sie verschmitzt. »Erstens erfährt Nele schneller als jeder andere, wie die Ermittlungen laufen, zweitens kann sie, na ja, gezielte Fehlinformationen streuen.«

Das schlägt dem Fass den Boden aus.

»Ich soll Nick – manipulieren?«, frage ich aufgebracht.

»Liegt nahe«, sagt Fiona verschmitzt. »Wenn du dich schon wider besseres Wissen auf so was Hochgefährliches einlässt, sollte wenigstens was dabei rumkommen.«

Flach atmend betrachte ich das Bastelchaos auf dem Tisch. Es ist wahr, ich lasse mich auf ein Spiel mit dem Feuer ein, wenn ich Nick weiterhin treffe. Doch mein Herz ist nun mal stärker als mein Kopf, und es zerreißt mich bei der Vorstellung, ihn auf Abstand zu halten oder vielleicht sogar zu verlieren, wenn ich mich zurückziehe. Dann horche ich ihn lieber ein bisschen aus.

»Ich könnte ihm schon heute auf den Zahn fühlen«, schlage ich mit schlechtem Gewissen vor, weil ich mich ziemlich schuftig dabei fühle. »Er hat mich gerade auf einen Drink eingeladen.«

Grübelnd sieht Fiona mich an. Sie kennt mich, und sie kennt auch meinen Hang zu irrationalen Entscheidungen, wenn es sich um Männer dreht. Ahnt sie, dass es nicht nur mein detektivischer Ehrgeiz, sondern vor allem mein Herz ist, das mich zu Nick zieht?

»Okay«, brummt sie. »Du kriegst zwei Stunden und meinen Van, vorausgesetzt, du trinkst keinen Alkohol und leierst ihm hilfreiche Informationen zum Stand der Ermittlungen raus.«

»Dem schließe ich mich vollinhaltlich an«, bekräftigt Hermine. »Danach wirst du uns berichten.«

Das verspreche ich natürlich hoch und heilig.

»Nick und du, das passt in etwa so gut zusammen wie Essiggurken zu Mousse au Chocolat«, orakelt Fiona. »Aber wahrscheinlich seid ihr der beste Beweis für die alte Weisheit, dass ein Deckel nicht unbedingt zum Topf passen muss – Hauptsache, er hält die Hitze.«

O ja, heiß wird mir definitiv bei der Aussicht, ihn ganz unverhofft noch zu sehen.

Mit strenger Miene überreicht mir Fiona ihren Autoschlüssel. Damit bin ich entlassen und laufe mit klopfendem Herzen nach draußen. Einfach wird es nicht, dort weiterzumachen, wo wir aufgehört haben, als sich Nick auf einmal so sehr für meine Uhr interessierte. Aber was kann schon zwei Menschen aufhalten, die füreinander bestimmt sind?

Diese optimistische Sicht der Dinge scheint sich zu bestätigen, als ich zwanzig Minuten später ins *Cosy Coffee* haste, mit hochroten Wangen und ein bisschen außer Atem, weil es nicht einfach war, einen Parkplatz für Fionas großen Van zu finden.

»Hey«, flüstert Nick, der mich ohne jede Scheu in den Arm

nimmt und mir Küsschen rechts und links auf die brennenden Wangen gibt. »Toll, dass du gekommen bist.«

»Ich konnte nicht anders«, strahle ich fröhlich und fühle mich mal wieder wie vierzehneinhalb in seiner Gegenwart.

Seinen rechten Arm lässt er um meine Taille geschlungen, als wir uns setzen. Auf »unsere« Bank. Am Zweiertisch ganz hinten in »unserer« Ecke. Es erfüllt mich mit unbändiger Freude, dass wir uns erst so kurz kennen, aber schon unseren eigenen Platz haben. Womöglich hat Nick den Tisch extra für uns reserviert, denn trotz der späten Stunde ist das Lokal gut gefüllt. Überall sitzen Pärchen, die sich halblaut unterhalten, die Atmosphäre ist heiter, gelöst. Ideal für unser zweites Date.

»Ich habe mir erlaubt, schon etwas zu bestellen«, erklärt Nick und zeigt auf die beiden mit Ananas und Orangenscheiben verzierten Cocktails vor sich, in denen rosa Strohhalme stecken. »Etwas Besonderes für eine sehr besondere Frau. Ohne Alkohol, versteht sich, wir müssen ja beide noch fahren.«

Sogar daran hat er gedacht. Ich schmelze dahin.

»Du bist so aufmerksam«, hauche ich.

»Spontanität muss belohnt werden, oder?« Andächtig erhebt er sein Glas. »Auf dich. Und auf Bobo. Schließlich hat er uns zusammengeführt.«

»Ja, auf Bobo. Und auf uns.«

Synchron umschließen wir die rosa Strohhalme mit unseren Lippen, was ich ziemlich erotisch finde. Der Cocktail schmeckt fruchtig-süß, mit einer Spur Zitrone. Köstlich. Dass wir dieselbe Geschmacksrichtung bevorzugen, erscheint mir als ein weiteres gutes Zeichen, und meine letzten Bedenken im Hinblick auf eventuelle Komplikationen pulverisieren sich. Nein, Nick hat keinen Verdacht wegen meiner Uhr geschöpft, und wenn, ist es ihm nicht so wichtig wie befürchtet.

»Harter Tag heute?«, erkundige ich mich pflichtschuldigst.

Immerhin habe ich ja versprochen, etwas aus ihm herauszubekommen. Auch wenn mir die Sache mit den Fehlinformationen entschieden zu weit geht – Fragen sind in Ordnung. Ohnehin darf er mir ja nichts Hochgeheimes verraten, aber vielleicht erfahre ich irgendein nebensächliches Detail, das ich später Fiona und Hermine präsentieren kann.

Doch statt mich mit einer der erwartbaren Floskeln abzuspeisen – »darüber darf ich nichts sagen, Polizeiarbeit erfordert Diskretion, wir geben nichts raus, um die Ermittlungen nicht zu gefährden« –, verhärten sich Nicks Gesichtszüge plötzlich, und ein eigentümlicher Ernst verschattet seine Augen.

»War viel los.« Unruhig spielen die Finger seiner freien linken Hand mit der Cocktaildekoration. »Alles ist weit brisanter als gedacht, was die Vorkommnisse der vergangenen zwei Tage betrifft.«

Höhö, *die Vorkommnisse*. Auch wenn es mir schwerfällt, heuchele ich natürlich äußerste Besorgnis.

»Wie schrecklich, Nick! Muss ich Angst um dich haben? Kann man sich noch sicher in unserer Stadt fühlen?«

Mit unvermindertem Ernst sieht er mich an, als sein Handy klingelt.

»Sorry, da muss ich rangehen«, entschuldigt er sich mit einem Blick aufs Display. »Ich mach's kurz, ja?«

Rasch erhebt er sich und läuft aus dem Lokal, während ich

mich frage, was denn so dringend sein kann, dass er um diese späte Uhrzeit angerufen wird – und dann auch noch das Gespräch annimmt. Wenngleich mir nicht ganz wohl dabei ist, schleiche ich ihm hinterher.

Draußen auf der Straße kann ich ihn nicht entdecken. Doch ich höre seine gedämpfte Stimme. Offenbar hat er sich in die Toreinfahrt neben dem Lokal gestellt, um ungestört telefonieren zu können. Ungestört, aber nicht unbelauscht.

»Es gibt einen Zusammenhang zwischen dem Überfall auf den Juwelier und dem Autodiebstahl?«, höre ich ihn fragen.

Schlagartig wird mir eiskalt.

»Verstehe ich das richtig«, fragt er weiter, »auf dem Verschluss einer Goldkette im Juwelierladen habt ihr die gleichen Fingerabdrücke gefunden wie auf dem Lenkrad des gestohlenen Wagens? Dann muss es sich also um ein und dieselbe Person handeln.«

Millimeterweise rutscht mir das Herz in die Kniekehlen.

»Okay, wir sollten die Fingerabdrücke mit unserer Verbrecherkartei abgleichen, dann haben wir womöglich den Täter oder die Täterin«, stellt er sachlich fest und hält kurz inne. »Ach, ihr geht von einer Täterin aus, weil ihr Spuren eines Gesichtspuders auf dem Lenkrad gefunden habt?«

Krampfhaft ringe ich nach Luft. Es ist, als hätte man mir gerade eine Schlinge um den Hals gelegt, die sich langsam zuzieht und mir die Luft abschnürt.

Du bist in keiner Kartei, du bist in keiner Kartei, beruhige ich mich, während ich zurück ins Lokal laufe und mich wieder in »unsere Ecke« drücke.

Aber in den neuen biometrischen Ausweisen werden Fingerabdrücke gespeichert, flüstert eine gehässige kleine Stimme in meinem Kopf.

Und wie sollte die Polizei auf mich kommen?, halte ich dagegen. Kein Mensch würde eine Frau wie mich verdächtigen!

Die kleine fiese Stimme gibt jedoch keine Ruhe: Tja, Nele, sieht ganz so aus, als ob der letzte Strohhalm, an den du dich jetzt noch klammern kannst, in einem Cocktail steckt.

Kapitel 25

Würde mich jemand fragen, wie es mir heute Morgen geht, wäre die Antwort: gar nicht.

Die ganze Nacht über habe ich mich hin und her gewälzt, ohne ein Auge zuzutun, weil mich das Gespräch mit Nick hellwach gehalten hat. Jetzt fühle ich mich völlig zerschlagen. Doch es hilft ja nichts: Ein neuer Tag ist angebrochen, kneifen kommt nicht infrage. Ach ja, und alles Gute zum Alltag. Am liebsten würde ich meinen Körper noch mal ins Bett bringen und ihn abholen, wenn er mit dem Schlafen fertig ist.

Wir haben wieder bei Fiona übernachtet, die sogar extra Dinkel-Pancakes mit Bio-Nuss-Nougat-Creme als Nutella-Ersatz für Ben zubereitet hat. Nun sitzen wir am reich gedeckten Küchentisch: die Kinder mit ihren gefüllten Tellern beschäftigt, Paul mit seinem Handy, Fiona und ich im bangen Bewusstsein, dass mir ein gewisser Nick Fehlandt auf den Fersen ist. Und das ist nicht mein einziges Problem. Als ich aus der Dusche kam, fand ich eine lange Mail in meinem Posteingang, so lang, dass ich nur den Anfang und das Ende lesen konnte, ohne dabei einzuschlafen.

Fakt ist, dass ich tatsächlich den Job bei Wilhelm Aberfort ergattert habe. Aber ohne Auto? Langsam gehen mir die Ideen aus, wie ich möglichst rasch Geld verdienen könnte.

»Bitte sehr.« Mit angespannter Miene serviert Fiona eine Schüssel Rührei, die sie mitten auf den Tisch stellt. »Bevor ihr Pippi-Langstrumpf-mäßig fragt: Das hier stammt von artgerecht gehaltenen Hühnern, es sind Wunscheier, der Hahn war bei der Geburt dabei, ihr könnt sie also unbesorgt essen.«

»Heute werden wir in der Schule über Löwen abgefragt«, berichtet Ben, der sich die braunen Nuss-Nougat-Creme-Lippen leckt und gleichzeitig versucht, seine Milch zu trinken. »Wer hat noch mal eine Mähne? Der Mann oder die Frau?«

»Es heißt Männchen und Weibchen, Schatz«, korrigiere ich ihn sanft.

»Und das Männchen hat natürlich die Mähne«, ergänzt Paul, ohne von seinem Handy aufzusehen, »weil das Männchen immer größer und stärker ist als das Weibchen und die meiste Beute nach Hause bringt.«

Dafür ist er selber ja das beste Beispiel. Diese ironische Anmerkung spare ich mir allerdings für einen günstigeren Zeitpunkt auf.

»Wusstet ihr«, fragt Alisa, die sich auch heute Morgen weitgehend in Schweigen gehüllt hat, »dass Austern im Laufe ihres Lebens mehrmals das Geschlecht wechseln?«

»Nein, meine kleine Perle.« Liebevoll lächele ich ihr zu, auch wenn das wenig an ihrer deprimierten Stimmung ändern kann. Es macht mich rasend, sie so trübsinnig zu erleben, seit sie bei der Auswahl der Hockey-Besten schmählich übergangen wurde. »Woher hast du nur immer all diese spannenden Fakten?«

»Mit der richtigen Mischung aus Neugier, Interesse und

Gedächtnistraining ist das keine große Sache«, erwidert sie gleichmütig. »Ich bin ja kein Goldfisch. Wusstet ihr, dass das Gedächtnis eines Goldfischs nur eine Zeitspanne von drei Sekunden speichern kann?«

Paul wirft mir einen enervierten Wie-hältst-du-das-bloß-mit-ihr-aus-Blick zu, bevor er sich wieder seinem Handy widmet. Auch was er von unseren Übernachtungen in seinem Haus hält, ist schwerlich zu übersehen. Noch weiß er nicht, was seine Frau auf Facebook gepostet hat: dass sie ab dem nächsten Monat Zimmer vermieten wird. Möchte ja nicht dabei sein, wenn sie es ihm mitteilt.

»Alisa weiß alles, sie ist sooo eine Bereicherung«, schwärmt Fiona, wohl um zu betonen, dass ihr im Gegensatz zu Paul unsere Anwesenheit sehr recht ist.

»Trotzdem hätte ich da mal eine Frage«, sagt Alisa.

Alle Köpfe wenden sich ihr ruckartig zu. Sogar Paul lässt sein Handy sinken. Alisa? Hat eine Frage?

»Es ist so«, beginnt sie versonnen, »ich habe gelesen, dass männliche Schweine bei der Paarung etwa einen Liter Samenflüssigkeit abgeben und dabei einen Orgasmus haben, der bis zu zwanzig Minuten dauert. Aber was ist ein Orgasmus? Ich wollte das recherchieren, so richtig verstehen konnte ich es nicht.«

Noch nie habe ich diese Küche so totenstill erlebt. Als Erstes reagiert Paul. Er springt so impulsiv auf, dass sein Stuhl umkippt, und rennt mit Panik im Blick hinaus.

»Orgasmus, das ist so was Chemisches«, erklärt Noah gewichtig.

»Organ-Mus, es heißt Organ-Mus«, meint Matteo.

»Wir könnten Karla Kolumna fragen!«, meldet sich Leon lebhaft zu Wort. »Die weiß immer alles!«

»Frag doch gleich Patrick, den doofen Seestern aus SpongeBob«, ätzt Noah.

»Gut beobachtet«, wird er von Alisa gelobt. »Wusstet ihr, dass Seesterne kein Gehirn haben?«

»Kinder, aufessen!«, mahnt Fiona. »In fünf Minuten ist Abmarsch! Nele, kommst du mal?«

Glucksend zieht sie mich in den Flur, wo sie sich erst einmal ausschüttet vor Lachen.

»Alisa macht mich fertig«, japst sie. »Einen Liter Samenflüssigkeit und zwanzigminütige Orgasmen zum Frühstück hatte ich noch nie! Wie lustig!«

Wieder bricht sie in Lachen aus, dann zieht sie ihre apricotfarbene Jogginghose hoch, zu der sie heute ein weißes T-Shirt mit der Aufschrift *Eine Frau sollte immer so teuer sein, dass sich der Mann keine zweite leisten kann* trägt.

»Aber Spaß beiseite: Ich habe Paul überredet, dass du den Van bekommst, wenn er die Kinder zur Schule gebracht hat. Auf diese Weise musst du deinen Job bei Aberfort nicht canceln. Pauls einzige Bedingung ist, dass du dafür später die Kinder wieder von der Schule abholst. Wäre das okay für dich?«

»Okay?« Überwältigt falle ich Fiona um den Hals. »Mehr als das, es ist – wie soll ich dir jemals danken für alles, was du für mich tust?«

»Indem du so bleibst, wie du bist«, erwidert sie mit Wärme

in der Stimme. »Ehrlich, ich habe so viel Spaß mit dir und den Kindern, sogar mehr Spaß als vorher – also, bevor wir finanziell ins Schlittern gekommen sind.«

»Wie bitte?«

Geistesabwesend betrachtet sie ihren geschmackvoll eingerichteten Hausflur, der trotz der vielen Bewohner picobello aufgeräumt ist. Alle Schuhe stehen ordentlich in einem Regal, dessen zartgelb geblümte Stoffgardine den Inhalt taktvoll verbirgt, Mäntel und Jacken hängen an den dafür vorgesehenen Garderobenhaken. Auf einem Sideboard aus hellem Holz befinden sich eine Vase mit gelben Glockenblumen sowie eine Messingschale, in der Briefe und Schlüssel deponiert werden, darüber ein untadelig geputzter Spiegel mit Holzrahmen, an der Wand gegenüber zwei Landschaftsbilder mit Schafen, die auf blühenden Wiesen rumstehen.

»Das hier war meine kleine langweilige Welt«, erklärt sie mit einem Schulterzucken. »So hätte es ewig weitergehen können, mein Leben als perfekte Hausfrau: ohne größere Aufregungen, ohne Höhen und Tiefen. Doch jetzt muss ich eine Krise meistern, und weißt du was?«

»Ähm, nein?«

»Es fühlt sich so ungeheuer lebendig an!«, ruft sie feurig aus. »*Ich* fühle mich wieder lebendig! Weil ich für etwas kämpfen muss, mit allen Mitteln, auch den nicht ganz so legalen. Das ist so viel besser als das Alltagseinerlei! Und du bist die wunderbarste Gefährtin dafür! Verstehst du jetzt, warum ich alles für dich tun würde?«

»Dennoch«, plötzlich spüre ich Tränen in meinen Augen aufsteigen, »das geht weit über Freundschaftsdienste hinaus. Du bist großzügig, Fiona, gastfreundlich, ohne dich …«

»… wärst du nicht in einem belastenden Überwachungsvideo aufgetaucht und nicht in einem geklauten Auto unterwegs gewesen«, schneidet sie mir lächelnd das Wort ab. »Die wahre Übeltäterin bin ich. Und deshalb«, übermütig zwinkert sie mir zu, »habe ich mir eine karmische Korrektur ausgedacht, was Alisa betrifft. Stichwort Gerechtigkeitsliga.«

Bloß das nicht. Bisher haben sich noch alle unsere Aktivitäten in dieser Richtung als Bumerang erwiesen, und ich verspüre wenig Lust auf weitere Kostproben.

»Nun guck nicht so skeptisch«, flüstert Fiona komplizenhaft. »Sobald Paul mit den Kindern aus dem Haus ist, facetimen wir mit Hermine. Während du gestern deinen Cop bezirzt hast, sind wir auf eine grandiose Idee gekommen. Psst, der Herr des Hauses naht.«

Stumm sehen wir zu, wie Paul die Treppe heruntersteigt, nach wie vor am Handy klebend, aber durchaus interessiert an unserer kleinen Flurparty.

»Was tuschelt ihr denn da?«, fragt er argwöhnisch, bevor er den Autoschlüssel aus der Messingschale nimmt und nach draußen stiefelt.

»Achte gar nicht auf ihn«, spielt Fiona seine schlechte Laune herunter. »Er ist sauer, weil ich ihm gestern gesagt habe, dass ich am Spülmaschineeinräumen erkenne, ob jemand als Kind mit Lego gespielt hat oder Blindekuh. Er wusste sofort, dass er zur zweiten Kategorie gehört. Ich meine – wer legt denn bitte die Bratpfanne ins Gläserfach?«

Mit einem etwas flauen Gefühl versenke ich die Hände in den Taschen meiner Jeans.

»Und das andere, Fiona? Dieses karmische Dings?«

»Wirst schon sehen«, lacht sie. »Alisa wird morgen einen Spitzentag haben. Lass uns jetzt die Kinder abfahrtbereit machen, danach erfährst du mehr.«

In den nächsten Minuten haben wir alle Hände voll zu tun: Schulranzen auf Vollständigkeit überprüfen, Frühstücksdosen verteilen, Schuhe anziehen beaufsichtigen, gefolgt von liebevollen Abschiedsumarmungen, die mal auf mehr, mal auf weniger Begeisterung stoßen. Danach bringen wir die Kinder nach draußen, wo Paul mit hochgezogenen Schultern am Van lehnt. Auch er bekommt eine Abschiedsumarmung.

»Ciao, mein Bester. Nanu?« Fiona schnuppert an ihm und rümpft die Nase. »Paul! Hast du etwa geraucht?«

»Nein, eine Nachricht an Häuptling Großer Adler geschickt.« Mokant hebt er eine Augenbraue. »Das sind die neuen Zeiten: Du machst, was du willst, ich mache, was ich will.«

Wow. Das hat gesessen. Wir warten, bis alle Kinder eingestiegen sind und Paul den Motor startet, dann gehen wir zurück ins Haus.

»Also so was«, wundert sich Fiona. »Denkst du, er raucht wieder, weil er Stress hat? Ich meine, er tut doch gar nichts.«

»Vielleicht stresst ihn gerade das Nichtstun«, versuche ich mich an einer Erklärung. »Einer wie Paul braucht die Herausforderung. So wie sein Ex-Chef Aberfort, der augenscheinlich mehr Geld besitzt, als er ausgeben kann, aber nie genug bekommt. Gestern hat er sogar was von einem Imperium gefaselt.«

»So, hat er das.« Mit beiden Händen drückt Fiona die Haustür von innen zu. »Bestimmt hast du recht. Wenn wir das nächste Mal was Verrücktes planen, sollten wir Paul mit einspannen.«

»Fiona, bitte«, stöhne ich. »Für illegale Extratouren sind wir einfach nicht tough genug.«

»Aber für das, was deine beiden Freundinnen ausgeheckt haben, schon.«

Frohgemut tippt sie auf ihrem Handy herum, bis Hermines schlafverquollenes Gesicht auf dem Display erscheint.

»Morgen, die Damen«, sagt Hermine gähnend. »Bereit für große Taten?«

»Dürfen gern auch etwas kleinere sein«, druckse ich herum, weil mir die beiden nicht ganz geheuer sind.

»Geh doch mal bitte auf die Schulwebsite, Nele.« Hermine nimmt einen Schluck Kaffee, bevor sie ein unergründliches Lächeln aufsetzt. »Ich würde sagen, die ist einen Blick wert.«

Da mir schon etwas schwant, und zwar nichts Gutes, wähle ich direkt den Menüpunkt Sportveranstaltungen an. Dort steht ein Text, der gestern noch nicht da stand.

Liebe Eltern, wie Sie alle wissen, bemüht sich die Pippi-Langstrumpf-Schule um größte Fairness im Miteinander und insbesondere um ein Maximum an Gendergerechtigkeit. Das haben wir uns auf unsere Fahnen geschrieben, das setzen wir um, dafür stehen wir ein.

Umso mehr bedauern wir ein Versehen, auf das uns Irene Erkles-Westermann, unsere langjährige Vorsitzende des Gendermainstreaming-Ausschusses, hingewiesen hat. Bei der Auswahl der

Hockey-Schulmenschschaft, die morgen gegen die Ronja-Räubertochter-Schule antreten wird, ist uns ein gravierender Fehler unterlaufen: Es wurden vier Jungen und nur drei Mädchen ausgesucht, was einen empfindlichen Verstoß gegen unsere Statuten bedeutet, sind doch Mädchen angesichts der jahrhundertelangen Frauendiskriminierung im Zweifelsfall zu bevorzugen.

Irene Erkles-Westermann, der wir an dieser Stelle ausdrücklich danken möchten, hat einmal mehr ihr bewundernswertes Engagement für unsere Schulphilosophie unter Beweis gestellt, indem sie darum bat, ihren Sohn Balthasar von der Teilnahme zu befreien und stattdessen Alisa Tremper nachrücken zu lassen, deren außergewöhnliche sportliche Leistungen diesen Schritt voll und ganz rechtfertigen.

In Anerkennung der besonderen Verdienste von Irene Erkles-Westermann, die selbstverständlich auch ohne die Mitwirkung ihres Sohns dem Turnier beiwohnen wird, möchten wir anregen, ihr kleine oder auch größere Aufmerksamkeiten wie selbst gebackenen Kuchen (bitte gluten-, zucker-, nussfrei) oder selbst gebastelte Präsente (bitte Upcycling praktizieren, also gebrauchte Materialien verwenden) zu überreichen. Wenngleich Irene Erkles-Westermann für ihre sympathische Bescheidenheit bekannt ist, sind wir sicher, dass sie im Bewusstsein ihrer großherzigen Entscheidung sehr gern bereit sein wird, Ihre Präsente entgegenzunehmen.

Wir wünschen Ihnen ein spannendes Turnier.

»Und? Wie findest du das?«, fragt Fiona aufgeregt. »Hermine und ich haben über eine Stunde an dem Text rumgeschraubt! Nun sag doch schon was, Nele!«

Ich kann nicht sprechen. Ich stehe auch nicht mehr. Schon

während der Lektüre bin ich wie ein nasser Sack mit dem Rücken an der Wand runtergerutscht, bis ich auf dem Boden gelandet bin. Wo ich immer noch sitze.

»Und das Geniale ist«, wie ein Preisboxer umtänzelt Fiona einen imaginären Gegner und teilt imaginäre Boxhiebe aus, »aus der Nummer kommt Irene nicht mehr raus. Wenn sie jetzt dagegen protestiert, steht sie für alle Zeiten als Heuchlerin da, die ihren Sohn pusht und dafür eine Genderungerechtigkeit in Kauf nimmt. Auch von der Schulleitung ist keine offizielle Reaktion zu erwarten. Natürlich wird man versuchen, den Hackerangriff aufzuklären, doch Alisas Nominierung können sie nicht zurücknehmen, ohne sich den Vorwurf der Genderungerechtigkeit einzuhandeln. Und den Hockeytrainer freut's sowieso, der war immer für Alisa – das hat er dir ja auch schon mitgeteilt.«

Das ist wahr. Und so wohldurchdacht. Meine Bewunderung für Fiona und Hermine wächst sekündlich. Was für eine ausgeklügelte Strategie!

»Niemandem wird geschadet, allen gedient«, resümiert Fiona voller Stolz. »Balthasar hasst Hockey und hat Angst vor jedem Spiel, Alisa wird überglücklich sein, Irene bekommt morgen die volle Packung Anerkennung, was ihr ja das Wichtigste ist. Eine Win-win-win-Situation also.«

»Wirklich genial«, murmele ich.

»Siehst du, Nele, mein alter Wahlspruch funktioniert«, frohlockt Fiona. »Und noch mal zum Mitschreiben: Wenn du deinen Feind nicht bekämpfen kannst, musst du ihn umarmen, bis er sich nicht mehr bewegen kann.«

Kapitel 26

Heute brauche ich kein Google Maps. Wenn man erst mal weiß, wie der Hase läuft, findet man den Weg zu Wilhelm Aberforts Anwesen fast von allein. Ich habe mir alle Abzweigungen gemerkt: linksherum an einer Kapelle mit Zwiebeltürmchen, scharf rechts am Wegweiser zum Trimm-dich-Pfad, einen Kilometer später noch mal rechts abbiegen, wo ein kleines Wäldchen beginnt.

Dennoch muss ich kurz vor meinem Ziel anhalten, weil mein Handy auf dem Beifahrersitz surrt und die Nummer der Pippi-Langstrumpf-Schule auf dem Display erscheint. Ach herrje. Mit Blick auf das Wäldchen greife ich zitternd zum Handy. Wird sich Fionas Ich-mach-mir-die-Welt-wie-sie-mir-gefällt-Philosophie als weiterer Bumerang entpuppen?

Doch dann höre ich auf einmal Alisas jubelndes Stimmchen.

»Mami, ich bin im Sekretariat, Frau Diepholzer hat mir erlaubt, dich anzurufen! Ich spiele morgen beim Hockeyturnier mit, Mami!«

Das sind diese Momente, in denen man als Mutter gar nicht weiß, ob man lachen oder weinen soll vor lauter Glück. Ich tue beides. Danke, Fiona, danke, Hermine. Die Gerechtigkeitsliga hat gesiegt.

»Mein Liebling, wie wunderbar«, schluchze ich. »Du hast es dir so verdient!«

»Und stell dir vor, beim nächsten Girl's Day darf ich eine Rede halten! Die Direktorin hat gesagt, ich wäre ein leuchtendes Beispiel für Girl's Power!«

»Das feiern wir heute Nachmittag«, verspreche ich unter Tränen, während ich Wilhelm Aberforts Fünfziger in meiner Hosentasche befühle. »Mami holt euch von der Schule ab, dann gehen wir alle Eis essen!«

»Au ja! Danke, Mami! Muss jetzt Schluss machen!«

»Sicher, meine Große, bis später.«

Auf der weiteren Fahrt kommen mir immer wieder die Tränen. In meine Rührung und mein Glück mischen sich jedoch zusehends bohrende Fragen, die um Nick und seine Ermittlungen kreisen. Gestern Abend konnte ich meine Panik einigermaßen überspielen, aber als gewiefter Polizist versteht sich Nick bestimmt darauf, Menschen zu durchschauen.

Ich muss seine Zweifel zerstreuen, jetzt, sofort. Deshalb beschließe ich, ein weiteres Mal anzuhalten, um ihm zu schreiben.

Gerade habe ich die beiden Worte *Lieber Nick* zuwege gebracht, da kommt er mir zuvor.

Guten Morgen, schöne Frau! Du warst gestern Abend so schnell weg. Woran lag's? Ich wollte dir beileibe keine Angst einjagen mit meinen Mutmaßungen über die kriminellen Vorkommnisse. Nimm es einfach als kleine Schwäche eines übereifrigen Polizisten, dem es schwerfällt, abzuschalten. Kann ich es irgendwie wiedergutmachen? Heute Nachmittag vielleicht? Kisses, N

Diesmal ist es ein Schluchzer der Erlösung, der mich schüttelt. Nein, Nick hat keinen Verdacht geschöpft. Ich habe Gespenster gesehen. Erleichtert will ich ihm antworten, als eine zweite Nachricht eintrudelt.

Was ich noch sagen wollte – könntest du mir für eine Weile deine Uhr überlassen? Die mit dem ausgefransten Armband? Sobald wir sie abfotografiert und erkennungsdienstlich ausgewertet haben, bekommst du sie natürlich wieder.

Der Schreck fährt mir in alle Glieder. Die Uhr! Die vermaledeite Donatus-Uhr! Ich habe mich zu früh in Sicherheit gewiegt, das ist mal wieder so typisch. Und nun?

Tut mir leid, die Uhr habe ich verloren, tippe ich mit bebenden Fingern. *Das muss gestern auf der vollen Tribüne beim Hockeyspiel in der Schule meiner Kinder passiert sein. Aber vielleicht wird sie ja noch gefunden, dann gebe ich sie dir natürlich gern.*

Ok, lautet die dürre Antwort.

Mehr nicht? Nur dieses lapidare Okay?

Also, lieber Nick, schreibe ich zögernd, *ich gehe heute Nachmittag mit meinen Kindern Eis essen. Lust mitzukommen?*

Oder war das jetzt blöd? Welcher Mann, der sich mit einer Frau verabredet, will denn gleich die Kinder im Schlepptau?

Sehr gern, lese ich zu meiner größten Verblüffung. *Deine Kinder wollte ich sowieso mal kennenlernen. Bei der Mutter müssen das ja wahre Engelchen sein.*

Sofort liegen meine Nerven wieder blank. Was soll diese Anspielung mit den Engelchen? Da kenne sich noch einer aus mit dem Humor von Polizisten. Alles scheint plötzlich einen doppelten Boden zu haben. Sucht Nick etwa meine Nähe, weil er mich in Wirklichkeit längst verdächtigt?

Langsam fahre ich weiter, mit einem ganz, ganz mulmigen Gefühl im Bauch und ohne die idyllische Landschaft genießen zu können. Gestern bin ich hier noch in einem Cabrio unterwegs gewesen, in Hochstimmung, voller Optimismus, jetzt geht mir der Popo ganz schön auf Grundeis.

Mach dich nicht verrückt, Nele!, rufe ich mir energisch zu. Konzentriere dich auf das Wesentliche: deinen Job erledigen, Geld verdienen, Alisa eine kleine feine Geburtstagsparty und das ersehnte Smartphone schenken. Vielleicht lässt sich Wilhelm Aberfort erweichen, dir das erste Gehalt im Voraus zu zahlen. Dann bist du fürs Erste wieder flüssig.

Mein Selbstgespräch zeigt Wirkung. Regelmäßig atmend und mit einigermaßen normalem Pulsschlag biege ich auf Aberforts Grundstück ein und fahre an Pferdekoppel und Tennisplatz vorbei zum Haus. Heute stehen noch weitere Autos neben dem Fuhrpark, lauter große Limousinen. Gäste? Geschäftspartner? Womöglich kann ich interessante Gesprächsfetzen aufschnappen?

Jedenfalls müssen es echte VIPs sein, die sich hier eingefunden haben, denn neben der Eingangstür steht ein Muskelpaket von Riese im dunkelblauen Anzug, der mir den Weg verstellt.

»Security«, bellt er knapp. »Und Sie sind …?«

»Die Putzfrau«, piepse ich eingeschüchtert.

»Hausausweis?«

»Habe ich noch nicht, doch Sie können Herrn Aberfort fragen, er hat mich eingestellt.«

Etwas wichtigtuerisch, wie ich finde, spricht der Securitymann in ein Mikrophon an seinem dunkelblauen Revers. Genauso gut könnte er doch Wilhelm Aberfort rausklingeln. Kommt offenbar aufs Selbe raus, denn kurz darauf öffnet sich die Tür, und der Hausherr erscheint.

»Frau Tremper?« Anders als gestern trägt er einen eleganten dunkelgrauen Nadelstreifenanzug, seine Miene ist kalt und abweisend. »Was machen Sie denn hier? Dienstbeginn ist erst nächste Woche.«

»Das – das hat mir keiner gesagt«, rechtfertige ich mich verlegen.

»Aber geschrieben«, blafft er. »Frau von Curtius hat Ihnen eine lange Mail geschickt. Bevor Sie hier anfangen, brauchen wir Unterlagen wie Steuerkarte, Sozialversicherungsnummer, Steuernummer, nicht zuletzt Ihr polizeiliches Führungszeugnis und eine unterschriebene Schweigeklausel, dass Sie über alles, was Sie hier hören oder sehen, absolutes Stillschweigen bewahren.«

Ich ärgere mich über mich selbst. Das kommt davon, wenn man morgens so müde ist, dass lange Mails die Wirkung von fünf Schlaftabletten haben – weshalb man sich davon lieber fernhält.

Wilhelm Aberfort mustert mich unschlüssig, dann öffnet er die Tür etwas weiter.

»Na, wo Sie schon mal da sind, können Sie aushelfen. Meine Haushälterin liegt mit Magen-Darm im Bett. Ich nehme an, Sie sind in der Lage, Kaffee zu kochen?«

»Mache ich nicht gerade beruflich, könnte aber klappen«, erkläre ich halb zuversichtlich, halb ironisch.

»Dann rein mit Ihnen«, schnarrt er in diesem befehlsgewohnten Ton, der mir schon beim ersten Vorstellungsgespräch aufgefallen ist. »Wo sich die Küche befindet, wissen Sie ja bereits. Ich habe ein Meeting im Esszimmer, bringen Sie uns acht doppelte Espressi und einen Teller mit Konferenzkeksen.«

Ein zusätzliches *Bitte* hätte ich ganz schön gefunden, aber Aberfort scheint ziemlich unter Strom zu stehen. Im riesigen Marmor-Entree strebt er zackig nach rechts in Richtung Wohntrakt, ich lenke meine Schritte nach links zu den Wirtschaftsräumen.

Während ich in der Küche die riesige chromglänzende Profi-Espressomaschine bestaune, die so kompliziert aussieht wie das Cockpit eines mittleren Verkehrsflugzeugs, überlege ich, warum Aberfort ein so großes Meeting in der Abgeschiedenheit seines Anwesens anberaumt. Weil er keine Zuschauer, keine ungebetenen Zuhörer will? Weil etwas Hochgeheimes verhandelt wird?

In derartige Überlegungen versunken ziehe ich meinen Parka aus und hänge ihn über einen Stuhl. Darunter trage ich eine weiße Bluse, die mir Fiona geliehen hat, ein niedliches Teil mit Rüschen. Nicht ganz mein Stil, aber umso passender, weil ich damit etwas mädchenhafter, unschuldiger aussehe. Beste Voraussetzungen also für eine unauffällige Lauschaktion.

Eine Weile doktere ich an der Espressomaschine herum. Doch nachdem ich diverse Knöpfe gedrückt und diverse Hebel betätigt habe, gebe ich es auf. Das wird heute nix mehr mit Espresso. Als Barista bin ich also schon mal durchgefallen. Dafür entdecke ich eine altmodische Kaffeemaschine ganz hinten auf der Arbeitsfläche. Nicht gerade State of the Art, aber dann muss ich das den erlauchten Herrschaften eben als Retro-Charme verkaufen.

Zehn Minuten später trippele ich mit einem Riesentablett ins Esszimmer. Schnöder Filterkaffee schwappt in den Tassen darauf, daneben steht eine Schale mit den legendären Konferenzkeksen, von denen ich schon so viel gehört habe. Keine Ahnung, was alle daran finden, sie sehen recht staubig aus.

Acht Herren sitzen am schwarzen Lacktisch, wie ich schnell durchzähle. Acht Männer, keine Frau. Aberfort scheint es nicht so mit Gender-Mainstreaming zu haben.

»Wir brauchen asap ein Briefing für die Pain Points des Investments«, murmelt einer der Gäste, ein hagerer Typ mit Halbglatze und schwarzer Krawatte.

»No way, wir sind last minute, schließlich ist der Kick-off schon nächste Woche«, widerspricht ein anderer. »Da müssen wir out of the box denken. Vielleicht das Thema optimaler leveragen?«

»Nicht vergessen: Wir sollten den Break-even-Point spätestens in einem Monat erreicht haben«, brummt Aberfort.

»Dann brauchen wir jetzt asap einen Change Request vor dem Release von Techmate«, murrt der Typ mit der Halbglatze.

Aber sonst geht's gut, ja? Um mich bemerkbar zu machen, räuspere ich mich.

»Ah, Frau Tremper.« Zerstreut sieht Wilhelm Aberfort von seinem Laptop auf und legt die Stirn in Falten, als er das Tablett in meinen Händen erblickt. »Was ist das? Wir wollten Espresso!«

»Das ist mir durchaus bewusst«, erwidere ich mit eingezogenem Bauch. »Aber ich dachte, ein Caffè Americano ist mal was anderes. Sie wissen doch, wenn man heute irgendwo Kaffee bestellt, wird's kompliziert: Tall oder Grande? Soja- oder Hafermilch? Karamellaroma oder Vanille? Und das ist erst der Anfang. Wo bleibt die gute alte Kaffeekultur? Filterkaffee ist so herrlich retro, der hat den Geschmack der guten alten Zeiten.«

Acht Herren starren mich an. Ich dachte immer, die längsten Sekunden sind diejenigen, die meine Waschmaschine braucht, um nach dem Schleudergang die Trommel freizugeben, doch diese Sekunden toppen den Rekord.

»Eigentlich finde ich den guten alten Filterkaffee ganz lecker«, bricht schließlich der Typ mit der Halbglatze das Eis. »Immer her damit.«

Offenbar ist er der Platzhirsch der Runde, denn nun wollen auch die anderen plötzlich meinen Kaffee. Ich serviere die Tassen jeweils mit einem strahlenden Lächeln, ganz brav, ganz artig, während ich die Ohren offen halte, ob noch etwas Interessantes gesagt wird.

Dafür muss ich allerdings erst mal meine spärlichen Englischkenntnisse aktivieren. Soweit ich es verstanden habe, geht es um ein *Investment* namens *Techmate*, mit dem irgendwas nicht stimmt – oder was soll *Pain Points* bedeuten? Da dieses Investment schon nächste Woche auf den Markt geworfen wird, will man es irgendwie besser hinstellen, als es ist. Ganz schön ausgekocht. Man ändert nicht das Produkt, sondern die Werbung. Aber was ist dieses *Techmate*?

Mittlerweile bin ich bei Wilhelm Aberfort angelangt, der als Gastgeber die letzte Kaffeetasse bekommt, so halte ich es für angemessen. Vorsichtig stelle ich die Tasse auf den Tisch, direkt neben seinen Laptop, auf dem unter dem Schriftzug *IPO Readiness* allerlei Kurven zu sehen sind, die steil nach unten zeigen.

»Und einmal Kaffee für Sie, Herr Aberfort, wohl bekomm's«, nuschele ich dezent, um nicht zu stören.

So wenig, wie er Bitte sagt, hält er ein Danke für nötig. Könnte aber auch daran liegen, dass er dem Security-Mann zuhört, der ihm etwas ins Ohr raunt. Danach fixiert er mich mit einem Blick, an dem ein Sonnenstrahl abgebrochen wäre.

»Alles in Ordnung?«, frage ich verunsichert.

»Raus hier«, zischt er leise. »Sofort.«

Mit so einer brüsken Ansage hätte ich nun wirklich nicht gerechnet. Filterkaffee ist doch kein Verbrechen.

Schweigend eskortieren mich Aberfort und sein Wachhund bis ins Entree, wo sie mich mit einem derartig bösen Gesichtsausdruck ins Visier nehmen, dass mir die Kehle eng wird. Ich schlucke.

»Darf ich erfahren, was Ihnen missfällt, Herr Aberfort?«

»Sie! Sie missfallen mir!« Seine Augen verengen sich zu Schlitzen. »Mein Security-Mitarbeiter hat Ihr Autokennzeichen gecheckt, Frau Tremper. Stimmt es, dass der Wagen auf Paul Hansen angemeldet ist?«

Auweia. Der Name geht mir durch und durch. Also bin ich enttarnt worden, Ausflüchte sind sinnlos. Alles, was mir noch bleibt, ist, stumm zu nicken.

»Sie fahren den Wagen eines von mir gefeuerten Mitarbeiters!«, explodiert Aberfort und fuchtelt wild mit den Händen herum. »Hat er Sie angestiftet? Wollte er Sie hier als Maulwurf einschleusen? Sagen Sie mal, für wie blöd halten Sie mich eigentlich?«

Für blöd halte ich ihn überhaupt nicht. Vielmehr für einen mit allen Wassern gewaschenen Gauner in Nadelstreifen, der sein sogenanntes Imperium mit irgendwelchen unsauberen Methoden erschaffen will.

»Paul Hansen ist ein sehr netter, tüchtiger Mann«, beteuere ich. »Da fragt sich doch, warum Sie ihn und seine Familie sehenden Auges in eine Notlage gebracht haben.«

»Genug, Frau Tremper!« In Aberforts Mundwinkeln haben sich Spuckebläschen gebildet, die er mit jedem Wort versprüht. »Raus jetzt! Und seien Sie froh, wenn das hier kein juristisches Nachspiel hat!«

Ach, die Karte zieht er nun. Auf einmal bekomme ich eine Riesenwut auf diesen selbstgefälligen Möchtegern-Napoleon.

»Da wäre ich ja mal gespannt auf das Nachspiel«, lächele ich freundlich. »Das Vorspiel mit der Maniküre war nämlich vielversprechend, nur mein Honorar sind Sie mir noch schuldig.«

»Was?«

Jetzt ist es mir doch tatsächlich gelungen, ihn aus der Fassung zu bringen. Gut so. Geld ist die einzige Sprache, die solche Leute verstehen, heißen sie nun Elisabeth Steinhövel oder Wilhelm Aberfort. Und da sie diese Sprache so geläufig beherrschen, sind sie geizig, bis der Arzt kommt. Warum denken die, jemand wie ich soll ruhig mal umsonst arbeiten? Jeder Klempner nimmt schon knapp hundert Euro dafür, dass er überhaupt erscheint, und ich soll leer ausgehen?

In der Vergangenheit habe ich immer nur ungern über Geld gesprochen, weil es mir so peinlich war. Aber wahrhaft peinlich ist dieser Aberfort. Gut, in der Tat habe ich ihm nachspioniert, andererseits hat er meine Dienste in Anspruch genommen, als sei ich seine persönliche Sklavin.

Schluss damit. Es reicht.

»Maniküre plus aufwendige Anfahrt und Abfahrt plus Säuberung des Entrees und der Küche in einer Zeit von insgesamt dreieinhalb Stunden ergibt einhundertsiebzig Euro«, präsentiere ich eine niedrig angesetzte Phantasiesumme. »Den heutigen Kaffeeservice berechne ich Ihnen mit zwanzig Euro, minus Ihr gestriges Trinkgeld von fünfzig Euro wären das dann einhundertvierzig Euro.« Ich hole tief Luft, bevor ich Fionas Standardsatz hinzufüge: »Wenn's geht, in kleinen Scheinen.«

»Sekunde mal …«, will Aberfort protestieren, bricht jedoch kläglich ab.

Augenscheinlich fällt selbst ihm kein Gegenargument ein. Für ihn sind das sowieso Peanuts.

»Wissen Sie«, sage ich ruhig, »ich könnte jetzt falschen Stolz walten lassen und ohne das Geld gehen. Aber das wäre eben falscher Stolz. Ich bin Mutter. Ich habe zwei Kinder. Ich muss mir dreimal überlegen, wofür ich mein Geld ausgebe. Deshalb kann ich mir nicht leisten, meine Arbeitszeit zu verplempern und dann noch mit leeren Taschen nach Hause zu gehen.«

Das begreift er sehr wohl, ich sehe es ihm deutlich an, und die Gegenwart des Security-Manns tut ein Übriges. Man will ja nicht sein Gesicht verlieren. Ohne jede sichtbare Regung holt Aberfort eine Handvoll Scheine aus seiner Hosentasche und drückt sie mir in die Hand. Dann dreht er sich um und marschiert zurück zu seinem Meeting.

Als ich das Geld in meine Hosentasche gesteckt habe, tritt der Security-Mann auf mich zu. Anfangs hat er mich eher herablassend behandelt, jetzt bedenkt er mich mit einem anerkennenden Lächeln.

»Respekt, junge Lady, Sie sind klasse«, sagt er und reicht mir eine Visitenkarte. »Ich musste lange auf jemanden warten, der diesem Kotzbrocken mal Manieren beibringt. Alles Gute für Sie und Ihre Kinder. Wenn Sie irgendwas brauchen, Schutz, Begleitung, Beratung, egal was, rufen Sie mich an. Ich bin immer für Sie da.«

Kapitel 27

Mein liebstes Frühlingsgemüse heißt Eiscreme. Und das Erstaunliche daran ist: Dieses Gemüse mutiert in einem fort. Jedes Jahr kommen neue Sorten hinzu, ein Wunder der Natur, das mich allerdings vor ernsthafte Entscheidungsprobleme stellt. Was soll ich bloß nehmen? Papaya-Coco, kombiniert mit Limette-Grüntee? Oder Brownie-Bitterorange und dazu eine Kugel Salted Caramel mit Keksstückchen?

Für die Kinder ist es einfacher. Die wollen Vanille, Schokolade, Erdbeere, basta. Hauptsache, es gibt bunte Zuckerstreusel obendrauf. Zappelnd vor Aufregung stehen sie mit mir am Tresen der Eisdiele *Gletscherland*, einem exklusiven kleinen Laden mit eisblauen Plastikstühlchen, der stadtbekannt für seine selbst gemachten Spezialitäten ist, wohlwissend, dass diese Zuckerorgie eine Ausnahme bleiben muss, weil gute Mamis nur Honig und Stevia erlauben.

Für mich mischt sich ein weiterer Wermutstropfen in die süßen Freuden: Die Preise sind gesalzen. Ich war ewig nicht mehr auswärts Eis essen, weil wir sonst nur zu Hause Discounter-Eis löffeln, und bekomme einen heiligen Schreck, als ich entdecke, dass eine einzige Kugel über zwei Euro kostet. Du meine Güte. Die Erde ist viereinhalb Milliarden Jahre alt; warum muss ich ausgerechnet das Jahr erwischen, in dem ein Liter Eis teurer ist als ein Liter Benzin?

»Na, schon was Schönes gefunden?«, raunt eine Männerstimme in mein Ohr, die ich unter Tausenden erkennen würde.

Prickelnde Schauer überrieseln meinen Rücken, als ich mich umdrehe. Heute trägt Nick seine Uniform, und seine Augen funkeln in einem so tiefen Meergrün, dass man darin regelrecht versinken möchte. Ich könnte mich schon wieder in seine Arme werfen, aber mit Rücksicht auf die Kinder lasse ich es lieber bleiben.

»Nick.« Etwas ungelenk hauchen wir einander Küsschen auf die Wangen. »Freut mich, dass du es geschafft hast.«

»Ist das dein neuer Freund?«, fragt Ben.

»Er ist – *ein* Freund«, erwidere ich zögernd.

»Irgendwann vielleicht *der* Freund«, schmunzelt Nick.

»Cool, ein Cop«, grinst Noah, der bereits in einem Becher Spaghettieis rumstochert. »Hast du eine Knarre dabei?«

»Ja, aber die ziehe ich nur, wenn ich im Dienst bin.« Ein belustigter Blick trifft mich. »Momentan bin ich ganz privat hier.«

»Meine Mama hat auch eine Pistole«, erzählt Ben voller Stolz.

Augenblicklich verändert sich die heiter-entspannte Atmosphäre. Nick kneift ein Auge zu, sein Mund ist nur noch ein Strich.

»Du hast eine Pistole, Nele?«

»Nee, die hat Matteo weggeschmissen«, berichtet Ben weiter. »Er wollte sie nämlich ganz für sich haben, und da …«

»Es war nur eine Spielzeugpistole«, unterbreche ich ihn hastig. »Ganz harmlos also.«

Damit könnte alles geklärt sein, dennoch spüre ich etwas Ungutes, Klemmiges zwischen Nick und mir, diesen Hauch des Zweifels, der mich immer anweht, wenn wir auf die heiklen Themen zu sprechen kommen.

Unbehaglich wende ich mich ab und wieder der Eisverkäuferin zu, einer sympathischen, etwas pummeligen Frau in den besten Jahren, deren Augen mit mütterlicher Güte auf mir ruhen.

»Finde ich ja herzig«, lächelt sie, »Mama, Papa und fünf Kinder, so was sieht man heutzutage ganz, ganz selten.«

Sogleich will ich das Missverständnis aufklären, doch Nick ist schneller.

»Wir können gar nicht genug von unserem Familienglück bekommen«, behauptet er mit amüsiert zuckenden Lippen. »Zurzeit planen wir Kind Nummer sechs.«

»Hach.« Mit Daumen und Zeigefingern formt die Eisverkäuferin ein Herz. »Dann sollten Sie sich vorher stärken. Was kann ich denn für Sie tun? Möchten Sie vielleicht eine neue Gletscherland-Sorte probieren? Zum Beispiel unser Parmesaneis? Oder Gurke-Minze?«

»Ich bin eher der traditionelle Typ«, antwortet Nick und sondiert die Vitrine, in der sich rechteckige Metallwannen voller eisiger Köstlichkeiten aneinanderreihen. »Einmal bitte Schokolade, mit viel Schokosoße.«

Alisa, die noch gar nichts gesagt hat, schaut ihn interessiert an.

»Wussten Sie, dass der schwedische Süßwarenfabrikant Roland Ohisson von Falkenberg in einem Sarg aus reiner Schokolade beerdigt wurde?«

Es ist immer wieder unterhaltsam zu sehen, wie Menschen auf meine Tochter reagieren, wenn sie ihren Hang zu ungewöhnlichen Fakten noch nicht kennen.

»Alle Achtung«, staunt Nick, der nebenbei sein Schokoeis in Empfang nimmt. »Das wusste ich noch nicht.«

Unterdessen sind sämtliche Kinder versorgt, für mich bestelle ich eine Kugel Brownie-Bitterorange, die mir die Eisverkäuferin in einer Waffel überreicht.

»Bitte sehr, macht sechsundzwanzig Euro vierzig.«

Schluck. Kann das sein? Im Kopf überschlage ich noch einmal die Preise, doch es stimmt: Die Kinder haben jeweils zwei Kugeln bekommen, was bereits die sagenhafte Summe von zweiundzwanzig Euro ergibt, Nick und ich jeweils eine Kugel, womit ich für diesen kleinen Eisausflug tatsächlich fast dreißig Euro berappen muss.

In normalen Einkaufsdimensionen sind das zwei Liter Milch, drei Kilo Kartoffeln, zwei Kilo gemischtes Hack, fünf Packungen passierte Tomaten und mehr Nudeln, als wir zu dritt in zwei Wochen essen können.

»Warte, Nele.« Nick scheint mein Zaudern bemerkt zu haben. Mit einer Hand greift er in die Gesäßtasche seiner Jeans, wo Männer im Allgemeinen ihr Portemonnaie aufbewahren. »Ich lade euch gern ein.«

»Nein, nein«, widerspreche ich energisch und greife nun meinerseits in die Hosentasche, um meine gesammelten Scheine herauszuholen. »Das wäre übertrieben, du hast mich ja schon zwei Mal eingeladen.«

Komisch, warum reißt er denn so erstaunt die Augen auf? Ich schaue an mir herab. In meiner rechten Faust befindet sich das Geld von Aberfort, aber es ist sehr viel mehr als angenommen. Als ich alle Scheine durchgezählt habe, komme ich auf die irre Summe von vierhundertdreißig Euro. So viel! Viel zu viel! Aberfort muss wirklich unermesslich reich sein, wenn er mir achtlos und nebenbei einen solchen Batzen in die Hand drückt.

»Hast du immer so viel Bargeld in der Hosentasche?«, erkundigt sich Nick irritiert. »So was erlebe ich normalerweise nur bei, na ja, bei Dealern.«

Danke sehr, Herr Aberfort. Durch Ihre ignorante Großzügigkeit rangiere ich jetzt auch noch in der Drogenliga.

Allmählich finde ich mich schon selber ziemlich verdächtig. Wonach sieht's denn aus? Nicht genug, dass ich die gleiche – dieselbe! – Uhr getragen habe wie die gesuchte Juwelenräuberin, nun laufe ich auch noch mit einem Haufen Bargeld durch die Gegend, als ob ich nebenbei Grastütchen verticke.

Es ist nicht so, wie du denkst, reicht wohl kaum als plausible Begründung aus, wenn man sich ausgerechnet in einen gewieften Polizisten verguckt hat.

Während ich bezahle und unsere kleine Pseudo-Patchworkfamilie auf den eisblauen Stühlchen Platz nimmt, sind meine Nerven zum Zerreißen gespannt. Soll ich mich rechtfertigen? Oder lieber ablenken? Ich glaube, im Ablenken bin ich besser.

»So, ihr Lieben«, sage ich vielleicht etwas zu laut, als alle sitzen, »heute feiern wir Alisa, die es durch Talent und Können in die Auswahlmenschschaft der Pippi-Langstrumpf-Schule geschafft hat. Ich bitte um einen Applaus!«

Schlechte Idee, weil alle ein Eis in der Hand halten. Nur ein einzelnes Klatschen ist zu hören. Allerdings stammt es nicht aus unserer Runde.

»Herzlichen Glückwunsch«, zerschneidet eine diamantscharfe Stimme die Luft. »Das mit Alisa hast du ja großartig hingekriegt, Nele.«

Es ist Irene, die Heimsuchung von alternativer Gestalt. Wo kommt die denn plötzlich her? Völlig unverfroren stellt sie sich neben unseren Tisch, als ob das hier ihre Party wäre.

»Ist das dein Nick?«, fragt sie scheinheilig. »Da hast du ja einen tollen Fang gemacht. Und dann noch ein Polizist! So was geht natürlich nur, wenn man nichts zu verbergen hat.«

Mist. Das ist jetzt verflucht wenig hilfreich.

Mein Herz schlägt bis zum Hals, als ich zu Nick schaue, der wiederum unangenehm berührt Irene in Augenschein nimmt. Ihren notorischen Gebetsmantel hat sie heute mit einem südamerikanischen Poncho in erdigen Braun- und Grautönen vertauscht, und der Falschparker-Aufschreiber-Blick, mit dem sie mich festnagelt, sagt mir, dass sie nicht etwa zufällig in diese Eisdiele gestolpert ist. Irene stalkt mich. Und zwar schamlos.

Hau ab, beschwöre ich sie stumm, doch sie denkt gar nicht daran.

»Nele neigt ja zu unkonventionellen Methoden, wenn sie unbedingt etwas will«, drückt sie mir den nächsten Klopfer rein. »Da darf's auch mal haarscharf an der Legalität vorbeischrammen. Wussten Sie das, Nick?«

»Tja, die Antworten auf solche spannenden Fragen werden wir sicherlich morgen beim Hockeyturnier finden«, versuche ich, sie abzuwimmeln. »Einen sonnigen Tag noch, Irene. In diesem Eisladen ist ja leider nichts für dich dabei – alles mit Kuhmilch, alles mit Zucker, auch für absolute Farbstofffreiheit würde ich meine Hand nicht ins Feuer legen.«

Und wenn du noch einmal versuchst, mein Liebesleben zu zerlegen, vergesse ich mich, füge ich innerlich brodelnd hinzu.

»Dann störe ich nicht länger bei eurem Tête-à-Tête«, versichert sie mit dieser toxischen Freundlichkeit, für die allein man sie schon hassen muss.

»Mama, was ist Täterätää?«, fragt Ben, als Irene mit wehendem Poncho das Weite gesucht hat. »Ist das so wie Karneval? Gibt's hier eine Konfettikanone?«

»Das Konfetti hast du schon in der Birne, Knallkopf«, wird er von Noah geärgert.

Stumm lutscht Nick an seinem Eis. Irre ich mich, oder denkt er noch über Irenes kompromittierende Worte nach? Los, Nele, nach dieser unwillkommenen Unterbrechung musst du jetzt ganz schnell wieder ein Gespräch in Gang bringen.

»Mmmmh, also, Brownie-Bitterorange ist meine neue Lieblingssorte«, verkünde ich verzweifelt munter. »Wie schmeckt dir dein Schokoeis, Nick?«

»Sehr gut.«

Zwei Silben, mehr kommt ihm nicht über die Lippen. Doch sein wacher Blick wandert zu meinem leeren Handgelenk. Dorthin, wo das Corpus Delicti fehlt.

»Hast du schon mal einen echten Mörder verhaftet?«, will Leon wissen, dessen kleines Gesicht über und über mit Vanilleeisschlieren und Zuckerstreuseln bedeckt ist.

»Hast du schon mal eine echte Leiche gesehen?«, schließt sich Matteo an.

»Jetzt lasst Nick mal essen, Kinder, sonst vergeht ihm noch der Appetit«, mahne ich, obwohl ich das dumme Gefühl habe, dass dies bereits geschehen ist. »Ihr dürft aufstehen, aber bleibt bitte vor der Eisdiele auf dem Bürgersteig, wo ich euch durch die Glasscheibe sehen kann.«

Darauf haben die Kleinen nur gewartet. Polternd und schreiend rennen sie raus, Alisa, ganz die verantwortungsbewusste große Schwester, folgt ihnen etwas langsamer.

Schweigend bleiben Nick und ich zurück, und nun kippt die Stimmung, die bereits durch Irenes Auftritt einen Dämpfer bekommen hat, endgültig ins Bodenlose. Nick hat sein Eis fast aufgegessen, er knabbert nur noch an den Resten der Waffel herum. Als auch die verspeist ist, nimmt er seine Mütze ab und fährt sich mit der Hand über die Stirn.

»Wo warst du eigentlich vorgestern Abend?«, fragt er plötzlich ohne jede Vorwarnung.

Mein Magen macht eine Rolle vorwärts. So, jetzt geht's ans Eingemachte. Nick spricht von dem Abend, als wir den Wagen von Donatus gekapert haben. Was bedeutet, dass dies keine Unterhaltung mehr ist, sondern ein Verhör. Um Zeit zu gewinnen, lecke ich erst mal einen Streifen geschmolzenes Brownie-Bitterorange-Eis von meiner Waffel.

»Na jaaa, meine Abende sind ziemlich einförmig«, sage ich

betont desinteressiert. »Es sei denn, ich treffe mich mit einem Polizisten. Dann wird es ausgesprochen spannend.«

Ich warte, ob er mir ein Lächeln schenkt, aber seine Miene bleibt vollkommen ausdruckslos. Weiterreden, Nele. Gib ihm irgendwas, woran er sich festhalten kann.

»Als Mutter von zwei Kindern, die wohlversorgt sein wollen, zieht man ja nicht dauernd um die Ecken«, plaudere ich hektisch drauflos, »da bleibt man schön zu Hause, liest den Kindern vor, spielt Mensch ärgere Dich nicht, räumt auf, kocht vor, macht seine Steuererklärung oder bastelt Schultüten.«

»Schultüten?«, hakt er ein.

»Ja, die sind neuerdings heiß begehrt.« Bin ich froh, dass wir das Thema wechseln. »Wir, also, meine Freundinnen und ich, beziehen zurechtgeschnittene Pappen mit schönen Stoffen und sticken kindgerechte Motive darauf, Seepferdchen, Meerjungfrauen, auf Wunsch auch Namen.«

Er hört so konzentriert zu, als mache er sich im Kopf Notizen.

»Ich dachte, du bist Kosmetikerin?«

»Kleine geschäftliche Umstrukturierung«, erwidere ich leichthin, obwohl mein Magen drauf und dran ist, die gesamte Eisportion wieder herzugeben. »Heutzutage muss man diversifizieren. Auch im Internet lässt sich Geld verdienen.«

»Aber kein bares.«

Unheilvoll hängen die drei Worte in der Luft. Durch die geöffnete Tür der Eisdiele höre ich die Kinder draußen schreien und lachen. Und auf einmal spüre ich eine Aufwallung von Trotz. Was wird das hier? Warum lasse ich mir diese aufdringlichen Fragen gefallen, obwohl ich nichts weiter getan habe, als Auswege aus meiner finanziellen Misere zu suchen?

Mit einer ruckartigen Bewegung stehe ich auf.

»Weißt du, Nick, ich war immer selbstständig. Ich habe nie einen Mann gesucht, der meine Probleme löst. Allerdings hätte ich auch nicht gedacht, dass mir mal ein Mann begegnet, der so ein Riesenproblem mit mir hat.«

»Nele!«, ruft er bestürzt.

»Ich dachte, wir seien auf einer Wellenlänge«, spreche ich weiter, während ich meine Handtasche vom Tisch nehme. »Aber da du deinen Beruf zum Hobby machst und selbst in deiner Freizeit den Cop gibst, sollten wir an dieser Stelle eine Pause einlegen.«

Auch Nick ist aufgestanden. In seinem Gesicht spiegelt sich ein Durcheinander unterschiedlichster Gemütsregungen, von Bedauern über Frustration bis zu blankem Unverständnis. Ich fühle mich grauenhaft, während ich dem Drang widerstehe, meinen Kopf an seine Schulter zu lehnen, damit alles, alles wieder gut wird. Nichts wird gut. Nicht mit Nick. Und das Schlimme ist, dass ich selbst daran schuld bin.

»Ciao, man sieht sich«, flüstere ich. »Wenn dir danach ist, tu mir den Gefallen und ruf mich bitte nicht an.«

Kapitel 28

»Du siehst furchtbar aus, was ist passiert?«, fragt Fiona, als ich die malerisch eisverschmierten Kinder bei ihr zu Hause abliefere.

Sonderlich adrett sieht sie allerdings auch nicht aus. Noch immer trägt sie die Jogginghose von heute Morgen, die inzwischen einige Flecken abbekommen hat, ihre Augen sind gerötet.

»Nicht hier«, ächze ich. »Wir müssen ungestört reden.«

»Kinder, ins Wohnzimmer, ihr dürft eine Serie anschauen!«, erhebt Fiona ihre Stimme. »Ich mache euch gleich Popcorn. Und ab die Luzie, aber vorher Schuhe ausziehen und Hände waschen!«

Mit großem Hallo stürmen Noah, Matteo, Leon, Ben und Alisa an uns vorbei, natürlich ohne vorher die Schuhe auszuziehen, Fiona legt einen Arm um mich und führt mich in die Küche. In die sonst immer so penibel aufgeräumte Küche, in der jetzt ein heilloses Chaos herrscht. Das Frühstücksgeschirr steht noch auf dem Esstisch, auf den Arbeitsflächen stauen sich benutzte Töpfe und Schüsseln, die Steinfliesen sind mit Krümeln übersät.

»Ja, hier kann man neuerdings vom Boden essen, man findet immer was«, sagt Fiona düster, als sie mein entgeistertes Gesicht sieht. »Ich bin durch, Nele. Komplett. Heute Mittag habe ich durchs Backofenfenster einer Tiefkühlpizza beim Hochbacken zugeguckt. So weit es ist schon mit mir gekommen.«

Für einen Moment vergesse ich meinen eigenen Kummer, denn so mutlos und planlos habe ich meine Freundin noch nie erlebt.

»Verflixt, Fiona, was ist hier los?«

»Paul«, seufzt sie, »Paul ist los.«

»Geht das etwas genauer?«

Während aus dem Wohnzimmer die Titelmelodie von *Kim Possible* herüberschallt, ein Indiz dafür, dass sich Alisa bei der Wahl der Serie durchgesetzt hat, lehnt sich Fiona an den Küchentresen und greift in eine halb leere Pralinenschachtel.

»Ich hatte das Geld, das vom – na, Juwelier gut versteckt«, erzählt sie stockend. »Die Scheine zusammengefaltet, in meine kleinste Tupperdose gelegt und die Dose im Spülkasten der Gästetoilette versenkt.«

»Was weiter?«

Mit einer fahrigen Bewegung holt sie eine Praline aus der Schachtel, wirft sie in die Luft und schnappt sie bemerkenswert geschickt auf.

»Man darf Männer nie allein zu Hause lassen, Nele. Nie. Heute Mittag wurde ein Aufsitzrasenmäher geliefert, Paul hat ihn bar bezahlt.«

Unwillkürlich fasse ich mir an den Kopf, und mir wird etwas schwindelig.

»Etwa von deinem Geld? Dem Geld, das wir beim Juwelier eingesackt haben?«

»Gut zweitausend Euro hat das Ding gekostet, doch als ich

es mitbekam, war es zu spät. Umtausch ausgeschlossen, kommt dir das bekannt vor?« Schwerfällig hievt sich Fiona auf einen der Barhocker und stützt die Ellenbogen auf den Tresen, dann sieht sie mich mit leerem Blick an. »Von einem Aufsitzrasenmäher hätte er schon immer geträumt, sagte dieser Kindskopf, jetzt brauche er ihn dringend, er sei halt traumatisiert und emotionsdesolat, weil ich ihn mit meiner Tatkraft angeblich erdrücke. Seitdem kurvt er mit dem Mistding durch unseren Garten und hat mittlerweile alle meine Osterglocken abrasiert.«

Auch ich lasse mich auf einen Barhocker fallen, ziemlich geschockt und mit einer fiebrigen Hitze im Hirn, als würden gerade meine Synapsen durchbrennen. Gern würde ich irgendetwas sagen, aber zu dieser Geschichte fällt mir nun gar nichts mehr ein.

»Ich hatte das Geld für die nächsten Wochen genau eingeteilt«, wimmert Fiona. »Essen, Trinken, Benzin, Strom. Aber jetzt? Ist der größte Teil weg! Einfach weg! Ich habe gerade mal fünfzig Euro übrig, das ist alles.«

Eine Weile hört man nur ein dezentes Brummen aus dem Garten.

»Fiona, du …«

»Hör auf, das ist alles meine Schuld«, jammert sie. »Ich bin die absolute Versagerin.«

»Unsinn«, entgegne ich. »Wenn du solche Sachen denkst, haben schlechte Menschen gute Arbeit geleistet.«

»Ach ja?« Trübsinnig stiert sie vor sich hin. »Hast du noch mehr von dem Schmarrn auf Lager? Vielleicht: Hinfallen ist auch eine Vorwärtsbewegung?«

Obwohl ich weniger Süßes essen will und schon eine große Kugel Eis intus habe, greife ich jetzt ebenfalls in die Pralinenschachtel. Danach hole ich Geldschein für Geldschein aus meiner Hosentasche und lege alles auf den Tresen.

»Bitte sehr. Wenn ich richtig gerechnet habe, sind das etwa vierhundert Euro.«

Fiona starrt das Geld an wie einen Haufen Kakerlaken.

»Was ist das? Woher hast du das? Doch nicht etwa …«

»… geklaut?« Sorgsam schichte ich die Scheine zu einem Stapel. »Nein, keineswegs. Das Geld ist von Aberfort, und wir teilen es. Dann sehen wir weiter.«

»Nein!« Mit energisch zusammengezogenen Augenbrauen blitzt mich Fiona an. »Davon kaufst du ein gebrauchtes Smartphone für Alisa, den Rest nimmst du zum Leben. Und für die Party habe ich auch schon eine Idee.«

Meine Hände verharren über dem Geldbündel.

»Super. Was denn?«

»Containern.«

»Auf keinen Fall! Ähm, was war das noch mal?«

»Wie sagt man doch – ganz schön viel Meinung für so wenig Ahnung. Das bedeutet, in den Abfallcontainern von Supermärkten nach abgelaufenen Lebensmitteln zu tauchen. Ist nicht legal, aber auch nicht strafbar.«

»Ich glaub, es hackt!«, rege ich mich auf. »Ich soll Minderjährige mit Abfall füttern?«

Fiona klaubt eine weitere Praline aus der Schachtel und schaut sie an wie etwas, was sie zum ersten Mal sieht, bevor sie sie in den Mund steckt.

»Es heißt: *Mindestens haltbar bis* … und nicht: *Tödlich ab* …, das weiß jedes Kind. Übrigens stammen auch diese Pralinen aus einem Abfallcontainer.«

Ein Würgen überkommt mich. Um frische Luft zu schöpfen, laufe ich zum Fenster und reiße es auf. Draußen dreht Paul gleichmütig seine Runden, in einer moosgrünen Barbourjacke und mit einer Kippe im Mundwinkel. Krass. Die Welt, sie ist ein Irrenhaus, und hier ist die Zentrale.

Als mein Handy surrt, will ich es schon ignorieren, besinne mich aber eines Besseren. Falls Nick hinter mir her ist und einen letzten Warnschuss abgibt, muss ich schnell sein.

Es ist nicht Nick.

»Guten Tag, Nele, hier spricht Gundula«, perlt ein glockenreiner Sopran an mein Ohr. »Es tut mir so leid, dass Elisabeth Ihnen in meinem Namen die Kündigung ausgesprochen hat. Das war ein Riesenfehler. Heute Morgen habe ich das Jamali aufgesucht, jetzt ist mein Gesicht feuerrot und juckt. Bitte, können Sie kommen? Und mir auch gleich die Nägel machen?«

Hat der Mensch Töne. Gundula aus der Steinhövel-Clique will mich zurück. Wie schön wäre es, ihr jetzt etwas Geharnischtes entgegenzuschleudern. Doch jeder Euro zählt.

»Natürlich, ich komme.«

»Sie sind ein Schatz! Ich zahle für einen Monat im Voraus!«

Umso besser. Nachdem ich das Gespräch beendet habe, schaue ich zu Fiona, die unterdessen die letzte Praline verdrückt hat.

»Eine Freundin von Elisabeth Steinhövel will wieder in den heiligen Kreis meiner Kundinnen eintreten. Gegen Vorkasse.

Mit dem Bus schaffe ich das nicht so schnell. Könnte ich vielleicht noch einmal deinen Van haben?«

»Fahr nur«, murmelt Fiona apathisch.

Ein weiteres Mal sehe ich aus dem Fenster, vor dem Paul unverändert seine lärmende Neuerwerbung durch den Garten steuert. Womöglich ist jetzt der falsche Zeitpunkt für unbequeme Wahrheiten, aber vorenthalten darf ich sie Fiona auch nicht länger.

»Was ich noch sagen wollte«, nervös spiele ich an meinem Handy herum, »Paul denkt, dass du ihn betrügst, weil du seine Kette nicht mehr trägst.«

Ein Stöhnen entringt sich ihrer Kehle, ein so tiefes und verzweifeltes Stöhnen, dass ich schon Angst habe, sie könnte vom Barhocker kippen und der Länge nach auf dem Küchenboden aufschlagen.

»Deshalb also«, krächzt sie. »Es ist nicht nur der Rausschmiss oder das fehlende Geld, warum er sich so bizarr aufführt und auch noch unser letztes Geld für Unsinn ausgibt. Seit er gefeuert wurde, ist unser Liebesleben … nun ja, mausetot.« Und dann, wie von unsichtbaren Fäden emporgezogen, richtet sie sich plötzlich kerzengerade auf. »Hast du noch fünf Minuten, um auf die Kinder aufzupassen?«

»Ja, wieso?«

Mit unheimlicher Behändigkeit gleitet sie vom Barhocker und zuppelt ihr T-Shirt gerade.

»Ich hole mir jetzt das älteste Sex-Toy der Welt.«

Okay, das war's. Jetzt dreht sie durch.

»Fiona!«, rufe ich aus. »Was soll das heißen?«

»Ganz einfach – solange Paul nur Dummheiten anstellt und gegen mich arbeitet, wird alles weiter den Bach runtergehen. Klar bin ich sauer auf ihn. Aber wie du so richtig sagtest, steht er unter Stress, wozu unsere erotische Flaute beiträgt. Wenigstens das sollte ich ändern.«

»Wie denn?«

»Man nennt es auch Quickie«, strahlt sie übers ganze Gesicht. »Und der wird im Garten stattfinden, auf dem verdammten Mistding von Aufsitzrasenmäher!«

Kapitel 29

Die Hubertusstraße scheint mein karmisches Epizentrum zu sein. Hier residierte bis vor Kurzem noch die nach Marbella ausgebüxte Elisabeth Steinhövel, hier habe ich Nick vor dem Feinkostgeschäft kennengelernt, und genau hier wohnt auch Gundula, Frau Steinhövels beste Freundin.

Die beiden Damen sind im selben Alter, bevorzugen denselben hochherrschaftlichen Lebensstil und haben auch denselben Beauty Doc, der ihnen ein korrespondierendes Lippendesign verpasst hat. Überdimensionierte Schmolllippen, versteht sich, als würden sie permanent ein erstauntes »Ohhhh« von sich geben. Momentan höre ich hauptsächlich ein »Aaahhhh«. Seit einer halben Stunde bearbeite ich Gundulas Gesicht, was sie mit wohlig gestöhntem Behagen kommentiert, hingegossen auf einem Ledersessel, über den sie vorher ein Badehandtuch gebreitet hat.

Als ich ankam, sah sie ziemlich ramponiert aus. Hochrot, verheult, mit den Nerven am Ende, weil man ihr im Jamali ein viel zu aggressives Fruchtsäurepeeling verpasst hat. Reines Gift für ihre empfindliche Haut.

Mittlerweile geht's. Zunächst habe ich eine kühlende, entzündungshemmende Gurkenmaske aufgetragen, deren gleichermaßen lindernde wie befeuchtende Wirkung unschlagbar ist. Während sie einwirkte, habe ich die Maniküre erledigt, nun massiere ich vorsichtig die Reste der Maske ein.

»Das ist so angenehm«, beteuert Gundula unablässig. »Sie sind die Beste, Nele.«

Hört man ja auch mal wieder gern. Wir sind beim sogenannten Hamburger Du, bei dem man sich mit dem Vornamen und »Sie« anredet. Ich befürchte jedoch, dass Gundula mich nicht nur wegen meiner kosmetischen Künste angerufen hat. Zwar war ihre Haut tatsächlich stark gerötet, als sie mir die Tür öffnete, ihrer wahres Problem aber scheint ein anderes zu sein: Einsamkeit, die sie mit Likörchen bekämpft. Sie hat eine Fahne wie ein Seemann beim Landgang.

Als kleines Extra massiere ich ihr noch die Jadebänkchen. Das sind die knöchernen Partien rechts und links der Halswirbelsäule, direkt am Haaransatz. Werden sie mit einer dosierten Druckmassage stimuliert, löst das Verspannungen im Kopfbereich. Vielleicht hilft es ja auch gegen den kapitalen Kater, der Gundula zweifellos bevorsteht.

Wie sehr ich doch meinen Beruf liebe. Dafür bin ich einfach geschaffen: Menschen verwöhnen, um ihnen maximales Wohlbefinden zu schenken. Und: Man kann so gut dabei nachdenken, denn es hat auch etwas Meditatives.

Während meine Hände walken, pressen und zupfen, wird mir immer klarer, dass sich mein Leben im Hurra-ach-nee-doch-nicht-Modus befindet. Dann und wann ein Hoffnungsschimmer, und zack, wieder nichts – wie in der x-ten Staffel einer Vorabendserie, in der dauernd neue Komplikationen auftauchen, ohne dass noch irgendwer an ein Happy End glaubt.

Hart formuliert, stehe ich vor dem Nichts. Nächste Woche ist Alisas Geburtstag, und vernünftig betrachtet, darf ich das Geld auf Fionas Küchentresen weder für ein Smartphone noch für eine Party ausgeben. Das wenige, was ich habe, muss ich eisern zusammenhalten.

»Was macht die Lllliebe?«, fragt Gundula mit unverkennbar schwerer Zunge.

Auch ein ganz, ganz schlechtes Stichwort. Ein Schluchzer presst meine Kehle zusammen.

»Partnersuche Ü30 ist eben schwierig«, lässt sie mich an ihrer reichen Lebenserfahrung teilhaben. »Genauso gut könnte man einen Neuwagen auf einem Schrottplatz erwarten.«

Und ich habe noch dazu einen Streifenwagen erwischt, aber dazu sage ich mal lieber nichts.

»So, fertig«, kündige ich stattdessen das Ende der Behandlung an. »Die Maniküre haben wir ja schon erledigt.«

Gundula schwankt leicht, als sie sich aus ihrer liegenden Position aufrichtet. Sie schwankt immer noch, als sie versucht, auf beiden Füßen zu stehen. Bereits bei der Begrüßung war sie nicht mehr ganz trittfest, danach hat sie sich noch zwei Gläschen Eierlikör genehmigt, nun taumelt sie mit rudernden Armen vorwärts und gefährlich auf ein Regal zu, in dem allerlei Nippes steht, mit dem Damen in Gundulas Sphäre ihre Wohnung dekorieren.

»Soll ich Ihnen helfen?«, frage ich noch, da nimmt das Unglück schon seinen Lauf.

Mit einem spitzen Schrei segelt Gundula mitten in das Regal. Ein Porzellanputto mit fragilen Flügelchen geht zu Boden und zeitgleich zu Bruch, ein Kerzenständer fliegt hinterher, nun gerät auch noch die große Glasvase auf dem obersten Regalbrett ins Wackeln. Wenn Gundula die auf den Kopf kriegt, dann gute Nacht, Marie.

Wie ein Pfeil hechte ich los, mit Superman-mäßig ausgestreckten Händen, und kann die Vase gerade noch im allerletzten Moment auffangen, bevor sie Gundula die Lichter ausknipst. Jetzt liegt sie wohlbehalten in meinen Armen – und Gundula neben mir auf dem Boden.

»Oje, das hätte bös ins Auge gehen können«, keucht sie. »Danke.«

»Gern geschehen.«

»Das ist nämlich eine Lalique-Vase«, setzt sie kurzatmig hinzu.

»Ja und?« Also wirklich. Wie kann man an eine schnöde Vase denken, wenn man fast mit einem Schädelbruch im Krankenhaus gelandet wäre? Kopfschüttelnd rappele ich mich auf. »Ist doch nichts Besonderes. So eine habe ich auch zu Hause.«

Mit trüben Augen im gurkencremeglänzenden Gesicht blinzelt Gundula mich an.

»Das, meine Liebe, glaube ich kaum. Elisabeth, ja, die besitzt die gleiche Vase, weil sie sich so was leisten kann. Wissen Sie überhaupt, was so ein Lalique-Original kostet?«

»Einen Zwanziger im Laden, einen Fünfer auf eBay?«

Ein hysterisches Kichern antwortet mir.

»Einen Fünfziger?«, gebe ich meine nächste Schätzung ab,

obwohl ich dieses Spielchen vollkommen überflüssig finde. »Oder etwa einen Hunderter?«

Auch Gundula hat es inzwischen geschafft, sich aufzurappeln. Stöhnend sinkt sie zurück auf ihren Ledersessel und schiebt das rosa Frotteeband etwas höher, das ihr honigblond getöntes Haar während der Behandlung geschützt hat.

»Haben Sie ein Handy, Kindchen? Dann schauen Sie sich die Vase doch noch einmal genauer an und googeln Sie L-A-L-I-Q-U-E.«

»Und wozu?«

Komm schon, Nele. Sie ist eine nette einsame Dame, gönn ihr den Spaß. Seufzend hole ich mein Handy heraus und tippe die Buchstabenfolge ein.

Dann beginnt es vor meinen Augen zu flimmern. Ich zwinkere, aber die Zahlen sind immer noch da, während ich langsam in die Knie gehe, bis ich auf das nächste Sofa plumpse. Mir ist heiß und kalt, alles um mich herum dreht sich.

»Ihr Honorar liegt auf dem Tischchen im Flur«, lächelt Gundula, die sich köstlich über meine Konfusion amüsiert. »Viel Glück mit der Vase.«

Mein Atem fliegt, als ich aufstehe, eilig meine Sachen zusammenpacke und im Kosmetikkoffer verstaue.

»Danke! Bis nächste Woche!«

Erst im Treppenhaus entlädt sich meine ungeheure Anspannung. Mit einem Freudenschrei stürze ich die Treppen hinunter, haste zum Van und rase los, bis ich mit quietschenden Reifen vor meiner Wohnung halte. Immer zwei Treppenstufen auf einmal nehmend, geht es hoch in den ersten Stock, wo ich die noppenfolienverpackte Vase aus dem Küchenschrank hole, wieder hinunter auf die Straße flitze und weiter zu Fiona fahre.

Hashtag Ichfasseesnicht. Gütiger Himmel!

Manchmal sind es offenbar die vermeintlich unscheinbaren Menschen, die sich als Engel des Alltags entpuppen. Sicher, ich war immer freundlich zu Frau Steinhövels Haushälterin und habe ihr hin und wieder die Nägel umsonst gemacht, doch dass sie sich derart revanchieren würde, hätte ich nicht für möglich gehalten. Offenbar ging es ihr gegen den Strich, wie ihre Chefin mich behandelt hat, und auf ihre stille, unaufdringliche Weise wollte sie für ausgleichende Gerechtigkeit sorgen. Man sollte eben nie das sogenannte Personal unterschätzen. Sie sind eine obercoole Socke, leiste ich innerlich Abbitte bei ihr, wie konnte ich nur annehmen, dass Sie mich mit irgendeinem Flohmarkttinnef abspeisen? Aber wie sollte ich denn auch nur ahnen, was Sie mir da in Wirklichkeit überreichen?

Und schon bin ich wieder bei Fiona angelangt. Sie öffnet mir die Tür mit den leuchtenden Augen einer Frau, die soeben ein Schäferstündchen genossen hat.

»Hallo, Nele, du wirst nicht glauben, was …«

»Ich seh's, Gratulation, der After Sex Flush steht dir super, aber ich muss dir auch was mitteilen. Komm mit.«

Ohne weitere Erklärungen laufe ich vor in die Küche, wo ich die verpackte Vase auf den Tresen stelle und vorsichtig die Noppenfolie entferne. Es ist in der Tat die gleiche Vase wie jene, die Gundula fast auf den Kopf gefallen wäre. In meinem Handy suche ich die Abbildung, scrolle runter zur Beschreibung und drücke das Handy Fiona in die Hand.

»Aber sonst ist alles in Ordnung mit dir, oder?«, grummelt sie.

»Lies einfach, bitte.«

»Falls das ein Scherz sein soll, ist es ein sehr schlechter.«

»Lies«, flüstere ich mit letzter Kraft, weil sich schon wieder alles um mich herum zu drehen beginnt.

»Okay, okay.« Fiona kneift ein Auge zusammen, bevor sie leiernd vorliest: »*Vase Bacchantes, der Klassiker unserer Kollektion, entworfen von René Lalique im Jahr neunzehnhundertsiebenundzwanzig, besticht durch die ikonischen jungen Bacchuspriesterinnen mit ihrer Schönheit und ihren geschwungenen Kurven. Stil Art déco, Höhe der Vase vierundzwanzig Zentimeter.* Na? Zufrieden?«

Halb ohnmächtig hänge ich auf dem Küchentresen.

»Jetzt scrolle bitte hoch zum Preis.«

Ihr Finger gleitet übers Display. Dann wird sie so blass, dass ich schon um ihre körperliche Unversehrtheit fürchte. Aber mir geht es ja genauso.

»Drei-tau-send-fünf-hun-dert?«, japst sie. »Dreitausendfünfhundert Euro für eine Lilalula-Vase?«

Kapitel 30

Auch heute lässt uns das strahlende Frühlingswetter nicht im Stich. Fast sommerlich warm ist es an diesem sonnigen Samstagnachmittag, als ich mit Fiona und unseren Kindern auf dem Schulsportplatz eintreffe. Wir sind zeitig dran, weil wir uns einen Platz in den vorderen Reihen sichern wollen, wenn Alisa ihren großen Auftritt beim Hockeyturnier hat.

Hätte ich mir denken können, aber auf dieselbe Idee sind natürlich auch schon andere Eltern gekommen, die mit Kind und Kegel auf die Tribüne strömen, doch in der dritten Reihe finden wir noch eine Lücke.

»Übrigens habe ich heute meine Feuerprobe in der Bäckerei bestanden«, strahlt Fiona. »Und weißt du was? Es macht richtig Spaß! Um Punkt halb sieben stand ich hinter dem Verkaufstresen, und alle Kunden waren nett, abgesehen von ein paar Morgenmuffeln. Jetzt verstehe ich, wie es sich anfühlt, einen sinnvollen Job zu machen.«

»Das freut mich.«

»Es geht ja nicht nur ums Verkaufen«, fügt sie mit Feuereifer hinzu. »Ich kann den Leuten mit einem Lächeln zu einem guten Start in den Tag verhelfen, manche möchten sich auch beraten lassen, ob sie mal Dinkelbrötchen oder ein Brot mit Chiasamen ausprobieren sollten. Das ist etwas ganz Neues für mich – und so erfüllend!«

Ich verstehe sie nur zu gut. Genauso ergeht es mir ja auch als Kosmetikerin. Nachdem wir uns gesetzt haben, schließe ich kurz die Augen. Es ist einer der seltenen Momente in den letzten Tagen, in denen sich manches zu fügen scheint.

Das Wichtigste ist natürlich, dass Alisa heute Gerechtigkeit widerfährt, endlich. Auch darüber hinaus entwickelt sich einiges recht erfreulich. Auf eBay schnellen die Gebote für die Vase unaufhörlich in die Höhe und liegen schon im Tausenderbereich. Scheint viele Lalique-Fans da draußen zu geben. Außerdem hat Gundula geschrieben, dass nicht nur sie, sondern auch Konstanze und Miriam, die beiden anderen Damen des Steinhövel-Clubs, zu mir zurückkehren wollen, womit sich am beruflichen Horizont ebenfalls ein Silberstreifen zeigt.

Nur Nick bleibt meine emotionale Baustelle. Und eine dunkle Gefahr im Hintergrund, denn seine verhörartigen Fragen lassen mir keine Ruhe mehr. Wie ein Damoklesschwert schweben sie über meinem Kopf. Was weiß er wirklich?

»Und du hast wirklich Schluss gemacht?«, wispert mir Fiona zu, die ein Sweatshirt in den Regenbogenfarben der Pippi-Langstrumpf-Schule trägt. »Ich dachte, der Wahnsinn hätte die Kontrolle übernommen und sei fröhlich winkend an deiner Vernunft vorbeigerauscht.«

»Nein, nicht mehr.« Ich seufze tief. »Denk doch mal nach, es ist einfach zu gefährlich.«

»Andererseits sollte man auch nicht alles glauben, was man denkt«, widerspricht sie, und in ihrer Stimme schwingt auf einmal schwesterliche Besorgnis mit. »Was meinst du denn, warum ich zu Paul halte, obwohl er sich einen Klopfer nach dem anderen leistet? Meine Devise für eine Beziehung lautet: Man sollte erst gehen, wenn man keinen Grund mehr hat, zu bleiben.«

Damit trifft sie einen empfindsamen Nerv bei mir. Es gibt so viele Gründe, der Beziehung mit Nick eine Chance zu geben – die guten Gefühle, sein Lachen, unsere spontane Vertrautheit, auch dass er meine Kinder offenbar nicht als Ballast betrachtet.

»Dennoch, es wäre Wahnsinn, so wie du es sagst«, entgegne ich entmutigt. »Am Anfang warst du doch auch strikt dagegen, dass ich mich mit ihm treffe.«

»Ja, aber ich merke, wie gut dir Nick tut, was man von deinen bisherigen Männern wirklich nicht sagen konnte. Sekunde, danke schön.« Fiona nimmt ein paar Regenbogen-Fähnchen entgegen, die von einem Schüler verteilt werden, dann sieht sie mich eindringlich an. »Du hast so ein inneres Leuchten, wenn du von Nick sprichst. Sobald die Ermittlungen abgeschlossen sind – bei denen sowieso nichts herauskommen wird –, solltest du noch einen Versuch wagen.«

»Sofern es dann nicht zu spät ist …«

Gedankenverloren schaue ich zum Spielfeldrand, wo ein kleiner Auflauf entstanden ist. Umringt von einer stetig größer werdenden Menschentraube hält dort Irene Hof. Wie eine Königin lässt sie sich feiern und nimmt allerlei selbst gemachte Präsente entgegen, die sie in einem eigens mitgebrachten Korb unterbringt. Das nötigt mir ein Schmunzeln ab. Fiona und Hermine haben wirklich einen genialen Plan ausgeheckt: Irene sonnt sich im Zuspruch der anderen Eltern, Balthasar steht daneben, sichtlich erleichtert, dass er nicht beim Turnier antreten muss, Alisa ist schon seit dem frühen Morgen komplett aus dem Häuschen, dass sie dabei sein darf.

Während Fiona Cupcakes und Butterbrote aus einem Picknickkorb holt, spähe ich zum Schulgebäude. Gerade kommt die Menschschaft – heimlich nenne ich sie immer noch Mannschaft – der Pippi-Langstrumpf-Schule heraus, und beglückt stelle ich fest, dass sich Alisa mit zwei Jungen unterhält. Vielleicht verstehen die anderen Kinder allmählich, dass menschliche Qualitäten und Teamgeist wichtiger sind als Markenklamotten und andere materielle Statussymbole? Ich würde es mir so sehr wünschen.

»Hi, meine Damen«, lenkt mich die Begrüßung von Paul ab, der sich in Jeans und schwarzem Hoodie zu uns setzt. »Habe ich schon was verpasst?«

»Alles gut, mein Ritter von der betörenden Gestalt«, hüstelt Fiona in ihre Faust. »Schön, dass du gekommen bist.«

Der unkonventionelle Quickie im Garten scheint seine Wirkung keineswegs verfehlt zu haben. Die beiden machen wieder einen sehr harmonischen Eindruck, und Paul trägt sogar das Basecap in den Schulfarben, wozu er sich noch nie herabgelassen hat.

»Was ist denn mit deiner Tochter?«, fragt er, nachdem er mich mit Wangenküsschen begrüßt hat, als sei unser Disput über den schwarzen Audi schon vergessen. »Hat sie Lampenfieber?«

Ich schaue zum Spielfeld, und mein Herz steht still. Den Kopf in den Nacken gelegt, sitzt Alisa im Gras. An ihrer hektischen Atemfrequenz erkenne ich, dass sie einen Asthmaanfall hat. Bitte nicht! Bitte nicht jetzt! Mit hämmerndem Puls springe ich über die Sitzbänke vor uns hinweg und haste aufs Spielfeld.

»Alisa, Liebling, was ist denn …«

Der Rest bleibt mir im Halse stecken. Denn jetzt verstehe ich, was beziehungsweise wer den Anfall ausgelöst hat: Wie ein Geier steht Irene neben meiner Tochter und redet auf sie ein. Ich kann gerade noch den gehässigen Halbsatz »… hast du nicht verdient« aufschnappen, als ich die beiden erreiche.

Eins dürfte klar sein: Wenn Irene dereinst in die Hölle kommt, wird der Teufel vom Thron steigen und sagen: Willkommen zurück, Fürstin der Finsternis. Was für eine Bodenlosigkeit, ein Kind dermaßen zu demoralisieren!

»Verzieh dich, Irene«, zische ich wütend, während ich mich neben Alisa hocke und ihr das Notfallspray reiche, das ich immer dabeihabe. »Nimm eine Dosis, ja, mein Liebling? Und dann vorgebeugter Kutschersitz, langsam durch die Nase einatmen, mit dosierter Lippenbremse durch den Mund ausatmen – pfffhhhhhh.«

»Mit so einem Handicap hat Alisa in der Auswahlmannschaft nichts verloren«, giftet Irene nun auch noch.

Ich will gerade etwas erwidern, als Frau Diepholzer auftaucht, in einem knöchellangen Regenbogenfarbenkleid und mit dem obligatorischen Basecap auf ihrer Vogelnestfrisur.

»Habe ich Sie richtig verstanden, Frau Erkles-Westermann?«, fragt sie schneidend. »Sie wollen eine Schülerin ausgrenzen, die ein Handicap hat?«

Verwirrt schaut Irene zur Seite.

»Ich wollte nur sagen …«

»Dass Sie intolerant gegenüber Kindern mit chronischen Erkrankungen sind?«

Moment mal, Frau Diepholzer verteidigt meine Tochter? Wie großartig ist das denn? Auch Irene versteht die Welt nicht mehr. Sprachlos steht sie da, mit kreisrund geöffnetem Mund. Passiert wahrscheinlich auch nicht so oft, dass ihr dermaßen wirkungsvoll der Wind aus den Segeln genommen wird.

Während ich weiter mit Alisa durch die Nase einatme und mittels kontrollierter Lippenbremse ausatme, werde ich Ohrenzeugin einer Standpauke, die sich gewaschen hat.

»Die Pippi-Langstrumpf-Schule hält sich einiges darauf zugute, dass wir inklusiv denken, Frau Erkles-Westermann«, raunzt die Lehrerin los. »Herkunft, Religion, Geschlecht und auch körperliche Beschwerden unterliegen unbedingter Toleranz – eine Verletzung dieses Prinzips hingegen wird nicht toleriert. Deshalb muss ich Sie bitten, den Platz unverzüglich zu verlassen.«

Auf Irenes Wangen haben sich rote Flecken gebildet, wie Vogelkrallen sticht sie ihre gespreizten Finger in die Luft.

»Das können Sie nicht machen! Ich bin ein geachtetes Mitglied der Elternschaft!«

»Ansichtssache«, versetzt Frau Diepholzer kalt. »Verständnis ist aus, ab jetzt gibt es Konsequenzen. Bitte gehen Sie, sonst sehe ich mich gezwungen, Sie persönlich vom Platz zu begleiten.«

Auch andere Eltern, die Irene soeben noch gefeiert haben, sind auf die Auseinandersetzung aufmerksam geworden. Pure Abscheu malt sich in ihren Gesichtern.

»Bei manchen Leuten fehlen einem nicht nur die Worte, da fehlen einem ganze Sätze«, sagt ein Vater.

Unter vernichtenden Blicken schleicht Irene davon, ohne all die Präsente mitzunehmen, die sie eingeheimst hat. Wenigstens so viel Anstand besitzt sie dann doch.

»Wie geht es dir?«, wendet sich Frau Diepholzer an Alisa, deren Atem sich unterdessen etwas normalisiert hat. »Meinst du, dass du spielen kannst?«

Und nun geschieht etwas, womit ich niemals gerechnet hätte und was mir heiße Tränen in die Augen treibt: Die umstehenden Eltern fangen an zu applaudieren. Dazu rufen sie Ermutigendes wie »Klar doch!«, »Go for it, Alisa!«, »Du schaffst es!« und »Hol den Pokal!«.

Alisa ist mindestens so überrascht wie ich. Ihr Gesicht nimmt wieder Farbe an, und nachdem sie noch einmal tief ein- und wieder ausgeatmet hat, steht sie ganz ohne meine Hilfe auf.

»Vielen Dank, das bedeutet mir sehr viel«, sagt sie gemessen, als sie sich etwas gefangen hat. »Wussten Sie, dass die ältesten Formen des Hockeys schon vor viertausend Jahren dokumentiert wurden und dass bereits im Mittelalter auch Frauen an den Spielen teilnehmen durften?«

Erneut wird applaudiert, einige Mütter klopfen ihr auf die Schulter und sprechen ihr weiter Mut zu.

»Das werde ich Ihnen nicht vergessen, Frau Diepholzer«, flüstere ich ergriffen. »Ich bin so froh, dass meine Kinder eine Schule besuchen, in der Ausgrenzung nicht geduldet wird.«

»Auch wenn Sie nicht mit allem einverstanden sind, was wir uns an der Pippi-Langstrumpf-Schule auf die Fahnen geschrieben haben?« Frau Diepholzer lächelt wissend, aber auch mit ungewohnter Nachsicht. »Das gesamte Kollegium hält große Stücke auf Alisa. Wir sind schon sehr gespannt, wie sie sich beim überregionalen Wissenswettbewerb schlagen wird, für den sie sich angemeldet hat.«

Moment, wie war das? Ich verstehe kein Wort.

»Für *was* hat sie sich angemeldet?«

»Das sollte eine Überraschung sein, Mami«, zirpt Alisa, der das Ganze sichtlich unangenehm ist. »Ich habe heimlich für den Wettbewerb geübt, weil ich doch meine ganze Klasse zum Geburtstag eingeladen habe und das so teuer wird.«

Meine kluge, süße, umsichtige Tochter. Gerührt und auch ein bisschen beschämt drücke ich sie an mich. Wie konnte ich nur denken, dass sie irgendetwas tut, ohne es sich vorher genau überlegt zu haben?

»Das Preisgeld beträgt eintausendfünfhundert Euro«, berichtet Frau Diepholzer. »Aber die Konkurrenz ist groß. Ein Spaziergang wird das nicht.«

Noch immer habe ich mich nicht ganz von meiner Verblüffung erholt. Alisa ist aber auch zu – einzigartig?

»Wann wird der Wettbewerb denn stattfinden?«, erkundige ich mich mit puckerndem Puls.

»In drei Tagen. Wussten Sie das nicht?«

Offensichtlich weiß ich so einiges nicht.

Mit einer Hand beschattet die Lehrerin ihre Augen und schaut Irene nach, die wie ein aufgescheuchtes Huhn das Weite sucht.

»Ich hatte schon länger ein schlechtes Gefühl bei Frau Erkles-Westermann. Ihr Engagement für die Schule nahm allmählich obsessive Züge an. Dauernd strich sie durch die Flure und sprach mit den Schülern. Auch in der Schulkantine, der sie dankenswerterweise Obst und Gemüse spendete, wirkte sie intensiver auf die Kinder ein als pädagogisch vertretbar.«

Mehr deutet sie nicht an. Muss sie auch nicht. Denn mir dämmert jetzt, warum meine Tochter gemobbt wurde. Stets hat Irene betont, wie unglaublich schlau ihr Balthasar sei, doch Alisa – die ja gar nichts dafür kann – war bisher immer die Klassenbeste. Eine Mutter, die das nicht aushält, hat viele Möglichkeiten, die Schüler zu manipulieren.

Zwei Fanfarenstöße beenden unsere Unterhaltung.

»Nochmals vielen Dank, Frau Diepholzer.« Ich kann nicht anders, als die Lehrerin zu umarmen, die es gelassen über sich ergehen lässt. Dann umarme ich Alisa. »Viel Glück, mein Liebling. Aber wenn du merkst, dass du keine Luft bekommst, ist es kein Problem, wenn du abbrichst, okay?«

»Okay, Mami«, nickt sie ernst, dann überzieht ein hoffnungsfrohes Lächeln ihr Gesicht. »Ist Irene wirklich weg?«

»Worauf du dich verlassen kannst«, bekräftigt Frau Diepholzer. »Das Einzige, was an dieser Frau noch erträglich ist, ist ihre Abwesenheit.«

Dem habe ich absolut nichts hinzuzufügen. Nach einem letzten Kuss auf Alisas aufgeregt gerötete Wange laufe ich zurück zur Tribüne, wo ich sofort von Fiona ausgefragt werde.

»Was war denn da los? Wieso ist Irene abgezogen? Was hat Frau Diepholzer gesagt?«

Ich muss mich wirklich zusammenreißen, um nicht ausfallend zu werden, zumal in Gegenwart der Kinder.

»Irene hat offensichtlich seit Langem gegen Alisa intrigiert und ist wohl auch für das Mobbing verantwortlich.«

»So ein elendes Miststück!«, ruft Fiona aus, dann lacht sie los. »Sachlich bleiben. So wichtig. Was noch?«

»Erzähle ich dir gleich«, vertröste ich sie. »Jetzt lass uns Alisa anfeuern.«

Beim Anpfiff gibt es kein Halten mehr. Alle schwenken die Regenbogen-Fähnchen und jubeln lautstark unserer Mannschaft zu. Schon nach zehn Minuten schießt Alisa das erste Tor. Frenetischer Applaus und Begeisterungspfiffe begleiten es. Ich bin so Feuer und Flamme für das Spiel, dass ich zunächst gar nicht bemerke, wie mir jemand auf die Schulter tippt. Erst als ich eine Stimme höre, die mir wohlvertraut ist, drehe ich mich um.

»Hallo, Nele«, sagt Nick, der mit einem sehr offiziellen Gesichtsausdruck und in voller Uniform hinter mir steht. »Wir müssen reden.«

Kapitel 31

Ich habe immer ein Ohr für meine Mitmenschen, doch wenn es um meine Kinder geht, kenne ich kein Pardon. Jetzt schon gar nicht.

Dieses Hockeyspiel ist einfach wichtiger als alles andere, auch wichtiger als der Mann, für den ich viel zu viele Gefühle hege und der hier reinplatzt, als hätte ich dauernd für ihn strammzustehen.

»Nick, bei aller Liebe«, wispere ich, »das ist jetzt der falsche Zeitpunkt.«

»Wie man's nimmt.« Seine Augen unter der Schirmmütze verdunkeln sich. »Kennst du eine gewisse Irene Erkles-Westermann?«

Schon bei der Erwähnung des Namens spüre ich, wie sich die Härchen auf meinen Unterarmen senkrecht stellen und mein Magen zu schlingern beginnt.

»Leider, ja. Warum?«

»Sie war gestern Abend auf der Wache und hat dich, nun ja, nicht direkt angezeigt, aber etwas zu Protokoll gegeben, das dich schwer belastet.«

Das Schlingern in meinem Magen wird stärker.

»Was denn?«

Zögernd betrachtet Nick die jubelnden Leute um uns herum, dann holt er tief Luft.

»Sie hat dich in diesem gestohlenen Wagen gesehen. Der, den wir abgeschleppt haben.«

Ach du Elend. Noch nie habe ich mich so hilflos gefühlt, so ausgeliefert und in die Enge getrieben. Doch dann regt sich mein Trotz. Bleib cool, Nele. Alle wissen, dass Irene dir spinnefeind ist, im Zweifel steht Aussage gegen Aussage.

»Diese Dame erzählt viel, wenn der Tag lang ist«, tue ich den Vorwurf betont beiläufig ab. »Wenn's sonst nichts ist, würde ich jetzt gern weiter dem Spiel zusehen. Du hältst mich nämlich gerade davon ab, ein sehr wichtiges Ereignis im Leben meiner Tochter mitzuerleben.«

Kurz verzieht er den Mund, diesen schönen Mund, den ich so gerne küssen würde.

»Könnte sein, dass du noch mehr wichtige Ereignisse im Leben deiner Kinder verpasst, wenn du nicht ehrlich zu mir bist.«

Wie bitte? Ich kann nicht fassen, dass Nick so etwas von sich gibt und dann auch noch meine Kinder gegen mich ausspielt. Augenblicklich schmilzt meine Coolness wie Brownie-Bitterorange-Eis in der Sonne.

»Warum sagst du so was Schreckliches?«, flüstere ich. »Willst du mir etwa Angst einjagen?«

Der Jubel ringsum steigert sich, offenbar hat Alisa ein weiteres Tor geschossen. Auch Nick schaut zum Spielfeld, wie alle anderen Zuschauer, dann richtet sich ein stahlharter Blick auf mich.

»Das warst du in diesem Juwelierladen, richtig? Beweisen kann ich das nicht, aber ich habe mir das Video hundertmal angesehen. Nicht nur wegen der Uhr, die du angeblich verloren hast. Auch deine Körpersprache, deine Gestik, all das bist unverkennbar – du.«

Wie ein Paukenschlag hallt das *Du* in mir nach. Hermine hatte recht. Wenn man einen Menschen kennt, richtig gut kennt und ihn aufmerksam studiert hat, fallen einem solche Dinge auf. Und mir auf die Füße. Aber ich darf jetzt nicht klein beigeben. Los doch, probier es mit der Flucht nach vorn.

»Danke für deine interessante Theorie«, erwidere ich heiser. »Ich habe auch eine Theorie für dich: Was, wenn der Laden gar nicht ausgeraubt wurde? Falls ich nämlich dort gewesen wäre, *falls*, wohlgemerkt, oder besser: Wenn irgendein Jemand dort gewesen wäre, hätte er nichts gestohlen. Nur etwas umgetauscht.«

Aus dem Augenwinkel sehe ich, dass Paul und Fiona zu uns herüberschauen, neugierig und beunruhigt. Wie soll man denn auch nachvollziehen, dass ich hier mit einem Polizisten plaudere, während Alisa das Spiel ihres Lebens bestreitet?

»Um-ge-tauscht!« Nick spuckt das Wort aus wie drei Kirschkerne. »Willst du mich etwa verladen?«

»Gegenfrage: Sieht man den Raub auf dem Video?«

Eine halbe Ewigkeit, wie es mir vorkommt, betrachtet er das Regenbogen-Fähnchen in meiner linken Hand, an deren Handgelenk die Uhr mit dem ausgefransten Armband fehlt.

»Nicht direkt«, antwortet er schließlich. »Das Video bricht an der Stelle ab, als du – respektive ein Jemand – eine Pistole zieht. Ein technischer Fehler im Aufzeichnungssystem, wie die Verkäuferin mir versichert hat.«

Ha! Dachte ich's mir doch! In meine schlotternde Angst schleicht sich ein leises Triumphgefühl.

»Dann finde doch mal heraus, ob das vermeintliche Diebesgut eventuell unterm Ladentisch wieder auftaucht«, schlage ich mit tödlicher Ruhe vor, weil ich mir meiner Sache auf einmal sehr sicher bin. »Und jetzt, werter Nick, muss ich dich bitten zu gehen. Noch kann ich nämlich die wichtigen Ereignisse im Leben meiner Kinder voll auskosten, und du wirst mich nicht länger davon abhalten.«

Abrupt drehe ich mich von ihm weg und wieder dem Hockeyfeld zu. Soll er doch zusehen, wie er seine Polizeiarbeit erledigt. Ich bin ein freier Mensch, und bis irgendetwas von seinen Anschuldigungen bewiesen ist, gedenke ich, das auch zu bleiben. Demonstrativ schwenke ich mein Fähnchen und versuche, auf zwei Fingern zu pfeifen, was mir noch nie gelungen ist. Jetzt natürlich auch nicht.

Als ich mich eine halbe Minute später umschaue, ist Nick weg.

»Was wollte er denn?«, fragt Fiona, die sich an Paul vorbeischiebt und dicht neben mir Position bezieht.

»Nichts weiter«, lache ich etwas hysterisch, weil mir allmählich die ganze Tragweite des kurzen Gesprächs bewusst wird, auf das ich nur noch mit Galgenhumor reagieren kann, wenn ich nicht auf der Stelle durchdrehen will. »Er hat mich auf dem Überwachungsvideo des Juwelierladens erkannt, das ist alles.«

»Nein!«, kreischt Fiona, bemerkt im selben Moment, dass das ziemlich unpassend ist, und legt erschrocken eine Hand auf ihre Lippen. »Nein«, flüstert sie noch einmal ganz leise.

Während des weiteren Spiels finde ich ein Ventil für mein Gefühlschaos zwischen Angst, Panik und absurd aufwallender Sehnsucht nach Nick, indem ich lauter jubele und schreie als alle anderen. Niemand nimmt Anstoß daran. Ist doch verständlich, dass eine Mami ausrastet, deren Tochter ein Tor nach dem anderen für ihr Team schießt.

Am Ende hat die Pippi-Langstrumpf-Schule unentschieden gespielt, was im Einklang mit den Schulstatuten das beste Ergebnis ever ist, weil keiner traurig sein muss – »ein geteilter Sieg ist ein Sieg der Herzen« –, und ich stehe kurz vor einem Nervenzusammenbruch. Die Schlinge um meinen Hals hat sich weiter zugezogen. Jetzt fragt sich nur, ob Nick meiner Version Glauben schenkt.

In Begleitung von Fiona und Paul schleppe ich mich mit Wattebeinen zum Spielplatz hinter dem Schulgebäude, wo wir schon vor dem Turnier unsere kulinarischen Beiträge abgeliefert haben. Helfende Hände haben inzwischen alles auf langen Tapeziertischen ausgebreitet: mundgerecht zugeschnittene Kuchenstücke, Dinkelbrötchen mit veganen Aufstrichen, vegane Miniburger, verschiedene Gemüsesticks, auch ein paar gute alte Tomatenigel sind dabei.

»Nicht schlecht«, befindet Paul, der sich einen Miniburger nimmt und hineinbeißt.

»Nicht gut«, verkünde ich mit Grabesstimme. »Die Polizei ist hinter mir her. Uns bleibt nicht mehr viel Zeit, wenn wir uns deine Abfindung holen wollen.«

Paul hört auf zu kauen.

»Was redest du denn da für ein verrücktes Zeug?«

»Hast du etwa etwas Neues bei Aberfort rausgefunden?«, fragt Fiona, die im Gegensatz zu ihrem Mann sofort begreift, worum es geht.

»Ja, entschuldige«, druckse ich herum, »es ist so viel passiert, dass ich ganz vergessen habe, es dir zu erzählen.«

»Hi, Nele«, werde ich von Helen unterbrochen, einer blassblonden dauergestressten Mutter von ziemlich anstrengenden Zwillingen. Sie ist Anfang dreißig, in Zwillingsmamajahren also gefühlt Anfang sechzig. »Glückwunsch zu Alisa, sie war toll.«

»Und ich?«, piepst Ben, der mit Fionas Kindern vorgelaufen ist und sich jetzt an meine Beine presst. »Immer reden alle nur von Alisa.«

»Ihr seid beide großartig«, besänftige ich ihn. »Wo ist deine Schwester überhaupt?«

»Die darf in die Hollofähm.«

»Hall of Fame«, übersetzt Helen mit einem müden Lächeln, das zu ihren Augenringen passt. »Alle Teilnehmer:innen der Auswahlmenschschaft drücken ihre Handflächen in Filomasse. Anschließend werden die Abdrücke gerahmt, mit Namen versehen und in der Schulaula aufgehängt.«

»Wow.« Paul zieht die Augenbrauen hoch. »Noah hat es gerade mal zu sechs Einträgen ins Klassenbuch und sieben Stunden gemeinnütziger Arbeit gebracht. Sind deine Zwillinge nicht ähnlich erfolgreich?«

Falls er damit bezwecken wollte, Helen zu vertreiben, ist es ihm gelungen. Da ihre beiden Söhne nur Unsinn anstellen, zieht sie lieber weiter. Nun stehen wir wieder zu dritt am Büffet.

»Was geht dich mein Rausschmiss an?«, blafft Paul halblaut.

»Eine ganze Menge, weil das auch meine beste Freundin betrifft«, antworte ich mit gesenkter Stimme. »Und bevor du dich weiter aufregst: Was sagt dir IPO Readiness?«

Seine Augen hinter den Brillengläsern zwinkern nervös.

»Was verstehst du denn von so was?«

»Gar nichts«, bekenne ich. »Erklärst du es mir?«

Paul sieht wenig begeistert aus. Grimassierend nimmt er sich einen Gurkenstick vom Büffet und taucht ihn in einen graubraunen Dip. Nachdem er abgebissen hat, sieht er mich an wie ein Mathematiknobelpreisträger, der einem Erstklässler das Einmaleins beibringen soll.

»Mit IPO Readiness bezeichnet man sämtliche Maßnahmen, um einen erfolgreichen Börsengang vorzubereiten. Also die Analyse von Pitfalls, dazu Benchmarking, Equity Story, eventuell auch eine Pre-IPO-Restrukturierung vor dem Emissionszeitpunkt.«

»Das war jetzt echt aufschlussreich«, murmele ich frustriert.

»Falls du auf Millennium Invest International anspielst: Darüber darf ich nichts sagen«, setzt er hinzu und lässt den Rest des Gurkenstückchens in seinem Mund verschwinden. »Wenn ich meine Schweigeklausel verletze, drohen Strafen in Millionenhöhe.«

»Siehst du«, seufzt Fiona, »er mauert. Das tut er immer, wenn ich ihn auf das Thema anspreche.«

Während sich der Spielplatz weiter mit Turnierzuschauern füllt und die Schulband *We Are The Champions* von Queen intoniert, durchsuche ich mein Hirn nach irgendeiner Verbindung zwischen Pauls und Aberforts Fachkauderwelsch. Auf einmal fallen mir die steilen Abwärtskurven auf Aberforts Laptop wieder ein.

»Mal ganz allgemein gesprochen«, starte ich einen neuen Versuch, etwas aus Paul herauszubekommen. »Wenn man eine Aktie oder eine neue Kryptowährung auf den Markt wirft, die Sache aber nur eine Luftnummer ist, wie kriegt man das geschönt?«

»Ganz allgemein gesprochen?« Vorsichtig sieht er sich um, als befürchte er, belauscht zu werden. »Man kaschiert die Pain Points durch eine bessere Leverage – vulgo: Man frisiert die Zahlen, bewirbt das Produkt mit vollmundigen Schwindeleien, und am Tag des Gangs an die jeweilige Börse lässt man Strohmänner so viele Aktien oder eben Kryptowährung kaufen, dass der Kurs hochschnellt. Wenn man dann rechtzeitig die eigenen Anteile verkauft, sind hohe Gewinne drin – bevor der Kurs wegen der raschen Verkäufe wieder abstürzt.«

Langsam blicke ich durch. Vielleicht. Hoffentlich.

»Ebenfalls ganz, ganz allgemein gesprochen«, bemühe ich noch einmal die Formel, die Paul vor rechtlichen Konsequenzen schützt, »sofern man als Strohmann nicht rechtzeitig wieder verkauft – zum Beispiel, weil man nicht gewarnt wird –, sitzt man am Ende des Tages auf komplett wertlosen Aktien oder Kryptowährungen und hat sein ganzes Geld verloren?«

Paul muss gar nicht antworten. Seine resignierte Miene spricht Bände, und wie von selbst setzt sich jetzt das Puzzle zusammen: Aberfort bezahlt seine Mitarbeiter in Kryptowährungen, manchmal eben auch in wertlosen Kryptowährungen, um anschließend seinen Gewinn einzustreichen. In diesem Fall hat er Paul kalt lächelnd über die Klinge springen lassen – und ihn rausgeworfen, nachdem er ihn mit einem Knebelvertrag ruhiggestellt hat. Würde Paul dennoch vor Gericht ziehen, wäre er ein für alle Mal in der Branche verbrannt, das hat Fiona mir ja schon erklärt. Somit sind ihm die Hände gleich doppelt gebunden. Aber nicht mir. Und auch Fiona nicht.

»Eine letzte Frage noch, Paul.« Jetzt wird es heikel, weil niemand gern über Geld spricht. »Ich nehme an, dein Jahresgehalt war – annähernd sechsstellig? Es reicht, wenn du nickst.«

Was er tut.

»Und du hättest eigentlich Anspruch auf eine Abfindung von einem Jahresgehalt? Zwei?«

Beiläufig hält er Zeigefinger und Mittelfinger hoch.

»Dann werden wir uns das Geld holen«, verkünde ich wild entschlossen und ohne den geringsten Schimmer, wie wir das anstellen sollen.

»Nele?« Fiona stupst mich mit dem Ellenbogen an. »Da kommt Alisa.«

Ich wirbele herum. Ja, da kommt sie, meine wunderbare Tochter, zusammen mit Noah und einer Mitschülerin, die uns früher öfter besucht hat, aber irgendwann weggeblieben ist.

»Mami!« Wie ein Vögelchen, das lange im Käfig gefangen war und nun endlich freigelassen wurde, fliegt sie in meine Arme. »Wir haben den Sieg der Herzen errungen!«

»Gratulation, meine Süße, du warst unglaublich.« Überschwänglich drücke ich sie an mich, und für einen Moment sind alle Probleme vergessen. »Das müssen wir feiern! Fiona hat Kuchen gebacken, von mir darfst du dir etwas wünschen!«

»Darf ich eine Barbiepuppe?«, flüstert sie mir ins Ohr. »Eine Arzt-Barbie? Ich möchte nämlich Ärztin werden und Kindern mit Asthma helfen.«

»Guter Plan«, schmunzele ich erleichtert, dass ich Alisa seit langer, langer Zeit einen derartigen Wunsch erfüllen kann, der Lalique-Vase sei Dank. »Du bekommst die Barbie.«

»Dann hätte ich gern die GYT29 mit Kittel und Stethoskop, die ist Schwarz *und* berufstätig – dagegen kann Frau Diepholzer doch nichts haben, oder?«

»Nein, ganz bestimmt nicht.«

Und auf einmal bin ich mir sicher, dass Alisa ihren Weg machen wird: trotz und wegen einer Schule, die mich oft den letzten Nerv kostet, im Großen und Ganzen aber bemerkenswert aufgeweckte Kinder hervorbringt.

Kapitel 32

Es geht auf Mitternacht zu, als wir immer noch an Hermines Esstisch sitzen. Heute haben wir nicht gebastelt, nur palavert, wie wir weiter vorgehen könnten. Fiona nennt es ein Gerechtigkeitsliga-Meeting, Hermine spricht ganz offen von einem konspirativen Treffen, ich eher vorsichtig von einem Brainstorming.

Und das mit Grund, denn inzwischen hat sich unsere Lage noch einmal verschärft. Ich habe eine horrende Heizkostennachzahlung für meine Schuhkartonwohnung im Briefkasten gefunden, Wilhelm Aberfort fordert Schadenersatz in Millionenhöhe von Fionas Mann, weil er mutmaßt, Paul hätte mich zu ihm geschickt. Hermine wiederum ist eine Räumungsklage ins Haus geflattert, weil selbiges abgerissen werden soll. Geld für einen Anwalt kann sie nicht aufbringen, und Paul scheidet als Beistand leider aus, weil er nicht auf Immobilienrecht spezialisiert ist.

Drei Gründe also, sofort zu handeln. Der Überschwang, mit dem ich dafür plädiert habe, Pauls Abfindung zu retten, ist allerdings lange abgeflaut. Im grenzenlosen Vertrauen auf Hermines Computerkünste hatte ich gehofft, sie könnte irgendetwas daran drehen, durch geschicktes Hacking zum Beispiel. Den

Zahn hat sie mir schnell gezogen: Die Firewalls von Millennium Invest International seien unüberwindlich, Hacken liege außerhalb des Machbaren.

Auch andere Ideen haben sich als Sackgasse erwiesen. Nun sind die letzten Käsecracker weggeknabbert, der Prosecco, den Hermine anlässlich von Alisas Heldentaten spendiert hat, ist längst ausgetrunken, der baldige Aufbruch liegt in der Luft. Stumm sitzen wir da, etwas erschöpft und auch ein bisschen enttäuscht, weil wir nicht weiterwissen.

»Was wäre, wenn?«, bricht Hermine plötzlich unser verzagtes Schweigen. »Was würdet ihr tun, wenn euch eine größere Summe in den Schoß fallen würde? Abgesehen davon, dass wir alle erst mal Löcher stopfen müssten: Was ist euer Traum?«

»Ein eigenes Kosmetikstudio, weißt du doch«, seufze ich.

»Ich würde mir einfach nur wünschen, dass alles wieder so wird wie früher«, sagt Fiona mit starrem Blick auf die geblümte Tischdecke. »Nur meinen Job beim Bäcker würde ich behalten. Klingt komisch, aber es macht mir halt Freude, den Leuten Brot und Brötchen zu verkaufen. Das ist wenigstens ein sinnvoller Beruf. Und du, Hermine? Wovon träumst du?«

»Liebend gern würde ich wieder als Volkshochschullehrerin anfangen.« Ihr Blick umflort sich leicht melancholisch. »Das war meine Erfüllung – den Leuten etwas beizubringen, die an sich arbeiten, sich weiterentwickeln wollen.« Mit hängenden Schultern steht sie auf, um die Gläser abzuräumen. »Aber dafür müsste ich weiterhin bezahlbar wohnen und für meine Mutter einen Platz in einem richtig guten Heim finden oder, wenn Geld wirklich keine Rolle spielen würde, eine Pflegekraft einstellen, die hier einzieht, damit ich keine zeitlichen Limits mehr habe.«

»Interessant, wir würden also alle unsere Jobs behalten«, resümiere ich. »Und nicht wie Frau Steinhövel mit der Kohle durchbrennen, um unter südlicher Sonne zu faulenzen. Eigentlich stark, oder?«

Auf einmal lässt Fiona ihre Faust so heftig auf den Tisch sausen, dass Hermine und ich zusammenzucken.

»Wisst ihr noch, wie wir hier vor ein paar Tagen saßen und feststellten, dass es mies bezahlte Berufe gibt, die wirklich gebraucht werden, und Leute, die mit faulen Tricks reich werden, ohne der Gesellschaft etwas zu nützen? Da stimmt doch was nicht, wenn die einen vergeblich ackern und die anderen erfolgreich scheffeln!«

Grundsätzlich gebe ich ihr recht. Im Vergleich zu den großen Jungs à la Aberfort, die mit ihrem Big Business Millionen machen, werden wir immer den Kürzeren ziehen.

»Wir müssen groß denken!«, ruft Fiona kämpferisch aus. »Keine Tröpfchen auf den heißen Stein mehr, keine Brosamen, die vom Tisch der Mächtigen fallen!«

»Du bist ja auf einmal ganz schön radikal«, werfe ich etwas verwundert ein.

»Ja, und?« Jäh schießt Fiona von ihrem Stuhl hoch und fängt an, durch das Esszimmer zu tigern. »Willst du dich etwa damit zufriedengeben, dass du eine Vase zu Geld machst und drei deiner Kundinnen zurückkommen? Soll ich hinnehmen, dass wir wegen der Raffgier von Pauls Chef demnächst aus unserem Haus fliegen? Ganz zu schweigen davon, dass Hermine es kaum noch schafft, mit dem gekürzten Pflegegeld all die Therapien zu bezahlen, die von der Kasse nicht übernommen werden.«

»Das stimmt, aber was folgt daraus?«, fragt Hermine, die ebenso überrascht von dem Wutausbruch unserer Freundin ist wie ich.

In diesem Augenblick fällt mir etwas ein.

»Da wir Aberforts Firewall nicht überwinden können, wie wäre es denn …«, ich zögere, weil mir meine eigene Idee ziemlich tollkühn erscheint, »… wenn wir uns in die Höhle des Löwen schleichen?«

Auf ihrer Wanderung durchs Esszimmer bleibt Fiona neben der Vitrine mit den Barbiepuppen stehen.

»Was meinst du?«

Hermine schaltet schneller. Klirrend stellt sie die Gläser zurück auf den Tisch und stützt sich mit beiden Händen auf der Tischkante ab, während sie mich geradewegs ansieht.

»Du denkst jetzt aber nicht ernsthaft an den Serverraum von Millennium Invest International?«

»Genau der kam mir gerade in den Sinn«, erwidere ich und finde mich selbst reichlich vorwitzig dabei.

»Mein lieber Herr Gesangverein, geht's noch etwas unrealistischer?«, poltert Fiona los. »Das Firmengebäude ist gesichert wie Fort Knox!«

Genau das ist mein Punkt.

»Und wer sichert das Gebäude, Fiona? Elektronische Sperren allüberall. Für die es Entsicherungssysteme gibt, Codes, Schlüsselkarten, was auch immer.«

Hermine setzt sich wieder, und in ihren Augenwinkeln blitzt es schelmisch auf.

»Du hast doch einen Trumpf im Ärmel, Nele. Wie wär's, wenn du ihn rausziehst?«

Das tue ich prompt, und zwar in Gestalt der Visitenkarte in meiner Hosentasche. Nein, nicht etwa Nicks Karte. In den vergangenen Tagen habe ich ja gleich zwei gesammelt, und in der zweiten liegt der Schlüssel für meine tollkühne Idee.

»Bitte sehr, hier ist unser Sesam-öffne-dich«, erkläre ich feierlich und lege die Visitenkarte auf den Tisch.

Sogleich beugen sich Fiona und Hermine darüber.

»Robert Stahl?« Belustigt hebt Fiona den Kopf und fängt an zu kichern. »Ist das der Künstlername eines Callboys?«

Auch ich muss lachen, weil der Name in der Tat Anlass zu allerlei Spekulationen geben kann.

»Dreh die Karte einfach um, Fiona.«

»Chief – Security – Management – Millennium Invest International«, liest sie mit wachsendem Befremden vor, dann legt sie die Karte auf den Tisch. »Woher hast du die?«

Zufrieden, dass mir die Überraschung gelungen ist, falte ich meine Hände auf dem Schoß, weil meine Finger etwas zittern.

»Von einem Herrn, der auf den ersten Blick der persönliche Wachhund von Wilhelm Aberfort ist, auf den zweiten Blick aber ein Mitarbeiter, der mächtig Brass auf seinen Chef hat. Wie man ja weiß, gilt Aberfort nicht gerade als Menschenfreund. Unter uns gesagt, ist er die totale Zumutung.«

Fiona setzt sich wieder und klaubt aufgeregt die letzten Kekskrümel aus der leeren Schale.

»Genauso gut ist denkbar, dass dieser Herr Stahl schnurstracks zu seinem Chef rennt, wenn du ihn kontaktierst.«

»Mein Gefühl sagt mir etwas anderes«, erwidere ich achselzuckend.

»Und deine Gefühle haben dich ja noch nie getrogen«, stichelt Fiona. »Da muss man sich ja nur deinen Männergeschmack ansehen.«

Haha, ja, stimmt, in Liebesdingen würde ich mir selber nicht immer über den Weg trauen. Doch bei diesem Security-Mann weiß ich einfach, dass ich mit meiner Intuition richtigliege. In seinen wenigen Worten lag so viel aufgestaute Wut, wie man sie nur ansammelt, wenn man jahrelang als Punchingball herhalten musste.

»Die Sache ist die«, führe ich meine Überlegungen weiter aus. »Sofern uns Herr Stahl in das Gebäude lässt und wir in den Serverraum gelangen, können wir – das heißt, Hermine – mit etwas Glück auf ein Konto mit dem Namen Techmate zugreifen. Dort liegt das Kapital, das man für einen Börsengang braucht. Wenn wir das anzapfen, tun wir sogar ein gutes Werk, denn dieses Techmate ist ein Windei. Viele Anleger würden sich ruinieren, wenn es an die Börse geht und sie in die Aktie investieren. Doch wir müssen schnell sein. Aberfort will schon in der kommenden Woche loslegen.«

Eine Weile ist es still, bis Hermine das Wort ergreift.

»Dann haben wir jetzt nur eine Option: Augen zu und durch.«

»Ich nehme durch«, erkläre ich mit fester Stimme.

»Bin auch dabei«, nickt Fiona nach kurzem Nachdenken.

»Wie sagt man doch so schön? Nicht das Abenteuer ist gefährlich, sondern die Routine. Die ist nämlich tödlich.«

»Wer Sahne will, muss Kühe schütteln«, ergänzt Hermine so sachlich, als erläutere sie ein Crackerrezept. »Ich werde mich bei den Freunden meiner Freunde schon mal vorsorglich erkundigen, ob jemand weiß, mit welcher Software-Firma Millennium Invest International zusammenarbeitet. Das könnte es einfacher machen, den Server zu knacken.«

»Aber wir gehen zu dritt da rein.« Energisch streicht Fiona ihr Haar zurück, das nach einem weiteren Färbeversuch in einem aparten Erdbeerton schimmert. »Und schon jetzt möchte ich zwei Dinge klarstellen. Erstens: Für den Fall, dass wir erwischt werden, brauchen wir eine gute Story.«

»Eine richtig gute Story«, bestätige ich.

»Zweitens: Für den Fall, dass es uns irgendwie gelingt, genau den Betrag abzuzweigen, der Paul zusteht, möchte ich, dass ihr beide eine Summe eurer Wahl nennt, die ihr euch nehmt. Ich mische mich da nicht ein. Es wird genug da sein, also überlegt euch einfach, was ihr braucht. Okay?«

Ohne dass Hermine und ich es aussprechen, wissen wir, dass wir dasselbe denken: Das ist unwahrscheinlich großzügig und zeugt von einem freundschaftlichen Vertrauen, das alles andere als selbstverständlich ist.

»Dann wäre das geklärt«, fährt Fiona fort, die ungeahnte Kräfte in sich zu mobilisieren scheint, so resolut und lebhaft wirkt sie auf einmal. »Kommen wir nun zu den Problemen. Nummer eins: Nick ist hinter Nele her, und nicht nur im erfreulichen Sinne. Nummer zwei: Irene hat heute zwar gehörig was auf den Deckel bekommen, wird Nele aber umso motivierter hinterherschnüffeln.«

Ihre Aufzählung trägt nicht gerade zu meiner Beruhigung bei. Was für ein Alptraum, gleich zwei Verfolger abschütteln zu müssen. Vielleicht ist das alles ja doch eine Nummer zu groß für uns?

»Zwei Probleme löst man am besten, wenn man sie kombiniert und auf diese Weise zwei Fliegen mit einer Klappe schlägt«, sagt Hermine versonnen. »Wie wäre es, wenn wir beide irgendwohin schicken, wo sie erst mal beschäftigt sind? Gebt mir die Handynummern, und ich sende ihnen anonyme Nachrichten, auf die sie abfahren, im wahrsten Sinne des Wortes.«

»Gebongt, erledigt.« Fiona lächelt Hermine zuversichtlich an. »Aber schick die beiden weit, weit weg.«

Ob das klappen wird? Ein weiteres Mal gehe ich unseren Plan durch. Es gibt noch viele offene Fragen, dennoch überwiegt das Warum das Wie. Wir werden uns holen, was wir brauchen, um nützliche Mitglieder der Gesellschaft zu sein, ehrbaren Berufen nachzugehen und nebenbei auch noch einen Finanzhai zu stoppen, der seine Anleger ins Verderben reißen würde.

Plötzlich steht mir wieder Aberfort vor Augen, wie er in seinem Jogginganzug ins Büro getrabt kam, übel riechend, befehlsgewohnt, arrogant. Und jetzt weiß ich, was unsere Story ist, falls man uns schnappt.

»Wir werden als Putzfrauen gehen«, teile ich meinen verdutzten Freundinnen mit. »Dafür brauchen wir nur gleichfarbige Kittel in Grün oder Blau, auf die wir das Logo einer Putzfirma sticken. Die Vorlagen finden wir im Netz. Was haltet ihr von Homecare4you?«

»Zu lang«, meint Hermine. »Da sticken wir uns einen Wolf. Gibt's auch was Kürzeres?«

»CleanIt?«

»Besser.« Zufrieden googelt Hermine das Logo. »Ja, sieht hübsch aus. Zusätzlich könnten wir uns noch eingeschweißte Hausausweise basteln, mit der Aufschrift: Fachkräfte für spontane Eigentumsübertragung.«

Kapitel 33

»Nur dieses eine Mal noch, Schatz«, flötet Fiona, die einen Gemüseauflauf in den Ofen schiebt und nebenbei die Herdplatte runterschaltet, auf der ein Kartoffelsüppchen schmurgelt. »Die nächsten zwei Wochen hast du abends frei, versprochen.«

Paul sieht nicht so aus, als ob er daran glaubt. Mit seinem aufgeklappten Laptop und einem Glas Rotwein sitzt er am Küchentresen und gibt sich einem Schmollrückfall hin, wie Fiona es nennt. Im Übrigen sehe sie sich außerstande, jede seiner Gemütsverschattungen sogleich mit einem Quickie zu beheben.

»Was habt ihr denn bloß immer so Wichtiges vor?«, fragt er missgelaunt.

»Zukunftsorientierte Geschäftsideen sondieren«, erwidert Fiona. »Solange es bei dir nicht mit einem neuen Job klappt …«

»Ich weiß, ich weiß, verkaufst du Brötchen und bastelst Schultüten.« Mürrisch scrollt er durch seine Mails. »Dieser Aberfort sabotiert mich, hundertpro. Auf welche Ausschreibung ich mich auch melde, als Erstes wird immer gefragt, ob ich der Typ bin, den der heilige Aberfort rausgeschmissen hat. Möchte echt mal wissen, wie lange mir das noch an der Hacke klebt.«

»Wer weiß, wie lange Aberfort noch einen derartigen Einfluss hat mit seinem Geschäftsgebaren«, wage ich mich ein wenig aus der Deckung.

»Was weißt du denn darüber?« Kopfschüttelnd trinkt Paul einen Schluck Rotwein. »Sorry, aber nur weil du sein Klo geputzt hast, weißt du ja wohl kaum mehr über sein Gebaren, als man den Bremsspuren seines großen Geschäfts entnehmen kann.«

»Küche«, korrigiere ich ihn freundlich, wenngleich mir die tendenzielle Herablassung in seinen Worten keineswegs entgangen ist. »Es war nur die Küche.«

»Schluss damit, Paul«, geht Fiona dazwischen. »Sprich nur, wenn es die Stille verbessert, sagte der große Gandhi. Also spuck mal nicht so große Töne. Von Neles Organisationstalent könntest du dir durchaus eine Scheibe abschneiden.«

Nun, es ist wahr, die Organisation unseres neuerlichen Ausflugs auf die dunkle Seite hat einige logistische Schachzüge erfordert. Und das Besticken dreier streng nach Dritte-Welt-Chemikalien riechender Kittel aus dem Ein-Euro-Shop war nur der Anfang.

Des Weiteren musste Robert Stahl bearbeitet werden. Der wies zunächst jede Mitwirkung an unserem Plan von sich, bis ich ihm erklärte, dass wir mit unserem Coup einem gefeuerten Mitarbeiter zu seinem Recht verhelfen sowie ein unlauteres Geschäft von Aberfort verhindern könnten. Als Sahnehäubchen gäb's noch ein Jahr lang eine kostenlose Maniküre für seine Freundin obendrauf. Was den Security-Chef aber wirklich überzeugte, war die Aussicht, arglose Anleger vor dem Ruin zu bewahren. Daraufhin kopierte er die Chipkarten dreier Teilnehmer von Aberforts Geheimkonferenz. Auf diese Weise, so sein Kalkül, werde es schon die Richtigen treffen, sofern unser nächtlicher Besuch bei Millennium Invest International auffalle. Überdies hat er mir einen Lageplan des unteren Stockwerks von Millennium Invest International zukommen lassen und dafür gesorgt, dass seine diensthabenden Kollegen heute Abend durch einen Fernseher und einen Kasten Bier in der Überwachungszentrale nicht ganz so bei der Sache sind wie sonst.

Um halb elf sollen wir uns am Hintereingang des Gebäudes einfinden, kurz nach dem Schichtwechsel der Security, dann sei es am günstigsten, weil noch einige Schwätzchen gehalten würden.

Und, ganz wichtig: Auf keinen Fall dürften wir mit einem Privatauto vorfahren, da uns sonst die Parkplatzkameras erwischen würden. Dass der Check der Autokennzeichen obligatorisch sei, wisse ich ja schon. Stattdessen sollten wir James-Bond-mäßig zweimal das Taxi wechseln und das letzte Stück zu Fuß gehen.

»Bereit?« Aufmunternd knufft mich Fiona in den Rücken. »Heute geben wir alles.«

»Und wann seid ihr wieder da?«, will Paul wissen.

»Nicht so wichtig«, trällert Fiona vergnügt. »Denk einfach an das alte Naturgesetz: Man braucht immer ziemlich genau die Geduld, die man nicht hat.«

Auf dem Weg nach draußen durch ihren picobello aufgeräumten Flur rollt sie dann mit den Augen.

»Ich habe Paul Yoga empfohlen, damit er ruhiger wird. Seine

Lieblingsposition ist so was wie der Schlafende Lurch, was ja schon alles sagt. Umso hibbeliger wird er, wenn er auf die Kinder aufpassen soll.«

Als wir im Van sitzen, verstummen wir unwillkürlich. Vielleicht, weil uns jetzt mit aller Macht bewusst wird, dass wir ein ziemlich großes Ding durchziehen wollen. Ist ja keine Kleinigkeit, mal eben in den Serverraum einer Riesenfirma zu spazieren, ein Konto zu plündern und dann auch wieder heil rauszumarschieren. Unwägbarkeiten gibt es immer.

Kurz vor der Innenstadt steigt Hermine dazu. Auch ihr sieht man die Anspannung überdeutlich an.

»Geht mir ganz schön unter die Haut, die Sache«, sagt sie mit schmalen Lippen. »Aber wenigstens der mobile Pflegedienst für meine Mutter hat wieder geklappt, und den ganzen Tag hatte ich Support von Nerds und Freaks aus aller Welt. Zwei haben mir sogar angeboten, per Facetime dabei zu sein, um uns zu unterstützen. War mir aber zu gefährlich. Wir müssen unsere Handys ausstellen, um nicht geortet werden zu können. Ab jetzt sind wir ganz auf uns gestellt.«

Ja, wahrscheinlich fühlt man sich im digitalen Zeitalter nie einsamer als offline. Ohne den Kokon aus unzähligen Menschen, die man jederzeit anrufen und anschreiben kann oder auf deren Social-Media-Accounts man erfährt, was sie gerade machen, verlernt man leicht, das Alleinsein auszuhalten. Aber ich darf jetzt keine philosophischen Betrachtungen anstellen. Äußerste Konzentration ist gefragt.

»Zweiundzwanzig Uhr zehn, bitte parken, Kittel anziehen und aufs Taxi umsteigen«, gebe ich das Kommando, auf das

Fiona und Hermine schon gewartet haben. »Da vorn ist der Taxenstand.«

Wir nehmen jeweils einzeln ein Taxi, eine Investition, die uns allen nicht gut ins Budget passt. Doch der knallharte Sicherheitsexperte Robert Stahl hat darauf bestanden, damit wir niemandem als Trio in Erinnerung bleiben. Zweimal wechseln wir brav das Pferd, dann treffen wir uns am Parkplatz von Millennium Invest International.

»Bereit?«, fragt Fiona ein weiteres Mal.

Wir nicken. Dann geht es im Gänsemarsch zum Hintereingang, der ersten Hürde. Nacheinander halten wir unsere Chipkarten an das quadratische Lesefeld daneben, dreimal springt die Tür auf und schließt sich wieder. Dahinter erwartet uns ein Putzwagen, den der kooperative Herr Stahl für uns dort deponiert hat.

»Dritte Tür links«, flüstere ich. »Und nicht zu schnell gehen.«

In gemessenem Tempo zuckeln wir weiter. Fiona schiebt den Putzwagen, während ich stumm mitzähle: eins, zwei, drei.

»Meine Karte funktioniert nicht«, wispert Hermine, als wir die dritte Tür erreicht haben.

»Lass mich mal.« Forsch tritt Fiona vor. »Mit Geduld und Spucke …«

Die Tür öffnet sich mit einem leisen Summen, und auf Zehenspitzen trippeln wir mit dem Putzwagen hinein. Der Raum ist fast dunkel, bis auf die Servertürme, an denen rote, blaue und grüne Lichtleisten und Lämpchen glühen. Außerdem gibt es noch einen Garderobenständer, an den wir unsere Mäntel hängen.

»Ganz schön schmutzig hier«, brummt Fiona und niest zweimal.

Oje. Selbst im Halbdunkel sehe ich die dünnen Staubschichten, die den Boden und auch den großen Schreibtisch bedecken, der an der Längswand steht. Das Wort Serverraum ist fast übertrieben als Bezeichnung für diese Rumpelkammer. Passt aber zu Aberforts Geschäften. Außen hui, innen pfui.

»Auf Schmutz können wir jetzt keine Rücksicht nehmen«, sagt Hermine, die einen Laptop und eine Art USB-Stick unter ihrem Kittel hervorzieht.

Was sie da genau macht, verstehe ich nicht, aber auf ihrem Laptop, den sie geöffnet auf den Schreibtisch gestellt hat, erscheinen Zahlenkolonnen.

»Und? Siehst du schon was?«, wispert Fiona.

»Wie du siehst, sehe ich alles Mögliche, aber nichts Spezifisches.«

Mit dem Handrücken wischt sich Hermine über die Stirn. Sie schwitzt nie. Dass sie jetzt einen Schweißausbruch hat, werte ich als kein gutes Zeichen. Auch dass ich schwere Schritte auf dem Flur draußen höre, ist definitiv kein gutes Zeichen.

»Wer kann das sein?«, flüstere ich.

»Sofort auf Tauchstation!«, befiehlt Hermine atemlos.

Am ganzen Körper zitternd quetsche ich mich in eine enge Nische zwischen zwei Computertürmen und lausche den Schritten, die sich nähern. Noch wirft die Flurbeleuchtung nur einen schmalen Lichtstreifen in den Raum. Noch. Wenn jemand die Deckenlampe anschaltet, war's das allerdings mit unserer Tarnung. Schon beim bloßen Gedanken daran bilden sich tausend kleine Schweißtröpfchen auf meiner Stirn.

Eine männliche Gestalt taucht im Türrahmen auf, groß, breitschultrig, kurzes Haar. Selbst im schummrigen Dämmerlicht erkenne ich, wer da hereinschaut, und mein Herzschlag setzt aus. Großer Gott, das ist Nick! Was um alles in der Welt tut er hier?

Hermine hatte ihn doch zu Aberfort geschickt, mit einer Lockvogel-Nachricht: *Sie wollen mehr über Nele Trempers geheimes Doppelleben wissen? Dann sollten Sie sich heute Nacht gegen zweiundzwanzig Uhr beim privaten Anwesen von Wilhelm Aberfort einfinden, Finkenweg 1, etwa 11 Kilometer vom Wildpark Grünental entfernt. Legen Sie dieser Frau das Handwerk! Beste Grüße. Ein Freund.* Irene hat die Nachricht ebenfalls aufs Handy bekommen. Was also ist da schiefgelaufen?

»Hallo?« Aufmerksam sieht Nick sich um. »Ist da jemand?«

Sofort mache ich mich noch etwas kleiner in meinem Versteck. Lieber Gott, bitte lass es nicht enden, bevor es richtig angefangen hat. Gib mir noch eine Chance. Wenn das alles hier vorbei ist, wollte ich doch einen Neubeginn wagen.

»Ist da jemand?«, wiederholt er argwöhnisch.

Mit angehaltenem Atem spähe ich zum Schreibtisch gegenüber, unter dem Hermine kauert, eigentümlich verdreht, den Kopf zwischen die Knie und den Laptop an ihren Körper gepresst. Daneben drückt sich Fiona an die Wand, leidlich gut verborgen hinter dem Garderobenständer mit unseren drei Mänteln. Lange kann das nicht gut gehen. Hermine bevorzugt ein penetrant süßliches Parfum, das Nick womöglich schon erschnuppert hat. Bei Fiona wiederum ist es nur eine Frage der Zeit, bis sie in dieser vermüllten Bude von Serverraum einen weiteren Niesanfall bekommt.

Angstvoll beobachte ich wieder den Mann meines Herzens. Er steht jetzt mitten im Raum, sichtlich angespannt, so als wittere er förmlich, dass hier etwas nicht stimmt. Was soll ich ihm sagen, wenn er mich zur Rede stellt? Geld verdirbt den Charakter, Geldnöte machen einen aber auch nicht automatisch zum besseren Menschen? Das klingt doch nur nach einer schlappen Ausrede.

Mittlerweile klopft mein Herz so laut, dass ich jede Rippe einzeln spüre. Mach dich nicht verrückt, versuche ich mich zu beruhigen, wir schaffen das schon. Zusammen mit Fiona und Hermine hast du doch immer alles geschafft.

Erneut schaue ich zu Hermine, die mit fragend erhobenen Händen zu mir herüberlinst, als wollte sie sagen: Was machen wir denn jetzt? Als ob ich das wüsste. Am liebsten würde ich aufspringen, mich in Nicks Arme werfen und ihm alles beichten. Wirklich alles. Meine Ängste, meine Verzweiflung, meinen Frust. Doch was würde das bringen, außer dass ich den vielleicht letzten Trumpf verspiele, der mir noch bleibt – die Aussicht auf eine Beziehung, die diesen Namen verdient?

Nick darf uns nicht finden. Auf keinen Fall!

In diesem Augenblick erschüttert ein explosionsartiges Niesgeräusch die Luft. Zeitgleich fällt der Garderobenständer mitsamt den drei Mänteln um und landet direkt vor Nicks Füßen. Das war's. Wie ein kleines Kind kneife ich die Augen zu, in der irrsinnigen Hoffnung, dass alles Bedrohliche verschwindet, sobald man es nicht mehr sieht. In etwa so effizient wie Pfeifen im Walde, aber mehr fällt mir gerade nicht ein.

»Ach, ein Polizist!«, höre ich Fionas etwas ins Schrille spielende Stimme. »Da bin ich aber erleichtert! Wissen Sie, es ist richtig gruselig, hier nachts allein zu putzen. Deshalb hatte ich mich versteckt. Man kann nicht vorsichtig genug sein.«

Nicht schlecht. Todesmutig öffne ich ein Auge.

Fiona hat sich einen Staubwedel vom Putzwagen geschnappt und wedelt damit an den Servertürmen herum, Nick steht daneben und beäugt sie interessiert.

»Sagen Sie mal, sind Sie nicht eine Bekannte von Nele Tremper? Ich habe Sie doch gestern bei diesem Hockeyturnier gesehen.«

»Ach, das.« Unverdrossen wedelt Fiona weiter. »Ja, Tremper, Tremper, da klingelt was. Aber nicht alle Mütter an unserer Schule pflegen intensiven Kontakt. Da muss schon die Chemie stimmen, bevor man sich näher befreundet.«

»Hm.« Nick verschränkt die Arme. »Dürfte ich mal das Licht anschalten? Nur, um mich ein wenig umzuschauen? Ist doch auch besser für Sie, als hier fast im Dunkeln zu putzen.«

»Nein! Bloß nicht!« Fiona schreit fast, und ich kann es ihr nachfühlen. »Der Schalter ist an eine Lichtschranke gekoppelt«, phantasiert sie drauflos. »Es würde sofort ein Alarm ausgelöst werden, weil das hier ein Hochsicherheitsbereich ist.«

Beneidenswert, ihre blühende Phantasie. Nach einem weiteren Niesanfall greift Fiona zum Schrubber, der umgedreht im Putzwagen steckt.

»Wenn Sie dann so freundlich wären, mich meine Arbeit machen zu lassen? Ich muss meinen Zeitplan einhalten und habe noch unzählige Büroräume vor mir.«

»Soso.«

Ob Nick ihr glaubt? Ich weiß es nicht. Ich hoffe es.

Das Klingeln seines Handys erlöst uns.

»Ja, bitte? Ach, bei diesem Aberfort? Ja, ich weiß, wir hatten bereits einen anonymen Hinweis. Bin schon unterwegs.« Nachdem er sein Handy eingesteckt hat, ruckelt er seine Dienstmütze gerade. »Dann noch frohes Schaffen, Frau …«

»Sie werden meinen Namen sowieso vergessen«, erwidert Fiona gleichmütig. »Wer erinnert sich schon an eine Putzfrau?«

Kapitel 34

Es gibt eine Art Stille, die so laut in den Ohren dröhnt, dass man seine eigenen Gedanken nicht mehr versteht. Oder ist da gar kein Gedanke mehr in meinem Hirn? Wie schockgefroren kauere ich in meinem Versteck, unfähig, mich zu rühren, unfähig, zu begreifen, was sich da soeben abgespielt hat. Ich meine, es war Nick – Nick! –, der uns um ein Haar erwischt hätte!

»Wenn ihr nicht über euch lachen könnt, sagt Bescheid, dann tue ich das für euch«, kichert Fiona, die den Schrubber zurück in den Putzwagen stellt und den umgefallenen Kleiderständer aufrichtet, als wäre nichts gewesen. »Ihr seht immer noch aus, als würdet ihr in einem entgleisenden Zug sitzen. Na los doch, kommt raus, worauf wartet ihr? Manchmal kann man nichts anderes machen als weiter.«

»Du schaffst mich«, stöhnt Hermine, während sie mühsam unter dem Schreibtisch hervorkrabbelt. »Und guck mich bitte nicht in diesem Ton an, Fiona! Wir wären fast aufgeflogen, da darf man ja wohl etwas reaktionsverzögert sein.«

Was soll ich denn sagen? Ich hätte jetzt gern einen großen Valium-Espresso-Latte, weil ich mich wie gelähmt und komplett überdreht zugleich fühle. Mein Puls schlägt in nicht messbaren Frequenzen, und ich frage mich, ob ich jemals wieder meine Gliedmaßen koordiniert bewegen kann.

Unterdessen hat Hermine ihren Laptop auf den Schreibtisch gestellt und scrollt sich erneut durch endlose Zahlenkolonnen.

»Das ist wie Staubsaugen in der Wüste«, verkündet sie dumpf. »Wo anfangen, wo aufhören?«

»Glaub mir, Pläne werden häufiger durch Zweifel zerstört als durch Fehler«, entgegnet Fiona in ihrer resoluten Art. »Du kriegst das schon hin.«

»Probier es mal mit Techmate«, schlage ich vor, nachdem ich mich aufgerappelt und etwas täppisch den Weg zum Schreibtisch zurückgelegt habe, um Hermine über die Schulter zu schauen. »Bestimmt gibt es doch so was wie eine Stichwortsuche.«

»Wir sind hier im Server einer Riesenfirma, nicht auf Google«, brummt sie unwillig. »Das kann Stunden dauern, Nele.«

»Von mir aus auch die ganze Nacht. Vor morgen früh kommen wir hier sowieso nicht wieder raus.«

Zwei erstaunte Augenpaare richten sich auf mich.

»Nun ja«, mit einer Hand zeige ich auf die Tür, die sich hinter Nick geschlossen hat, »was denkt ihr denn, was da draußen auf den Fluren los ist? Wenn hier ein Polizist aufkreuzt, wimmelt es bestimmt im gesamten Gebäude davon, plus Security-Leute, die alles checken.«

»Gütiger Himmel!«, entsetzt sich Hermine. »Wir sind verloren!«

»Aber nein«, kann ich sie beruhigen, denn mittlerweile arbeitet mein Gehirn wieder einwandfrei. Was mir Auftrieb gibt, ist eine Idee, zu der mich mein Bewerbungsgespräch mit Aberfort inspiriert hat. Und meine noch frische Erkenntnis, dass die Flucht nach vorn eine unschlagbare Taktik ist, weil keiner damit rechnet. »Wir warten bis morgen früh und werden in aller Gemütsruhe hier rausspazieren. Und zwar nicht durch den Hinterausgang, sondern hocherhobenen Kopfes vorne raus.«

»Womit wir einmal mehr bei der Frage aller Fragen angelangt wären: Geht's noch?« Entnervt greift Fiona zum Staubwedel und fuchtelt damit vor meinem Gesicht herum. »Man fasst sich an den Kopf und greift ins Leere – ist das ungefähr die Beschreibung deines geistigen Zustands?«

»Im Gegenteil.« Ich muss lächeln, weil mir unsere Exit-Strategie immer klarer vor Augen steht. »Die Security denkt, dass sich ein oder mehrere Eindringlinge in der Firma befinden, die sich im Laufe der Nacht unauffällig rausschleichen wollen. Was wir nicht tun werden. Genaueres verrate ich euch, wenn's so weit ist. Also, Hermine – walte deines Amtes. Wie hast du dir die Transaktion überhaupt gedacht?«

Es entgeht mir keineswegs, dass sich ihre Lust zu antworten in überschaubaren Grenzen hält. In ihrer Miene liegt diese Mischung aus Verwirrung und Missbilligung wie damals an der Volkshochschule, wenn jemand Begriffe wie »Nerd« oder »Computerfuzzi« verwendete.

»Im Grunde ist es simpel«, lässt sie sich dann doch zu einer Erklärung herab. »Ich muss die richtige Datei finden und einen gewissen Betrag auf ein heute neu gegründetes, völlig anonymes Bitcoinkonto überweisen.«

»Bitcoin«, zischt Fiona. »Also wieder so eine windige Kryptowährung?«

»Nur vorübergehend.« Hermines Mundwinkel heben sich leicht an. »Von dort aus kann ich beliebige Summen in konventioneller Währung per Western Union an wen auch immer anweisen. Ihr müsst nur in eine dieser Filialen gehen und euch das Geld abholen.«

»Etwa in bar?«, fragt Fiona wenig begeistert nach.

»Sorry, alles andere könnte man zurückverfolgen«, erwidert Hermine entschuldigend. »Denkt euch was aus, wie ihr daraus ordentliches Geld macht. Wie wäre es mit einem Schmuckstück, das ihr bar bezahlt, und bei der Rückgabe lasst ihr euch die Summe aufs Konto überweisen?«

»Sehr witzig.« Fiona sucht kurz meinen Blick. »Sonst noch was?«

Hermines Augen gleiten unruhig über den Monitor, auf dem die Zahlenkolonnen in immer größerer Geschwindigkeit herunterrasen.

»Ja, ihr müsst schnell sein. Vor Kurzem ist der Bitcoin abgestürzt, und wo die Talfahrt endet, weiß man noch nicht. Aber wenn wir alles gleich morgen früh erledigen, dürften sich kaum Verluste ergeben.«

So funktioniert das also. Die Freunde von Hermines Freunden scheinen ganz schön helle zu sein. Da Fiona und ich nichts weiter tun können, setzen wir uns auf zwei quietschende Bürostühle, die in einer Ecke stehen, und beobachten Hermine, die sich völlig versunken durch das digitale Innenleben der Firma Millennium Invest International arbeitet.

»Wir hätten was zu essen mitnehmen sollen«, seufzt Fiona, als sei das unser größtes Problem. »Ich habe Lust auf eine schöne Focaccia.«

»Aus rein experimentellen Gründen sollten wir auf Intervallfasten setzen«, versuche ich es mit etwas Ironie.

»Dürfte ich vielleicht aus rein professionellen Gründen um etwas Ruhe bitten?«, murmelt Hermine, deren Finger nur so über die Tastatur des Laptops fliegen.

Daraufhin hüllen wir uns in gehorsames Schweigen und betrachten die Servertürme, an denen kleine Lämpchen blinken wie die Lichter längst erloschener Sterne. Mit dem Resultat, dass Fiona wenig später pfeifende Schnarchtöne von sich gibt. Auch ich bin etwas weggedämmert und weiß gar nicht, ob inzwischen Minuten oder Stunden vergangen sind, als Hermine auf einmal ein entkräftetes »Yeah« haucht.

Benommen öffne ich die Augen. In Hermines schmalem Gesicht malt sich die erschöpfte Genugtuung einer Frau, die eine schier unendliche Wüste durchwandert hat. Barfuß, ohne Kompass.

»Mission completed«, sagt sie gähnend. »Wann gibt's Frühstück?«

»Wie viel Uhr ist es denn?«, erkundige ich mich in Ermangelung einer Armbanduhr oder eines eingeschalteten Handys.

»Halb acht.« Ein weiteres Mal gähnt sie herzhaft. »Dann rück doch bitte raus mit deiner Taktik, wie wir ans Tageslicht und in die Freiheit gelangen.«

»Du hast doch noch den Raumplan auf deinem Laptop, oder?« Zwei Klicks, und die Grundrisse erscheinen auf dem

Display. »Dann übernehme ich ihn jetzt.« Danach rüttele ich vorsichtig Fiona wach. »Guten Morgen, die Arbeit ruft.«

Verschlafen blinzelt sie mich an.

»Muss das sein? In der Bäckerei fange ich heute erst um neun an.«

»Sofern du zurück zu Mann und Kindern willst, definitiv.« Ich warte, bis sie sich erhoben hat. »Also, ihr Lieben, wir tun so, als ob ich euch als Putzkräfte einarbeite. So wird sich niemand wundern, wenn neue Gesichter auftauchen – sofern sich überhaupt irgendjemand an die Gesichter des Putzpersonals erinnert. Seid ihr bereit?«

»Bereit«, antworten Hermine und Fiona im Chor.

Ein bisschen Herzklopfen habe ich schon, als ich die Tür öffne und nach rechts und links auf den Flur spähe. Dann geht's los. Fiona schiebt den Putzwagen, in dem wir unsere Mäntel und Handtaschen versteckt haben, Hermine schultert den Schrubber. Sobald uns jemand entgegenkommt, spreche ich im Tonfall einer Vorgesetzten, die ihre Mitarbeiterinnen instruiert.

»Achten Sie auf die Fußleisten, meine Damen. Und verwenden Sie bitte immer Desinfektionsspray für die Türklinken.«

Langsam arbeiten wir uns bis zum Aufzug vor. Als wir ihn betreten, starren uns zwei finster dreinblickende Security-Leute in dunkelblauen Uniformen an, die ich zu ignorieren versuche, obwohl mir der Schreck in alle Glieder fährt. Nach einem eilig gemurmelten »Guten Morgen« schaue ich auf den Laptop.

»Die Aufzüge sind besonders zu beachten, meine Damen, wobei das Augenmerk auf dem Tastenfeld liegen sollte, das im

Laufe eines Tages von unzähligen Händen berührt wird. Bitte stets desinfizieren, anschließend die Metallflächen mit einem weichen Tuch polieren.«

Sofort verlieren die uniformierten Herren das Interesse an uns. Putzkram finden sie offenkundig ziemlich langweilig.

»War ganz schön was los hier letzte Nacht«, sagt der eine.

»Wahrscheinlich blinder Alarm«, erwidert der andere.

Ich sehe Fiona und Hermine an, dass sie zwischen Lachlust und Popo-auf-Grundeis schwanken, doch sie reißen sich zusammen.

»Gibt es denn ein spezielles Reinigungsprodukt für die Metallflächen?«, fragt Fiona eifrig.

»O ja, nicht, dass Sie da mit ätzenden Mitteln rangehen«, antworte ich streng. »Die Flächen dürfen keinesfalls zerkratzt werden.«

Endlich verkündet ein feines Pling, dass wir im Erdgeschoss angekommen sind. Ohne die Security-Leute anzuschauen, trippeln wir aus dem Aufzug und in den Empfangsbereich, wo wir unsere kleine Komödie fortsetzen.

»Das Entree ist die Visitenkarte einer Firma«, doziere ich ernst. »Dass die Böden picobello gewienert werden müssen, versteht sich von selbst. Achten Sie aber auch auf den Empfangstresen, den man als Kontaktfläche für Keime betrachten muss. Kommen wir nun zu den Schwingtüren, auf deren Glasfläche sich regelmäßig hässliche Fingerabdrücke ansammeln.«

Damit bereite ich unseren Abschied vor, werde jedoch von der Empfangsdame zurückgehalten, einer etwas spitzgesichtigen Frau mittleren Alters, die sich neugierig zu uns vorbeugt.

»Was machen Sie denn hier?«

»Die Kolleginnen einarbeiten?« Mit einer Hand deute ich auf den Laptop. »Seien Sie froh, dass ich den Überblick und alles im Griff habe, das kommt auch Ihnen zugute. Schönen Tag noch.«

Die letzten Meter zum Ausgang sind die schwersten. Jeden Moment könnten wir noch ertappt und zurückgehalten werden. Doch niemand beachtet uns weiter. Wir sind quasi unsichtbar. Eine Komplikation entsteht allerdings, als wir den Putzwagen durch die Schwingtür bugsieren müssen. Er ist zu groß, zu breit. Andererseits sind unsere Mäntel und Taschen darin, zurücklassen dürfen wir ihn also keinesfalls.

Es hilft alles nichts. Mit einem breiigen Gefühl im Magen marschiere ich zurück zum Empfangstresen.

»Wären Sie so nett und entriegeln Sie die Schleuse neben der Schwingtür?«, piepse ich. »Ich muss den neuen Mitarbeiterinnen zeigen, wie sie die Handläufe draußen reinigen.«

Für Sekunden irrlichtert Skepsis in den Augen der Empfangsdame. Dann drückt sie auf einen Summer, die Schleuse öffnet sich, und Fiona schiebt den Putzwagen hinaus.

»Danke für Ihre Kooperation«, flöte ich. »Und einen schönen Tag noch.«

Dann sind wir frei.

Kapitel 35

Der altehrwürdige, mit nussbraunem Holz getäfelte Rathaussaal ist bis auf den letzten Platz gefüllt. Nicht weiter verwunderlich, denn wer mag sie nicht, die Ratespiele, bei denen man ganz im Stillen auch sein eigenes Wissen testen kann? Seit auf allen Kanälen von morgens bis nachts lauter Quizshows laufen und irgendwelchen Menschen die aberwitzigsten Fragen gestellt werden, ist ein wahrer Hype entstanden.

Heute Abend ist die Atmosphäre besonders turbulent. Quiz *und* Kinder sind einfach eine bestechende Kombination, noch dazu sitzen lauter Eltern, Verwandte und Freunde der kleinen Kandidaten im Publikum. Lautstark feuern sie ihre Favoriten an und applaudieren frenetisch, wenn eine Frage richtig beantwortet wird.

Auch Fiona, die Kinder und ich klatschen uns jedes Mal die Finger wund, wenn Alisa richtigliegt. Ben, der auf meinem Schoß sitzt und sich an mich schmiegt, hat vor lauter Aufregung ganz rote Bäckchen und ist trotz der abendlichen Stunde putzmunter. Nur Hermine hat es leider nicht geschafft, dabei zu sein. Einen weiteren Abend Pflegedienst könne sie nicht organisieren, so ihre nachvollziehbare Begründung. Dennoch halte ich ihr vorsichtshalber einen Platz frei. Man kann nie wissen. Seit sie eine größere Summe vom Techmate-Konto abgezweigt hat, traue ich ihr so einiges zu.

»Meine Damen und Herren, wir kommen jetzt zur Finalrunde«, verkündet eine Moderatorin im feuerroten Cocktailkleid, die ihre dunkle taillenlange Mähne zurückwirft. »Im Rennen um die Trophäe heißen unsere Finalist:innen Alisa Tremper und Balthasar Erkles-Westermann von der Pippi-Langstrumpf-Schule!«

Alle recken die Köpfe, auch ich. Die beiden sind ein ungleiches Paar: Alisa, sehr schmal und mädchenhaft in ihrem rotblau karierten Kleid mit weißem Kragen, daneben Balthasar in einem etwas zu großen und sehr erwachsenen schwarzen Anzug, in dem er sich sichtbar unwohl fühlt.

»Das sind sie, unsere Wunderkinder!« Die Moderatorin lächelt professionell. »An dieser Stelle möchte ich ganz herzlich Frau Diepholzer begrüßen, die Klassenlehrerin der diesjährigen Finalisten. Einen Applaus bitte!«

Während Frau Diepholzer die Bühne betritt und geblendet ins Scheinwerferlicht blinzelt, schaue ich zu Irene, die in der Reihe vor uns sitzt. Wie unbarmherzig muss sie Balthasar gedrillt haben, damit er an diesem Quiz teilnehmen kann. Doch ob es auch für die Finalrunde reicht? Freiwillig hat er ganz bestimmt nicht all die Fragen geübt, das weiß ich von Alisa. Irene ist eben eine typische Eislaufmutter, die ihren Ehrgeiz ungefiltert aufs Kind überträgt.

Frau Diepholzer beginnt gerade, das Schulkonzept zu erläutern, als jemand auf den Platz neben mir gleitet. Männlich. In Uniform. Ein Beben durchläuft meinen Körper – weil das eine

Frechheit ist, weil ich einen gehörigen Schreck bekomme und weil, na ja, weil es halt Nick ist.

»Was machst du hier?«, flüstere ich gepresst. »Stalkst du mich neuerdings? Eins vorweg: Falls du mich wieder ausquetschen willst, obwohl eines meiner Kinder einen großen Moment hat, kannst du gleich wieder gehen. Ich rühre mich nicht vom Fleck und beantworte auch keine Fragen.«

Um meine Entschlossenheit zu unterstreichen, sehe ich starr geradeaus zur Bühne, spüre aber seinen Blick wie einen Laserstrahl auf meiner rechten Wange.

»Nele.« Ruckartig atmet er durch die Nase aus. »Gestern Nacht hat es bei Millennium Invest International einen Alarm gegeben.«

Eine unausgesprochene Frage liegt in dieser Feststellung. Augenblicklich schnellt mein Blutdruck in die Höhe, doch so langsam kenne ich seine Überrumpelungstaktik. Da muss er sich schon was Neues ausdenken, um mich aus der Bahn zu werfen.

»Wüsste nicht, was mich das angehen sollte«, federe ich den Angriff ab, ohne Nick anzusehen, und drücke Ben an mich.

Krampfhaft bläue ich mir ein, bei der Putzfrauenstory zu bleiben, falls er mich weiter bedrängt. Wenn nur nicht mein dummes Herz wäre, das in einem fort klopft und puckert.

Jetzt neigt er sich auch noch ein Stückchen weiter zu mir vor, so dass ich den unverwechselbaren Nickduft erschnuppern kann.

»Lustig, dass die Reinigungskraft, die ich dort antraf und die behauptete, dich allenfalls flüchtig zu kennen, neben dir sitzt.«

Aufgeräumt winkt er Fiona zu. »Hallo, Frau Wer-erinnert-sich-schon-an-eine-Putzfrau.«

Eisern schaut Fiona an ihm vorbei, doch ich sehe, wie ihr Gesicht die Farbe reifer Tomaten annimmt.

»Tja, lustige Zufälle gibt's …«, lache ich gekünstelt.

Daraufhin regt sich in der Reihe vor uns Leben in Irene, die ihre graublonde Mähne zur Feier des Tages in einen Knoten verzwirbelt hat. Ungehalten dreht sie sich um.

»Wer schwatzt denn hier dauernd«, will sie vom Leder ziehen, unterbricht sich jedoch, als sie Nick sieht. »Was wollen Sie denn hier? Ich habe Ihnen doch schon alles gesagt, als Sie mir gestern Handschellen angelegt haben!«

Verständnislos sehe ich zwischen den beiden hin und her.

»Habe ich was verpasst?«

»Die Dame wurde gestern auf dem Grundstück eines gewissen Wilhelm Aberfort aufgegriffen, und sie war recht widerspenstig«, raunt Nick mir zu. »Aberfort. Sagt dir der Name was?«

Oha. Wie findet er bloß immer alles raus?

»Entschuldigung, das Finale beginnt«, blocke ich ab, bevor ich noch etwas Unbedachtes von mir gebe. »Ich bitte um konzentriertes Daumendrücken.«

»Finale!«, kräht Ben. »Ich bin im Team Alisa!«

Auf die mit üppigem Blumenschmuck dekorierte Bühne werden Sessel geschoben, in denen Alisa und Balthasar Platz nehmen. Danach werden ihnen Kopfhörer über die Ohren gestülpt, damit ihnen niemand etwas vorsagen kann, wie die Moderatorin erläutert.

»Jetzt wird's spannend!«, ruft sie nahezu ekstatisch. »Zwanzig Fragen entscheiden über die Siegerin beziehungsweise den Sieger! Den Anfang macht Alisa. Die erste Frage wird jetzt in ihren Kopfhörer eingespielt, und ich verrate sie auch Ihnen: Wie viele Zähne hat das menschliche Milchgebiss?«

Ich knete meine feuchten Finger. Zeig's ihnen, Alisa!

»Zwanzig«, antwortet sie ohne Zögern.

»Das ist — richtig!« Auf einer großen Tafel vermerkt die Moderatorin einen Punkt. »Wir machen weiter mit Balthasar. Wie heißt die Hauptstadt von Äthiopien?«

»Ähhhh …«

Er tut mir so leid. Wie ein Lämmchen, das zur Schlachtbank geführt wird, hockt er in seinem Sessel. Bislang waren die Fragen buchstäblich kinderleicht, im Finale steigert sich das Niveau jedoch offenbar.

»Die Frage geht weiter an Alisa«, sagt die Moderatorin. »Ich wiederhole: Wie heißt die Hauptstadt von Äthiopien?«

»Addis Abeba.«

Applaus brandet auf. So geht das munter weiter: Alisa weiß, dass Koalas keine Bären sind, sondern Beuteltiere, dass Dieselmotoren keine Zündkerzen haben und die Toplevel-Domain *.com* für *commercial* steht. Ich selber hätte das alles nicht gewusst und wundere mich mal wieder, was alles in das Köpfchen meiner Tochter passt. Währenddessen schaut sie immer wieder zu Balthasar, der unglücklich in seinem Sessel hängt und erst zwei Fragen richtig beantwortet hat. Was mag in ihr vorgehen?

Bei der Frage, wer die Mona Lisa gemalt hat, sagt Alisa »Leonardo da Vinci«, hebt jedoch gleich darauf eine Hand. »Nein, Michelangelo.«

Ein Aufstöhnen geht durch die Reihen. Jeder hier scheint ihr den Sieg zu gönnen, jeder bis auf Irene natürlich.

»Schade«, erwidert die Moderatorin bedauernd, »die erste Antwort wäre richtig gewesen.«

»Och Menno«, jammert Ben.

Ich sehe Alisa an, dass sie die korrekte Antwort nur zu genau weiß, und frage mich, was um Himmels willen sie dazu bewogen hat, absichtlich etwas Falsches zu sagen. Meine Kehle wird ganz eng und kratzig. Was ist da los? Plötzlich legt sich eine warme Hand auf meine feuchtkalten Finger.

»Sie lässt ihn gewinnen«, flüstert Nick mir zu, bevor ich selber darauf komme. »Tolles Mädchen.«

Moment mal. Alisa lässt Balthasar gewinnen? Und Nick legt seine Hand auf meine? Wie soll ich das denn jetzt interpretieren? Gerade noch im Verhörmodus, jetzt empathisch und liebevoll? Was für ein Spiel ist das? Zuckerbrot und Peitsche? Bad cop, good cop?

»So ein Mist«, flüstert Fiona von der anderen Seite. »Alisa braucht das Preisgeld doch für ihre Party!«

Ich kann gar nicht mehr hinsehen. Auch die weiteren Fragen versemmelt meine Tochter, sobald Balthasar im Rückstand ist. Was für ein Desaster. Auch wenn es natürlich liebenswert ist, dass sie ihren Konkurrenten nicht beschämen möchte – für mich ist es pure Folter.

Als alle zwanzig Fragen gestellt worden sind, steht es sieben zu sieben. Lachhaft für Alisas Verhältnisse.

»Ein überraschendes Finale«, kommentiert die Moderatorin das Ergebnis leicht pikiert. »Wir kommen jetzt zur Stichfrage.«

»Entschuldigung«, zirpt Alisa, die ihre Kopfhörer abgenommen hat und aufsteht. »Darf ich etwas sagen?«

»Du?« Irritiert streicht die Moderatorin ihr rotes Cocktailkleid glatt. »Ähm, ja, natürlich.«

Nachdem Alisa ihr Ansteckmikro in Form gebogen hat, das beim Aufstehen etwas verrutscht ist, schaut sie ruhig ins Publikum.

»Wettbewerbe sind so alt wie die Menschheit«, beginnt sie zu sprechen wie eine kleine Politikerin. »Doch es gibt halt immer Sieger und Besiegte, was die einen glücklich und die anderen traurig macht. Deshalb habe ich vor dem Finale mit Balthasar verabredet, dass wir uns den Preis teilen und«, sie räuspert sich, »das Preisgeld spenden.«

Balthasar starrt sie an, als höre er nicht ganz richtig.

»O nein!«, ruft Fiona. »Die Party!«

»O ja«, lächelt Alisa weise wie ein Buddha. »Eigentlich wollte ich von dem Preisgeld eine große Party feiern. Ich wollte auch ein neues Handy. Doch dann habe ich mir überlegt, dass es vielen Kindern so richtig schlecht geht. Wussten Sie, dass zwei Milliarden Menschen auf der Welt keinen Zugang zu sauberem Wasser haben? Deshalb widmen Balthasar und ich …«

»Nein, nein!«, protestiert Irenes Sohn wild gestikulierend.

»… widmen wir das Geld«, fährt Alisa unbeirrt fort, »einem Brunnenprojekt in Afrika. Vielen Dank für Ihre Aufmerksamkeit.«

Zunächst tröpfelt der Applaus nur, so unerwartet kam diese

Wendung. Dann wird immer lauter geklatscht, schließlich begeistert geschrien und gepfiffen. Ben rutscht von meinem Schoß und rennt nach vorn, Frau Diepholzer hechtet auf die Bühne und umarmt Alisa, die Moderatorin fühlt sich daraufhin bemüßigt, es auch zu tun, und der arme Balthasar wird ebenfalls mit zwei Umarmungen bedacht, die er mit steif angelegten Armen und angewiderter Miene hinnimmt.

»Kann ich dich denn jetzt mal sprechen?«, fragt Nick, während die Zuschauer um uns herum aufstehen. »Geht auch schnell. Dann kannst du zu Alisa.«

»Ich werde dich ankündigen«, sagt Fiona, die Nick einen scheelen Blick zuwirft, bevor sie mit den anderen Zuschauern Richtung Bühne strebt.

»Bin ganz Ohr, aber beeil dich«, murmele ich unbehaglich.

»In den vergangenen Tagen haben mich einige Straftaten in Atem gehalten, wie du weißt. Aber«, angelegentlich reibt Nick einen Knopf an seiner Uniformjacke blank, »das Verrückte ist, dass du mir geholfen hast, alle drei Straftaten aufzuklären.«

Meine Wimpern beginnen zu flattern.

»Gern geschehen«, krächze ich, ohne zu begreifen, wovon er spricht.

»Die erste Tat, bei der du dich als Hobbyermittlerin betätigt hast«, erklärt er bedächtig, »ist Versicherungsbetrug in einem besonders schweren Fall, weil die Verkäuferin im Juwelierladen zu Unrecht Dritte belastet hat.«

Innerlich reiße ich die Arme hoch. Also doch! Man hat unseren unfreiwilligen Überfall als Vorwand genommen, kräftig abzusahnen!

»Was noch?«, frage ich gespannt.

»Die zweite Tat, der wir auf die Spur gekommen sind, hat mit dem gestohlenen Audi zu tun.« Nick sieht zur Bühne und winkt Alisa zu, die von Fans umringt wird. »Irene hat dich darin gesehen, was mich auf die Idee einer Umfeldrecherche gebracht hat. Zunächst landete ich bei deinem Ex-Mann, der hatte sich den Wagen jedoch nur geliehen, wie er uns glaubhaft versichern konnte, und zwar vom polizeibekannten Mitglied einer Autodiebesbande.«

Wow. Wie heißt es noch? Karma regelt das schon? Typisch, dass sich Donatus das Auto nur geliehen hat, um damit anzugeben.

»Kommen wir nun zu dem gestrigen Einbruch in den Serverraum von Millennium Invest International.« Nachdenklich kaut Nick auf seiner Lippe herum. »Man konnte die Manipulation eines Kontos nachweisen. Vorsichtshalber haben wir die Börsenaufsicht eingeschaltet, und nach dem jetzigen Stand der Ermittlungen sieht es so aus, als hätte Wilhelm Aberfort gesetzeswidrige Insidergeschäfte sowie Wetten auf Kursverluste betrieben.«

»Damit habe ich aber nichts zu tun«, sage ich nonchalant. »Sofern du mir etwaige Orden verleihen möchtest, stehen mir nur zwei zu.«

»Klar.« Er grinst vergnügt. »Andererseits hast du dich eines wirklich kapitalen Vergehens schuldig gemacht.«

Ach du liebe Liese. Ohne auf meinen galoppierenden Puls zu achten, nuschele ich ein desinteressiertes »Nö, wieso?«.

»Du hast mir mein Herz geklaut«, mit dem Zeigefinger tippt

er sich auf seine Uniformbrust. »Aber die gute Nachricht ist: Ich will es gar nicht zurück.«

»Mami!« Mit überschwänglich rudernden Armen kommt Alisa zu uns gelaufen und wirft sich in meine Arme. »War das okay, Mami?«

»Das war wunderbar, *du* bist wunderbar«, schluchze ich los.

»Warum weint Mami denn?«, erkundigt sich Alisa bei Nick. »Freut sie sich so, dass die Pistole wieder da ist?«

Wie von hundert Wespen gestochen schrecke ich auf.

»Was ist mit der Pistole?«

Alisa dreht eine meiner Locken um ihren Zeigefinger, was sie früher immer getan hat, wenn ich beim abendlichen Vorlesen mit ihr kuschelte, und sieht mich mit ihren großen blitzeblanken Kinderaugen an.

»Weißt du noch, als ich Ben und Leon beim Pipi-Stopp einsammeln sollte? Da haben die mit einer Pistole rumgespielt, und ich dachte, die bringt man wohl besser zur Polizei.«

»Sie hat mir das Ding neulich gegeben«, grinst Nick. »Nach dem Eisessen. Wer auch immer wo auch immer damit herumhantiert hat – ein Verbrechen ist das nicht.«

»War doch richtig, Mami, oder?«, fragt Alisa.

»Goldrichtig«, schniefe ich grenzenlos erleichtert.

»Dann gehe ich jetzt zu den anderen auf die Bühne. Ben ist auch dort, es gibt Kuchen und Kekse. Kommt ihr nach?«

»Klar.«

Nachdem sie davongesprungen ist, muss ich mich erst mal sammeln, was gar nicht so leicht ist, weil ich mich fühle, als hätte jemand mein Hirn auf links gedreht und mein Herz gleich mit. Schemenhaft schälen sich dann aber doch ein paar Erkenntnisse heraus.

»Du Schuft«, stoße ich hervor, »du hast mich getrackt, von Anfang an, richtig?«

»Früher wusste man, wo das Telefon ist, heute ist es umgekehrt«, erwidert er schalkhaft. »Sagen wir, ich habe das Angenehme mit dem Nützlichen verbunden. Doch alles, was ich rausfinden konnte, war der unermüdliche Einsatz einer unerschrockenen Frau für Gerechtigkeit. Und? Willst du deine Orden?«

»Ich will dich.«

Und dann küsst er mich. Zum ersten Mal. Es ist die Art von Kuss, der völlig außer Kontrolle gerät und bei dem man sofort weiß, dass auch alles andere ein absoluter Rausch werden wird.

Epilog

So richtig glauben kann ich es immer noch nicht. Und doch fühlt es sich verblüffend echt an, als ich einige Wochen später die gläserne Tür zu meinem eigenen Kosmetikstudio aufschließe. Über den Namen habe ich mir lange den Kopf zerbrochen. Fiona war für das englische »Beauty4U«, Hermine fand »Kosmetik de luxe« schön, durchgesetzt hat sich schließlich mein Vorschlag: »Hautnah«.

Einstimmig übrigens. Was könnte denn auch besser zu meiner Ambition passen, meine Kundinnen *hautnah* zu verwöhnen?

Überglücklich nehme ich die neuen Räume in Augenschein: einen größeren mit selbst gestrichenen zartlila Wänden, dunkellila Orchideen und einem Zen-Zimmerspringbrunnen aus runden grauen Natursteinen, daneben einen kleineren Raum mit einer Küchenzeile, wo ich auch meine Kosmetika aufbewahren kann.

Ein besonderes Plus meines Beauty-Salons sind die beiden cremefarbenen Massagesessel, vierfach verstellbar, mit sechsfach variierbaren Vibrationen. Tja, jeder hat ein Kapitel in seinem Leben, aus dem er nicht gern laut vorliest. Bei mir heißt dieses Kapitel Donatus. Ich besitze womöglich die Größe, ihm irgendwann zu verzeihen, aber ganz bestimmt nicht die Dummheit, ihm noch einmal zu vertrauen. Wie kaum anders zu erwarten, hat er mir mein Darlehen nicht zurückgezahlt, dafür allerdings die beiden originalverpackten Sessel geschickt, die er bestellt, aber nie verkauft hat.

Als sie geliefert wurden, haben Fiona, Hermine und ich uns abwechselnd hineingesetzt, um mit viel Gejuchze sämtliche Einstellungen durchzuprobieren. Hermine behauptete sogar, die Massagefunktion löse Verspannungen, von denen man vorher noch gar nichts wusste.

Vorsichtig packe ich den Karton mit Sektgläsern aus, die mir Fiona für die heutige Eröffnung geliehen hat. All meine Kundinnen und natürlich meine beiden engsten Freundinnen sind eingeladen. Auch die Kinder werden auf ihre Kosten kommen. Vor dem Laden gibt es einen kleinen Vorgarten, den ich schon am Morgen mit Luftballons geschmückt habe, Fiona hat Cupcakes gebacken, Hermine wird zwei Obsttartes beisteuern.

»Darf ich dir hautnah kommen?«, flüstert mir jemand ins Ohr.

»Nick.« Endlich darf ich ihm so überschwänglich um den Hals fallen, wie ich es von Anfang an gewollt habe. »Die Eröffnung ist erst in einer Stunde, was machst du denn schon hier?«

»Helfen? Außerdem habe ich da mal was vorbereitet.« Aus einer Sporttasche zieht er einen violetten Umhang mit Sternchen, einen Zauberstab und einen schwarzen spitzen Hut, den er sich aufsetzt. »Jemand hat mir erzählt, dass sich Alisa neulich zu ihrem Geburtstag eigentlich einen Zauberer gewünscht hätte. Et voilà, da bin ich. Nur das mit dem Ponyreiten hat nicht geklappt. Aber …«

Mit dem Zauberstab deutet er nach draußen in den Vorgarten, und ich lasse fast eines der Sektgläser fallen.

»Sag bitte nicht, das ist eine Hüpfburg, die deine Kollegen da aufbauen.«

»Richtig geraten«, schmunzelt er. »Und damit du nicht denkst, ich sei größenwahnsinnig: Die hiesige Polizei veranstaltet einmal pro Jahr einen Tag der offenen Tür, wofür unlängst eine Hüpfburg angeschafft wurde. Wäre doch schade, wenn sie zwischendurch nicht in Aktion käme, oder?«

Schon wieder muss ich ihm um den Hals fallen. Traummänner sind ja ohnehin rar gesät, aber ein Traummann, der auch noch kinderlieb ist, gehört wohl zum absoluten Jackpot der ewigen Liebeslotterie.

Unser zärtlicher Moment wird jäh durch die Ankunft der Kinder beendet. Aufgeregt stürmen sie in den Salon, nicht nur Alisa, Ben und Fionas drei Söhne, auch zwei Freundinnen von Alisa, mit denen sie neuerdings viel unternimmt. Am liebsten spielen sie – heimlich, versteht sich – mit Barbiepuppen, wobei sie berufstätige Barbies bevorzugen: Alisa nach wie vor die Arztbarbie, ihre Freundin Lilli eine Fußballtrainerin und ihre Freundin Kira eine Pilotin. Von Genderklischees kann also keine Rede sein, auch wenn man über Fragen des Geschmacks, was Barbies betrifft, durchaus geteilter Meinung sein darf.

»Glückwunsch zu deinem eigenen Salon«, begrüßt mich Fiona und haucht mir Küsschen auf die Wangen. »Sag mal, dürfte ich dich um etwas bitten?«

Statt weiterzusprechen, streckt sie mir ihre Hände entgegen. Die Hände einer Frau, die frühmorgens Brötchen verkauft, danach auf Schnäppchenjagd im Supermarkt geht, für Mann und Kinder kocht, die Hausarbeit erledigt und somit buchstäblich alle Hände voll zu tun hat. Selbige in den Schoß zu legen kommt Fiona auch nach dem unverhofften Geldsegen nicht in den Sinn. Nach wie vor sparen wir alle drei, Fiona, Hermine und ich. So niederschmetternd unsere akuten finanziellen Nöte auch waren, haben sie uns doch gelehrt, gut hauszuhalten. Nach wie vor treffen wir uns auch, um Schultüten zu basteln, was sich mittlerweile zu einem recht lukrativen Nebenverdienst gemausert hat.

»Setz dich, Fiona, ich stelle die Massagestufe auf den höchsten Level«, lächele ich. »Deine Nägel sind schnell gemacht. Welche Farbe darf's denn sein?«

»Du willst jetzt arbeiten?«, wundert sich Nick.

Ich habe schon mein Maniküreset ausgebreitet und lege alle Utensilien zurecht.

»Es könnte keine bessere Art und Weise geben, mein Kosmetikstudio einzuweihen.«

»Dann kannst du gleich mit meiner Mutter weitermachen«, ertönt Hermines Stimme.

Als ich mich umdrehe, überwältigt mich tiefe Rührung. Seit Jahren konnte ihre Mutter das Haus nicht mehr verlassen, doch dank eines Elektrorollstuhls, den Hermine angeschafft hat, sind jetzt kleinere Ausflüge drin. Ihre Mutter, eine winzige alte Dame mit einem abgeklärten Lächeln, sieht so gelöst aus, so befreit, dass mir Tränen in die Augen treten.

»Selbstverständlich ist eine weitere Maniküre drin«, versichere ich heiser.

»Das ist die beste Kosmetikstudioeröffnung aller Zeiten«, schwärmt Hermine. »Und sie hat noch nicht mal richtig angefangen!«

»Kriege ich auch eine Mann-Küre?«, fragt Ben, der auf Fionas Schoß gekrabbelt ist.

»Echte Männer helfen beim Aufbau der Hüpfburg«, sagt Nick mit Nachdruck. »Wobei ich damit«, ein amüsierter Blick geht in meine Richtung, »natürlich keine Gendereinschränkungen festlegen will. Im Prinzip können auch Jungs Nagellack tragen, aber damit solltest du vielleicht noch ein paar Jahre warten.«

»Geht klar«, willigt Ben ein, der ganz vernarrt in Nick ist, weil er in meinem neuen Partner weniger den Ersatzvater als den tollen großen Bruder sieht.

»Und solange die gnädige Frau auf ihre Maniküre wartet«, wendet sich Nick galant an Hermines Mutter, »nehmen wir Sie mit nach draußen, damit Sie die Sonne genießen können.«

Nachdem sich die drei verzogen haben, bleiben Fiona, Hermine und ich allein zurück.

»Das ist Glück«, hauche ich. »Alle verstehen sich, alle mögen sich.«

»Glück ist, wenn die Katastrophe Pause macht«, orakelt Fiona.

»Ach was«, entgegnet Hermine. »Glück ist, wenn du tust, was du liebst. Ich habe eine Tagespflegerin gefunden, die vormittags meine Mutter betreut, so dass ich ab nächster Woche wieder in der Volkshochschule anfangen kann.«

»Bring deinen Schülerinnen und Schülern bloß nicht zu viel bei«, unkt Fiona. »Hacken zum Beispiel.«

Hermine lächelt wissend, ich denke mir meinen Teil. Manchmal muss man eben fünfe gerade sein lassen – sofern es niemandem schadet, oder?

»Dann lass uns mit der Maniküre loslegen«, schlage ich vor. »Was hältst du von der Farbe Revolver Red? Ist weit ungefährlicher, als es klingt.«

»Wusstet ihr«, fragt Alisa, die in diesem Moment mit ihren beiden Freundinnen hereinkommt, »dass Gürteltiere kugelsicher sind?«

»Nein, mein Liebling«, erwidere ich kopfschüttelnd. »Aber was ich definitiv weiß, ist, dass Nagellack ungefährlicher ist als so manches andere Beautytreatment.«

»Das ist wahr«, nickt Alisa ernst. »Wusstest du, dass man mit zwei Teelöffeln Botox die gesamte Weltbevölkerung vergiften könnte?«

»Bring deine Mutter bloß nicht auf dumme Gedanken«, lacht Fiona.

Sie hat recht. Wir sind Mütter. Wir können liebevoll sein, aufopferungsvoll, stets besorgt um unsere Familien. Genau das macht uns so unberechenbar. Wer auch immer einer Mutter begegnet, sollte auf der Hut sein. Man kann nie wissen, wozu sie bereit ist, um ihre Liebsten zu beschützen.